Von Ellis Peters
sind als Heyne-Taschenbücher erschienen:

Im Namen der Heiligen · Band 01/6475
Ein Leichnam zuviel · Band 01/6523
Das Mönchskraut · Band 01/6702
Der Aufstand auf dem Jahrmarkt · Band 01/6820
Der Hochzeitsmord · Band 01/6908
Zuflucht im Kloster · Band 01/7617
Des Teufels Novize · Band 01/7710

ELLIS PETERS

DIE JUNGFRAU IM EIS

Roman

Deutsche Erstveröffentlichung

WILHELM HEYNE VERLAG
MÜNCHEN

HEYNE ALLGEMEINE REIHE
Nr. 01/6629

Titel der englischen Originalausgabe
THE VIRGIN IN THE ICE
Deutsche Übersetzung von Dirk v. Gunsteren

6. Auflage
Copyright © 1951 by Ellis Peters
Copyright © der deutschen Übersetzung 1986 by
Wilhelm Heyne Verlag GmbH & Co. KG, München
Printed in Germany 1991
Umschlaggestaltung: Atelier Ingrid Schütz, München
Satz: werksatz gmbh, Freising-Wolfersdorf
Druck und Bindung: Elsnerdruck, Berlin

ISBN 3-453-02224-6

Kapitel 1

Anfang November des Jahres 1139 schlug die Flutwelle des Bürgerkrieges, der bis vor kurzem noch eher lustlos geführt worden war, plötzlich über der Stadt Worcester zusammen und schwemmte die Hälfte des Viehbestandes, der beweglichen Habe und der weiblichen Bevölkerung hinweg. Wer es vermochte, floh vor den plündernden Soldaten rechtzeitig gen Norden, um in Landgütern oder Klöstern, befestigten Städten oder Burgen, an Orten also, die Sicherheit versprachen, Zuflucht zu suchen. Gegen Mitte des Monats hatten einige Versprengte Shrewsbury erreicht und sich mit einem Seufzer der Erleichterung innerhalb der sicheren Mauern des Klosters oder der Stadt niedergelassen, um ihre Wunden zu pflegen und ihre Nöte fürs erste zu vergessen.

Abgesehen von den Alten und Kranken ging es ihnen nicht allzu schlecht, denn der Winter hatte noch nicht mit voller Macht eingesetzt. Die Wetterkundigen prophezeiten, daß noch größere Kälte kommen werde, mit schweren Schneefällen und strengen Frösten, aber bislang ruhte das Land noch abwartend unter einem milden, bewölkten Himmel. Zwar wehten launische Winde, aber Kälte und Schnee ließen noch auf sich warten.

»Gott sei gedankt!« sagte Bruder Edmund, der Vorsteher der Krankenstation, demütig. »Sonst hätten wir wohl mehr als drei beerdigen müssen.«

Es fiel ihm jedoch nicht leicht, für jeden, der dessen bedurfte, ein Bett in seinem Hospiz bereitzustellen, und für die, die keinen Platz mehr fanden, hatte man auf dem Steinfußboden der Halle in dicken Lagen Stroh aufgeschüttet. Noch vor dem Weihnachtsfest würden sie in ihre zerstörte Stadt zurückkehren, aber jetzt, teilnahmslos durch den Schock und erschöpft wie sie waren, brauchten sie all seine Pflege, und die Vorratslage des Klosters war äußerst angespannt. Einige der Flüchtlinge, die entfernte Verwandte in der Stadt hatten, waren bei diesen untergebracht worden und wurden gut versorgt. Eine schwangere Frau, deren Niederkunft kurz bevorstand, war zusammen mit ihrem Mann im Stadthaus von Hugh Beringar, dem stellvertretenden Sheriff der Grafschaft, aufgenommen worden. Seine Frau hatte darauf bestanden. Auch sie befand sich, in Begleitung ihrer Kammerzofen, der Hebamme und eines Arztes, innerhalb der schützenden Mauern der Stadt, denn sie würde ebenfalls noch vor Weihnachten niederkommen, und ihr war jede Frau willkommen, die demselben Ereignis entgegensah und sich in einer Notlage befand.

»Die Heilige Jungfrau hatte kein solches Glück«, sagte Bruder Cadfael traurig zu seinem guten Freund Hugh.

»Ah, eine Frau wie die meine gibt es nur einmal! Wenn sie nur könnte, würde Aline jeden heimatlosen Hund von der Straße hereinholen. Für dieses arme Mädchen aus Worcester ist jetzt gesorgt, und ihr fehlt nichts, was sich nicht durch genug Ruhe heilen ließe. Gut möglich, daß noch vor Weihnachten zwei Kinder hier geboren werden, denn bevor sie das Kindbett nicht gut überstanden hat, wird sie sich kaum auf den Rückmarsch machen können. Und doch würde ich sagen, daß die meisten eurer Gäste bald schon ihre Furcht überwinden und nach Hause ziehen werden.«

»Einige haben uns schon verlassen«, sagte Cadfael, »und noch mehr von den Gesunden werden in den nächsten Tagen aufbrechen. Es ist ja nur natürlich, daß sie nach Hause wollen, um nach Kräften wiederherzustellen, was zerstört wurde. Man sagt, der König sei mit einer starken Armee auf dem Weg nach Worcester. Wenn er die Garnison besser bemannt als zuvor zurückläßt, werden sie dort den Winter über in Sicherheit sein. Natürlich werden sie sich aus den östlichen Gegenden Vorräte beschaffen müssen, denn ihre eigenen dürften geplündert sein.«

Cadfael kannte den Anblick, den Gestank und die Trostlosigkeit einer geplünderten Stadt aus eigener Erfahrung, denn er war in jüngeren Jahren Seemann und Soldat gewesen, und dieses Leben hatte ihn weit herumkommen lassen. »Und nicht nur, daß sie ihre Vorräte vor Weihnachten noch wieder auffüllen wollen«, fügte er hinzu, » — auch der Winter liegt nun schon allzu deutlich in der Luft. Wenn die Straßen sicher sind, dann können sie jetzt wenigstens trockenen Fußes und warm reisen, aber wer weiß, wie hoch der Schnee in einem Monat oder gar schon in einer Woche liegen wird?«

»Ich kann beim besten Willen nicht mit Gewißheit sagen, ob die Straßen wirklich sicher sind«, sagte Beringar vorsichtig. »Hier in Shropshire haben wir alles fest in der Hand – bis jetzt! Aber aus Osten und Norden hört man besorgniserregende Gerüchte, und dann sind da noch diese Unruhen im Grenzgebiet. Wenn der König im Süden zu beschäftigt ist, wenn er sich Sorgen macht, woher er den nächsten Sold für seine Flamen nehmen soll, und seine Energie hauptsächlich darauf verschwendet, von einem Ort zum nächsten zu hasten, dann versuchen ehrgeizige Männer in entlegeneren Teilen des Landes, ihre Herrschaft auszuweiten und eigene Königreiche zu gründen. Und die unteren Adelsränge folgen diesem Beispiel.«

»In einem Land, das mit sich selbst im Kriege liegt, ist es fast unausweichlich, daß die festgefügte Ordnung dahinschwindet und ungezügelte Wildheit sich Bahn bricht«, pflichtete Cadfael ihm düster bei.

»Aber nicht hier«, erwiderte Beringar grimmig. »Prestcote führt ein hartes Regiment, und was meine Pflichten betrifft, so bin ich entschlossen, dasselbe zu tun.« Gilbert Prescote, König Stephens Sheriff in Shropshire, hatte nämlich vor, das Weihnachtsfest auf dem Hauptlandsitz seines Lehens, im Norden der Grafschaft, zu verbringen und die befestigte Garnison und die Sorge um die Einhaltung der Gesetze in der südlichen Hälfte der Grafschaft würde in den Händen Hugh Beringars liegen. Dieser Überfall auf Worcester war vielleicht nur ein Vorgeschmack auf weitere Angriffe dieser Art. Alle Städte entlang der Grenze waren gefährdet, und zwar nicht nur durch die Unternehmungen des Feindes, sondern auch durch die schwankende Gefolgstreue ihrer Schloßvögte und Burgherren. In diesem leidgeprüften Land hatte schon mehr als ein Baron seine Gefolgschaft aufgekündigt und auf einen anderen übertragen und mehr als einer würde das auch künftig tun, einige vielleicht schon zum zweiten oder dritten Mal. Kirchliche Würdenträger, Barone und andere begannen, zunächst auf ihre eigenen Interessen zu achten und dem zu folgen, der den größten Gewinn versprach. Und es würde nicht mehr lange dauern, bis einige zu dem Schluß kamen, daß ihre Interessen sich am besten wahrnehmen ließen, wenn sie allen beiden Beanspruchern des Thrones Hohn lachten und ihre Angelegenheiten auf eigene Rechnung regelten.

»Man hört, Euer Kastellan in Ludlow sei nicht besonders zuverlässig«, bemerkte Cadfael. »Zwar hat König Stephen ihm Lacy zum Lehen gegeben und ihm die Burg von Ludlow anvertraut, aber es geht das Gerücht, er schiele nach der Kaiserin. Dem Vernehmen nach war er drauf und dran, zu ihr überzulaufen – nur daß der König in der Nähe war und ein wachsames Auge auf ihn hatte.«

Alles, was Cadfael gehört hatte, war Hugh Beringar schon längst bekannt. Es gab keinen Sheriff im Land, der in diesen Zeiten nicht alle seine Informanten in Alarmbereitschaft versetzt und auf die kleinsten Anzeichen von Unruhe geachtet hätte. Sollte Josce de Dinan in Ludlow tatsächlich seinen Abfall geplant und es sich dann doch noch anders überlegt haben, so war Hugh mit seiner gegenwärtigen Festigkeit, wenn auch mit Vorbehalten, durchaus zufrieden, behielt ihn aber doch im Auge. Mißtrauen war, das war traurig genug, nur eines der kleineren Übel des Bürgerkrieges, und es war gut zu wissen, daß es zwischen erprobten Freunden noch absolutes Vertrauen geben konnte. Keiner konnte in diesen Zeiten wissen, ob er nicht plötzlich einen standhaften und treuen Gefährten brauchte, der ihm den Rücken deckte.

»Nun ja, wenn König Stephen mit einer Armee auf dem Weg nach Worcester ist, wird niemand auch nur einen Finger zum Verrat rühren, bevor er wieder abgezogen ist. Und dennoch halte ich immer Augen und Ohren offen.«

Hugh erhob sich von der Bank an der Wand von Cadfaels Schuppen, in dem er für eine kleine Weile Ruhe vor den weltlichen Geschäften dort draußen gefunden hatte. »Ich gehe jetzt nach Hause und werde mich zur Abwechslung einmal in mein eigenes Bett legen – aus dem meiner Frau hat mich meine eigene freche Nachkommenschaft vertrieben. Aber was weiß ein hingebungsvoller Klosterbruder wie Ihr schon von den Leiden eines Vaters?«

»Nur zu wahr! Das habt ihr euch selbst aufgeladen«, bemerkte Cadfael, »ihr verheirateten Männer. Ich werde zur Komplet ein Gebet für Euch sprechen.«

Zunächst jedoch ging er ins Krankenquartier, um mit Bruder Edmund ein oder zwei Patienten zu versorgen, die sich von den Mühsalen der Flucht nur langsam erholten, und um eine schlecht heilende Messerwunde neu zu verbinden. Dann erst begab er sich zur Komplet und betete für viele andere Menschen, nicht nur für seinen Freund, dessen Frau und das Kind, das bald geboren werden würde, das Kind dieses Winters.

England, das wußte er, war schon seit Jahren im bittern Frost eines Winters gefangen. König Stephen besaß die Krone und gebot, wenn auch nicht gerade energisch, über den größten Teil des Landes. Den Westen beherrschte Kaiserin Maud, seine Rivalin, und ihr Anspruch auf den Thron war dem seinen ebenbürtig. Obwohl sie Geschwisterkinder waren, verband sie doch alles andere als geschwisterliche Liebe. In ihrem Kampf um die Macht wurde England zerrissen, und doch mußte das Leben, das Festhalten am Glauben, das zähe Ringen mit dem Schicksal weitergehen, mußte das Land jahrein, jahraus bearbeitet werden. Pflug und Egge durften nicht ruhen, und um Saat und Ernte der Früchte des Bodens mußte man sich ebenso kümmern wie hier, in Kloster und Kirche, um Saat und Ernte der Seelen. Was immer das Los einzelner Menschen war – um das Schicksal der Menschheit sorgte Bruder Cadfael sich nicht. Hughs Kind würde zu einer neuen Generation gehören, ein neuer Anfang, eine neue Bestätigung sein – ein Frühlingsanfang zur Wintersonnenwende.

Am letzten Tag im November erschien Bruder Herward, Unterprior des Benediktinerklosters von Worcester, bei der Versammlung der Mönche im Kapitelsaal des Bruderklosters St. Peter und St. Paul in Shrewsbury. Er war in der vorangegangenen Nacht angekommen und als Ehrengast in Abt Radulfus' Räumen untergebracht worden. Die meisten

Brüder wußten nichts von seiner Ankunft und fragten sich, wer dieser Mann wohl sein mochte, der hier so höflich vom Abt persönlich hineingeleitet wurde und zu seiner Rechten Platz nahm. Und diesesmal wußte auch Bruder Cadfael nicht mehr als sie.

Der Abt und sein Gast waren sehr verschieden. Radulfus war hochgewachsen und hatte eine aufrechte, energische Körperhaltung. Sein ernstes, scharfgeschnittenes Gesicht strahlte die Gelassenheit des Gelehrten aus. Wenn nötig konnte er aufbrausen, und die Betroffenen taten gut daran, sich demütig zu ducken, aber immer hatte er die Gewalt seines Temperaments unter Kontrolle. Der Mann an seiner Seite war klein und schmächtig. Er hatte eine graue Tonsur und wirkte immer noch erschöpft von der Reise, aber seine alten Augen blickten offen, und die Falten um seinen Mund verrieten Standfestigkeit und Geduld.

»Unser Bruder, Unterprior Herward aus Worcester«, sagte der Abt, »ist in einer Sache zu uns gekommen, in der ich ihm nicht zu helfen vermag. Da viele von euch hier sich um die Unglücklichen aus der Stadt gekümmert haben, die bei uns Zuflucht fanden, ist es vielleicht möglich, daß ihr etwas von ihnen erfahren habt, das dieser Sache dienlich ist. Daher habe ich ihn gebeten, sein Anliegen vor euch allen noch einmal vorzubringen.«

Der Gast erhob sich, damit ihn alle besser sehen und hören konnten. »Man hat mich geschickt, um Nachforschungen über den Verbleib zweier adliger Kinder anzustellen, die der Obhut unseres Benediktinerklosters übergeben waren und flohen, als der Angriff auf die Stadt begann. Sie sind nicht zurückgekehrt, und wir haben ihre Spuren bis zu den Grenzen der Grafschaft verfolgt. Dann haben wir sie verloren. Sie hatten die Absicht, nach Shrewsbury zu gehen, und da das Kloster die Verantwortung für sie übernommen hat, bin ich hier um festzustellen, ob sie hier angekommen sind. Der Abt hat mir gesagt, daß dies seines Wissens nicht der Fall ist. Es sei jedoch möglich, daß andere Flüchtlinge sie gesehen oder auf dem Marsch von ihnen gehört hätten und euch vielleicht davon erzählt haben. Ich wäre für jeden Hinweis dankbar, der zu ihrer Wiederauffindung führt. Dies sind ihre Namen: Das Mädchen heißt Ermina Hugonin und ist fast achtzehn Jahre alt. Sie befand sich in der Obhut unseres Nonnenklosters in Worcester. Ihr Bruder Yves Hugonin, der bei uns untergebracht war, ist erst dreizehn. Sie sind Vollwaisen, und ihr Onkel und Vormund war lange Zeit im Heiligen Land und hat erst kürzlich, nach seiner Rückkehr, von ihrem Verschwinden erfahren. Man wird verstehen«, sagte Bruder Herward und verzog schmerzlich das Gesicht, »daß wir äußerst bekümmert sind, unserem Auftrag nicht gerecht geworden zu sein, obwohl dies in Wahrheit nicht allein unser Fehler war. Es stand nicht in unserer Macht, das Geschehene abzuwenden.«

»In solchen Wirrnissen und Gefahren«, pflichtete Radulfus ihm betrübt bei, »wäre es von jedermann zuviel verlangt, alles ordnungsgemäß abzuwickeln. Aber Kinder in einem so zarten Alter...«

Zögernd fragte Bruder Edmund: »Soll das heißen, daß sie Worcester allein verlassen haben?« Er hatte nicht beabsichtigt, seine Frage anklagend oder ungläubig klingen zu lassen, aber Bruder Herward senkte demütig den Kopf angesichts des Vorwurfs, der darin mitschwang.

»Ich will weder mich noch irgendeinen meines Hauses rechtfertigen. Jedoch war der Verlauf nicht ganz so, wie ihr vielleicht annehmt. Der Angriff erfolgte am frühen Morgen, aber im Süden der Stadt wurde er zurückgeschlagen, und wir erfuhren nicht, wie heftig er war und wie starke Truppen der Feind besaß, bis er schließlich die Stadt umging und im Norden einbrach. Nun verhielt es sich so, daß Yves gerade seine Schwester besuchte und sie völlig von uns abgeschnitten waren. Lady Ermina ist, wenn ich das so sagen darf, eine eher eigenwillige junge Frau. Die Schwestern hielten es für das Beste, sich in ihrer Kirche zu versammeln und dort die Sache abzuwarten, im Vertrauen darauf, daß diese Marodeure – ihr müßt wissen, daß viele von ihnen schon betrunken und daher völlig zügellos waren – ihre Klostertracht achten und ihnen außer dem Diebstahl der wertvollsten Dinge nichts Böses antun würden. Die Schwestern also meinten, der Glaube befehle ihnen zu bleiben, aber Lady Ermina dachte anders und wollte heimlich die Stadt verlassen, wie so viele andere, und zu einem weit entfernten und sicheren Ort fliehen. Und da sie sich davon nicht abbringen ließ und ihr Bruder bei ihr war, erklärte sich eine junge Nonne, ihre Lehrerin, bereit, mit ihnen zu gehen und sie in Sicherheit zu bringen. Als die Plünderer abgezogen waren und wir die Feuer gelöscht und uns um die Toten und Verwundeten gekümmert hatten, da erst hörten wir, daß sie aus der Stadt geflohen seien und nach Shrewsbury gehen wollten. Sie waren gut ausgerüstet, wenn auch ohne Pferde, denn die wurden ausnahmslos beschlagnahmt. Das Mädchen hatte ihren Schmuck und Geld und war verständig genug, es unterwegs niemanden sehen zu lassen. Und — so leid es mir tut, das zu sagen — es war gut, daß sie geflohen sind, denn diese Männer aus Gloucester achteten die Schwestern nicht, wie diese es erhofft und geglaubt hatten, sondern plünderten und brandschatzten, raubten die jüngsten und hübschesten Novizinnen und mißhandelten die Priorin, die sie daran hindern wollte, auf das Übelste. Das Mädchen hat gut daran getan zu fliehen, und ich bete, daß sie und ihr Bruder, und mit ihnen Schwester Hilaria, sich in diesem Augenblick an einem sicheren Zufluchtsort befinden. Indes... ich weiß nichts Gewisses.«

Bruder Denis, der sich um die Unterbringung kümmerte und jeden kannte, der sich im Kloster befand, sagte bedauernd: »Ich muß euch leider sagen, daß sie ganz sicher nicht hier sind. Es ist niemand hier eingetroffen, auf den Eure Beschreibung paßt. Aber kommt mit mir und sprecht mit allen Flüchtlingen, die wir noch im Gästesaal beherbergen und den wenigen, die im Krankenquartier liegen — vielleicht können sie Euch weiterhelfen. Denn natürlich wußten wir bisher nichts von diesen jungen Leuten und haben darum auch nicht nach ihnen gefragt.«

»Andererseits könnte es sein«, warf Bruder Matthew, der Kellermeister, ein, »daß sie einen Verwandten, einen Pächter oder einen ehemaligen Diener hier in der Stadt haben und daher nicht zu uns gekommen sind, sondern sich jetzt innerhalb der Mauern befinden.«

»Das ist möglich«, stimmte Herward zu, und seine Miene

hellte sich ein wenig auf. »Aber dennoch glaube ich, daß Schwester Hilaria sie lieber hierher gebracht hätte, wo unser eigener Orden für ihre Sicherheit einsteht.«

»Wenn uns hier niemand weiterhelfen kann«, sagte der Abt energisch, »dann müssen wir als nächstes auf jeden Fall mit dem Sheriff sprechen. Er wird wissen, wer in der Stadt eingetroffen ist. Ihr habt erwähnt, Bruder, daß der Onkel der jungen Leute erst kürzlich aus Palästina zurückgekehrt ist. Gewiß hat er die Möglichkeit, sich an die hießigen Behörden zu wenden. Wie kommt es, daß er die Nachforschungen nicht persönlich anstellt? Er kann doch nicht Euch die ganze Verantwortung zuschieben!«

Bruder Herward tat einen tiefen Seufzer, der seinen schmächtigen Körper erst aufrichtete, dann aber wieder mutlos in sich zusammensinken ließ. »Ihr Onkel ist ein Ritter von Anjou — er ist mit den Kindern durch seine Schwester verwandt — und heißt Laurence d'Angers. Er ist erst kürzlich vom Kreuzzug zurückgekehrt, aber nach Gloucester, zu den Truppen der Kaiserin. Das war erst nach dem Angriff auf Worcester, und da er daran nicht teilgenommen hat, trifft ihn auch keine Schuld. Aber in unserer Stadt kann es jetzt kein Mann aus Gloucester wagen, sich zu zeigen. Der König ist mit einer großen Armee eingerückt, und er ist, nicht anders als die geplünderten Bürger der Stadt, ein zorniger Mann. Notgedrungen obliegt die Suche nach den Kindern also uns. Aber da sie selbst ja absolut unschuldig sind, werde ich diese Angelegenheit dennoch dem Sheriff vortragen.«

»Und darin werde ich Euch unterstützen«, versicherte ihm Radulfus. »Aber zunächst, da uns hier niemand Auskunft geben kann...?« — er blickte sich fragend im Kapitelsaal um und sah nur Kopfschütteln — »... nun gut, dann müssen wir also unsere Gäste befragen. Die Namen, das jugendliche Alter, die Begleitung durch eine Nonne werden uns vielleicht weiterbringen.«

Trotzdem glaubte Bruder Cadfael nicht, als er gemeinsam mit den anderen Mönchen den Kapitelsaal verließ, daß diese Befragung etwas ergeben würde. Er hatte während der letzten Tage viel Zeit damit verbracht, Bruder Edmund bei

13

der Unterbringung und ärztlichen Betreuung der erschöpften Flüchtlinge zu helfen und nie waren dabei drei solche Reisende erwähnt worden. Er hatte zahlreiche, arglos erzählte Geschichten von Reisenden gehört, aber keiner hatte etwas von einer Benediktinernonne und zwei adligen Kindern gesagt, die ohne männlichen Schutz auf den Straßen unterwegs waren.

Und ihr Onkel, so schien es, war Gefolgsmann der Kaiserin, so wie Gilbert Prescote ein ergebener Gefolgsmann des Königs war, und zwischen den beiden Parteien flammte wegen der Plünderung Worcesters bitterer Haß auf. Die Zeichen standen schlecht. Abt Radulfus würde dem Gesandten noch heute mit seinen Überredungskünsten zur Seite stehen, aber ob die beiden etwas für Laurence d'Angers erreichen würden, war recht zweifelhaft.

Der Sheriff empfing die Bittsteller ernst und höflich in seinen persönlichen Gemächern auf seiner Burg und hörte sich mit unbewegtem Gesicht die Geschichte an, die Herward ihm erzählte. Er war ein finsterer Mann mit schwarzen Augenbrauen und einem schwarzen Bart, und seine Miene war eher furchteinflößend als ermutigend. Aber dennoch war er auf seine strenge Art ein aufrechter Mensch, der zu seinem Wort und zu seinen Männern stand, vorausgesetzt, sie erfüllten die Anforderungen, die er an sie stellte.

»Es tut mir leid«, sagte er, als Herward geendet hatte, »von Eurem Verlust zu hören, und noch mehr tut es mir leid, Euch gleich sagen zu müssen, daß Ihr Eure Leute hier in Shrewsbury vergebens sucht. Seit jenem Angriff habe ich mich über jeden informieren lassen, der von Worcester in diese Stadt gekommen ist, und diese drei waren nicht darunter. Jetzt, da Seine Gnaden die Garnison in Worcester verstärkt hat, haben sich viele bereits wieder auf den Weg dorthin gemacht. Wenn, wie Ihr sagt, der Onkel dieser Kinder kürzlich nach England zurückgekehrt ist, und wenn er ein vermögender Mann ist – warum macht er sich dann nicht selbst auf die Suche?«

Herward hatte den Fehler begangen, bis jetzt den Namen des Edelmannes zu verschweigen. Er hatte diesen Augenblick vor sich hergeschoben. Und doch besagte der Name nichts weiter, als daß er ein Ritter sei, der auf dem Kreuzzug Ehre erworben hatte und jetzt aus dem Heiligen Land, wo zur Zeit ein unsicherer Frieden herrschte, zurückgekehrt war. Aber es half nichts – die Wahrheit mußte heraus.

»Herr«, begann Herward mit einem Seufzer, »Laurence d'Angers ist Willens und bereit, seinen Neffen und seine Nichte zu suchen. Jedoch benötigt er dafür Eure Unterstützung oder die besondere Erlaubnis Seiner Gnaden des Königs. Denn als Ritter von Anjou schuldet er der Kaiserin Maud Gefolgstreue und hat sich mit seinen Männern in Gloucester ihren Truppen angeschlossen.« Er beeilte sich fortzufahren, solange ihm das Reden gestattet war, denn der Sheriff hatte seine Augenbrauen zusammengezogen, so daß sie wie ein stählernes Band über den nunmehr zusammengekniffenen und in plötzlichem Verstehen blitzenden Augen lagen. »Er ist erst eine Woche nach dem Angriff in Gloucester eingetroffen, er hat also nicht daran teilgenommen, wußte nichts davon und kann nicht dafür zur Verantwortung gezogen werden. Er hörte, daß seine Verwandten verschollen seien, und sein ganzes Trachten geht dahin, sie zu finden und in Sicherheit zu bringen. Doch ist es für einen Mann aus Gloucester unmöglich, sich jetzt in die Nähe von Worcester zu begeben oder ohne die Zusicherung des freien Geleits das Gebiet des Königs zu betreten.«

»Also sprecht Ihr«, sagte Prescote nach einer einschüchternden Pause, »für ihn – für einen Feind des Königs.«

»Mit Verlaub, Herr«, sagte Herward energisch, »ich trete für ein junges Mädchen und einen Jungen im zarten Alter von dreizehn ein, die nichts getan haben, was sie zu Feinden von König oder Kaiserin machen könnte. Parteien und Bündnisse kümmern mich nicht. Ich bin nur in Sorge über das Schicksal zweier Kinder, die sich, als dieses Übel über uns hereinbrach, in der Obhut unseres Ordens befanden. Ist es nicht natürlich, daß wir uns für sie verantwortlich fühlen und alles tun, was unser Gewissen uns gebietet, um sie zu finden?«

»Das ist natürlich«, gab der Sheriff unumwunden zu, »und obendrein werdet Ihr als Mann aus Worcester kaum große Sympathien für die Feinde des Königs aufbringen, noch ihnen Hilfe oder Unterschlupf gewähren.«

»Wie alle anderen in Worcester haben wir unter ihnen zu leiden gehabt, Herr. König Stephen ist unser weltlicher Herrscher und als solchem schulden wir ihm die Gefolgschaft. Hier aber bin ich nur den Kindern verpflichtet. Bedenkt die Angst und die Verzweiflung, die ihren Vormund überfallen haben muß! Er bittet nur – das heißt, wir bitten in seinem Namen – um Erlaubnis, unbewaffnet das Land des Königs betreten und ungehindert nach seiner Nichte und seinem Neffen suchen zu dürfen. Ich will nicht behaupten, daß ein solcher Mann, und sei er auch unschuldig an diesem schrecklichen Überfall, selbst mit Erlaubnis seiner Gnaden und der Zusicherung des freien Geleits in unserer oder Eurer Grafschaft ganz sicher sein würde, aber dieses Risiko ist er bereit auf sich zu nehmen. Wenn Ihr ihm freies Geleit zusichert, so schwört er nur diese Suche und nichts anderes zu unternehmen. Er wird unbewaffnet kommen, in Begleitung von nur einem oder zwei Männern zu seiner Hilfe. Er wird nur danach trachten, seine Schutzbefohlenen zu finden. Zu ihrem Besten flehe ich Euch an, Herr, es zu gewähren.«

Mit verhaltener Stimme fügte Abt Radulfus hinzu: »Ich glaube, das Wort eines Kreuzritters von makellosem Ruf darf ohne Zweifel angenommen werden.«

Mit düsterer Miene und zusammengezogenen Augenbrauen erwog der Sheriff die Angelegenheit schweigend einige Minuten lang, bevor er das Ergebnis seiner kühlen Überlegungen bekanntgab: »Nein. Ich werde ihm kein freies Geleit zusichern, und wenn der König selbst hier anwesend und geneigt wäre diese Bitte zu erfüllen, würde ich ihm davon abraten. Nach allem was geschehen ist wird jeder Mann der Gegenseite, der in meinem Gebiet angetroffen wird, wie ein Kriegsgefangener, wenn nicht wie ein Spion, behandelt werden. Sollte er unter zweifelhaften Umständen aufgegriffen werden, so hat er sein Leben verwirkt, und selbst wenn er nicht im Auftrag der Feinde handeln sollte, wird er gefangengesetzt. Nicht nur seine Absichten sind dabei zu berücksichtigen. Selbst wenn ein Mann schwört, keine feindseligen Handlungen zu begehen, und treu zu seinem Schwur steht, mag er mit sich Erkenntnisse über Burgen und Garnisonen mitnehmen, die dem Feind später zugutekommen könnten. Vor allem aber ist es meine Pflicht, die Feinde des Königs zu bekämpfen und ihre Kräfte zu schwächen, wo immer sich die Gelegenheit dazu bietet, und wenn ich sie eines guten Ritters berauben kann, so werde ich das tun. Das richtet sich nicht gegen Sir Laurence d'Angers, dessen Ruf, so weit ich weiß, ganz ausgezeichnet ist. Aber er wird keinen Geleitbrief erhalten, und sollte er es wagen dennoch hierher zu kommen, dann rate ich ihm auf seinen Kopf zu achten. Zweifellos ist er nicht aus Palästina heimgekehrt, um in einem Gefängnis zu verfaulen. Wenn er dies riskieren will, so ist das seine eigene Wahl.«

»Aber das Mädchen Ermina«, begann Herward noch einmal voller Verzweiflung, »und ihr Bruder, ein bloßes Kind — sollen sie denn nicht gesucht werden?«

»Habe ich das gesagt? Sie sollen gesucht werden — dafür werde ich sorgen, so gut ich es vermag — aber durch meine eigenen Männer. Und wenn man sie findet, werden sie sicher in die Obhut ihres Onkels gegeben werden. Ich werde allen meinen Burgvögten und Offizieren Befehl geben, nach diesen dreien Ausschau zu halten und die notwendigen Nachforschungen zu unternehmen. Aber ich werde nicht zulassen, daß ein Gefolgsmann der Kaiserin seinen Fuß in das Land setzt, das ich für den König verwalte.«

Seine Miene und seine Stimme ließen erkennen, daß er zu keinen weiteren Zugeständnissen bereit war, und nun mußten sie das Beste daraus machen.

»Vermutlich würde es helfen«, schlug Radulfus mit sanfter Stimme vor, »wenn Bruder Herward Euch eine Beschreibung der drei gesuchten Personen geben würde. Obgleich ich nicht weiß, wie gut er das Mädchen oder ihre Lehrerin, die Nonne, kennt...«

»Sie haben den Jungen mehrmals besucht«, sagte Herward. »Ich kann sie alle drei beschreiben. Nach diesen Personen sollen Eure Offiziere suchen: Yves Hugonin, dreizehn Jahre alt und Erbe eines nicht unbeträchtlichen Anteils am Nachlaß seines Vaters, ist für sein Alter nicht sehr groß, hat aber eine stämmige Statur und eine aufrechte Körperhaltung. Er hat ein rundes, rosiges Gesicht, sein Haar und seine Augen sind dunkelbraun. Ich sah ihn zuletzt an dem Morgen als der Angriff begann, und da trug er ein hellblaues Wams, einen Umhang mit Kapuze in derselben Farbe und eine graue Hose. Was die Frauen angeht – Schwester Hilaria ist am besten an ihrer Ordenstracht zu erkennen – aber ich sollte wohl hinzufügen, daß sie jung ist, nicht älter als fünfundzwanzig. Sie ist eine hübsche, zierliche Frau mit graziösen Bewegungen. Das Mädchen Ermina...« Bruder Herward hielt inne und starrte über die Schulter des Sheriffs hinweg als wolle er ein Bild beschwören, das sich ihm nur selten geboten, dafür aber um so deutlicher eingeprägt hatte. »Sie wird in Kürze achtzehn sein, den genauen Tag weiß ich allerdings nicht. Sie ist dunkler als ihr Bruder, Augen und Haare sind fast schwarz, außerdem ist sie hochgewachsen und energisch... Man sagt, sie besitze Verstand, eine schnelle Auffassungsgabe und einen starken Willen.«

Das war kaum eine eingehende Beschreibung ihres Äußeren, und doch zeichneten Herwards Worte ein Bild von überraschender Klarheit. Und dies um so mehr, als er seine Schilderung mit den fast geistesabwesend, wie zu sich selbst gesprochenen Worten beendete: »Man kann mit Fug und Recht behaupten, sie sei außerordentlich schön.«

Bruder Cadfael hörte durch Hugh Beringar davon, nachdem die Kuriere zu den Burgen und Landgütern geritten waren und die Nachricht in den Dörfern verbreitet hatten, wo sie öffentlich ausgeschrieen werden sollte. Was Prescote versprochen hatte, das hielt er wortgetreu ein, bevor er sich in den Frieden seines eigenen Landgutes zurückzog, um Weihnachten mit seiner Familie zu feiern. Schon allein die Tatsache, daß der Sheriff ein Interesse an den gesuchten Geschwistern zeigte, würde ein Schutz für sie sein, sollte irgend jemand in dieser Grafschaft ihnen begegnen. Inzwischen war Herward mit einem Geleit bewaffneter Männer nach Worcester zurückgekehrt. Seine Mission war nur teilweise erfolgreich gewesen.

»Außerordentlich schön!« wiederholte Hugh und lächelte. Es war jedoch ein besorgtes und trauriges Lächeln. Ein solch willensstarkes, hübsches und mutiges Mädchen, das jetzt, bei Einbruch des Winters, in einem Land herumirrte, in dem kriegerische Auseinandersetzungen drohten, konnte nur zu leicht zu Schaden kommen.

»Auch ein Unterprior«, sagte Cadfael nachsichtig und rührte in dem blubbernden Hustensaft, den er über der Feuerstelle in seinem Schuppen kochte, »hat Augen. Aber bei ihrer Jugend wäre sie selbst dann in Gefahr, wenn sie häßlich wäre. Nun ja, ebensogut mag sie jetzt gerade in einem warmen, sicheren Zufluchtsort sitzen. Wie schade, daß ihr Onkel auf der anderen Seite steht und keine Erlaubnis bekommen kann, sie selber zu suchen.«

»Und gerade erst aus Jerusalem zurück«, warf Hugh nachdenklich ein. »Was in Worcester geschehen ist, kann man ihm beim besten Willen nicht vorwerfen. Er ist wohl erst zu kurz im Ritterdienst, um Euch bekannt zu sein?«

»Das ist eine andere Generation, mein Freund. Es ist sechsundzwanzig Jahre her, daß ich dem Heiligen Land den Rücken gekehrt habe.« Cadfael nahm den Kessel von der Feuerstelle und stellte ihn auf den gestampften Lehmboden, um ihn über Nacht langsam abkühlen zu lassen. Vorsichtig richtete er sich auf. Bis sechzig hatte er es nicht mehr weit, auch wenn man ihn für ein Dutzend Jahre jünger hielt. »Inzwischen wird dort alles anders geworden sein. Der Glanz verblaßt schnell. In welchem Hafen sagt Ihr, hat er sich eingeschifft?«

»Laut Herward in Tripoli. Ich nehme an, daß Ihr diese Stadt in Eurer stürmischen Jugend recht gut gekannt habt. Mir scheint, es gibt an dieser Küste nicht viele Städte, mit denen Ihr nicht eingehende Bekanntschaft geschlossen habt.«

»Mir persönlich gefiel St. Symeon am besten. In den Werften dort gab es immer gute Schiffszimmerleute, es hatte einen geschützten Hafen, und Antiochia lag nur ein paar Meilen flußaufwärts.«

Er hatte allen Grund, sich an Antiochia zu erinnern, denn dort hatte seine lange Laufbahn als Kreuzritter und seine Liebesaffäre mit Palästina, jenem wunderbaren, unwirtlichen, grausamen Land aus Gold und Sand und Dürre begonnen und geendet. In diesem ruhigen, und doch geschäftigen Hafen, in dem er schließlich beschlossen hatte Anker zu werfen, hatte er wenig Zeit gehabt, seine Gedanken zu jenen Lieblingsplätzen seiner Jugend zurückschweifen zu lassen. Jetzt aber hatte er die Stadt wieder deutlich vor Augen, das satte Grün des Flußtals, die willkommenen, schmalen Schattenstreifen in den Gassen, das babylonische Gewirr des Marktes. Und Mariam, die ihr Obst und Gemüse in der Straße der Segelmacher verkaufte... Ihr junges, fein geschnittenes Gesicht wurde vom gleißenden Licht der Sonne in eine Maske aus Gold und Silber verwandelt, und unter ihrem Schleier schimmerte schwarzes, glänzendes Haar. Sie hatte ihm nicht nur die Ankunft im Osten verschönt, als er noch ein grüner Junge von achtzehn Jahren war, sondern auch seinen Abschied, als er mit dreiunddreißig Jahren als erfahrener Soldat und Seemann in seine Heimat zurückkehrte. Sie war Witwe, jung, leidenschaftlich und einsam, eine Frau aus dem Volk und sicher nicht jedermanns Geschmack – dazu war sie zu dünn, zu stark, ihre Zunge zu spitz. Die Leere, die ihr Mann hinterlassen hatte, war unerträglich gewesen, und so hatte sie den jungen Fremdling mit ganzem Herzen und ganzer Seele in ihr Leben aufgenommen, damit er die Lücke füllte. Ein ganzes Jahr lang hatte er sie gekannt, dann waren die Armeen der Kreuzritter weitergezogen, um Jerusalem zu belagern. Vor ihr und nach ihr hatte es andere Frauen gegeben. Er erinnerte sich ihrer mit Dankbarkeit und ohne jedes Schuldgefühl. Er hatte Freude und Wohltaten gegeben und empfangen. Keine Frau hatte je Anlaß zur Klage über ihn gehabt. Wenn das auch vom formalen Standpunkt her eine armselige Verteidigung war, so fühlte er sich dahinter doch sicher. Er hätte es als Beleidigung aufgefaßt, wenn man von ihm verlangt hätte, er solle bereuen, eine Frau wie Mariam geliebt zu haben.

»Man hat dort Verträge geschlossen, die den Frieden sichern sollen, wenn auch nur für eine begrenzte Zeit«, sagte er nachdenklich. »Ich nehme an, ein hoher Herr aus Anjou könnte das Gefühl gehabt haben, er werde hier dringender gebraucht als dort, nun, da seine Lehensherrin in Not ist.

Nach allem, was ich gehört habe, hat der Mann einen guten Namen. Zu schade, daß er gerade dann kommt, wenn der Haß die höchsten Wellen schlägt.«

»Es ist ein Jammer, daß es zwischen anständigen Menschen überhaupt Grund zum Haß gibt«, pflichtete ihm Hugh bekümmert bei. »Ich stehe auf Seiten des Königs, und ich habe meine Wahl mit offenen Augen getroffen. Ich mag Stephen und werde ihn nicht für irgendeine Kleinigkeit im Stich lassen. Aber ebenso verständlich ist, daß ein Graf von Anjou nach Hause eilt und seiner Lehensherrin genauso loyal zur Seite steht, wie ich Stephen diene. Ach, Cadfael – was für eine Verkehrung all unserer Werte dieser Bürgerkrieg ist!«

»Nicht aller Werte«, sagte Cadfael mit Nachdruck. »Soviel ich weiß, hat es nie eine Zeit gegeben, in der das Leben leicht und friedlich war. Euer Sohn wird in einer besseren Welt aufwachsen. So – für heute bin ich fertig, und gleich wird die Glocke läuten.«

Sie gingen gemeinsam hinaus in die Kälte und Dunkelheit des Gartens und spürten auf ihren Gesichtern die ersten Schneeflocken dieses Winters. Der Wind wehte in Böen, aber hier war der Schneefall leicht. Weiter südlich setzte er, getrieben von einem Nordwestwind, heftig ein. Es war feiner, trockener Schnee, der die Nacht in einen weißen, wirbelnden Nebel verwandelte, alle Umrisse verbarg, Wege unter sich begrub und vom Wind zu glatten, sich überschlagenden Wellen geformt wurde, die sogleich wieder aufgeweht wurden, um sich erneut über das Land zu legen. Täler wurden trügerisch aufgefüllt, während sich die Hänge der Hügel glätteten. Wer klug war, blieb in seinem Haus, verschloß Türen und Fensterläden und verstopfte die Ritzen zwischen den Brettern, durch welche die dünnen weißen Finger sich bohrten. Es war der erste Schnee und der erste strenge Frost.

Gott sei Dank, dachte Cadfael und beschleunigte seine Schritte, als die Glocke zur Komplet zu läuten begann – Herward und seine Begleiter werden inzwischen ein gutes Stück des Heimweges hinter sich haben. Sie werden diesen Sturm gut überstehen.

Aber was wird aus Ermina und Yves Hugonin, die irgendwo zwischen hier und Worcester sein müssen, und was wird aus der jungen Benediktinernonne, die ihnen in ihrer edlen Unschuld angeboten hat, sie zu begleiten und zu einem sicheren Zufluchtsort zu bringen?

Kapitel 2

Ein Reisender aus dem Süden, der die Nacht im Kloster von Bromfield, das etwas mehr als zwanzig Meilen entfernt war, verbracht und das Glück gehabt hatte, wenigstens die Landstraße in passablem Zustand vorzufinden, brachte am 5. Dezember gegen Mittag eine dringende Botschaft zum Kloster von Shrewsbury. Prior Leonard von Bromfield war bis zu seiner Beförderung Mönch in Shrewsbury gewesen. Er war ein alter Freund von Bruder Cadfael und ebenfalls in den Heilkünsten bewandert.

»Während der Nacht«, berichtete der Bote, »brachten einige brave Männer aus jener Grafschaft einen verwundeten Mann zur Priorei. Er war nackt und übel zugerichtet – man hatte wohl gedacht er sei tot und ihn am Wegrand zurückgelassen. Und wirklich, er ist halbtot und in sehr schlechter Verfassung. Wenn er die ganze Nacht über in der Kälte gelegen hätte, wäre er bis zum Morgen völlig steif gefroren gewesen. Und Prior Leonard hat mich gebeten, Euch zu benachrichtigen, denn obschon man dort einige Erfahrungen in der Heilkunst besitzt, geht dieser Fall über ihre Fähigkeiten, und er sagte, Ihr hättet einige Erfahrung aus dem Krieg und vermöchtet diesen Mann vielleicht zu retten. Wenn Ihr kommen und bleiben könntet, bis er geheilt ist – oder seine arme Seele sich vom Körper trennt – so wäre das eine große Hilfe und ein starker Trost.«

»Wenn der Abt und der Prior mir Erlaubnis geben«, sagte Cadfael besorgt, »dann werde ich mit Freuden kommen. Gibt es jetzt schon so nah bei Ludlow Wegelagerer? Ist es schon so weit gekommen dort im Süden?«

»Und dabei ist der arme Mensch ein Mönch, man sieht es an der Tonsur.«

»Kommt mit mir«, sagte Cadfael. »Wir werden diese Angelegenheit Prior Robert vorlegen.«

Mitleidig hörte sich Prior Robert den Bericht des Boten an und machte keine Einwände, da ja nicht er es war, der diesen Weg in aller Eile zurückzulegen hatte, und das jetzt, da der Winter seine Macht zu entfalten begann. Er ging seinerseits zum Abt, um ihm die Bitte vorzutragen und kehrte mit dessen Einwilligung zurück.

»Der Abt erlaubt Euch, ein gutes Pferd aus den Ställen zu nehmen, denn das werdet Ihr brauchen. Ihr dürft so lange bleiben, wie Ihr es für nötig haltet, und wir werden inzwischen nach Bruder Mark aus Saint Giles schicken, denn ich glaube nicht, daß Bruder Oswin bereits genug Erfahrung besitzt, um seine Aufgabe ohne Aufsicht erfüllen zu können.«

Ernst pflichtete Cadfael ihm bei. Oswin war ein williger und ergebener Schüler, aber er besaß kaum das nötige Wissen, sich um die Winterkrankheiten zu kümmern, die in der Abwesenheit seines Lehrers auftreten könnten. Mark würde seine Aussätzigen am Rande der Stadt nur ungern verlassen, aber mit Gottes Hilfe würde es ja für nicht sehr lange sein.

»Wie steht es mit den Straßen?« fragte er den Boten, der, während Cadfael sich sein Pferd aussuchte, sein eigenes im Stall unterbrachte. »Ihr habt nicht lange hierher gebraucht, und auch ich werde mich beeilen müssen.«

»Das Schlimmste ist der Wind, Bruder, aber abgesehen von einigen gefährlichen Stellen hat er die Landstraße fast freigefegt. Nur die Nebenstraßen sind völlig verweht. Wenn Ihr gleich aufbrecht, werdet Ihr nicht allzu große Schwierigkeiten haben. Nach Süden geht es besser als nach Norden – so habt Ihr wenigstens den Wind im Rücken.«

Cadfael überlegte sorgfältig, bevor er sein Bündel packte, denn er besaß Medizinen, Salben und Fiebermittel, die sich nicht im Schrank eines jeden Krankenquartiers fanden, und die gebräuchlicheren Mittel würde er in Bromfiel vorfinden. Je weniger er mit sich führte, desto schneller würde er vorankommen. Er zog sich derbe Stiefel an, warf einen schweren Reiseumhang über seine Kutte und gürtete ihn sorgfältig an der Taille. Wäre der Grund für seine Mission nicht so schrecklich gewesen, dann hätte er sich über die Aussicht auf einen notwendigen Ausflug in die Welt und die seltene Erlaubnis, sich ein Pferd seiner Wahl im Stall auszusuchen, gefreut. Er hatte an Feldzügen in bitterer Winterkälte ebenso teilgenommen wie an solchen unter glühender Sonne, und so schreckte der Schnee ihn nicht, obwohl er weise genug war, sich vor ihm in Acht zu nehmen und ihn nicht zu unterschätzen.

Während der vier Tage seit dem ersten Schneefall war das Wetter einem bestimmten Muster gefolgt: gegen Mittag etwas Sonne, danach zunehmende Bewölkung, spät am Abend und bis in die Nacht hinein dann wieder Schneefall, und die ganze Zeit eisige Kälte. In der Gegend von Shrewsbury war nur leichter, pudriger Schnee gefallen. Das Muster der weißen Flecken auf der schwarzen Erde hatte sich, je nach Laune des Windes, ständig verändert. Aber als Cadfael weiter nach Süden kam, wurden die Felder weißer und die Gräben waren schneegefüllt. Die Zweige der Bäume waren von ihrer Last gebeugt, und gegen Mitte des Nachmittages lastete der bleifarbene Himmel mit seinen blau-schwarzen, drohenden Wolken nicht weniger schwer über der Erde. Wenn das so weiterging, würden bald die Wölfe von den Hügeln herunterkommen und hungrig um die Behausungen der Menschen streichen. Da hatten es die Igel, die den Winter unter einer Hecke verschliefen, oder die Eichhörnchen, die sich ein warmes Nest mit guten Vorräten gebaut hatten, doch wesentlich besser. Im Herbst hatte es eine gute Ernte an Nüssen und Eicheln gegeben.

Selbst allein und in der bitteren Kälte bereitete ihm das Reiten Vergnügen. Er hatte jetzt nur noch selten Gelegenheit dazu; es war eine der Freuden, die er für den Frieden des Klosters und das Gefühl, seinen eigentlichen Platz gefunden zu haben, aufgegeben hatte. In jeder Entscheidung gab es etwas, das man bedauern konnte. Er krümmte den Rücken vor dem übellaunigen Wind und sah die ersten staubfeinen Flocken an sich vorbeitreiben. Aber im warmen Schutz von Kutte und Umhang fühlte er sich geborgen. Er dachte an den Mann, der am Ende dieser Reise auf ihn wartete.

Ein Mönch, hatte der Bote gesagt. Aus Bromfield? Gewiß nicht. Wenn er zu ihnen gehört hätte, würden sie seinen Namen genannt haben. Ein Mönch, der alleine unterwegs war, mitten in der Nacht? In wessen Auftrag? Oder war er vor etwas geflohen, bevor er Räubern und Mördern in die Hände gefallen war? Auch andere mußten durch eben diese Gegend gekommen sein, auf der Flucht vor der Plünderung von Worcester, und wo waren sie jetzt? War dieser Mönch vielleicht unter Mühen und Gefahren denselben Schrecken entronnen?

Der Schnee fiel jetzt dichter. Wie zwei dünne Vorhänge aus Gischt, geteilt durch seinen breiten Rücken, wehte er zu beiden Seiten an ihm vorbei, wie die Enden eines Schals aus Mousselin, der ihn vorwärts zog. Etwa viermal hatte er im Vorbeireiten Grüße mit anderen Menschen ausgetauscht, und die hatten es nicht mehr weit gehabt. Nur wem keine andere Wahl bleibt reist bei solchem Wetter.

Es war dunkel, als er das Tor von Bromfield erreichte und die Fußbrücke über den kleinen Fluß Onny überquerte. Sein Pferd war abgekämpft. Es hatte Schaum am Hals und Schultern und Flanken zuckten irritiert. Erleichtert saß Cadfael im Schein der Fackeln im Torhaus ab und ließ einen Laienbruder die Zügel nehmen. Vor ihm lag der vertraute Hof, offener als der in Shrewsbury, und die Umrisse der Klostergebäude wurden hier und da vom goldenen Licht einer Fackel beleuchtet. Schwarz ragte die Marienkirche in der Dunkelheit auf. Angesichts der Bescheidenheit dieses Ortes wirkte sie groß und prächtig. Und aus dem Schatten der Gebäude kam Prior Leonard auf ihn zu, ein großer, langgliedriger Mann, der irgendwie wie ein Reiher wirkte: Er hatte den Kopf erwartungsvoll vorgereckt und seine Arme schlugen wie Flügel. Der Hof war tagsüber gewiß gefegt worden, aber schon war er wieder von einem dünnen, glatten Schleier aus Schnee überzogen. Morgen würden die Schuhe tief und knirschend darin einsinken, wenn der Wind nicht die Hälfte dessen, was er gebracht hatte, wieder davontrug.

»Cadfael?« Der Prior war kurzsichtig, er mußte selbst im hellen Licht des Tages blinzeln. Aber jetzt tastete er nach der Hand, die ihm ausgestreckt wurde und erkannte sie am Griff. »Gott sei Dank, daß Ihr gekommen seid! Ich fürchte das Schlimmste für ihn... aber ein solcher Ritt... kommt herein, kommt herein, ich habe Euch ein Bett machen lassen und eine Mahlzeit ist auch bereitet. Ihr müßt hungrig und müde sein.«

»Laßt mich erst nach ihm sehen«, sagte Cadfael kurz und ging zielstrebig über den leicht ansteigenden Hof. Die breiten Sohlen seiner Stiefel hinterließen deutliche Spuren im frischen Schnee. Prior Leonard ging neben ihm. Er paßte die Schritte seiner langen Beine an die kürzeren seines Freundes an und redete weiter auf ihn ein.

»Wir haben ihn in einem abgelegeneren Raum untergebracht, damit er mehr Ruhe hat. Es ist ständig jemand bei ihm. Er atmet, aber rasselnd, wie ein Mann, dessen Schädel gebrochen ist. Seit er hergebracht wurde, hat er nicht gesprochen oder die Augen geöffnet. Am ganzen Körper hat er Blutergüsse, und die werden schnell heilen. Aber jemand ist mit einem Messer auf ihn losgegangen, und er hat viel Blut verloren, wenn auch die Blutung jetzt gestillt ist. Hier entlang – in den inneren Räumen ist es nicht so kalt...«

Das Krankenquartier lag etwas abseits und geschützt im Windschatten der massigen Kirche. Sie traten ein, schlossen die schwere Tür gegen die Kälte der Nacht, und Leonard ging voraus zu der kleinen, kargen Zelle, in der neben einem Bett ein Öllämpchen brannte. Als sie eintraten, erhob sich ein junger Mönch von den Knien und trat vom Krankenbett zurück, um ihnen Platz zu machen.

Der Patient lag auf dem Rücken unter mehreren Lagen Decken, wie ein Mann auf dem Totenbett. Gewiß, er atmete, wenn auch nur unter größten Mühen, aber beim Einatmen hob sich die Decke auf seiner Brust nur kaum wahrnehmbar, und das Gesicht auf dem Kissen war bewegungslos. Die Augen waren geschlossen, die Wangen hohl unter den hervorstehenden Backenknochen blau verfärbt. Der Kopf, einschließlich der Tonsur, war bandagiert, und unterhalb des Verbandes war die Stirn geschwollen, und zwar derart, daß ein Auge fast verschwunden war. Es ließ sich schwer sagen, wie er normalerweise aussehen mochte, aber Cadfael nahm an, daß er kräftig gebaut und gewiß nicht sehr alt war, wahrscheinlich nicht älter als fünfunddreißig Jahre.

»Es ist ein Wunder«, flüsterte Leonard, »daß keine Knochen gebrochen sind. Nur, möglicherweise, der Schädel... aber Ihr werdet ihn später gründlich untersuchen...«

»Das werde ich besser jetzt gleich tun«, sagte Cadfael entschlossen. Er zog seinen Umhang aus, legte sein Bündel auf den Boden und machte sich ans Werk. In einer Ecke stand ein kleiner Ofen, aber als er die Hände unter die Decke steckte und Seiten, Oberschenkel und Füße betastete, fühlte er in dem Körper dennoch die Kälte des Todes. Sie hatten ihn wohl warm eingepackt, aber das war nicht genug.

»Legt Steine auf den Kamin in der Küche«, sagte Cadfael. »Wenn sie erwärmt sind, schlagt sie in Wollstoff ein. Wir werden sie unter die Decke legen und auswechseln, sobald sie abgekühlt sind. Diese Kälte kommt nicht vom Frost, sondern von seinen Verletzungen, und wenn wir sie nicht vertreiben, wird er das Bewußtsein nie wieder erlangen. Ich habe gesehen, wie Männer infolge erfahrener Schrecken oder Grausamkeiten der Welt den Rücken gekehrt haben und gestorben sind und dabei hatten sie keine tödlichen Verletzungen erlitten. Habt Ihr versucht, ihm etwas zu Essen oder zu Trinken zu geben?«

»Ja, aber er kann nicht schlucken. Sogar ein Löffel voll Wein rinnt ihm wieder aus dem Mund.« Dann mußte also der Kiefer gebrochen sein, zerschmettert durch Fausthiebe oder Keulenschläge. Wahrscheinlich waren ihm die Zähne ausgeschlagen worden. Doch nein – Cadfael hob vorsichtig die Oberlippe des Mannes an und sah die starken weißen Zähne. Sie waren regelmäßig, groß und fest zusammengebissen.

Der junge Mönch war leise aus dem Raum gegangen, um dafür zu sorgen, daß in der Küche Steine oder Ziegel erhitzt wurden. Cadfael schlug die Decken zurück und untersuchte den nackten Körper von Kopf bis Fuß. Sie hatten ihn unbekleidet gelassen und mit einem Leintuch bedeckt, damit seine vielen Wunden und Abschürfungen nur vom glatten, reinen Stoff berührt wurden. Der Messerstich unter seinem Herzen trug einen festen Verband. Cadfael löste ihn nicht; zweifellos war jede Wunde sorgfältig gereinigt und versorgt worden. Er schob jedoch seine Finger unter die oberen Falten des Verbandes und tastete nach den darunterliegenden Knochen.

»Damit wollten sie ihm den Garaus machen. Aber das Messer ist an der Rippe abgerutscht, und sie haben sich nicht die Zeit genommen, sich zu vergewissern, ob er tot war. Bei guter Gesundheit muß er ein starker Mann sein – seht euch nur seine Statur an. Die ihm dies zugefügt haben, waren mindestens zu dritt oder zu viert.«

Für die vielen Wunden, die erste Anzeichen von Entzündung aufwiesen, tat er, mit seinen seit Jahren bewährten Salben, was er konnte. Die kleineren, sauberen Abschürfungen behandelte er nicht. Zwei oder drei eifrig bemühte junge Mönche brachten die erhitzten Steine, legten sie um den geschundenen Körper, so daß sie der Haut nah waren, aber sie nicht berührten, und gingen eiligst zurück, um weitere zu erwärmen. Einen heißen Ziegelstein legten sie an die großen, knochigen Füße; denn wenn die Füße kalt sind, bleibt der ganze Körper kalt, sagte Cadfael. Schließlich der von Keulenhieben verletzte Kopf: Cadfael nahm den Verband ab, während Leonard die Schultern des Mannes stützte. Die unverkennbare Tonsur erschien. Dickes, buschiges, braunes Haar umrahmte das bloße Stück Kopfhaut, auf dem zwei oder drei immer noch leicht blutende Wunden zu erkennen waren. Der Haarwuchs war so stark und das Haar selbst so dicht, daß der dem Mönch verbliebene Kranz ihn vielleicht vor einem Schädelbruch bewahrt hatte. Vorsichtig tastete Cadfael den Kopf ab, konnte aber keine weiche Stelle finden. Also durfte man hoffen. Er seufzte erleichtert.

»Sein Verstand mag infolge der Verletzungen verwirrt sein, aber ich glaube, der Schädel ist heil. Wir werden ihn wieder verbinden, damit er bequemer liegen kann und gewärmt wird. Ich kann keinen Bruch finden.«

Als sie fertig waren, lag der Körper reglos wie zuvor; es ließ sich keine Veränderung entdecken, die nicht durch die Behandlung der beiden Männer hervorgerufen worden war. Aber die Wärme der Steine, die sofort ausgewechselt wurden, wenn sie abkühlten, zeigten ihre Wirkung. Der Körper fühlte sich weicher und menschlicher an – nun war er in der Lage zu heilen.

»Wir können ihn jetzt alleinlassen«, sagte Cadfael und betrachtete den Kranken mit einem gedankenverlorenen Stirnrunzeln. »Ich werde heute Nacht bei ihm wachen und morgen schlafen, wenn wir wissen, ob seine Heilung Fortschritte macht. Aber meiner Meinung nach wird er es überleben. Mit Eurer Erlaubnis, Prior, würde ich jetzt gern das Abendessen einnehmen, das Ihr mir versprochen habt. Vor allem aber schickt mir einen beherzten Jungen, der mir diese Stiefel auszieht – ich selber bin zu steif dazu.«

Beim Abendessen bediente Prior Leonard seinen Gast persönlich. Er machte kein Hehl aus seiner Erleichterung, daß nun ein erfahrener Arzt zur Hand war. »Ich habe nämlich weder Euer Wissen noch hatte ich je Gelegenheit, es mir anzueignen. Und ein so geschundener und übel zugerichteter Mensch ist – weiß Gott! – noch nie meiner Obhut übergeben worden. Bevor ich ihn hereinbringen ließ und versuchte, die Blutungen zu stillen und ihn vor der Kälte zu schützen, dachte ich, er sei tot. Vielleicht werden wir nie herausfinden, wie ihm all dies zugestoßen ist.«

»Wer hat ihn zu Euch gebracht?« fragte Cadfael.

»Einer unserer Pächter aus der Nähe von Henley. Reyner Dutton, ein braver Mann. Es war in jener Nacht als der erste Schnee und Frost kam und Reyner suchte nach einer verirrten Kuh, einem jener unternehmungslustigen Tiere, die immer wieder ausbrechen und Streifzüge durch die Gegend unternehmen. Er suchte mit einigen seiner Leute nach ihr. Sie fanden diesen armen Teufel am Wegrand und ließen alles stehen und liegen, um ihn so schnell wie möglich hierher zu bringen. Es war eine schreckliche Nacht – stockfinster und mit Sturmböen. Ich glaube nicht, daß er lange dort gelegen hat, sonst wäre er jetzt nicht mehr am Leben, so kalt wie es war und jetzt noch ist.«

»Und die ihn fanden haben keine Spur der Wegelagerer bemerkt? Sie selbst sind nicht aufgegriffen worden?«

»Nein. Aber man konnte nur ein paar Schritt weit sehen. Wenn andere an ihnen vorbeigekommen wären, hätten sie es nicht bemerkt. Wahrscheinlich hatten sie Glück, daß sie nicht dasselbe Schicksal erlitten, obwohl drei Männer vielleicht schon genug waren, um jeden Räuber abzuschrecken.

Sie kennen diese Gegend wie ihre Westentasche. Ein Fremder hätte irgendwo Unterschlupf suchen und warten müssen, bis man wieder etwas sehen konnte. Bei einem so starken Schneefall, mit feinen, trockenen Flocken und einem so heftigen Wind, werden die Wege täglich zweimal oder mehr verschüttet und wieder aufgedeckt. Man kann eine Meile weit gehen und sicher sein, sich an jeden markanten Punkt zu erinnern — aber auf dem Rückweg erkennt man nichts wieder.«

»Und Euer Patient — ist er hier unbekannt?«

Prior Leonard sah ihn überrascht an. »Aber nein! Ich dachte, das wüßtet Ihr. Nun, mein Bote wurde in sehr großer Eile losgeschickt — wir hatten keine Zeit für lange Erklärungen. Dieser Mann ist ein Benediktinermönch aus Pershore, der im Auftrag seines Abtes hier war. Mit jenem Kloster standen wir in Verhandlungen wegen eines Fingerknochens der Heiligen Eadburga, deren Reliquien, wie Ihr wißt, dort aufbewahrt werden, und dieser Bruder war damit betraut, ihn uns in seinem Reliquiar zu bringen. Diesen Auftrag hat er vor einigen Tagen erfüllt. In der Nacht des Ersten dieses Monats kam er hier an und blieb, um an dem Gottesdienst für die Übernahme der Reliquie teilzunehmen.«

»Wie kommt es dann«, wunderte sich Cadfael, »daß er nur einen oder zwei Tage später im Schnee aufgelesen und nackt zu Euch gebracht wurde? Offenbar seid Ihr Euren Gästen gegenüber in letzter Zeit recht nachlässig geworden, Leonard!«

»Aber er hat uns doch verlassen, Cadfael! Vorgestern sagte er, er müsse früh am folgenden Tag aufbrechen und zu seinem Kloster zurückkehren. Am nächsten Morgen machte er sich gleich nach dem Frühstück auf den Weg, und ich kann Euch versichern, daß er für den ersten Teil der Reise wohl ausgestattet war. Wir wissen ebensowenig wie Ihr, wie es geschehen konnte, daß er so nah bei uns überfallen wurde, und wie Ihr seht, kann er noch nicht sprechen und es uns erklären. Wo er sich gestern in der Zeit zwischen Morgen und finsterer Nacht aufgehalten hat, weiß niemand — gewiß jedoch nicht dort, wo er gefunden wurde, sonst würden wir uns nicht um seine Genesung kümmern sondern die Glocke für ihn läuten müssen.«

»Wie auch immer, wenigstens kennt Ihr ihn. Was wißt Ihr über ihn? Hat er Euch seinen Namen genannt?«

Der Prior zuckte mit den knochigen Schultern. »Was sagt schon ein Name über einen Mann aus? Er heißt Elyas. Er ist noch nicht lange im Kloster, glaube ich – obwohl er darüber nichts gesagt hat. Er ist ein wortkarger Mann, und insbesondere war mein Eindruck, daß er nicht über sich selber sprechen mag. Das Wetter machte ihm Sorgen. Wir hielten das für natürlich, da er sich ja nach Hause durchschlagen mußte, aber jetzt scheint mir, daß da noch mehr dahintersteckte. Er erwähnte nämlich eine Reisegruppe, die er auf dem Weg von Cleobury in Foxwood zurückgelassen hatte: ein paar Leute, die auf der Flucht aus Worcester waren. Er drängte sie, ihn hierher zu begleiten, da sie hier in Sicherheit seien, aber sie wollten weiter über die Hügel nach Shrewsbury. Das Mädchen, so sagte er, war unbeirrbar, und sie war es auch, die den Ton angab.«

»Das Mädchen?« Cadfael erstarrte und horchte auf. »Ein Mädchen gab den Ton an?«

»Anscheinend.« Leonard war überrascht, daß Cadfael dieser Sache so große Bedeutung beimaß.

»Hat er etwas über die anderen in der Gesellschaft gesagt? Erwähnte er einen Jungen? Und wurden sie von einer Nonne beaufsichtigt?« Ihm fiel auf, wie schlecht seine Worte die Beziehungen der drei untereinander bezeichneten. Es war das Mädchen, das den Ton angab!

»Nein, mehr erzählte er uns nicht. Aber ich hatte den Eindruck, daß er besorgt um sie sei, denn wie Ihr wißt fiel der Schnee erst nach seiner Ankunft bei uns; und jemand, der über diese kahlen Hügel wandert... er machte sich wohl so seine Gedanken.«

»Und Ihr glaubt, er könnte nach ihnen gesucht haben, um sich zu vergewissern, daß sie die Hügel sicher überquert hatten und auf einem gangbaren Weg nach Shrewsbury waren? Es wäre nicht so weit ab von seinem Weg gewesen.«

»Das wäre möglich«, gab Leonard zu. Weiter sagte er

nichts. Mit einem besorgten Stirnrunzeln erforschte er Cadfaels Gesicht und wartete auf eine Erklärung.

»Ich frage mich... ich frage mich, ob er sie gefunden hat – ob er sie hierher in Sicherheit bringen wollte.« Er sprach mit sich selbst, denn der Prior hatte zwar geduldig die Augen auf ihn gerichtet, verstand aber kein Wort. Und wenn es so war, dachte Cadfael, was, um Gottes Willen, ist dann aus ihnen geworden? Ihr einziger Helfer und Beschützer bewußtlos geschlagen und für tot zurückgelassen; und diese drei – wo mochten sie jetzt sein? Und doch gab es noch keinen Beweis dafür, daß es sich um die unglücklichen Hugonins und ihre junge Nonne handelte. Viele arme Menschen, unter ihnen auch Mädchen, waren vor der Plünderung von Worcester geflohen.

Auch eigenwillige Mädchen, die den Ton angaben? Nun, die wuchsen in Bauernkaten ebenso heran wie auf Schlössern, in der Stadt wie auf dem Land und in den Familien von Leibeigenen. Frauen waren so verschieden wie Männer.

»Leonard«, sagte er ernst und beugte sich über den Tisch, »Habt Ihr nicht von der Proklamation des Sheriffs gehört, in der die Rede ist von zwei verschollenen Kindern aus Worcester, die sich in Begleitung einer Nonne des dortigen Konvents befinden?«

Unbestimmt aber besorgt schüttelte der Prior den Kopf. »Nein, an eine solche Botschaft kann ich mich nicht erinnern. Wollt Ihr damit sagen, daß diese... Bruder Elyas war ganz gewiß etwas unruhig. Und Ihr glaubt, daß diese Reisenden, von denen er sprach, die Gesuchten sind?«

Cadfael erzählte ihm die ganze Geschichte: von ihrer Flucht und wie sie gesucht wurden, von der Bitte ihres Onkels, der Gefangennahme und Kerker riskierte, sollte er auf der Suche nach ihnen die Grenzen des Königreiches überschreiten. Mit wachsender Bestürzung hörte Leonard ihm zu. »Sie könnten es tatsächlich gewesen sein. Wenn dieser arme Bruder nur sprechen könnte!«

»Aber er hat ja gesprochen. Er sagte Euch, er habe sich in Foxwood von ihnen getrennt und sie seien entschlossen gewesen, die Hügel in Richtung Shrewsbury zu überqueren. Das würde bedeuten, daß sie vorhatten, am Clee vorbei nach Godstoke zu gehen, und dort befinden sie sich in dem Gebiet, das zur Priorei von Wenlock gehört. Da sind sie gut aufgehoben.«

»Aber der Weg dorthin ist ungeschützt und beschwerlich«, stöhnte der Prior verzweifelt. »Und in der folgenden Nacht kam der schwere Schneefall.«

»Wir können nicht sicher sein«, gab Cadfael vorsichtig zu bedenken. »Bisher ist es nur ein Verdacht. Ein Viertel der Bevölkerung von Worcester hat sich vor dem Massaker in diese Gegend geflüchtet. Ich sollte lieber bei unserem Patienten wachen als meine Zeit auf Spekulationen zu verschwenden. Denn nur er kann uns mehr erzählen, und außerdem: Ihn haben wir ja gefunden, er wurde uns auf die Schwelle gelegt und um ihn müssen wir uns kümmern. Geht zur Komplet, Leonard, und betet für ihn – ich werde dasselbe an seinem Lager tun. Und seid unbesorgt: Ich werde wachen, und wenn er spricht wird mir kein Wort entgehen, zu unser aller Wohl.«

Während der Nacht trat die erste plötzliche, wenn auch unendlich kleine Veränderung ein. Bruder Cadfael war seit langem daran gewöhnt, mit offenen Augen und gespitzten Ohren zu schlafen. So döste er, den Kopf auf der Brust, mit verschränkten Armen auf einem niedrigen Schemel neben dem Bett vor sich hin. Er hatte einen Ellbogen auf den hölzernen Bettrahmen gestützt, damit ihm keine Bewegung des Patienten entging. Aber schließlich war es sein Gehör, das ihn hochschrecken ließ. Mit angehaltenem Atem beugte er sich vor, denn Elyas hatte gerade den ersten langen, tiefen, freieren Atemzug getan, einen Atemzug, der den ganzen geschundenen Körper von neuem zu beleben schien. Er stöhnte über die Schmerzen, die ihn überall quälten. Das furchtbare Röcheln war schwächer geworden, und obgleich es ihm Schmerzen bereitete, zog er die Luft gierig ein wie ein Hungriger, der nach etwas Eßbarem greift. Cadfael sah, wie ein heftiger Schauder über das aufgequollene Gesicht ging und die geschwollenen Lippen öffnete. Der Kranke versuchte, sie mit seiner trockenen Zunge zu befeuchten; vor Schmerz zuckte sie wieder zurück, aber die Lippen blieben geöffnet. Die starken Zähne waren nun nicht mehr zusammengebissen. Ein tiefes, seufzendes Stöhnen entrang sich seiner Brust.

Cadfael hatte einen Krug Wein, der mit Honig gesüßt war, neben den Ofen gestellt, damit er warm blieb. Er träufelte einen kleinen Schluck zwischen die geschwollenen Lippen und sah zu seiner Befriedigung, daß das Gesicht des Bewußtlosen sich verkrampfte und die Kehle angestrengte Schluckbewegungen machte. Als er den Finger auf die wieder geschlossenen Lippen des Mannes legte, öffneten sie sich durstig. Geduldig gab Cadfael ihm, Tropfen für Tropfen, eine gehörige Portion Wein ein. Erst als schließlich keine Reaktion mehr kam, hörte Cadfael damit auf. Die kalte Bewußtlosigkeit hatte nun, da dem Körper innerlich und äußerlich etwas Wärme zugeführt worden war, langsam dem Schlaf Platz gemacht. Noch ein paar Tage Ruhe, damit sein Verstand sich wieder fangen kann, dachte Cadfael, und er wird es geschafft haben und auf dem Weg der Genesung sein. Ob er sich dann auch daran wird erinnern können, was ihm zugestoßen ist, muß sich erst noch herausstellen. Er hatte Männer gekannt, die sich, nachdem sie sich von solchen Kopfverletzungen erholt hatten, an jede Einzelheit ihrer Kindheit und der vergangenen Jahre erinnern konnten, aber nicht daran, wie es zu ihrer Verwundung gekommen war.

Er nahm den abgekühlten Stein vom Fußende des Bettes, holte einen neuen aus der Küche und setzte seine Nachtwache fort. Der Patient schlief jetzt eindeutig, aber es war ein sehr unruhiger Schlaf, unterbrochen vom Wimmern und Stöhnen und unvermittelten Schaudern, die über den ganzen großen Körper liefen. Ein- oder zweimal bemühte sich Elyas in offenkundiger Verzweiflung etwas zu sagen — Kehle, Lippen und Zunge versuchten Worte zu formen, brachten aber keine oder nur gequälte, unverständliche Laute hervor. Cadfael beugte sich dicht über ihn, damit ihm die ersten sinnvollen Worte nicht entgingen. Aber die Nacht verging, und seine Wache brachte kein Ergebnis.

Vielleicht waren es die Geräusche, mit denen der strenge Rhythmus des klösterlichen Lebens bemessen wurde, die selbst im gestörten Bewußtsein dieses Kranken eine tiefsitzende Gewohnheit ansprachen, denn als die Glocke zur Prim rief, wurde er plötzlich ruhig, seine Augenlider flatterten und wollten sich öffnen, schlossen sich aber, selbst in diesem gedämpften Licht, gleich wieder schmerzhaft. In seiner Kehle arbeitete es, er öffnete die Lippen und versuchte zu sprechen. Cadfael beugte sich vor und legte sein Ohr an den sich abmühenden Mund.

»... Wahnsinn...« sagte Elyas, oder jedenfalls glaubte Cadfael das zu hören. »Über den Clee«, stöhnte er, »in einem solchen Schneesturm...« Er warf den Kopf auf dem Kissen herum und zog vor Schmerz die Luft ein. »So jung... so eigensinnig...« Er fiel wieder in tieferen Schlaf, seine Unruhe ließ nach. Und dann sagte er mit kaum wahrnehmbarer, aber plötzlich deutlich zu verstehender Stimme: »Der Junge wäre mit mir gekommen.«

Das war alles. Wieder lag er bewegungslos und stumm.

»Er hat das Schlimmste hinter sich«, sagte Cadfael, als Prior Leonard gleich nach der Prim kam, um sich nach dem Befinden des Patienten zu erkundigen, »aber es wird wohl noch eine Weile dauern.« Ein junger Mönch mit ernstem Gesicht stand respektvoll bereit, um ihn abzulösen. »Wenn er sich bewegt, gebt ihm etwas von dem süßen Wein. Ihr werdet sehen, daß er jetzt trinken kann. Bleibt dicht bei ihm und berichtet mir von jedem Wort, das er spricht. Ich glaube nicht, daß Ihr viel für ihn tun müßt, während ich meinen Schlaf nachhole, aber dort steht ein Eimer, sollte er einen brauchen. Haltet ihn gut zugedeckt, wenn er schwitzt, aber wischt ihm das Gesicht mit einem feuchten Tuch ab, um die Hitze zu lindern. Er wird schlafen, so Gott will. Schlaf vermag mehr für ihn als irgendein Mensch.«

»Seid Ihr zufrieden mit den Fortschritten, die er macht?« fragte Leonard besorgt, als sie zusammen hinausgingen. »Wird er es schaffen?«

»Er wird sehr gut genesen, wenn man ihm Zeit und Ruhe läßt.« Cadfael gähnte. Er wollte erst frühstücken und dann bis mittags schlafen. Danach, wenn er sich erst den Kopf- und Brustverband noch einmal angesehen und all die kleineren Wunden vorsorgt hatte, die zu eitern drohten, würde er klarer sehen, wie er sowohl Bruder Elyas pflegen als auch die verschwundenen Kinder suchen könnte.

»Und hat er gesprochen? Hat er irgendetwas Zusammenhängendes gesagt?« wollte Leonard wissen.

»Er sagte etwas von einem Jungen, und daß es reiner Wahnsinn sei, die Hügel in einem solchen Schnee zu überqueren. Ja, ich glaube, er ist den beiden Hugonins und ihrer Nonne begegnet und hat versucht, sie hierher zu bringen. Aber das Mädchen bestand darauf, den Weg fortzusetzen«, sagte Cadfael. Er grübelte über diese junge Frau nach, die es sich in den Kopf gesetzt hatte, das Hügelland im Winter, und noch dazu in so gefährlichen Zeiten, zu durchqueren.

»Jung und eigensinnig«, sagte er. Aber so töricht und leichtsinnig sie auch sein mochten — diese unschuldigen Menschen durften nicht sich selbst überlassen werden. »Gebt mir etwas zu essen«, sagte Cadfael, der sich auf seine grundlegenden Bedürfnisse besann, »und dann zeigt mir mein Bett. Über die Gesuchten werden wir später nachdenken. Solange er mich braucht, werde ich mich um Bruder Elyas kümmern. Aber ich sage Euch was Ihr tun könntet, Leonard, wenn Ihr einen Gast hier habt, der heute noch nach Shrewsbury will: Tragt ihm auf, Hugh Beringar auszurichten, daß wir hier auf etwas gestoßen sind, das meiner Meinung nach die erste Spur der drei Leute ist, die er sucht.«

»Das werde ich tun«, antwortete Prior Leonard. »Es ist ein Stoffhändler aus Shrewsbury hier, der auf dem Heimweg ist, um Weihnachten im Kreis seiner Familie zu feiern. Sobald er gegessen hat, will er aufbrechen, um noch bei Tageslicht anzukommen. Ich werde ihm die Botschaft sogleich mitteilen. Ihr aber geht nur und schlaft.«

Noch vor Abend öffnete Bruder Elyas seine Augen zum zweitenmal und obwohl das Licht ihn etwas blinzeln ließ, schloß er sie nicht gleich wieder. Nach einigen Augenblicken riß er sie weit auf und betrachtete alles um ihn herum mit Verwunderung. Erst als der Prior sich über Cadfaels Schulter zu ihm herabbeugte, trat ein Schimmer des Erkennens in die Augen des Kranken. Es schien ihm, als kenne er dies Gesicht. Er öffnete die Lippen und sagte, ungläubig aber hoffnungsvoll, mit einem heiseren Flüstern: »Vater Prior...?«

»Ja, Bruder«, antwortete Leonard sanft. »Ihr seid bei uns in Bromfield, in Sicherheit. Ruht Euch aus und erholt Euch. Ihr seid schwer verwundet worden, aber nun seid Ihr unter Freunden, und es wird für Euch gesorgt. Fürchtet nichts... und wenn Ihr etwas braucht, so müßt Ihr es nur sagen.«

»Bromfield...« flüsterte Elyas stirnrunzelnd. »Dorthin wurde ich geschickt«, sagte er unruhig und versuchte den Kopf zu heben. »Das Reliquiar... es ist doch nicht verloren...?«

»Ihr habt es wohlbehalten hergebracht«, versicherte ihm Leonard. »Es steht hier auf dem Altar unserer Kirche, Ihr wart bei unserer Vigilie zugegen. Erinnert Ihr Euch nicht? Ihr habt Euren Auftrag gewissenhaft erfüllt. Ihr habt alles getan, was man von Euch erwartete.«

»Aber wie... mein Kopf schmerzt...« Seine klagende Stimme erstarb, ängstlich und schmerzvoll zog er die dunklen Brauen zusammen. »Was ist es, das auf mir lastet? Was ist mit mir geschehen?«

Behutsam schilderten sie ihm, wie er wieder von der Priorei aufgebrochen sei, um zu seinem eigenen Kloster in Pershore zurückzukehren, und wie man ihn, der zusammengeschlagen und scheinbar tot am Wegrand zurückgelassen worden war, wieder zurückgebracht hatte. Bei der Nennung des Namens ›Pershore‹ hellte sich sein Gesicht auf. Er wußte, daß er dorthin gehörte, und er erinnerte sich, von dort aufgebrochen zu sein, um den Fingerknochen der Heiligen Eadburga nach Bromfield zu bringen, wobei er den gefährlichen Weg über Worcester vermied. Sogar Bromfield selbst kam ihm nach und nach ins Bewußtsein zurück. Aber was ihm nach seinem Aufbruch widerfahren war, davon wußte er nichts. Wer immer es gewesen war, der ihn derart mißhandelt hatte, in seinen verwirrten Gedanken fand sich keine Spur von ihm. Cadfael beugte sich vor und drängte ihn sanft: »Habt Ihr sie nicht mehr wiedergesehen? Das Mädchen und den Jungen, die unbedingt über die Hügel nach Godstoke wollten? Das war unbesonnen, aber das

Mädchen war fest dazu entschlossen, und ihr jüngerer Bruder konnte sie nicht überzeugen...«

»Von welchem Mädchen und welchem Jungen sprecht Ihr?« fragte Bruder Elyas verständnislos und zog die Augenbrauen noch enger zusammen.

»Und die Nonne... erinnert Ihr Euch nicht an eine Nonne, die die beiden begleitete?«

Nein, er erinnerte sich nicht. Die Anstrengung regte ihn auf, er stocherte in seinem Gedächtnis, brachte aber nur jene tiefe Verzweiflung zutage, die mit dem Scheitern verbunden ist, und in seinem jetzigen Zustand war Scheitern gleichbedeutend mit Schuld. Alle Arten unerledigter Obliegenheiten tauchten ungreifbar hinter seinen gehetzten Augen auf und ließen sich nicht bannen. Schweiß trat ihm auf die Stirn und Cadfael wischte ihn sanft mit einem Tuch ab.

»Macht Euch keine Sorgen, sondern liegt still und überlaßt alles Gott und – unter Gottes Leitung – uns. Ihr habt Eure Aufgabe treu erfüllt. Jetzt dürft Ihr ruhen.«

Sie kümmerten sich um sein leibliches Wohl, salbten seine Wunden und Abschürfungen, flößten ihm eine Brühe ein, die aus den mageren Fleischvorräten des Klosters für das Krankenquartier bereitet worden war und außerdem Kräuter und Haferflocken enthielt, und sprachen das Abendgebet mit ihm, aber die ganze Zeit über ließen die gerunzelten Augenbrauen erkennen, daß Bruder Elyas sein Gedächtnis nach etwas durchforschte, das sich ihm entzog. In der Nacht jedoch, während jener dunklen Stunden, da der Geist die Grenzen der Welt entweder überschreitet oder vor ihnen zurückweicht, wurde der Schlafende von Erinnerungen und Träumen heimgesucht. Aber er stieß nur gemurmelte Wortfetzen hervor und das bereitete ihm offenbar solche Schmerzen, daß Cadfael, der diesen kritischen Teil der Nachtwache selbst übernommen hatte, all seine Kunst aufwandte, die Qualen aus dem Geist seines Patienten zu verbannen und ihn zurück in den heilsamen Tiefschlaf zu leiten. Vor Morgengrauen wurde Cadfael abgelöst, und Elyas schlief friedlich. Der Körper sammelte Kräfte und genas, der Geist jedoch schweifte umher und entzog sich der Erinnerung.

Cadfael schlief bis Mittag, und als er aufgestanden war, stellte er fest, daß sein Patient im Wachen ruhiger war als im Schlaf. Er war sehr gefaßt, hatte keine großen Schmerzen und wurde von einem älteren Mönch, der über eine große Erfahrung als Krankenpfleger verfügte, gut versorgt. Der Himmel war klar – es würde erst spät dunkel werden. Obwohl der Frost immer noch anhielt und es in der kommenden Nacht zweifellos wieder schneien würde, waren die Sonne und die verbleibenden hellen Stunden des Tages um diese Uhrzeit verführerisch.

»Er wird gut gepflegt«, sagte Cadfael zum Prior. »Ich kann ihn unbesorgt für ein paar Stunden allein lassen. Mein Pferd ist inzwischen ausgeruht und bis zum nächsten Schnee, oder bis erneut Wind aufkommt, werden die Wege einigermaßen frei sein. Ich werde nach Godstoke reiten und fragen, ob unsere Sorgenkinder dort angekommen sind, ob sie sich wieder auf den Weg gemacht haben und, wenn ja, auf welcher Straße. Es muß jetzt sechs Tage her sein, seit er sie in Foxwood, wie Ihr sagt, zurückgelassen hat. Wenn sie die Ländereien der Priorei von Wenlock sicher erreicht haben, dann werden sie mittlerweile wohl entweder nach Wenlock oder nach Shrewsbury gelangt sein, und niemand braucht sich mehr Sorgen zu machen. Dann werden wir endlich aufatmen können.«

Kapitel 3

Godstoke schmiegte sich tief in einen bewaldeten Taleinschnitt zwischen Hügeln und gehörte zur Priorei von Wenlock, die ein Drittel des Landes selbst bebaute. Für den Rest bestanden lebenslange Pachtverträge. Es war eine wohlhabende Siedlung, die über genügend Vorräte und Feuerholz für den Winter verfügte. Flüchtlinge, welche die kahlen Hügel erst einmal überquert und diesen geschützten Ort erreicht hatten, konnten sich hier ausruhen und erholen, bevor sie ihren Weg fortsetzten, wobei sie auf dem Land der Priorei von Gutshaus zu Gutshaus ziehen konnten.

Diese Flüchtlinge aber hatten Godstoke nie erreicht. In diesem Punkt war der Verwalter des Priors ganz sicher.

»Wir wußten, daß sie gesucht werden, aber wir hatten nicht viel Grund zu der Annahme, daß sie diesen Weg nehmen würden, anstatt den nach Ludlow oder irgendeinen anderen. Dennoch habe ich überall nachfragen lassen. Ihr könnt versichert sein, Bruder, daß sie nicht in dieser Gegend sind.«

»Zuletzt hat man sie in Foxwood gesehen«, sagte Bruder Cadfael. »Von Cleobury dorthin befanden sie sich in Begleitung eines Bruders unseres Ordens, der sie drängte, mit ihm nach Bromfield zu kommen, aber sie wollten weiter in nördlicher Richtung über die Hügel. Ich hatte den Eindruck, daß sie die Absicht hatten, zu Euch zu kommen.«

»Das würde ich auch sagen«, stimmte ihm der Verwalter zu. »Aber hier sind sie nicht angekommen.«

Cadfael dachte nach. Er war mit dieser Gegend nicht genau vertraut, aber er kannte sie gut genug, um sich zurechtzufinden. Wenn sie nicht hier durchgekommen waren, hatte es wenig Sinn, noch weiter nördlich zu suchen. Und es war zwar möglich den Weg, den sie hätten nehmen müssen, um diesen Ort zu erreichen, zurückzuverfolgen und zwischen hier und Foxwood nach Spuren von ihnen zu suchen, doch würde das bis später warten müssen. Der heutige Tag war schon zu weit fortgeschritten. Die Abenddämmerung kündigte sich bereits an und es war besser, auf dem schnellsten Weg zurückzukehren.

»Nun, so haltet die Ohren offen – es könnte sein, daß Ihr etwas von ihnen hört. Ich werde nach Bromfield zurückkehren.« Auf dem Hinweg hatte er die Hauptstraßen benutzt, aber die beschrieben einen Umweg und er hatte einen guten Orientierungssinn. »Ich nehme an, wenn ich mich von hier aus immer in südwestlicher Richtung halte, nehme ich den direktesten Weg nach Bromfield. Wie sind die Wege?«

»Ihr werdet einen Teil des Cleewaldes durchqueren müssen, aber wenn Ihr Euch ein wenig links von der untergehenden Sonne haltet, könnt Ihr den Weg nicht verfehlen. Und die Bäche sind kein Hindernis, schon gar nicht seit der Frost eingesetzt hat.«

Der Verwalter begleitete ihn ein Stück des Weges aus dem bewaldeten Talkessel hinaus und zeigte ihm den schmalen, geraden Pfad, der zwischen den sanft geschwungenen Hügeln verlief. In Cadfaels Rücken lag die breite, gedrungene Kuppe des Brown Clee, zu seiner Linken ragte der dunklere, gezackte Umriß des Titterstone Clee auf. Die Sonne hatte längst ihre Kraft verloren und hing als stumpfroter Ball hinter einem dünnen, grauen Wolkenschleier. Bis zum unvermeidlichen abendlichen Schneefall würde es noch ein oder zwei Stunden dauern. Es war windstill und sehr kalt.

Nach einer Meile Weges war er im Wald. Von den Zweigen, die dem Gewicht des gefrorenen Schnees noch standhielten, hingen dort, wo die Sonne eingefallen war, lange Eiszapfen herab, und auf dem mit einer dicken Schicht verfaulter Blätter und Tannennadeln bedeckten Boden kam sein Pferd gut voran. Zwischen den Bäumen hatte sich sogar etwas von der Wärme des Tages erhalten. Der Wald von Clee war im Besitz der Krone, aber jetzt war er sich selbst überlassen, so wie auch große Teile Englands vernachlässigt wurden, brachlagen oder von opportunistischen Provinzfürsten an sich gerissen wurden, während der König und die Kaiserin damit beschäftigt waren, um die Macht zu kämpfen. Dies war ein einsames, wildes Land, obwohl es bis zur nächsten Stadt oder Burg nur zehn Meilen waren. Es gab nur wenige gerodete Lichtungen und die lagen weit auseinander. Die wilden Tiere hatten diesen Wald für sich, aber ohne vorsorgliche Fütterung durch Menschen würde in einem solchen Winter sogar das Rotwild hungern. Das Futter, das für die Bauern zu kostbar war, um verschwendet zu werden, mochte vom Lehnsherrn ausgegeben werden, der damit die Erhaltung seines Wildbestandes in einem strengen Winter sichern wollte. Cadfael kam an einer solchen Futterstelle vorbei. Das Heu war verstreut und in den Schnee getreten und überall waren die Fährten der hungrigen Tiere zu sehen. Der Forstverwalter, dessen Familie dieses Amt seit Generationen innehatte, versah also immer noch seine Pflicht, ganz gleich welcher der beiden rivalisierenden Herrscher der Besitzer des Waldes war.

Die Sonne war kurz zwischen den Bäumen zu sehen. Sie stand jetzt sehr tief, und der Abend hing wie eine große Wolke über dem Land, obgleich das Licht am Boden immer noch ausreichte. Vor Cadfael wichen die Bäume zurück, und das Dämmerlicht des schwindenden Tages hellte sich etwas auf. Jemand hatte dem Wald eine Lichtung abgerungen und um ein geducktes Häuschen einen schmalen Garten und ein kleines Feld angelegt. Ein Mann trieb zwei oder drei Ziegen vor sich her in ein Gatter aus geflochtenen Zweigen. Als er das Knirschen von Schnee und gefrorenem Laub unter den Hufen des Pferdes hörte, sah er aufmerksam auf. Er war nicht älter als vierzig Jahre, ein stämmiger, vierschrötiger Bauer in einem braunen, handgewebten Kittel und Hosen aus selbstgegerbtem Leder. Sein einsam gelegener Besitz war gut unterhalten. Sobald er das Gatter hinter seinen Ziegen geschlossen hatte, wandte er sich um und sah dem Fremdling in aufrechter Haltung entgegen. Mit zusammengekniffenen Augen musterte er die Mönchskutte, das große, starke Pferd und das breite, wettergegerbte Gesicht unter der Kapuze.

»Gottes Segen über den Besitz und den Besitzer«, sagte Cadfael und brachte das Pferd am Gatter zum Stehen.

»Gott mit Euch, Bruder!« Seine Stimme klang tief und ruhig, aber seine Augen waren wachsam. »Wohin des Wegs?«

»Nach Bromfield, mein Freund. Bin ich hier richtig?«

»Ja, Ihr seid auf dem rechten Weg. Wenn Ihr auf ihm bleibt, kommt Ihr nach einer halben Meile an den Hopton-Bach. Den müßt Ihr überqueren und Euch danach etwas links halten, über die beiden kleineren Bäche, die in ihn münden. Nach dem zweiten gabelt sich der Weg. Nehmt den rechten Arm, der am Fuß des Hügels entlangführt, und Ihr werdet unterhalb von Ludlow an die Straße gelangen. Von dort ist es noch eine Meile bis zur Priorei.«

Er fragte nicht wie es kam, daß ein Benediktinermönch um diese Zeit einen so einsamen Weg entlangritt. Er fragte gar nichts. Trotz seiner höflichen Miene und seiner verbindlichen Worte versperrten seine breiten Schultern den Zugang zu seinem Besitz wie ein solides Tor. Nur seine Augen verrieten, daß er dort drinnen etwas vor neugierigen Blicken zu verbergen hatte, und daß er sich alles, was er sah und hörte, gut merkte, um es woanders getreulich wiederzugeben. Aber andererseits mußte einer, der sich mitten im Wald diesen kleinen Hof aufgebaut hatte, ein praktischer, rechtschaffener Mann sein.

»Habt Dank für Eure Auskunft«, sagte Cadfael. »Nun helft mir noch in einer anderen Sache, wenn Ihr könnt. Ich bin ein Mönch aus Shrewsbury und pflege jetzt im Krankenquartier der Priorei von Bromfield einen Bruder unseres Ordens aus Pershore. Unser kranker Bruder macht sich Sorgen über gewisse Leute, die er getroffen hat, als sie auf der Flucht vor der Plünderung von Worcester nach Shrewsbury waren. Sie wollten nicht mit ihm nach Bromfield kommen, sondern sich weiter nördlich, in dieser Richtung halten. Sagt mir, ob Ihr eine Spur von Ihnen gesehen habt.« Während er sie beschrieb, bekam er Zweifel an der Richtigkeit seiner Intuition, bis er bemerkte, daß der Mann einen kurzen Blick über seine Schulter zum Haus warf, bevor er ihn wieder unverwandt ansah.

»Eine solche Reisegesellschaft ist nicht durch den Wald gekommen«, sagte er bestimmt. »Und warum sollte sie auch? Dieser Weg führt in die Wildnis.«

»Reisenden in einem fremden, verschneiten Land kann es sehr wohl passieren, daß sie den Weg in die Wildnis einschlagen und sich verlaufen«, antwortete Cadfael. »Von hier ist es nicht sehr weit nach Godstoke, wo ich bereits nachgefragt habe. Nun, wenn irgendeiner von ihnen oder alle drei dieses Wegs kommen, so sagt ihnen, daß sie von der ganzen Grafschaft und allen Klöstern zwischen Worcester und Shrewsbury gesucht werden, und daß sie sicher geleitet werden sollen, wo immer sie hinwollen. Die Garnison von Worcester ist verstärkt worden, und dort macht man sich Sorgen um alle Vermißten. Dies richtet ihnen aus, wenn Ihr sie seht.«

Die wachsamen Augen sahen ihn gedankenvoll an. Der Mann nickte und sagte: »Das werde ich tun. Wenn ich sie sehe.«

Er blieb vor dem Gatter stehen bis Cadfael sein Pferd wieder in Bewegung gesetzt hatte und den Weg entlangtrabte, aber als er den Schatten der Bäume erreicht hatte und sich umsah, war der Siedler bereits in seinem Haus verschwunden, als habe er einen Auftrag, der keinen Aufschub duldete. Cadfael ritt weiter, jedoch nurmehr im Schritt, und als er außer Sicht war hielt er an und lauschte. Seine Geduld wurde durch leise, vorsichtige Geräusche hinter ihm belohnt. Jemand folgte ihm leichtfüßig und scheu — jemand, der sich bemühte unbemerkt zu bleiben — und der sich dennoch beeilte. Ein schneller Blick über die Schulter zeigte ihm die flüchtige Bewegung einer Gestalt in einem blauen Umhang, die seitlich in Deckung sprang. Gemächlich ritt er weiter und ließ seinen Verfolger näherkommen, dann zügelte er plötzlich sein Pferd und blickte offen zurück. Sofort erstarben die Geräusche, aber von den niedergebeugten, zitternden Zweigen einer jungen Buche fiel etwas Schnee.

»Du kannst herauskommen«, sagte Cadfael beruhigend. »Ich bin ein Mönch aus Shrewsbury und will niemandem etwas Böses. Der Bauer hat dir die Wahrheit gesagt.«

Der Junge trat aus seinem Versteck und stellte sich mit gespreizten Beinen auf den Weg, bereit davonzulaufen, wenn er es für richtig hielt, oder sich einem etwaigen Angriff entgegenzustellen. Er war ein kleiner, stämmiger Bursche mit einem wirren Schopf brauner Haare, mit großen, furchtlosen braunen Augen, einem edel geschwungenen Mund und einem festen Kinn, das einen Kontrast zu seinen kindlichen Pausbacken darstellte. Das hellblaue Wams und der Umhang waren jetzt etwas verschmutzt und zerknittert, so als habe er unter freiem Himmel im Wald geschlafen – was vielleicht auch der Fall war – und obwohl ein Bein seiner grauen Hose am Knie zerrissen war, trug er sie doch mit der Selbstsicherheit eines Adligen. An seinem Gürtel hing ein kleiner Dolch, dessen Scheide mit Silber verziert war. Schon allein deswegen stellte er einen Wert dar, der viele Männer in Versuchung geführt hätte. Was immer ihm vorher zugestoßen war – bei diesem einsamen Hof im Wald hatte er es gut getroffen gehabt.

»Er sagte...«, der Junge trat ein, zwei Schritte vor, faßte sich ein Herz und begann von neuem, »... er heißt Thurstan. Seine Frau und er sind gut zu mir gewesen. Er sagte, es sei jemand dagewesen, dem ich vertrauen könne, ein Benediktinermönch. Er sagte, Ihr hättet nach uns gesucht.«

»Er hat wahr gesprochen. Denn du bist, scheint mir, Yves Hugonin.«

Der Junge antwortete: »Ja. Kann ich mit Euch mitkommen nach Bromfield?«

»Aber herzlich gerne, Yves, und du wirst all denen, die nach dir suchen, sehr willkommen sein. Nachdem ihr aus Worcester geflohen seid, ist euer Onkel d'Angers aus dem Heiligen Land zurückgekehrt. Als er nach Gloucester kam, hörte er, ihr würdet vermißt, und er hat darum gebeten, euch in der ganzen Grafschaft zu suchen. Er wird hocherfreut sein zu erfahren, daß du unversehrt wieder zurück bist.«

»Mein Onkel d'Angers?« Der Gesichtsausdruck des Jungen schwankte zwischen Neugier und Zweifel. »In Gloucester? Aber... aber es waren doch Männer aus Gloucester, die...«

»Das stimmt, aber er hatte daran keinen Anteil. Zerbrich dir nicht den Kopf über die Zwistigkeiten, die ihn daran hinderten, selber nach dir zu suchen – weder du noch ich können daran etwas ändern. Aber wir haben ihm versprochen, dich sicher und unversehrt zu ihm zurückzubringen, und darauf kannst du dich verlassen. Wir sind jedoch auf der Suche nach dreien, und hier haben wir nur einen. Wo sind deine Schwester und ihre Lehrerin?«

»Ich weiß es nicht!« Es klang fast wie ein Schluchzen. Einen Augenblick lang zitterte das feste Kinn des Jungen, dann faßte er sich wieder. »Ich habe Schwester Hilaria in Sicherheit in Cleeton zurückgelassen, und ich hoffe, daß sie noch immer dort ist. Aber was hat sie wohl getan, als sie merkte, daß sie allein war...? Und meine Schwester... meine Schwester ist an all dem schuld! Sie ging in der Nacht mit ihrem Liebhaber fort. Er kam, um sie abzuholen, und ich bin sicher, daß sie ihn darum gebeten hatte. Ich wollte ihnen folgen, aber dann kam der Schnee...«

Cadfael holte tief Luft. Er war zugleich verwundert, bestürzt und erleichtert. Einer der drei Gesuchten wenigstens war gefunden, eine andere befand sich, wenn auch vielleicht beunruhigt, in Cleeton in Sicherheit, und die dritte schien, obwohl sie eine große Dummheit begangen hatte, in der Obhut von jemandem zu sein, der sie liebhatte und vermutlich nur ihr Bestes wollte. Möglicherweise nahm alles noch ein gutes Ende. Im Augenblick jedoch sah es so aus, als sei dies eine sehr lange und verwickelte Geschichte, und außerdem brach bald die Nacht herein. Der Rand der Sonne berührte bereits den Horizont, sie hatten noch einige Meilen vor sich, und sicher war es das Beste, den Jungen nach Bromfield zurückzubringen und dafür zu sorgen, daß er nicht fortlief und sich wieder verirrte.

»Komm jetzt – laß uns nach Hause gehen, bevor uns die Dunkelheit überrascht. Setz dich vor mich. Du bist nicht schwer und dein Gewicht wird dieser Bursche leicht aushalten. Stell deinen Fuß auf meinen – so...« Der Junge mußte sich hoch recken. Mit festem Griff packte er Cadfaels Hand, stieß sich vom Boden ab und setzte sich auf den Rücken des Pferdes. Mit einem großen Seufzer wich die Anspannung aus seinem Körper.

Als beurteile er kritisch sein eigenes Betragen sagte er mit leiser, rauher Stimme: »Ich habe Thurstan gedankt und Lebewohl gesagt. Die Hälfte des Geldes, das ich noch hatte, habe ich ihm gegeben, aber das war nicht sehr viel. Er sagte, daß er es weder wolle noch brauche, und daß ich willkommen gewesen sei, aber ich hatte nichts anderes, mit dem ich mich bei ihm hätte bedanken können, und ohne ihm ein Geschenk zu geben, konnte ich nicht gehen.«

»Vielleicht ergibt sich eines Tages die Gelegenheit, ihn noch einmal zu besuchen«, tröstete ihn Cadfael. Der Junge war gut erzogen – er war sich seiner Stellung und seiner Verpflichtungen wohl bewußt. Das sprach durchaus für den Unterricht, den er im Kloster genossen hatte.

»Das würde ich gerne tun«, sagte das Kind und schmiegte sich in die warme Höhle unter Cadfaels Arm. »Ich hätte ihm meinen Dolch gegeben, aber er sagte, ich würde ihn noch brauchen, und daß er mit einem solchen Ding nichts anfangen könne, weil er es nicht wagen könne, ein solches Messer offen zu tragen. Man würde denken, er habe es gestohlen.«

Vor lauter Dankbarkeit darüber, daß er selber aus der Not errettet worden war, schien er für den Augenblick seine Sorgen über die beiden Frauen, die er irgendwo im Schneegestöber verloren hatte, vergessen zu haben. Dreizehn Jahre war er alt, hatte es geheißen. Da war es sein gutes Recht froh zu sein, wenn ein anderer die Verantwortung für ihn übernahm.

»Wie lange bist du dort bei ihnen gewesen?«

»Vier Tage. Thurstan sagte, ich solle warten bis ein vertrauenswürdiger Mensch vorbeikäme, denn man erzähle sich, daß sich Räuber in den Hügeln und in den Wäldern herumtrieben, und wenn ich mich allein auf den Weg machte, könne ich mich in diesem Schnee noch einmal verlaufen. Zwei ganze Tage bin ich umhergeirrt«, sagte Yves. Er erinnerte sich deutlich an die Schrecken, die er durchgemacht hatte. »Zum Schlafen bin ich auf einen Baum geklettert, aus Angst vor Wölfen.« Er beklagte sich nicht, gab sich eher Mühe, nicht zu prahlen. Nun, das Beste war, man ließ ihn reden – so befreite sich sein Herz von Einsamkeit und Furcht, gerade wie ein Mann nach einer gefährlichen Reise seine Beine vor einem gemütlichen Feuer ausstreckt. Die Einzelheiten konnten bis später warten, wenn man ihnen die gebührende Aufmerksamkeit schenken konnte. Wenn alles gutging, konnte er sie vielleicht zu den beiden vermißten

Frauen führen, aber jetzt kam es darauf an, Bromfield zu erreichen, bevor es ganz dunkel war.

Wo die Bäume sich lichteten, kamen sie rasch voran. Im nachlassenden Licht des Tages konnten sie den Weg gut erkennen. Die ersten Schneeflocken schwebten bereits träge in der Luft, als sie sich dem Hopton-Bach näherten und das dicke Eis überquerten. Cadfael stieg ab, um das Pferd zu führen. Danach wandten sie sich weiter nach links, entfernten sich aber langsam vom Bach und kamen an den ersten der kleineren Bäche, die den langen, sanft geschwungenen Hügel zu ihrer Rechten hinunterflossen und in den Hopton einmündeten. Auch diese Bäche standen still, sie waren nun schon seit vielen Tagen zugefroren. Die Sonne war untergegangen. Unter einer bleigrauen Wolkendecke stand am westlichen Horizont nur noch ein stumpfes, feuriges Abendrot. Der Wind hatte aufgefrischt, und die Schneeflocken brannten auf ihren Gesichtern wie Nadelstiche. Der Wald war hier von verstreuten Pachtgründen und Feldern unterbrochen, und gelegentlich sah man einen rasch zusammengezimmerten Unterstand für Schafe, der sich gegen den Wind stemmte. Umrisse verschwanden zu bloßen Schatten, und das wenige verbleibende Licht wurde nur noch von der Oberfläche des Eises und den bläulichen Hügeln reflektiert, zu denen der lose Schnee aufgeweht worden war.

Der zweite Bach, still und schweigend wie die anderen, war seicht und vom Schilf gesäumt und wand sich wie eine silberne Schlange durch die Landschaft. Das Pferd scheute vor dem Eis unter sich zurück und wieder stieg Cadfael ab, um es hinüberzuführen. Die breite, glasige Oberfläche war milchig. Nur wenn man direkt auf sie hinabsah, konnte man erkennen, was darunter lag. Beim Überschreiten des Baches achtete Cadfael auf seine Schritte, denn die Sohlen seiner Stiefel waren abgenutzt und glatt. So kam es, daß er, nur einen Augenblick lang, das geisterhafte Schimmern unter dem Eis zu seiner Linken sah, kurz bevor das Pferd ausglitt, sich wieder fing und sich durch das schneebedeckte Gras am anderen Ufer hinaufkämpfte.

Cadfael hatte das Ding unter dem Eis nicht gleich erkannt und noch länger dauerte es, bis er glauben konnte, was er gesehen hatte. Eine halbe Stunde später und er hätte es überhaupt nicht erkennen können. Fünfzig Schritte weiter hielt er hinter einem Gebüsch an, und anstatt wieder aufzusteigen wie Yves es erwartet hatte, drückte er dem Jungen die Zügel in die Hand und sagte betont ruhig: »Warte hier einen Augenblick. Nein, hier brauchen wir noch nicht abzubiegen, wir haben die Weggabelung noch nicht erreicht. Ich habe dort etwas gesehen. Warte hier!«

Yves wunderte sich, aber er blieb gehorsam zurück, während Cadfael noch einmal zu dem zugefrorenen Bach hinunterging. Der Schimmer war kein Trugbild eines verirrten, vom Eis reflektierten Lichtstrahls gewesen – er war immer noch da, reglos und eingeschlossen im Eis. Cadfael kniete nieder und betrachtete das Ding genauer.

Die kurzen Haare in seinem Nacken richteten sich auf. Das war kein einjähriges Lamm, wie er einen Augenblick lang geglaubt hatte. Es war länger, ebenmäßiger, zierlich und weiß. Aus der gläsernen Umklammerung des Eises blickte ihn mit offenen Augen ein blasses, zart schimmerndes Gesicht an. Kleine, zierliche Hände waren noch kurz von der Strömung bewegt worden, bevor der Frost sie umschlossen hatte. Die Handflächen waren wie in einer flehenden Geste nach oben gekehrt und schienen neben dem Körper zu schweben. Die Blässe ihres Körpers und der weiße Stoff des zerrissenen Unterkleides – dem einzigen Kleidungsstück, das sie trug – war, so erschien es Cadfael, an der Brust mit Farbe verschmiert. Aber der Fleck war so leicht, daß er bei zu genauem Hinsehen verblaßte und verschwand. Das Gesicht war zerbrechlich, zart und jung.

Also doch ein Lamm. Ein verirrtes Jährlingslamm, ein Lamm Gottes, nackt und mißhandelt und ermordet. Achtzehn Jahre alt? Das konnte sein.

Es sah so aus, als sei Ermina Hugonin wiedergefunden und zugleich für immer verloren.

Kapitel 4

Im Augenblick konnte er hier nichts tun. Er war allein, und wenn er noch lange hier blieb, mochte der Junge kommen um nachzusehen, was ihn aufhielt. Eilig erhob er sich von den Knien und ging dorthin zurück, wo das Pferd mit den Hufen aufstampfte und den Kopf schüttelte, weil es sich nach seinem Stall sehnte. Eher neugierig als besorgt sah ihm der Junge entgegen.

»Was war denn? Ist irgendetwas nicht in Ordnung?«

»Nichts, worüber du dir Sorgen machen müßtest.« Jedenfalls noch nicht, nicht bevor du es erfahren mußt, dachte Cadfael, und bei diesem Gedanken spürte er einen Stich in seinem Herzen. Erst müssen wir dir etwas zu essen geben, dich wärmen und dir das Gefühl geben, daß dein eigenes Leben sicher ist – dann erst sollst du hiervon erfahren. »Ich dachte, ich hätte dort im Eis ein Schaf gesehen, aber ich habe mich geirrt.« Er stieg auf, griff um den Jungen herum und nahm die Zügel. »Wir sollten uns beeilen. Bis wir nach Bromfield kommen, wird es stockdunkel sein.«

An der Weggabelung hielten sie sich rechts, wie Thurstan gesagt hatte. Der Weg war gerade und leicht gangbar. Er verlief auf halber Höhe des Hügels. In Cadfaels Arm wurde der stämmige Körper des Jungen schwerer und schlaffer, der Kopf mit dem braunen Haarschopf lehnte müde an seiner Schulter. Wenn wir auch deine Schwester nicht retten konnten, dachte Cadfael in stummem Kummer und Zorn, so haben wir dich wenigstens in Sicherheit gebracht.

»Ihr habt mir noch nicht Euren Namen gesagt«, sagte Yves gähnend. »Ich weiß nicht, wie ich Euch anreden soll.«

»Ich heiße Cadfael und bin Waliser aus Trefriw. Jetzt lebe ich im Kloster von Shrewsbury, und dorthin, glaube ich, hattet ihr vor zu gehen.«

»Ja, das stimmt. Aber Ermina – das ist meine Schwester – muß immer ihren Willen durchsetzen. Ich bin viel vernünftiger als sie! Wenn sie nur auf mich gehört hätte, wären wir nie getrennt worden, und dann wären wir jetzt auch alle sicher in Shrewsbury. Ich wollte mit Bruder Elyas nach Bromfield gehen – kennt Ihr eigentlich Bruder Elyas? – und auch Schwester Hilaria war dafür, nur nicht Ermina. Sie hatte andere Pläne. Es ist alles ihre Schuld!«

Daß das stimmte, ließ sich inzwischen nicht bestreiten, dachte Bruder Cadfael bekümmert und drückte diesen unschuldigen Richter, der warm und vertrauensvoll in seinem Arm lag, an sich. Aber gewiß verdienen unsere kleinen Fehler keine solch grausame Strafe. Ohne Zeit, noch einmal alles zu überdenken, zu bereuen, ohne Gelegenheit, Fehler wiedergutzumachen. Jugend hatte für eine Unbedachtsamkeit mit dem Tod büßen müssen, wo Jugend doch Gelegenheit gegeben werden sollte, auf dem Weg zu Reife und Vernunft törichte Fehler zu begehen.

Sie gelangten an die gute, befahrene Straße zwischen Ludlow und Bromfield. »Gott sei gedankt!« rief Cadfael aus, als er die Fackeln des Torhauses erblickte – gelbe, irdische Sterne, die ihr Licht durch den dünnen, aber dichter werdenden Vorhang aus fallenden Schneeflocken warfen. »Wir sind da!«

Als sie durch das Tor ritten, bot der große Hof ihnen das unerwartete Bild hektischer Betriebsamkeit. In den Schnee waren von Hufen verschlungene Muster getreten worden, und bei den Stallungen waren zwei oder drei Burschen, die gewiß nicht zum Kloster gehörten, damit beschäftigt, Pferde abzureiben und in ihre Ställe zu führen. Neben dem Eingang zur Gästehalle stand Prior Leonard in ein ernstes Gespräch mit einem mittelgroßen, drahtigen jungen Mann vertieft, der noch Reiseumhang und Kapuze trug. Sein Rücken war dem Hof zugewandt, aber Cadfael kannte diesen Rücken inzwischen sehr gut. Hugh Beringar war persönlich erschienen, um die ersten Nachrichten über die verschwundenen Hugonins nachzuprüfen und hatte anscheinend zwei oder drei weitere Offiziere mitgebracht.

Sein Gehör war so scharf wie immer. Er wandte sich den Ankommenden zu und kam ihnen mit großen Schritten entgegen noch bevor das Pferd zum Stehen gekommen war. Der Prior folgte ihm. Er war ungeduldig und hoffnungsvoll:

Hier waren zwei zurückgekehrt, wo nur einer ausgeritten war.

Als sie vor ihm standen, war Cadfael bereits abgestiegen, und Yves war benommen und aufgeregt aus seinem Halbschlaf hochgeschreckt und machte sich bereit, mit der Selbstsicherheit eines Edelmannes jeden zu begrüßen, der ihm entgegentrat. Er stützte sich mit seinen kleinen Kinderhänden auf den Sattelknauf und ließ sich in den Schnee fallen. Für seine Größe war das ein tiefer Sprung, aber er landete sicher wie ein Akrobat und bot sich aufrecht stehend Hugh Beringars belustigtem und anerkennendem Blick dar.

»Begrüße Hugh Beringar, Yves, den stellvertretenden Sheriff dieser Grafschaft«, sagte Cadfael. »Und Prior Leonard von Bromfield, unseren Gastgeber.« Und während der Junge sich feierlich verbeugte, flüsterte er Hugh eindringlich zu: »Bringt ihn hinein und fragt ihn jetzt noch nichts!«

So geschah es. Die beiden kannten sich aus langer Erfahrung, und jeder wußte, wie er auf den anderen zu reagieren hatte. Schon bald ließ Yves sich willig ins Haus führen, wobei Leonards knochige Hand auf seiner Schulter lag. Er würde eine Mahlzeit und etwas Warmes zum Anziehen bekommen und vor dem Zubettgehen nach Kräften verwöhnt werden. Er war jung und würde diese Nacht gut schlafen. Da er im Kloster erzogen worden war, würde er vielleicht kurz erwachen, wenn die Glocke zur Mitternachtsmesse rief, aber gleich darauf wieder beruhigt in tiefen Schlaf sinken.

»Um Himmels Willen«, sagte Cadfael und tat einen großen Seufzer, sobald der Junge außer Sicht war, »kommt mit an irgendeinen ruhigen Ort, wo wir ungestört reden können. Ich habe nicht damit gerechnet, Euch persönlich hier zu finden, da Ihr doch auch zu Hause gebraucht werdet...«
Beringar hatte ihn freundschaftlich beim Arm genommen und führte ihn eilig durch die Tür zu den Gemächern des Priors. Als sie an der Schwelle den Schnee von Stiefeln und Umhängen abschüttelten, sah er ihn erwartungsvoll von der Seite an. »Wir hatten nur eine schwache Spur der Gesuchten. Ich hätte nie gedacht, daß Ihr Euch deswegen auf den

Weg zu uns machen könntet, und doch habt Ihr es – Gott sei Dank! – getan.«

»Ich habe alles wohlversorgt zurückgelassen«, antwortete Hugh. Er hatte erwartet, gute Nachrichten von seinem Freund zu hören, aber der Ernst, den dieser an den Tag legte, konnte eigentlich nur auf weitere Schwierigkeiten hindeuten. »Wenn Ihr hier auch Sorgen habt, Cadfael, so dürft Ihr wenigstens über den Stand der Dinge in Shrewsbury unbesorgt sein. Am Tage Eures Aufbruchs wurde uns ein Sohn geboren – ein schöner, kräftiger Bursche, mit blonden Haaren wie seine Mutter, und beiden geht es gut. Und obendrein hat am Tag darauf auch das Mädchen aus Worcester einen Sohn bekommen. Das Haus ist voller aufgeregter Frauen, und für diese paar Tage wird mich niemand dort vermissen.«

»Oh, Hugh, das sind gute Nachrichten! Ich freue mich für euch beide.« Das war gut und passend, dachte Cadfael: Während ein Leben dahingegangen war, hatte, dem Tod zum Trotz, ein anderes begonnen. »Und es ist alles gutgegangen? Sie hatte keine schwere Geburt?«

»Nein, Aline ist gesegnet. Sie ist zu unschuldig um verstehen zu können, daß so etwas Schönes wie eine Geburt mit Schmerz verbunden sein kann, und daher verspürt sie auch keinen. Glaubt mir, selbst wenn diese Angelegenheit mich nicht in Anspruch nehmen würde, wäre ich doch fast aus meinem eigenen Haus hinausgeworfen worden. Die Nachricht Eures Priors kam sehr gelegen. Ich habe drei Männer hierher mitgebracht und weitere zweiundzwanzig bei Josce de Dinan in der Burg von Ludlow einquartiert, um sie zur Hand zu haben, sollte ich sie brauchen – und als kleine Warnung für den Fall, daß er immer noch einen Seitenwechsel in Erwägung zieht. Er wird jetzt nicht mehr den leisesten Zweifel daran hegen, daß ich ein wachsames Auge auf ihn habe. Aber jetzt«, sagte Hugh und zog einen Sessel vor den Kamin im Wohnzimmer des Priors, »will ich Eure Geschichte hören, und ich habe nicht die leiseste Ahnung, was Ihr mir erzählen werdet. Ihr kommt mit dem Jungen, den wir so verzweifelt gesucht haben, in den Hof geritten, und doch seid Ihr, obwohl Ihr strahlen solltet, bleich wie ein Laken.

Und dann wollt Ihr nichts sagen, bevor er nicht außer Hörweite ist. Nun sagt schon, wo Ihr ihn gefunden habt!«

Mit einem leisen Stöhnen lehnte Cadfael sich zurück. Er war müde und steif von der Kälte des Rittes. Es bestand jetzt keine Notwendigkeit mehr, schnell zu handeln. In der Nacht würden sie die Stelle niemals finden, besonders jetzt nicht, da der Wind aufgefrischt hatte, das Gesicht der Landschaft durch den Neuschnee verändert wurde und zugeschüttet war, was gestern noch offengelegen hatte. Er konnte es sich leisten, ruhig dazusitzen, seine Beine vom Feuer wärmen zu lassen und ohne Eile seine Geschichte zu erzählen. Vor Tagesanbruch ließ sich doch nichts unternehmen.

»Er hatte bei einem Wäldler und seiner Frau im Cleewald Unterschlupf gefunden. Sie wollten ihn nicht wieder allein fortgehen lassen, ehe nicht ein vertrauenswürdiger Reisender des Wegs kam, der ihn mitnehmen konnte. Ich erschien ihnen verläßlich, und er kam bereitwillig mit mir.«

»Aber war er dort allein? Wie schade«, sagte Hugh und verzog bekümmert das Gesicht, »daß Ihr nicht auch noch seine Schwester gefunden habt.«

Die Wärme des Feuers ließ Cadfaels Augenlider schwer werden. »Ich fürchte«, sagte er, »daß ich sie ebenfalls gefunden habe.«

Das Schweigen im Raum dauerte nicht so lange, wie es den Anschein hatte. Die Bedeutung des letzten Satzes war unübersehbar.

»Tot?« fragte Hugh direkt.

»Tot und kalt.« Kalt wie Eis, umschlossen von Eis. Der erste strenge Frost hatte ihr einen gläsernen Sarg gegeben, der ihren Körper unverändert und unversehrt gelassen hatte, so daß er den Mörder anklagen konnte.

»Erzählt mir alles«, sagte Hugh eindringlich und ruhig. Und Cadfael erzählte die ganze Geschichte. Er würde alles in Prior Leonards Gegenwart wiederholen müssen, denn auch dieser mußte helfen, den Jungen vor einem zu frühen und zu plötzlichen Wissen um seinen Verlust zu bewahren. Aber bis dahin war es eine Erleichterung, sich dieser Last, die auf seinem Herzen ruhte, zu entledigen und zu wissen, daß Hugh Beringar in dieser Angelegenheit nun ebensoviel Verantwortung trug wie er selbst.

»Könntet Ihr die Stelle wiederfinden?«

»Bei Tag, ja. Im Dunkeln hätte es keinen Zweck danach zu suchen. Es wird keine leichte Sache sein... Wir werden Äxte mitnehmen müssen, um sie aus dem Eis zu schlagen, es sei denn, wir bekommen Tauwetter.« Aber das war eine leere Hoffnung – der Frost würde so bald nicht weichen.

»Damit werden wir uns befassen, wenn es soweit ist«, sagte Hugh ernst. »Heute sollten wir den Jungen befragen – vielleicht könnten wir von ihm erfahren, wie sie dorthin gekommen ist, wo Ihr sie gefunden habt. Und wo, um Himmels Willen, ist die Nonne, die mit ihm geflohen ist?«

»Yves sagte, er habe sie in Cleeton in Sicherheit zurückgelassen. Und das Mädchen – diese arme Törin! – sei mit ihrem Liebhaber auf und davongegangen, sagt er. Aber ich habe ihm keine weiteren Fragen gestellt, denn der Tag neigte sich dem Ende zu, und mir schien es das Wichtigste, wenigstens einen sicher nach Hause zu bringen.«

»Das ist richtig, und Ihr habt gut daran getan. Laßt uns jetzt auf den Prior warten, und dann, wenn der Junge gegessen hat und sich geborgen fühlt, werden wir ihn gemeinsam befragen. Ich hoffe, daß wir alles von ihm erfahren, was er weiß – und vielleicht weiß er mehr als ihm bewußt ist – ohne ihm zu verraten, daß er seine Schwester verloren hat. Früher oder später allerdings wird er es wohl erfahren müssen«, sagte Hugh traurig. »Denn außer ihm weiß hier niemand, wie sie aussieht.«

»Aber nicht jetzt. Heute nacht soll er noch ruhig schlafen. Bevor er sie zu Gesicht bekommt, müssen wir sie erst geborgen und hergerichtet haben«, sagte Cadfael bedrückt.

Die warme Mahlzeit, das Gefühl, in Sicherheit zu sein, aber mehr noch sein natürlicher Lebensmut hatten für Yves Wunder gewirkt. Unter den wachsamen Augen von Prior Leonard und Bruder Cadfael saß er vor der Komplet im Zimmer des Priors Hugh Beringar gegenüber und erzählte ihm kurz und ohne Umschweife seine Geschichte.

»Sie ist sehr mutig«, versuchte er seine Schwester zu

rechtfertigen, »aber auch sehr eigensinnig. Auf dem ganzen Weg von Worcester hatte ich das Gefühl, daß sie ihre eigenen Pläne verfolgte und die Tatsache, daß wir fliehen mußten, ausnutzte. Anfangs mußten wir einen großen Umweg machen und kamen nur langsam voran, weil Soldatenbanden die Gegend in meilenweitem Umkreis um die Stadt unsicher machten, und so dauerte es einige Zeit, bis wir sicher in Cleobury waren. Dort blieben wir über Nacht, und in jener Nacht war auch Bruder Elyas dort. Er begleitete uns bis Foxwood und wollte, daß wir mit ihm nach Bromfield kamen, und auch ich und Schwester Hilaria wollten das. Von hier aus hätten wir unter bewaffnetem Schutz nach Shrewsbury gehen können und der Weg wäre nicht viel länger gewesen. Aber Ermina wollte nichts davon hören. Sie muß immer ihren Willen bekommen, und sie bestand darauf, über die Hügel nach Godstoke zu gehen. Es hatte keinen Zweck für mich, mich mit ihr zu streiten – sie hört nie zu und behauptet als Ältere sei sie auch die Klügere. Und wenn wir Bruder Elyas begleitet hätten, wäre sie allein über die Hügel gegangen. Es blieb uns also nichts anderes übrig, als mit ihr zu gehen.« Er schnaubte verächtlich.

»Natürlich wolltet ihr sie nicht alleinlassen«, warf Beringar verständnisvoll ein. »Also zogt ihr weiter und verbrachtet die nächste Nacht in Cleeton?«

»In der Nähe von Cleeton, in einem einsamen Bauernhaus. Ermina hatte früher ein Kindermädchen, das den Pächter des Hofes geheiratet hat, also wußten wir, daß wir dort übernachten könnten. Der Mann heißt John Druel. Wir kamen nachmittags an, und später fiel mir ein, daß Ermina den Sohn des Hauses beiseitenahm und er danach weg ging, und wir haben ihn erst abends wiedergesehen. Damals dachte ich mir nichts dabei, aber inzwischen bin ich sicher, daß sie ihn mit einer Botschaft weggeschickt hat. Das war es wohl, was sie die ganze Zeit gewollt hatte. Denn spät in der Nacht kam ein Mann mit Pferden und nahm sie mit. Ich hörte Geräusche, stand auf und sah hinaus... dort standen zwei Pferde, und er half ihr gerade in den Sattel...«

»Er?« fragte Hugh. »Kanntest du ihn?«

»Nicht dem Namen nach, aber ich habe ihn schon einmal

gesehen. Als mein Vater noch lebte, besuchte er uns manchmal, wenn eine Jagd veranstaltet wurde, oder zu Weihnachten oder Ostern. Wir hatten viele Gäste in unserem Haus, es waren immer Leute da. Er muß der Sohn oder der Neffe eines der Freunde meines Vaters sein. Ich habe ihn nicht besonders beachtet und auch er hat sich nie viel mit mir abgegeben – dazu war ich zu klein. Aber ich erinnere mich an sein Gesicht, und ich glaube... ich *glaube*, daß er Ermina hin und wieder in Worcester besucht hat.«

Wenn das stimmte, so mußten es sehr schickliche Besuche gewesen sein, bei denen immer eine Klosterschwester zugegen war.

»Und du glaubst, daß sie ihn benachrichtigt hat, damit er kommt und sie abholt?« fragte Hugh. »Es war keine Entführung? Sie ging freiwillig mit ihm?«

»Sie ging *mit Freuden!*« antwortete Yves entrüstet. »Ich hörte wie sie lachte. Ja, sie hat nach ihm geschickt und er ist gekommen. Und das ist auch der Grund, warum sie unbedingt diesen Weg einschlagen wollte, denn sein Besitz muß ganz in der Nähe liegen, und sie wußte, daß sie ihn herbeipfeifen konnte. Sie wird eine große Mitgift bekommen.« Das war feierlich ausgesprochen, wie es sich für den Erben eines Barons geziemte, aber seine kindlichen Pausbacken waren vor Empörung gerötet. »Meine Schwester würde es nie hinnehmen, auf anständige Art verheiratet zu werden, wenn es gegen *ihren* Willen geschähe. Ich wüßte keine Regel, die sie nicht schamlos übertreten würde...«

Sein Kinn zitterte leicht, aber sogleich unterdrückte er dieses Anzeichen von Schwäche. In diesem kleinen Jungen steckte all die stolze Überheblichkeit der Adelshäuser von Anjou und England, und er liebte seine Schwester ebenso wie er sie haßte, oder sogar noch mehr – und niemals, niemals durfte er sie stumm, mißhandelt und entblößt zu Gesicht bekommen.

Mit umsichtiger Ruhe nahm Hugh die Befragung wieder auf. »Und was hast du dann getan?« Die Erinnerung an die tatsächlichen Vorgänge riß den Jungen aus seinen Gedanken.

»Niemand sonst hatte etwas gehört«, sagte Yves, »außer

vielleicht dem Jungen, den sie mit ihrer Nachricht fortgeschickt hatte, und dem war mit Sicherheit eingeschärft worden, *nichts* zu hören. Es gab nur ein einziges Bett und in dem schlief seine Frau. Daher war ich noch angekleidet und rannte hinaus, um zu versuchen, sie aufzuhalten. Sie mag älter sein als ich, aber der Erbe meines Vaters bin ich! *Ich* bin jetzt das Oberhaupt unserer Familie.«

»Aber zu Fuß«, gab Hugh zu bedenken und erinnerte an die bedauerliche und tatsächliche Situation, »konntest du wohl kaum mit ihnen Schritt halten. Und sie waren auf und davon, bevor du ihnen etwas zurufen konntest, auf das sie hätten antworten können.«

»Nein, ich konnte nicht mit ihnen mithalten, aber ich konnte sie verfolgen. Es hatte begonnen zu schneien. Sie hinterließen Spuren, und ich wußte, daß sie nicht sehr weit reiten würden. Immerhin aber war es so weit, daß ich sie verlor!« gab er zu und biß sich auf die Lippe. Anscheinend konnte er sich nicht entscheiden, ob er den Mund weinerlich oder verächtlich verziehen sollte. »Ich verfolgte sie, solange ich ihre Spuren ausmachen konnte, aber es ging den Berg hinauf, der Wind wurde stärker und der Schnee fiel so dicht, daß die Fährte der Pferde bald zugeweht war. Ich kannte weder den Rückweg noch wußte ich, wohin es weiterging. Ich versuchte, die Richtung beizubehalten, die sie meiner Meinung nach genommen hatten, aber ich weiß nicht, wie weit oder wohin ich gegangen bin. Ich hatte mich völlig verlaufen. Die ganze Nacht irrte ich im Wald umher, und in der zweiten Nacht fand mich Thurstan und nahm mich mit zu sich nach Hause. Bruder Cadfael kann das bestätigen. Thurstan sagte, es seien Räuber in der Gegend und ich solle bei ihm bleiben bis ein vertrauenerweckender Reisender vorbeikäme. Das tat ich. Und jetzt weiß ich nicht einmal«, sagte er, und mit einemmal sah man ihm an, daß er ein Kind war, »wohin Ermina mit ihrem Liebhaber gegangen ist, oder was aus Schwester Hilaria geworden ist. Als sie aufwachte, waren wir beide fort, und ich weiß nicht, was sie getan hat. Aber John und seine Frau haben sicher dafür gesorgt, daß ihr nichts zustößt.«

»Zurück zu diesem Mann, der deine Schwester fortgebracht hat«, nahm Beringar den Faden wieder auf. »Du weißt nicht wie er heißt, aber du erinnerst dich, daß er im Haus deines Vaters zu Gast war. Wenn er seinen Besitz in den Hügeln hat, irgendwo in der Nähe von Cleeton, können wir ihn zweifellos finden. Ich nehme an, wenn dein Vater noch lebte, wäre dieser Mann ein geeigneter Ehemann für deine Schwester gewesen, falls er um ihre Hand angehalten hätte, wie es sich gehört.«

»Oh, ja«, sagte der Junge ernsthaft. »Das glaube ich ganz bestimmt. Es kommen viele junge Männer zu uns, und Ermina durfte schon mit vierzehn oder fünfzehn mit den besten von ihnen ausreiten oder auf die Jagd gehen. Sie alle kamen aus hochgestellten Familien und waren Erben großer Besitztümer. Ich habe allerdings nie darauf geachtet, welchem von ihnen sie den Vorzug gab.« Wahrscheinlich hatte er sich zu jener Zeit noch mit Spielzeugsoldaten beschäftigt und auf seinem ersten Pony reiten gelernt und hatte kein Interesse für seine Schwester und ihre Bewunderer gehabt. »Dieser hier sieht sehr gut aus«, sagte er großzügig. »Sein Haar ist viel heller als meines und er ist größer als Ihr, Herr Beringar.« Damit war er keine Ausnahme, denn auch wenn seine Muskeln und Sehnen hart wie Stahl waren, war Hugh Beringar wegen seiner bescheidenen Körpergröße schon von vielen Männern unterschätzt worden – sehr zu ihrem Nachteil übrigens. »Er wird etwa fünfundzwanzig oder sechsundzwanzig Jahre alt sein, glaube ich. Seinen Namen aber weiß ich nicht. Es waren so viele, die bei uns zu Gast waren.«

»Es gibt noch eine Sache«, sagte Cadfael, »in der Yves uns vielleicht behilflich sein kann, vorausgesetzt, ich darf ihn noch ein paar Minuten von seiner Bettruhe abhalten. Du hast doch von Bruder Elyas gesprochen, Yves, der euch in Foxwood zurückließ?«

Aufmerksam und verwundert nickte Yves.

»Bruder Elyas befindet sich hier bei uns im Krankenquartier. Nachdem er seinen Auftrag erledigt und sich wieder auf den Heimweg gemacht hatte, wurde er in der Nacht von Räubern überfallen und übel zugerichtet, und die Bauern, die ihn fanden, brachten ihn hierher, damit er gepflegt würde. Ich bin sicher, daß er genesen wird, aber er hat uns noch nichts über das erzählen können, was ihm zugestoßen ist. Die Erinnerung an die letzten Tage ist zerstört, und nur im Schlaf scheint er mit etwas zu kämpfen, das ihm auf der Seele liegt. Im Wachen erinnert er sich an nichts, aber im Schlaf hat er dich erwähnt, wenn auch nicht namentlich. ›Der Junge wäre mit mir gegangen‹, sagte er. Wenn er dich nun zu Gesicht bekäme, wohlbehalten und in Sicherheit, könnte es sein, daß dieser Anblick sein Gedächtnis wiederherstellt. Willst du mit mir kommen und es versuchen?«

Bereitwillig, wenn auch etwas befangen, erhob sich Yves und sah Beringar an, ob dieser noch irgendwelche Fragen hätte. »Es tut mir leid, daß ihm so etwas Schlimmes widerfahren ist. Er war sehr gütig... Ja, wenn ich etwas für ihn tun kann...«

Auf dem Weg zum Krankenzimmer legte er, da niemand sonst sie sehen konnte, seine Hand dankbar wie ein gehorsames Kind in die Bruder Cadfaels und überließ sich dessen tröstlich festem Zugriff.

»Du darfst dich nicht dadurch beunruhigen lassen, daß sein Gesicht verschwollen und entstellt ist. Es wird alles wieder heilen, das verspreche ich dir.«

Bruder Elyas lag stumm und reglos da, während ein junger Bruder ihm aus dem Leben des Heiligen Remigius vorlas. Die Schwellungen und Blutergüsse gingen bereits zurück. Er schien keine Schmerzen zu haben, hatte tagsüber etwas gegessen, und als zum Gottesdienst geläutet wurde, bewegten sich seine Lippen geräuschlos mit den Worten der Liturgie. Aber als Yves eingetreten war, ruhte sein Blick ohne jedes Erkennen auf dem Jungen und schweifte wieder gleichgültig in die dunklen Schatten der Ecken des Zimmers. Mit weit aufgerissenen Augen trat Yves auf Zehenspitzen an das Bett.

»Bruder Elyas, Yves ist hier, um Euch zu besuchen. Erinnert Ihr Euch an Yves? Der Junge, dem Ihr in Cleobury begegnet seid, und der Euch in Foxwood wieder verließ.«

Nein, nichts, nichts außer einem leichten Zittern im Gesicht des Patienten, das seine verzweifelte Anstrengung verriet. Yves trat noch näher heran und legte schüchtern seine

Hand auf die lange, schlaffe Hand, die auf der Bettdecke lag, aber unter seiner Berührung kalt und teilnahmslos blieb. »Es tut mir leid, daß Ihr verletzt seid. Wir sind nur ein paar Meilen zusammen gewandert... Ich wollte, wir wären die ganze Reise bei Euch geblieben...«

Bruder Elyas starrte an die Decke und zitterte. Hilflos schüttelte er den Kopf.

»Nein, laßt ihn«, sagte Cadfael seufzend. »Wenn wir ihn zu sehr drängen, regt er sich nur auf. Es macht nichts – er hat Zeit genug. Erst muß sein Körper ganz wiederhergestellt werden. Das Gedächtnis kann warten. Es war den Versuch wert, aber er ist noch nicht wieder so weit. Komm jetzt, du schläfst ja fast im Stehen ein! Wir wollen sehen, daß du ins Bett kommst.«

Cadfael, Hugh und seine Männer machten sich im Morgengrauen fertig und gingen hinaus in eine Welt, die während der Nacht erneut ein anderes Gesicht erhalten hatte. Kleine Hügel waren verschwunden, Bodensenken aufgefüllt und im schwächer werdenden Wind trugen alle Bergkuppen Fahnen aus feinem Schnee, die aussahen wie träge wippende Hutfedern. Sie hatten Äxte, eine Tragbahre, die aus zwischen zwei Stangen gespannten Lederstreifen bestand, und ein Leinentuch mitgenommen, mit dem sie den Leichnam zudecken wollten. Abgesehen von kurzen Bemerkungen, die sich auf die vor ihnen liegende schreckliche Arbeit bezogen, sagte keiner von ihnen etwas. Mit dem Anbruch des Tageslichtes hatte der Schneefall aufgehört, wie er es seit jener ersten Nacht, in der Yves sich verbissen an die Verfolgung seiner abenteuerlustigen Schwester gemacht hatte, stets getan hatte. In der darauffolgenden Nacht hatte strenger Frost eingesetzt und um diese Zeit hatte ein nächtliches Raubtier das Mädchen überfallen und ermordet, nachdem sie jetzt suchten. Das Eis, dessen war Cadfael sich sicher, hatte sie nämlich schon sehr bald, nachdem sie in den bereits zufrierenden Bach geworfen worden war, eingeschlossen.

Sie fanden sie nach einigem Suchen und Stochern im Neuschnee, fegten das Eis frei und sahen auf sie herab – ein Mädchen in einem Spiegel, eingesponnen in Glas.

»Gott im Himmel!« flüsterte Hugh. »Sie ist ja jünger als der Knabe!« Die undeutliche Gestalt erschien ihm so schmächtig, so kindlich.

Aber sie waren hier, um ihre Ruhe zu stören und sie mitzunehmen, damit sie ein christliches Begräbnis bekomme, obwohl es fast so schien, als sei das Zerbrechen des glatten Eises, das sie umschloß, ein Akt roher Gewalt. Sie gingen behutsam vor und hielten einigen Abstand zu dem zarten, gefangenen Körper. Es war harte Arbeit. Trotz der bitteren Kälte schwitzten sie, als sie das Mädchen und ihren kalten Sarg anhoben, sie wie eine Statue auf die Bahre legten, mit dem Tuch bedeckten und sie langsam zurück nach Bromfield trugen. Erst als sie den Block in der leeren, kühlen Leichenkammer der Priorei aufgebahrt hatten, begann das Eis zu schmelzen. Die schimmernden Kanten rundeten sich und das Schmelzwasser tropfte in die Rinnen, durch die das Wasser abfloß, mit dem die Toten gewaschen wurden.

Bleich und reglos lag das Mädchen in seinem weißen Leichenhemd da, und doch schien es immer menschlicher und lebendiger zu werden, dem Schmerz und dem Mitleid und der Gewalt entgegenzuwachsen – dem Schicksal, das alle Sterblichen teilen. Cadfael wagte es nicht, den Raum lange zu verlassen, denn Yves war nun auf. Er war ein neugieriger Junge und niemand konnte sagen, wo er als nächstes auftauchen würde. Er war gut erzogen und sein Betragen war ausgezeichnet, aber wegen seiner Überzeugung, er müsse bevorzugt behandelt werden, und des durchaus angemessenen Wissensdurstes eines Dreizehnjährigen war es vielleicht besser, auf der Hut zu sein.

Es war zehn Uhr vorbei und die Messe hatte begonnen, als der Eispanzer so weit geschmolzen war, daß das Mädchen zum Vorschein kam: die Spitzen der schlanken, blassen Finger und der ausgestreckten Zehen, die perlartig schimmernde Spitze ihrer Nase und die ersten lockigen Haarsträhnen, die wie feines Spitzengeflecht zu beiden Seiten ihrer Stirn herabhingen. Diese Locken erregten Cadfaels Aufmerksamkeit zuerst: Sie waren kurz. Er wickelte eine Strähne um seine Finger und stellte fest, daß ihre Länge nur für eineinhalb Windungen ausreichte. Außerdem war das

Haar nicht dunkler als dunkles Gold, und wenn es getrocknet war, würde es eher noch heller sein. Er beugte sich vor und betrachtete den ruhigen, starren Blick ihrer offenen Augen, die immer noch dünn mit Eis bedeckt waren. Sie schienen das sanfte, gebrochene Blau von Irisblüten zu haben, oder aber das dunkle Graublau von Lavendelblüten.

Als die Messe beendet war, lag das Gesicht frei. Die Luft berührte die Haut und auf Wangen und Mund begannen sich Blutergüsse dunkel abzuzeichnen. Die Spitzen ihrer kleinen Brüste tauchten aus dem glatten Eis auf und jetzt konnte Cadfael deutlich den Schmierstreifen erkennen, der sich dort, auf ihrer rechten Brust, dunkel auf Haut und Stoff abzeichnete. Er war rötlich wie ein Kratzer und zog sich kaum wahrnehmbar von der Schulter bis zur Brust. Cadfael wußte wie Blutspuren aussahen. Das Eis hatte sie umschlossen, bevor das erstarrende Wasser das Blut hatte wegwaschen können. Jetzt mochte, während das restliche Eis taute, die Spur verblassen, aber er wußte, wo sie gewesen war und wo er suchen mußte, um zu sehen, wo sie hergekommen war.

Lange vor Mittag war sie aus ihrem Gefängnis befreit. Ihre Haut fühlte sich unter seinen tastenden Fingern weicher an. Sie war jung und zierlich, und ihr kleiner, wohlgeformter Kopf war von kurzen, blonden Locken umrahmt wie von einem Heiligenschein. Sie verliehen ihr das Aussehen eines Engels auf Gemälden von der Verkündigung Mariä. Cadfael holte Prior Leonard herbei und gemeinsam kümmerten sie sich um sie. Zwar wuschen sie sie noch nicht – das würde erst geschehen, wenn Beringar den Leichnam untersucht hatte – aber sie richteten sie würdig für ihre ewige Ruhe her. Sie bedeckten den Körper bis zum Hals mit einem Leintuch und bereiteten sie für die Untersuchung vor.

Hugh Beringar trat ein und betrachtete sie schweigend. So weiß und schlank und ruhig lag sie da, jenseits der Welt der Sterblichen... Ihr Alter mochte wohl achtzehn Jahre sein. Und schön sollte sie sein, hatte man gesagt. Ja, das stimmte. Aber war dies die dunkelhaarige, eigensinnige, verzogene Tochter eines Adeligen, die trotz Winter, Krieg und allem darauf bestanden hatte, ihren Willen durchzusetzen?

»Seht her!« sagte Cadfael und schlug das Leintuch zurück, um ihnen die Falten ihres Gewandes zu zeigen, so wie sie aus dem Eis aufgetaucht waren. Der schmutzigrote Streifen zog sich von ihrer rechten Schulter über den Ausschnitt ihres Unterkleides bis zu den Falten über der rechten Brust.

»Ist sie erstochen worden?« fragte Hugh und sah Cadfael ins Gesicht.

»Sie hat keine Wunde. Seht hier!« Er zog das Gewand beiseite. Auf der bleichen Haut waren nur ein oder zwei blaßrote Punkte zu erkennen. Er wischte sie weg und es blieb keine Spur zurück. »Nein, sie wurde gewiß nicht erstochen. Das Eis hat sie sehr schnell umschlossen und diese Spuren, so schwach sie auch sein mögen, bewahrt. Aber sie hat nicht geblutet. Wenigstens«, fügte er grimmig hinzu, »nicht hier und nicht aus einer Messerwunde. Wahrscheinlicher ist, daß sie sich gegen ihn – oder sie, denn solche Bestien greifen am liebsten im Rudel an – gewehrt und ihm eine Wunde beigebracht hat. Vielleicht hat sie ihm im Kampf das Gesicht, die Hand oder das Handgelenk aufgekratzt. Denkt daran, Hugh – und auch ich werde es nicht vergessen.« Ehrfürchtig deckte er sie wieder zu. Völlig unbewegt blickten die verschleierten Augen aus dem weißen Gesicht zur gewölbten Decke des Raumes empor und während die kurzgeschnittenen Locken trockneten, begannen sie zu schimmern wie ein Heiligenschein.

»Dort sind blaue Flecken«, sagte Hugh und strich mit der Fingerspitze über ihre Backenknochen und die schwachen Verfärbungen um ihren Mund. »Aber an der Kehle sind keine Druckstellen. Sie ist nicht erwürgt worden.«

»Nein, man hat sie geschändet und dabei ist sie erstickt.«

Alle drei waren so sehr in den Anblick des toten Mädchens versunken, daß sie die Schritte nicht hörten, die sich der geschlossenen Tür des Raumes näherten. Und selbst wenn sie auf Geräusche geachtet hätten, waren diese Schritte so leicht, daß sie sie wohl überhört hätten, obgleich sie ohne Zögern und Heimlichkeit näher gekommen waren. Daß der Junge eintrat, bemerkten sie erst, als beim Öffnen der Tür das vom Schnee reflektierte Licht in den Raum fiel und Yves mit der ihm eigenen unschuldigen Selbstverständlichkeit über die Schwelle trat. Es war nicht seine Art, sich heimlich durch eine spaltbreit geöffnete Tür zu schleichen – in allen seinen Gesten und Handlungen lag der Anspruch eines Angehörigen der Oberklasse. Die Plötzlichkeit, mit der sie herumfuhren, und ihre stirnrunzelnden Mienen ließen ihn mitten in der Bewegung innehalten und kränkten ihn. Hugh und Prior Leonard traten schnell zwischen ihn und den Tisch mit der aufgebahrten Leiche.

»Du solltest nicht hierherkommen, mein Sohn«, sagte der Prior mit gedämpfter Stimme.

»Warum nicht, ehrwürdiger Vater? Niemand hat es mir verboten. Ich habe nach Bruder Cadfael gesucht.«

»Bruder Cadfael wird gleich zu dir kommen. Geh zurück in die Gästehalle und warte dort auf ihn...«

Aber es war zu spät, um ihn hinauszuschicken. Er hatte genug gesehen, um zu ahnen, was die beiden Männer mit ihren Körpern zu verdecken suchten. Das hastig über den Leichnam gezogene Leintuch, die unverkennbare Form des Körpers und das Schimmern des kurzen, hellen Haares, wo das zu eilig hochgeschlagene Tuch vom Kopf herabgerutscht war. Stumm stand er da, in seinem Gesicht regte sich kein Muskel und seine Augen blickten groß und aufmerksam.

Der Prior legte ihm sanft seine Hand auf die Schulter und schob ihn zurück zur Tür. »Komm mit mir. Was es zu sagen gibt, wirst du später hören. Jetzt ist nicht die rechte Zeit.«

Aber Yvest stand mit weit aufgerissenen Augen wie angewurzelt.

»Nein«, sagte Cadfael unerwartet, »laßt ihn herkommen.« Er kam um den Tisch herum und trat ein, zwei Schritte auf den Jungen zu. »Du bist verständig, Yves, und nach den Erfahrungen, die du auf eurer Flucht gemacht hast, hat es keinen Sinn, so zu tun, als gäbe es keine Gewalt und Gefahr und Grausamkeit auf der Welt und als müßten Menschen nicht sterben. Wir haben hier einen Leichnam, und wir wissen nicht wer es ist. Ich möchte, daß du ihn dir ansiehst, wenn du willst, und uns sagst, ob du dies Gesicht kennst. Du brauchst keine Angst zu haben – es ist kein schrecklicher Anblick.«

Entschlossen und mit gefaßtem Gesicht trat der Junge näher und betrachtete die mit dem Leichentuch bedeckte Gestalt. Seine Augen verrieten nur Ehrfurcht. Es ist zweifelhaft, dachte Cadfael, daß ihm je der Gedanke gekommen ist, dies könnte seine Schwester oder überhaupt eine Frau sein. Er hatte gesehen, daß der Blick der weit aufgerissenen Augen auf das kurze, lockige Haar gerichtet gewesen war; Yves hatte geglaubt, der Leichnam sei der eines jungen Mannes. Dennoch wäre Cadfael anders verfahren, wenn er nicht insgeheim schon sicher gewesen wäre, daß das tote Mädchen, wer immer es auch sein mochte, nicht Ermina Hugonin war. Um wen es sich in Wirklichkeit handelte, darüber konnte er nur Vermutungen anstellen. Yves aber würde es wissen.

Er schlug das Tuch über dem Gesicht zurück. Die Hände des Jungen, die er vor der Brust gefaltet hatte, verkrampften sich abrupt. Er holte tief Atem, aber für einen langen Augenblick sagte er nichts. Er zitterte leicht. Als er schließlich zu Cadfaels fragendem Gesicht aufblickte, stand in seinen weit aufgerissenen Augen verwundertes, fast ungläubiges Entsetzen.

»Aber wie kann das sein? Ich dachte... ich verstehe nicht! Sie...« Er brach ab, schüttelte heftig den Kopf und starrte voller Mitleid und Bestürzung wie hypnotisiert auf das Gesicht vor ihm. »Ich kenne sie, natürlich — aber wie ist es möglich, daß sie hier ist und daß sie tot ist? Das ist Schwester Hilaria, die mit uns aus Worcester geflohen ist.«

Kapitel 5

Gemeinsam geleiteten sie ihn behutsam hinaus auf den verschneiten Hof. Yves war immer noch wie vor den Kopf geschlagen und runzelte hilflos die Stirn über dieses plötzliche und unerklärliche Auftauchen der Frau, die er einige Meilen entfernt in Sicherheit, bei freundlich gesinnten Leuten, zurückgelassen hatte. Er war zunächst zu erschüttert und verwirrt, um die Bedeutung dessen, was er gesehen hatte, ermessen zu können, aber auf dem Weg zur Gästehalle traf es ihn wie ein Keulenschlag. Er blieb unvermittelt stehen, tat einen großen Schluchzer und brach zu seiner, wenn auch niemand anderes Verwunderung in Tränen aus. Prior Leonard wollte sich wie eine besorgte Glucke über ihn beugen, aber Bruder Cadfael schlug ihm aufmunternd auf die Schulter und sagte nüchtern:

»Fasse dich, mein Sohn, denn wir werden dich bald brauchen. Wir müssen einen Übeltäter fangen und ein Unrecht rächen, und wer könnte uns besser geradewegs zu dem Ort führen, an dem du Schwester Hilaria zurückgelassen hast, als du? Wo sonst sollen wir beginnen?«

Yves' Ausbruch war ebenso schnell vorbei wie er begonnen hatte. Hastig wischte er mit dem Ärmel die Tränen von seinen Wangen und sah Hugh Beringar an, um zu erforschen, was in dessen Gesicht stand. Bei ihm lag schließlich die Befehlsgewalt. Die Aufgabe der Klosterbrüder war es, Schutz zu gewähren, Rat zu erteilen und Gebete zu sprechen − Recht und Gesetz jedoch lagen in den Händen des Sheriffs. Mit Hierarchien kannte Yves sich aus. Schließlich war er nicht umsonst der Sohn eines Barons.

»Das stimmt. Ich kann Euch auf dem kürzesten Weg von Foxwood zu John Druels Hof führen. Er liegt über dem Dorf Cleeton.« Eifrig zupfte er an Hugh Beringars Ärmel. Er wußte, daß es besser war zu bitten, als zu fordern. »Darf ich mitkommen und Euch den Weg zeigen?«

»Ja, du darfst, wenn du in unserer Nähe bleibst und tust,

was man dir sagt.« Hugh hatte sich bereits entschieden, dafür hatte Cadfael gesorgt. Es war weit besser für den Jungen, mit den Männern auszureiten und etwas zu tun, als allein zurückzubleiben und sich Vorwürfe zu machen. »Wir werden ein Pony für dich finden. Also lauf, hol deinen Umhang und komm dann zu den Ställen.«

Beflügelt von dem Gedanken, etwas Nützliches tun zu können, rannte Yves davon. Gedankenvoll sah Beringar ihm nach. »Bitte geht mit ihm, ehrwürdiger Vater, und sorgt dafür, daß er etwas zu essen mitnimmt, denn es wird ein langer Tag werden, und bevor die Nacht hereinbricht wird er hungrig sein, ganz gleich wie viel er vor einer halben Stunde noch zu Mittag gegessen hat.« Und als sie ihre Schritte den Ställen zuwandten, sagte er zu Cadfael: »Ihr werdet tun, was Ihr Euch in den Kopf gesetzt habt, das weiß ich, und ich bin immer froh, Euch bei mir zu haben, sofern es die Euch Anvertrauten, ob lebend oder tot, erlauben. Aber Ihr habt in den letzten Tagen viel reiten müssen...«

»... für einen Mann meines Alters«, fiel Cadfael ihm ins Wort.

»Das habe ich nicht gesagt! Obwohl ich bezweifeln möchte, daß ein Mann Eures Alters es mit mir aufnehmen kann. Aber was ist mit Bruder Elyas?«

»Er braucht mich jetzt nicht mehr so dringend. Ich muß nur noch ein- oder zweimal am Tag nach ihm sehen und dafür sorgen, daß alles gut verheilt und er keinen Rückfall erleidet. Die Genesung seines Körpers macht gute Fortschritte. Und was sein fehlendes Erinnerungsvermögen anbelangt, so kann ich auch nichts daran ändern, indem ich hier bleibe. Es wird eines Tages von alleine wiederkommen, oder er wird aufhören, sich darüber Sorgen zu machen. Man kümmert sich gut um ihn. *Sie* hatte nicht dieses Glück!« sagte er traurig.

»Wie konntet Ihr wissen«, fragte Hugh, »daß es sich nicht um die Schwester des Jungen handelte?«

»Zuerst brachte mich das kurze Haar darauf. Vor einem Monat hatte sie Worcester verlassen. In dieser Zeit konnte es nachwachsen. Warum sollte das andere Mädchen sich die Haare abschneiden? Und dann die Farbe: Herward sagte,

Erminas Haare und Augen seien fast schwarz, jedenfalls von dunklerem Braun als die ihres Bruders. Bei dieser Frau ist das nicht der Fall. Und ich erinnere mich, daß sie sagten, auch die Nonne sei jung, nicht älter als fünfundzwanzig oder so. Nein, ich war sicher, daß er nicht das Schlimmste zu befürchten hatte. Jedenfalls bis jetzt!« fügte er nüchtern hinzu. »Nun müssen wir sie finden und dafür sorgen, daß er nie wieder ein Leichentuch von einem anderen Gesicht zurückschlagen muß, das er kennt. Ich habe dieselben Verpflichtungen wie Ihr, und ich werde Euch begleiten.«

Damit hatte Hugh Beringar gerechnet. »Dann zieht Euch Eure Stiefel an und macht Euch fertig. Inzwischen werde ich Euch eines meiner Ersatzpferde satteln. Ich bin auf alle Schwierigkeiten vorbereitet, in die Ihr mich hineinziehen könntet. Ich kenne Euch ja schließlich.«

Nach Foxwood führte eine häufig benutzte Landstraße und bis dorthin war es ein leichter Ritt, aber hinter Foxwood wurde das Gelände schwieriger und der Weg war steiler und des öfteren verschüttet. Die breite Flanke des Titterstone Clee zog sich hier bis zu einem öden Plateau hinauf und seine Spitze erhob sich zu ihrer Linken. Der Gipfel war in einer Wolke verborgen, die im Verlauf des Nachmittags immer tiefer sank. Yves ritt dicht neben Hugh. Er war mit Eifer dabei und hatte das Gefühl, wichtig zu sein.

»Wir können das Dorf rechts liegen lassen, der Hof liegt weiter oben am Berg. Hinter diesem Kamm dort, in einer kleinen Mulde, sind Johns Felder und weiter oben am Hügel hat er einen Unterstand für die Schafe.«

Plötzlich zügelte Hugh sein Pferd, saß reglos mit erhobenem Kopf und zog prüfend die Luft ein. »Riecht Ihr das auch? Was mag ein Bauer in dieser Jahreszeit zu verbrennen haben?«

Der schwache Geruch, der durch den aufkommenden Wind zu ihnen getragen wurde, verhieß nichts Gutes. Einer der bewaffneten Männer, die hinter Beringar ritten, sagte mit Bestimmtheit: »Drei oder vier Tage alt und vom Schnee bedeckt, aber es riecht nach verschmorten Balken.«

Beringar trieb sein Pferd weiter, den Weg hinauf, zwischen unter Schnee begrabenen Büschen hindurch und über den Kamm, der die Mulde umschloß. In der geschützten Senke wuchsen Bäume, die Haus, Scheune und Stall einen Windschutz boten und den Hof zum Teil verbargen. Sie konnten die Steinmauern des Schafunterstandes auf der gegenüberliegenden Seite sehen, aber erst als sie auf dem sich windenden Weg den ersten Baumgürtel durchquert hatten, bot sich ihren entsetzten Augen das Bild von John Druels Hof. Yves stieß einen unterdrückten Schreckensschrei aus und packte Bruder Cadfael am Arm.

Die Eckpfosten der rußgeschwärzten Gebäude hoben sich in starkem Kontrast von den Schneewehen ab, und was von den Balken des eingestürzten Daches und der Scheune noch übrig war, ragte verkohlt in den Himmel. Nichts lebte, nichts regte sich in diesem Bild der Zerstörung — sogar die Bäume, die dem Hof am nächsten standen, waren braun und versengt. Der Hof der Druels war des Viehs, der Vorräte und der Menschen beraubt und niedergebrannt worden.

In düsterem Schweigen durchsuchten sie die verlassenen Ruinen. Hughs Augen entging keine Einzelheit. Nur die bittere Kälte hatte verhindert, daß sich schlimmerer Gestank erhob, als der verbrannter Balken, denn unter dem Durcheinander der Trümmer fanden sie die zerstückelten Kadaver der beiden Hunde, die zum Hof gehörten. Zwar war seit dem Überfall zwei- oder dreimal neuer Schnee gefallen und hatte die Spuren überdeckt, aber es sah so aus, als habe eine Bande von mindestens zehn oder zwölf Männern diese Schandtat verübt. Sie hatten die Schafe und die Kuh davongetrieben, die Scheune und wahrscheinlich auch das Haus geplündert, wobei sie das Geflügel an den Beinen zusammengebunden hatten, denn die Federn lagen immer noch auf dem Boden und klebten an den geschwärzten Balken.

Hugh Beringar stieg ab und durchsuchte die Trümmer des Hauses und der Scheune. Seine Männer suchten das Gelände innerhalb und außerhalb der Mauern ab und stocherten in den Schneewehen.

»Sie haben sie umgebracht«, sagte Yves mit leiser, mutloser Stimme. »John und seine Frau, und Peter, und den Schafhirten — sie haben sie alle umgebracht oder sie verschleppt, wie sie Schwester Hilaria verschleppt haben.«

»Sei still!« sagte Cadfael. »Nimm nie das Schlimmste an, bevor du dich nicht gründlich umgesehen hast. Weißt du, wonach sie suchen?« Gerade sahen sich die Männer an, zuckten die Schultern und versammelten sich wieder auf dem Hof. »Leichen! Und sie haben keine gefunden. Nur die Hunde sind tot, die armen Tiere. Sie haben gut gewacht und Laut gegeben. Und wir wollen hoffen, daß sie es rechtzeitig taten.«

Durch die Überreste der Scheune bahnte sich Hugh Beringar einen Weg zu ihnen. Er klopfte seine verrußten Hände ab. »Wir können keine Toten finden. Entweder wurden sie so früh gewarnt, daß sie noch fliehen konnten oder sie sind von den Räubern verschleppt worden. Und ich möchte bezweifeln, daß Männer, die ohne Anführer in der Wildnis leben, sich mit Gefangenen belasten würden. Sie würden sie töten, aber Gefangene machen und noch dazu so einfache, arme Bauern – das glaube ich nicht. Aber woher mögen sie gekommen sein? Auf demselben Weg wie wir oder auf eigenen Pfaden, von dem Berg dort oben? Wenn es nicht mehr als zehn waren, dann hatten sie es wohl nur auf einzelne Höfe abgesehen, und das Dorf war wahrscheinlich zu stark für sie.«

»Bei der Hürde ist ein Schaf geschlachtet worden«, berichtete sein Unteroffizier, der die andere Seite der Mulde abgesucht hatte. »Auf dem Hang dort gibt es einen Querpfad. Auf dem könnten sie gekommen sein, wenn sie Cleeton umgehen und ein weniger gut verteidigtes Haus überfallen wollten.«

»Dann könnte Druel mit seiner Familie in der Richtung des Dorfes geflohen sein.« Hugh dachte nach. Stirnrunzelnd betrachtete er die Schneewehen, die alle Spuren von Menschen und Tieren überdeckt hatten. »Wenn die Hunde schon beim Diebstahl der Schafe angeschlagen haben, hatten sie vielleicht genug Zeit. Wir wollen wenigstens gehen und im Dorf nachfragen, ob sie von der Sache etwas wissen. Vielleicht sind auch alle Bewohner dieses Hofes noch am Leben«, sagte er und klopfte Yves aufmunternd auf die Schulter, »wenn sie auch all ihr Hab und Gut verloren haben.«

»Aber Schwester Hilaria ist tot«, sagte Yves. In seinen Augen war er für ihren Tod verantwortlich, und das lastete schwer auf ihm. »Wenn sie noch rechtzeitig fliehen konnten, warum haben sie dann nicht auch Schwester Hilaria gerettet?«

»Das kannst du sie fragen, wenn wir sie, mit Gottes Hilfe, gefunden haben. Ich habe Schwester Hilaria nicht vergessen. Komm jetzt – hier haben wir alles gesehen, was es zu sehen gibt.«

»Noch eine Kleinigkeit, Yves«, sagte Cadfael. »Als du in der Nacht die Pferde hörtest und aus dem Haus ranntest, um deine Schwester zu verfolgen, in welche Richtung sind sie da geritten?«

Yves drehte sich um und betrachtete die kläglichen Überreste des Hauses, das er damals verlassen hatte. »Nach rechts, dort hinter dem Haus vorbei. Dort ist ein kleiner Bach, vor ein paar Tagen war er noch nicht zugefroren – sie sind an ihm entlang den Hang hinaufgeritten. Aber nicht zur Spitze des Berges, sondern im Bogen um seine Seite herum.«

»Sehr gut! In dieser Richtung werden wir es also versuchen – allerdings nicht heute. Ich bin fertig, Hugh, wir können gehen.«

Sie saßen auf, ließen Trümmer und Zerstörung hinter sich und ritten den Weg zurück, den sie gekommen waren, durch die Bäume, über den Kamm und dann hinunter nach Cleeton. Es war ein rauhes Land, schwierig zu bewirtschaften. Die Felder brachten nur magere Ernten, aber die Gegend eignete sich gut für die Zucht jener behenden Hochlandschafe, die zwar nur mageres Fleisch, aber ausgezeichnete Wolle lieferten. An der dem Berg zugewandten Seite der Siedlung stand eine roh behauene, aber solide Palisade und hinter ihr hielt jemand Wache, denn plötzlich ertönte ein gellender, durchdringender Pfiff. Als sie das Dorf erreichten, wurden sie von drei oder vier stämmigen Männern erwartet. Hugh lächelte. Sofern sie nicht in großer Zahl und gut bewaffnet auftraten, taten Räuber gut daran, um Cleeton einen Bogen zu machen.

Er entbot ihnen den Gruß und sagte, wer er sei. Es war zu bezweifeln, daß Menschen in so abgelegenen Gegenden sich viel vom Schutz von König oder Kaiserin versprachen, aber vom Sheriff der Grafschaft konnten sie sich immerhin Unterstützung im Kampf ums Überleben erhoffen. Sie holten den Gemeindevorsteher herbei und antworteten bereitwillig auf alle Fragen. Ja, sie wüßten, daß John Druels Hof niedergebrannt worden sei. Ja, John sei hier in Sicherheit, die Dörfler kümmerten sich um ihn, er habe sein Leben gerettet, wenn er auch alles andere verloren habe. Auch seine Frau und sein Sohn seien in Sicherheit und der Schafhirt, der für ihn arbeitete, ebenfalls. Ein langbeiniger Junge rannte eifrig los, um John Druel zu holen, damit er selber die Fragen beantworten konnte.

Beim Anblick des schlanken, sehnigen Mannes sprang Yves von seinem Pferd und lief ihm entgegen, als könne er seinen Augen nicht trauen. Den Arm um die Schultern des Jungen gelegt, trat der Mann vor sie.

»Der Junge sagt, Ihr seid dort oben gewesen, Herr... wo mein Haus stand. Gott weiß, wie dankbar ich für die Barmherzigkeit dieser Menschen bin. Sie lassen uns nicht hungern, jetzt, wo wir all unser Hab und Gut verloren haben – aber was soll nun aus uns werden? Wir haben hart gearbeitet, und dann hat man uns in einer Nacht alles genommen, und das Dach über dem Kopf hat man uns angesteckt! Auch wenn alles seinen Gang geht, ist das einsame Leben dort oben hart und mühselig«, sagte er schlicht. »Aber mit Räubern wie diesen haben wir nicht gerechnet.«

»Mein Freund, ich kann dir versichern, daß auch wir nicht mit ihnen gerechnet haben«, antwortete Beringar bitter. »Eine Entschädigung für deine Verluste kann ich dir nicht anbieten, aber es mag sein, daß wir etliches deiner Habe wiederbeschaffen können, wenn wir die Übeltäter finden, die es geraubt haben. Der Junge hier war vor einigen Tagen bei dir, und seine Schwester ebenfalls...«

»Ja, und sie haben uns in der Nacht verlassen«, sagte John und sah Yves mit einem mißbilligenden Stirnrunzeln an.

»Das wissen wir. Er hat es uns erzählt, und er wenigstens hatte gute Gründe und ging auf eigene Verantwortung ein großes Risiko ein. Aber was ich von dir wissen will sind genauere Angaben über diesen Überfall. Wann ist es geschehen?«

»Zwei Nächte nachdem das Mädchen und der Junge davon sind. Es war in der Nacht des 4. in diesem Monat, aber sehr spät, gegen Morgengrauen. Wir wachten auf, weil die Hunde wie wild bellten, und stürzten hinaus, denn wir dachten, es könnten Wölfe herumstreifen. Schließlich war es sehr kalt. Die Hunde waren nämlich angekettet, Ihr versteht? Und Wölfe waren es auch, aber zweibeinige! Draußen konnten wir hinten am Hang die Schafe blöken hören und wir sahen, daß sich dort Laternen bewegten. Dann kamen sie den Hang hinunter, weil sie merkten, daß die Hunde angeschlagen hatten. Ich weiß nicht, wie viele es waren – vielleicht ein Dutzend oder mehr. Auf einen Kampf mit ihnen konnten wir uns nicht einlassen – also sind wir geflohen. Vom Kamm aus sahen wir, daß die Scheune in Flammen stand. Es wehte ein starker Wind und wir wußten, daß alles niederbrennen würde. Und hier sind wir, Herr, vollständig mittellos durch diese Räuber, aber entschlossen, einen neuen Anfang zu machen, wenn irgendein Herr uns Land geben will. Unser Leben haben wir gerettet – Gott sei gedankt!«

»Also kamen sie zunächst zu eurer Schafhürde«, sagte Hugh. »Aus welcher Richtung?«

»Von Süden«, sagte John sofort, »aber nicht von der Straße, sondern von weiter oben am Hügel. Sie kamen von oben zu uns herab.«

»Und Ihr habt keinen Verdacht, wer sie waren oder wo sie sich aufhalten? Hattet ihr denn nicht vorher schon Gerüchte gehört, daß Räuber in der Gegend seien?«

Nein, es hatte keine Warnung gegeben. Dieser Überfall war wie ein Blitz aus heiterem Himmel gekommen, zwischen der Mitternacht des 4. und dem Morgengrauen des 5. des Monats.

»Eine Frage noch«, sagte Hugh. »Du hast das Leben der Deinen und dein eigenes gerettet, aber was ist aus der Nonne aus Worcester geworden, die in der Nacht des 2. mit diesem jungen Mann und seiner Schwester bei euch war? Daß die beiden euch in der Nacht verließen, wissen wir. Was ist mit der Nonne?«

»Oh, das alles ist ihr erspart geblieben«, sagte Druel erleichtert. »In der Nacht des Überfalls brauchte ich mich um sie nicht zu kümmern. Sie hatte sich schon am Nachmittag wieder auf den Weg gemacht. Es war zwar schon recht spät, aber immer noch hell genug. Und da sie in Begleitung ging hatte ich keine Bedenken. Sie war traurig und niedergeschlagen, das arme Mädchen, als sie merkte, daß sie allein war, aber sie wußte genausowenig wie wir, wo sie nach ihren Schützlingen suchen sollte. Was blieb ihr also anderes übrig?«

»Jemand holte sie ab?« fragte Hugh.

»Ja, ein Benediktinermönch. Sie kannte ihn, denn er war schon vorher ein Teil des Weges mit ihnen gegangen und hatte sie gedrängt, ihn nach Bromfield zu begleiten, sagte sie. Und dazu drängte er sie jetzt auch wieder, und als sie ihm erzählte, daß sie alleingelassen wurde, sagte er, das sei um so mehr ein Grund, sich selbst und ihre Sorgen in die Hände anderer zu legen, die nach ihren Schützlingen suchen würden und bei denen sie in Sicherheit wäre, bis sie gefunden seien. Er war von Foxwood heraufgekommen und hatte überall nach ihr gefragt«, sagte John, um zu erklären, warum der Mönch erst zu so vorgerückter Stunde eingetroffen war. »Ich habe noch nie eine Frau so froh darüber gesehen, daß sich ein Freund ihrer annahm. Sie ging mit ihm und ich habe keinen Zweifel, daß sie Bromfield sicher erreicht hat.«

Yves war wie vor den Kopf geschlagen. »Sie hat es erreicht«, sagte Hugh nur, mehr zu sich selbst als zu den anderen. Aber sicher? Ja, wenn man den Sinn des Wortes so weit dehnte wie es nur ging... ja, sie hatte Bromfield sicher erreicht. Unbefleckt von Sünde, gewissenhaft, mutig – wer war in diesem Augenblick sicherer als Schwester Hilaria, eine unschuldige Seele, die geradewegs in den Himmel gekommen war?

»Aber dann war da noch eine merkwürdige Sache«, sagte Druel. »Am nächsten Tag nämlich, als wir hier erzählten was geschehen war und diese Leute uns als gute Christen in ihre Häuser aufnahmen, kam ein junger Mann zu Fuß auf dem Weg, der von der Straße heraufführt, und erkundigte sich nach der Reisegesellschaft, die wir beherbergt hatten.

Er fragte, ob irgendeiner von uns etwas von einer jungen Nonne aus Worcester wüßte, die in Begleitung zweier Geschwister aus adeliger Familie auf dem Weg nach Shrewsbury sei. Wir hatten unsere eigenen Sorgen, aber wir sagten ihm alles, was wir wußten, und daß sie uns schon vor dem Überfall verlassen hätten. Er hörte uns aufmerksam zu und zog dann weiter. Zuerst zu der Ruine meines Hofes, aber wohin dann, das weiß ich nicht.«

»Und niemand hier kannte ihn?« fragte Beringar und sah die Umstehenden, die sich versammelt hatten, an. Inzwischen waren auch die Frauen herbeigekommen und hörten aufmerksam zu.

»Nein, wir haben ihn nie gesehen«, antwortete der Gemeindevorsteher mit Bestimmtheit.

»Wie sah er aus?«

»Nun, er trug braune, handgesponnene Kleider und war wohl Bauer oder Schafhirte wie alle anderen hier auch. Nicht über dreißig Jahre, eher fünf- oder sechsundzwanzig. Er war größer als Ihr, Herr, aber von Eurer Statur, schlank und sehnig. Dunkle Augen, mit einem goldenen Fleck in der Mitte – wie bei einem Falken. Und unter der Kapuze hatte er schwarzes Haar.«

Die Frauen waren näher herangetreten. Ihr Blick war ruhig, aber ihre Ohren waren gespitzt. Ihr Interesse an dem Fremden war um so deutlicher, als keine von ihnen etwas sagte oder sich anbot, eine genauere Beschreibung zu geben. Wer immer er gewesen war – auf die Frauen von Cleeton hatte er einen großen Eindruck gemacht, und sie hatten nicht die Absicht, sich die kleinste Kleinigkeit, die ihn betraf, entgehen zu lassen oder irgend etwas über ihn preiszugeben.

»Ein dunkelhäutiger Mann«, sagte Druel, »mit einer Adlernase. Ein hübscher Bursche.« Ja, das stimmt, sagten die aufmerksamen Augen der Frauen. »Da fällt mir ein: er sprach ein wenig langsam...«

Sofort hakte Beringar ein. »Als sei ihm das gemeine Englisch nicht geläufig?«

Daran hatte John noch nicht gedacht; er überlegte eine kleine Weile. »Das könnte sein. Oder vielleicht hatte er auch einen kleinen Sprachfehler.«

Nun, wenn Englisch nicht seine Muttersprache war, welche dann? Walisisch? Gut möglich, hier im Grenzland, aber warum sollte ein Waliser nach Flüchtlingen fragen? Aus Anjou also? Dann freilich lag die Sache anders.

»Wenn er sich wieder sehen läßt und ihr von ihm hört«, sagte Beringar, »so laßt es mich in Ludlow oder Bromfield wissen, und es soll euer Schaden nicht sein. Und dir, mein Freund, will ich offen sagen, daß es nur eine kleine Chance gibt, alles oder das meiste dessen, was du verloren hast, wieder herbeizuschaffen, aber einen Teil deines Viehs können wir dir wohl wiederbringen, wenn es uns gelingt, das Nest dieser Räuber aufzuspüren. Wir werden unser Bestes tun, darauf kannst du dich verlassen.«

Er wendete sein Pferd und ritt voraus auf dem Weg ins Tal. Die anderen folgten ihm, aber er hatte es nicht eilig, denn eine der jungen Frauen ging ebenfalls in diese Richtung und warf ihm über ihre Schulter bedeutungsvolle Blicke zu. Als Hugh sie erreicht hatte, ging sie neben seinem Pferd her und legte eine Hand auf den Steigbügel. Sie schien zu wissen, was sie tat, denn sie hatte sich so weit von den anderen entfernt, daß diese sie nicht hören konnten.

»Herr...«, sie sprach gedämpft und sah mit klaren blauen Augen zu ihm auf, »... ich muß Euch noch etwas über diesen schwarzhaarigen Mann erzählen, etwas, das kein anderer bemerkt hat. Ich habe vorhin nichts gesagt, aus Angst sie würden sich gegen ihn stellen, wenn sie es erfahren. Er sah sehr gut aus, ich habe ihm vertraut, auch wenn er nicht war, was er zu sein schien...«

»In welcher Hinsicht?« fragte Hugh ebenso leise.

»Er hatte seinen Umhang eng um sich geschlagen, Herr, und das war nichts besonderes, denn schließlich war es sehr kalt. Aber als er fortging, folgte ich ihm ein Stückchen und ich sah, daß die Falten des Umhangs an der linken Seite tiefer herabhingen als rechts. Er mag ein Bauernbursche gewesen sein oder auch nicht – jedenfalls trug er ein Schwert.«

»Also sind sie von hier aus gemeinsam weitergezogen«, sagte Yves, als sie den Weg zur Straße hinunterritten, auf der sie sich würden beeilen müssen, wenn sie das verbleibende Tageslicht ausnutzen wollten. Er war sehr schweigsam gewesen und hatte versucht, einen Sinn in die Enthüllungen zu bringen, die jedoch den Ablauf der Ereignisse nur noch komplizierter und verwickelter zu machen schienen. »Er kam zurück, um nach uns zu suchen und fand nur noch Schwester Hilaria. Es ging schon gegen Abend und so sind sie wohl von Dunkelheit und Schnee aufgehalten worden. Und dieselben Räuber und Mörder, die dem armen John alles genommen haben, müssen sie überfallen und liegengelassen haben, weil sie dachten, sie seien tot.«

»So hat es den Anschein«, sagte Beringar düster. »Wir sind von einem Übel befallen, das wir ausmerzen müssen, bevor es sich noch weiter ausbreiten kann. Aber was soll man von diesem Bauernburschen halten, der unter seinem Umhang ein Schwert trägt?«

»Und sich nach uns erkundigt hat!« fügte Yves voller Verwunderung hinzu. »Und dabei kenne ich niemanden, der so aussieht.«

»Wie sah der junge Herr aus, der deine Schwester mitnahm?«

»Er hatte keine schwarzen Haare und auch nichts von einem Falken. Er war blond und hatte eine eher helle Haut. Und selbst wenn er uns beide, die sie verlassen hatten, gesucht hätte, wäre er, nach der Richtung, die sie eingeschlagen hatten als ich ihnen folgte, nicht von der Straße her gekommen. Er würde sich auch nicht wie ein Bauer kleiden oder allein auftreten.«

Das klang alles sehr vernünftig. Aber natürlich gab es noch andere Möglichkeiten. Die Männer aus Gloucester mochten, beflügelt von ihren Erfolgen, verkleidete Spione in diese Gegend schicken, die nach schwachen Stellen suchen sollten. Und diesen Männern, dachte Cadfael, mochte man aufgetragen haben, nach der Nichte und dem Neffen von Laurence d'Angers zu suchen, die seit der Panik in Worcester vermißt wurden.

»Lassen wir die Sache ein wenig ruhen«, sagte Beringar halb grimmig, halb anerkennend, als freue er sich auf eine interessante Auseinandersetzung. »Wir werden sicher noch mehr von Cleetons dunklem Fremdling hören, wenn wir uns nur ruhig verhalten und uns seine Beschreibung merken.«

Sie waren nicht mehr zwei Meilen von Ludlow entfernt, als mit der Abenddämmerung der erwartete Schneefall einsetzte. Sie zogen die Umhänge enger um sich, setzten die Kapuzen auf und ritten entschlossen mit gesenkten Köpfen weiter. Ihr Ziel war nun so nah, daß sie nicht mehr fürchten mußten, den Weg zu verfehlen. An der Mauer von Ludlow verabschiedete sich Hugh von ihnen. Er wollte zu seinen Männern gehen, befahl aber zwei seiner Bewaffneten Cadfael und den Jungen das kurze Stück bis nach Bromfield zu begleiten. Auch Yves schwieg jetzt. Die Anstrengung und die frische Luft hatten ihn benommen gemacht, und obwohl er ein Stück Brot und einen Streifen harten Speck gegessen hatte, war er hungrig. Müde und mit tief ins Gesicht gezogener Kapuze saß er im Sattel, aber als sie im großen Hof der Priorei von den Pferden stiegen, waren seine Wangen frisch und rosig. Die Vesper war schon lange vorüber. Prior Leonard hatte besorgt und ungeduldig auf die Rückkehr seines Schützlings gewartet und trat hinaus in das dichte Schneetreiben, um ihn wieder unter seine Fittiche zu nehmen und ihm ein Abendessen bringen zu lassen.

Nach der Komplet traf Beringar ein, ließ sein erschöpftes Pferd zu den Ställen führen und suchte nach Cadfael, der an Bruder Elyas' Bett wachte. Der Kranke lag in seinem geheimnisvollen, entrückten und unruhigen Schlaf. Cadfael sah es Beringars Gesicht an, daß dieser schlechte Nachrichten brachte, legte seinen Finger an die Lippen und schlich in den Vorraum, wo sie miteinander reden konnten, ohne fürchten zu müssen, den Schlafenden zu stören.

»Unser Freund bei Cleeton«, sagte Hugh und lehnte sich mit einem Seufzer an die holzgetäfelte Wand, »ist nicht das einzige Opfer. Kein Zweifel – der Teufel treibt sein Unwesen unter uns! Ludlow ist in heller Aufregung. Der Vater von einem der Bogenschützen in Dinans Diensten hat einen kleinen Hof südlich von Henley, den er als Freisasse von Mortimer gepachtet hat. Sein Sohn wollte ihn heute besuchen, um zu sehen, wie es dem alten Mann in diesem Wetter geht. Der Hof liegt einsam, aber nicht einmal zwei Meilen von Ludlow entfernt. Es war dasselbe wie bei Druels Hof. Allerdings war er nicht niedergebrannt — man hätte den Rauch oder den Feuerschein bemerkt und das hätte Dinan und seine Soldaten auf den Plan gerufen. Aber es wurde alles geplündert — und dort ist niemand entkommen. Sie wurden alle hingemetzelt, bis auf einen armen Idioten, den der Bogenschütze zwischen den Trümmern fand, wo er nach etwas Eßbarem suchte.«

Cadfael starrte ihn entsetzt an. »Daß sie es wagen, so nah bei einer befestigten Stadt!«

»Sie lassen ihre Muskeln spielen, trotz der starken Garnison. Und der einzige Überlebende, der sich im Wald versteckte, bis die Plünderer abgezogen waren, mag wohl schwachsinnig sein, aber er hat alles mitangesehen, und alles, was er sagt, ergibt einen Sinn. Ich für meinen Teil halte ihn für einen guten Zeugen. Er sagt, es seien etwa zwanzig Männer gewesen und sie hätten Dolche, Äxte und Schwerter gehabt. Drei von ihnen waren beritten. Sie kamen gegen Mitternacht, und in ein paar Stunden hatten sie das Vieh zusammengetrieben und waren in der Nacht verschwunden. Er weiß nicht, wie viele Tage er hungrig und allein dort gewesen ist, aber Dinge wie Wetterumschläge versteht er sehr gut und er sagt, und läßt sich nicht davon abbringen, daß dies alles in der Nacht des ersten schweren Frostes geschehen ist, als alle Bäche zufroren.«

»Ich verstehe, was Ihr meint«, sagte Cadfael und biß gedankenverloren auf die Knöchel seiner Finger. »Dieselben zweibeinigen Wölfe? Jedenfalls war es dieselbe Nacht. Der erste strenge Frost. Gegen Mitternacht das Gemetzel und die Plünderung bei Henley... als wollten sie Dinan spotten!«

»Oder meiner«, sagte Hugh grimmig.

»Oder König Stephen! Nun gut, also sind sie etwa zwei Stunden nach Mitternacht mit ihrer Beute abgezogen. Sie konnten sich nicht beeilen, denn schließlich mußten sie das Vieh treiben und hatten Lebensmittel und Saatgut zu tragen. Kurz vor Morgengrauen überfielen sie dann John Druels Hof oben am Clee und brannten ihn nieder. Und dazwischen — meint Ihr nicht auch, Hugh? — dazwischen begegneten sie Bruder Elyas und Schwester Hilaria, und wie es bei diesem Gesindel Brauch ist, begannen sie einen netten kleinen Zeitvertreib und ließen die beiden tot oder sterbend zurück. Kann es sein, daß zwei solcher Banden in derselben Nacht ihrem schmutzigen Geschäft nachgingen? Es war eine wilde Nacht, mit einem Schneesturm, der normalerweise selbst Diebe und Vagabunden in ihren Löchern hält. Es müssen Männer sein, die diese Gegend kennen wie ihre Hosentasche, Hugh, und die weder Schnee noch Kälte von ihren Raubzügen abhalten kann.«

»Zwei solcher Banden?« fuhr Beringar aus seinen düsteren Überlegungen auf. »Nein, das kann nicht sein. Und bedenkt den Weg, den sie in jener Nacht genommen haben. Sie begannen hier, vor unserer Nase — das ist ihre größte Reichweite. Danach wandten sie sich ostwärts, überquerten die Straße — denn irgendwo dort wurde Bruder Elyas gefunden — und vor Morgengrauen umgingen sie die Flanke von Titterstone Clee, wo sie Druels Hof niederbrannten. Vielleicht gehörte das nicht einmal zu ihrem Plan... vielleicht geschah es nur aus Übermut über ihren vorherigen Erfolg. Aber sie waren auf dem Heimweg, denn bei Morgengrauen wollten sie wieder in ihrem Versteck sein. Seid Ihr derselben Meinung?«

»Ja. Und habt Ihr auch denselben Gedanken wie ich, Hugh? Yves jagt seiner Schwester nach, um sie von einer Dummheit abzuhalten. Sein Weg führt bergauf, vielleicht nicht zu derselben Stelle, mit Sicherheit aber in dieselbe Richtung, die die Räuberbande zwei Nächte später auf ihrem Heimweg eingeschlagen hat. Irgendwo in diesem Hochland liegt das Lehnsgut, zu dem seine Schwester mit ihrem Liebhaber geflohen ist. Sieht es nicht so aus, als könnte er sie an einen Ort gebracht haben, der viel zu nah bei diesem Räubernest liegt, als daß er ein sicherer Platz für sie oder ihn sein könnte?«

»Daran habe ich auch gedacht und ich habe meine Vorbereitungen bereits getroffen«, sagte Hugh mit grimmiger Zufriedenheit. »Dort oben gibt es einen breiten Streifen Hochland. Ein Teil davon ist bewaldet, ein anderer Teil besteht aus blankem Fels – das Gelände ist sogar für die Schafzucht zu karg. Die bewirtschafteten Güter liegen nicht höher als Druels Hof, und selbst dann nur in geschützten Stellen. Morgen bei Tagesanbruch werde ich mit Dinan den Weg verfolgen, den der Junge nahm. Vielleicht gelingt es uns zu finden, was er suchte: das Gut, zu dem das Mädchen gebracht wurde. Als erstes müssen wir sie dann von dort weg und in Sicherheit bringen. Dann, wenn keine Geiseln mehr in Gefahr sind, werden wir die Männer verfolgen, die sich außerhalb des Gesetzes gestellt haben.«

»Aber den Jungen laßt hier!« sagte Cadfael nachdrücklicher als er beabsichtigt hatte.

Mit einem schwachen, bedrückten Lächeln sah Beringar auf ihn herab. »Bevor er die Augen aufschlägt werden wir schon aufgebrochen sein. Glaubt Ihr wirklich, ich würde es wagen, ihn mit noch einem Leichnam zu konfrontieren, dem eines geliebten Menschen – und das, während Eure wütenden Blicke auf mir ruhen? Nein, wenn das Glück auf unserer Seite steht, werden wir ihm seine Schwester zurückbringen, entweder als Mädchen oder als Ehefrau, und dann sollen sie das unter sich ausmachen – er, sie und ihr Liebhaber! Und sollte das Glück gegen uns sein... nun, dann werden wir Euch brauchen. Aber wenn das Mädchen in Sicherheit ist, liegt die Verantwortung für alles andere bei mir, und dann mögt Ihr ruhig zu Hause bei Eurem Patienten sitzen.«

Cadfael hielt die Nacht über Wache bei Bruder Elyas, aber er brachte nichts Neues heraus. Die Barriere blieb unüberwindlich. Als gegen Morgen ein Bruder kam, um ihn abzulösen, ging er zu Bett und schlief sofort ein. Diese Gabe besaß er. Es hatte keinen Sinn, wach zu liegen und sich Sorgen über etwas zu machen, dem man sich ohnehin am nächsten Morgen stellen mußte und Sinnloses hatte er schon lange aufgegeben. Das verbrauchte zu viele Kräfte, die man sich besser für anderes aufsparte.

Er erwachte erst, als Prior Leonard ihn am frühen Nachmittag weckte. Eigentlich hatte er schon einige Stunden früher aufstehen wollen. Hugh Beringar war inzwischen von seiner Suchexpedition durch die Hügel zurück und kam müde und bleich hereingestapft, um mit Cadfael ein verspätetes Mittagessen zu teilen und ihm von seinen Nachforschungen zu berichten.

»Es gibt ein Gut namens Callowleas, das auf derselben Höhe liegt wie Druels Hof, nur muß man, um dorthin zu gelangen, ein Stück weiter um den Clee herum.« Beringar hielt inne und runzelte die Stirn über seine Wortwahl. »Es *gab* ein solches Gut! Es ist ausradiert, dem Boden gleichgemacht worden. Was wir vorfanden, war genau dasselbe wie bei Druels Hof, nur in einem größeren Ausmaß. Es war einmal ein blühendes Gut, jetzt ist es eine verschneite Öde. Viele Leichen liegen dort, niemand ist mehr am Leben. Wir haben die ersten Toten, die wir gefunden haben, nach Ludlow gebracht und Männer zurückgelassen, die die anderen aus dem Schnee bergen sollen. Keiner weiß, wie viele sie finden werden. Nach der Schneedecke zu schließen, unter der sie begraben sind, würde ich sagen, daß dieser Überfall sogar noch vor dem Beginn des Frostes stattgefunden hat.«

»Was sagt Ihr da?« Cadfael sah ihn bestürzt an. »Dann muß das ja vor den Überfällen gewesen sein, von denen wir bereits wissen, bevor Schwester Hilaria ermordet und Bruder Elyas so übel zugerichtet wurde. Aber immerhin wissen wir jetzt wenigstens, wo dieses Gut liegt und es muß ja einen Herren haben. Dinan wird alle seine Pächter kennen und es muß eine Urkunde, die alte Lacy-Urkunde, darüber geben.«

»Das stimmt. Er hat Callowleas an einen jungen Mann zum Lehen gegeben, der erst vor zwei Jahren die Nachfolge seines Vaters angetreten hat. Nach der Beschreibung seiner Person, seines Alters und seines Vermögens könnte er es sein. Er heißt Evrard Boterel. Seine Familie gehört nicht zu den führenden, ist aber angesehen. Vieles deutet darauf hin, daß er unser Mann ist.«

»Und dieses Gut liegt in der angegebenen Richtung, in die das Mädchen mit ihrem Liebhaber geflohen ist?« Das war ein bitterer Gedanke, aber Beringar wehrte mit einem Kopfschütteln die darin mitschwingende Verzweiflung ab.

»Nein, wartet! Noch wissen wir nichts Sicheres. Yves wußte den Namen des Mannes nicht. Aber selbst wenn es so ist — und davon bin ich überzeugt — müssen wir noch nicht fürchten, daß das Mädchen tot ist. Dinan sagte nämlich, daß Boterel außerdem noch das Gut Ledwyche besitzt, unten im Tal des Dogditch-Baches, und von Callowleas führt ein guter Weg dort hinunter — durch Wald, dichten Wald. Die Entfernung zwischen den beiden Häusern beträgt kaum mehr als drei Meilen. Wir sind diesen Weg ein Stück weit geritten, obwohl ich zugeben muß, daß wir wenig Hoffnung hatten, irgendwelche Spuren zu finden, selbst wenn es einigen Bewohnern von Callowleas gelungen sein sollte, in dieser Richtung zu fliehen. Aber wir hatten mehr Glück, als ich erhofft oder vielleicht verdient hatte. Seht her, dies habe ich gefunden!«

Er zog aus seinem Wams ein Netz aus feinen, goldenen Fäden, das an einem bestickten Band befestigt war. Es war ein Haarnetz, das über den aufgesteckten Haaren getragen und auf der Stirn mit einer Spange verschlossen wurde. Die Spange war verbogen, aber sie hatte sich nicht geöffnet, denn neben ihr war das bestickte Band zerrissen.

»Das fand ich im tiefen Wald, ein gutes Stück den Weg hinunter. Sie waren in Eile — wer immer die Leute waren, die diesen Weg genommen haben — und brachen durch dichtes Unterholz, um auf dem schnellsten Weg den Hang hinab nach unten zu kommen. Viele abgebrochene Zweige deuten darauf hin. Ich sage ›sie‹, aber ich schätze, es war nur ein Pferd mit zwei Reitern. Das Netz hatte sich in einem herabhängenden Ast verfangen und so hat sie es verloren. Und da wir also hoffen dürfen, daß die Besitzerin dem Überfall glücklich entkommen ist, dürfen wir es wohl Yves zeigen und ihm sagen, unter welchen Umständen wir es gefunden haben. Wenn er es als ihr Haarnetz wiedererkennt, dann werde ich mich auf den Weg nach Ledwyche machen und sehen, ob das Glück immer noch auf unserer Seite ist.«

Yves zögerte keine Sekunde. Als sein Blick auf das goldene Haarnetz fiel, öffneten sich seine Augen weit und er rief eifrig und hoffnungsvoll: »Das gehört meiner Schwester! Es war zu kostbar, um es auf der Reise zu tragen, aber ich wußte, daß sie es dabei hatte. Für *ihn* würde sie es aufsetzen. Wo habt Ihr es gefunden?«

Kapitel 6

Diesmal nahmen sie Yves mit; zum einen, weil er, obwohl er, Hugh Beringars Befehl zurückzubleiben wohl widerspruchslos befolgt hätte, während der Zeit des Wartens unglücklich und rastlos gewesen wäre, zum anderen, weil er Erminas Liebhaber, wenn sie ihn fanden, identifizieren konnte. Außerdem ging es hier um ein Mitglied seiner Familie, deren Oberhaupt er tatsächlich war, und er hatte das Recht, an der Suche nach seiner verschwundenen Schwester teilzunehmen, jetzt, da man wußte, daß sie sehr wahrscheinlich am Leben war.

»Aber das ist ja derselbe Weg, auf dem wir von Thurstans Waldhütte gekommen sind«, sagte er, als sie bei der Brücke über den Corve von der Landstraße abbogen. »Müssen wir diesen Weg gehen?«

»Ja, ein Stück weit. Wir werden an der Stelle vorbeikommen, an die du und ich lieber nicht zurückkehren würden«, sagte Cadfael, der das Unbehagen des Jungen spürte. »Aber wir brauchen unsere Augen nicht abzuwenden. Es lauert nichts Böses dort auf uns. Erde, Wasser und Luft haben mit den Verbrechen der Menschen nichts zu tun.« Und mit einem aufmerksamen, aber vorsichtigen Seitenblick auf das ernste Gesicht des Jungen fügte er hinzu: »Du darfst trauern, aber du darfst nicht damit hadern, daß sie tot ist. Dort, wo sie jetzt ist, war sie willkommen.«

»Sie war die Beste von uns«, brach es plötzlich aus Yves hervor. »Ihr kanntet sie nicht! Nie hat sie die Beherrschung verloren, immer war sie geduldig, gütig und sehr tapfer. Und sie war viel schöner als Ermina!«

Er war erst dreizehn, aber seine Erziehung und Begabung machten ihn vielleicht etwas älter an Jahren, und er war viele Tage gemeinsam mit der ruhigen, sanften Schwester Hilaria marschiert, hatte sie aus der Nähe erleben können. Und wenn er zum erstenmal in seinem Leben eine reifere Liebe verspürt hat, so war sie gewiß unschuldiger und argloser

Natur gewesen, selbst jetzt, nachdem ihn dieser Verlust betroffen hatte. Nein, Yves hatte keinen Schaden erlitten. Er schien in den vergangenen beiden Tagen gewachsen zu sein und begonnen zu haben, seine Kindheit mit großen Schritten hinter sich zu lassen.

Er wendete seinen Blick nicht ab, als sie den Bach erreichten, aber er war schweigsam und blieb es, bis sie auch den zweiten Bach überquert hatten; dort hielten sie sich nach rechts und der Wald lichtete sich. Die freie Sicht weckte sein Interesse an seiner Umgebung. Mit glänzenden Augen sah er sich um. Die Wintersonne, unter deren Wärme wieder schlanke Eiszapfen an den Ästen und Zweigen gewachsen waren, war bereits untergegangen, aber es war noch hell und die Luft war still. Das Muster aus Schwarz, Weiß und dunklem Grün erzeugte ein eigentümlich melancholisches Bild.

Sie überschritten den noch immer zugefrorenen Hopton-Bach eine halbe Meile unterhalb der Stelle, an der sie ihn auf dem Weg von Godstoke überquert hatten. »Wir müssen damals ganz in der Nähe gewesen sein«, sagte Yves, verwundert bei dem Gedanken, daß er an jenem Tag, ohne es zu wissen, seiner Schwester ganz nah gewesen war.

»Wir haben noch etwa eine Meile zu gehen.«

»Ich hoffe, daß sie dort ist!«

»Das hoffen wir alle«, entgegnete Hugh.

Sie erreichten Ledwyche über einen leichten Hügelkamm, und als sie aus dem Wald traten, sahen sie vor sich am Fuß des Abhangs den Ledwyche-Bach, in den alle anderen Bäche dieser Gegend flossen und der viele Meilen weiter südlich in den Teme mündete. Auf der anderen Seite des Baches stieg das Gelände wieder an und dort, direkt gegenüber, ragte der riesige, dunkle Umriß des Titterstone Clee auf, dessen Gipfel durch tiefhängende Wolken verborgen war. Das Tal war an allen Seiten vor rauhen Winden geschützt. Rings um das Gut waren die Bäume gefällt worden, nur an einigen Stellen hatte man sie als Windschutz für Vieh und Felder stehengelassen. Vom Hügelkamm sahen sie hinab auf eine beeindruckende Ansammlung von Häusern: Das Gutshaus selbst war lang, hatte ein steil geneigtes Dach und überragte die geduckten Nebengebäude. Alle Häuser, auch die Scheune, das Vorratshaus und die Ställe, wurden von einer Palisade umschlossen. Es war ein ansehnlicher Besitz und stellte in diesen gesetzlosen Zeiten gewiß eine große Versuchung für gierige Räuber dar, war aber vielleicht etwas zu gut bemannt, um eine leichte Beute zu sein.

Allem Anschein nach machte sich der Herr des Gutes jedoch Sorgen um seinen Besitz, denn als sie näherkamen konnten sie sehen, daß auf der schmalen Holzbrücke, die auf der anderen Seite des Gutshauses über den Bach führte, Männer emsig damit beschäftigt waren, eine Sperre aus Baumstämmen zu errichten, und über dem alten, nachgedunkelten Holz der Palisade – insbesondere auf der östlichen Seite – leuchtete das weiße, frische Holz der erst kürzlich angebrachten Verstärkungen. Der Besitzer rüstete zur Verteidigung.

»Sie sind mit Sicherheit hier«, sagte Hugh Beringar und betrachtete alles. »Der Mann, der hier lebt, ist gewarnt und hat nicht vor, sich ein zweites Mal überraschen zu lassen.«

Voller Hoffnung ritten sie auf das offene Tor in der Palisade zu, die hier, im Westen, noch immer nur brusthoch war. Aber auch diese Seite war gut bewacht, denn in der Toröffnung erschien ein Bogenschütze und rief sie an. Sein Bogen war gespannt und wenn er auch keinen Pfeil eingelegt hatte, so hatte er doch einen Köcher über der Schulter.

Er war ein gewitzter Bursche und hatte die gute Ausrüstung der Bewaffneten, die hinter Beringar ritten, so rasch eingeschätzt, daß ein höfliches Lächeln auf seinem eben noch mißtrauischen Gesicht erschien, bevor Beringar ihm noch seinen Namen und seinen Titel zurufen konnten.

»Ihr seid herzlich willkommen, Herr. Der Stellvertreter des Sheriffs kommt zur rechten Zeit. Wenn unser Herr gewußt hätte, daß Ihr in der Nähe seid, hätte er nach Euch geschickt. Denn selber konnte er nicht gut kommen... Aber kommt herein, Herr, kommt herein! Mein Junge hier wird gleich dem Verwalter Bescheid geben.«

Der Junge rannte bereits über den zerstampften Schnee im Hof. Als sie die gepflasterte Auffahrt zur großen Eingangstür des Gutshauses hinaufgeritten waren, kam der

Verwalter, ein stämmiger Mann mit rötlichem Bart und kahlem Kopf, hinausgeeilt, um sie zu begrüßen.

»Ich suche Evrard Boterel«, sagte Hugh. Der Schnee fiel von seinen Stiefeln, als er abstieg. »Ist er hier?«

»Ja, Herr, aber er ist nicht bei guter Gesundheit. Ein schweres Fieber hat ihn gepackt, aber nun kommt er langsam wieder zu Kräften. Ich werde Euch zu ihm bringen.«

Er ging die steilen Stufen hinauf voran. Hugh Beringar folgte ihm und hinter ihm kamen Cadfael und Yves. In der großen Eingangshalle herrschte um diese Zeit, da sich kaum jemand in ihr aufhielt und nur wenige Lampen Licht verbreiteten, ein trübes Zwielicht. Ein niedergebranntes Feuer im großen Kamin gab nur wenig Wärme ab. Alle Männer des Hauses arbeiteten an den Verteidigungsanlagen. Hinter einer Stellwand klapperte eine Matrone mittleren Alters mit ihrem Schlüsselbund und durch die Küchentür warfen ein paar Mädchen verstohlene Blicke und flüsterten miteinander.

Mit einer ehrerbietigen Geste öffnete der Verwalter am Ende der Halle die Tür zu einem kleinen Zimmer, in dem ein Mann matt in einem großen, gepolsterten Sessel saß. Auf einem Tisch an seiner Seite standen eine Flasche Wein und ein rußendes Öllämpchen. Die Läden eines kleinen Fensters waren geöffnet, aber das in den Raum fallende Licht ließ bereits nach und die gelbe Flamme der Lampe warf trügerische Schatten. In ihrem dämmerigen Licht konnten sie das Gesicht des Mannes, das sich ihnen zuwandte als sie den Raum betraten, kaum erkennen.

»Die Männer des Sheriffs sind von Ludlow gekommen, Herr.« Der Verwalter hatte seiner rauhen Stimme jenen sanften Ton gegeben, die man einem Kind oder einem Schwerkranken gegenüber verwendet. »Herr Hugh Beringar wünscht Euch zu sehen. Ihr könnt jetzt unbesorgt sein – wenn wir dessen bedürfen, wird er uns helfen.«

Eine lange, muskulöse aber etwas unsichere Hand griff nach dem Lämpchen, um Gastgeber und Gäste besser zu beleuchten. Eine kurzatmige, leise Stimme sagte: »Ihr seid herzlich willkommen, Herr. Weiß Gott, Eure Hilfe kommt uns sehr gelegen.« Und zum Verwalter sagte er: »Bringt mehr Licht und einige Erfrischungen.« Es kostete ihn Anstrengung sich vorzubeugen. »Es tut mir leid, Euch so begrüßen zu müssen. Man hat mir gesagt, ich hätte einige Tage im Fieber gelegen. Das habe ich nun überstanden, aber ich bin schwächer als es mir lieb ist.«

»Das sehe ich, zu meinem Bedauern«, antwortete Beringar. »Ich bin wegen einer anderen Sache mit meinen Männern nach Süden gekommen, aber der Zufall hat mich zu Eurem Gut oben in Callowleas geführt, und ich habe gesehen, welches Unglück dort über Euch gekommen ist. Ich freue mich, daß Ihr, und wenigstens einige Eurer Leute, dem Massaker lebend entkommen seid, und ich bin entschlossen das Mordgesindel, das Euch dies zugefügt hat, aufzuspüren und auszuräuchern. Ich sehe, daß Ihr Euch auf einen Angriff vorbereitet.«

»Wir tun, was wir können.«

Eine Frau brachte Kerzen, steckte sie schweigend in die Halter an den Wänden und verschwand. Ihr Licht schien alle im Raum einander näherrücken zu lassen. Mit großen Augen sahen sie sich an. Yves, der steif und breitbeinig neben Cadfael stand, der Sproß eines adligen Geschlechts, bereit, seinen Feind anzugreifen, griff plötzlich nach Cadfaels Ärmel und trat unsicher von einem Fuß auf den anderen.

Der Mann in dem großen Sessel sah nicht älter aus als vierundzwanzig oder fünfundzwanzig Jahre. Die Kissen waren hinuntergerutscht als er sich vorlehnte. Im helleren Licht wirkte sein Gesicht bleich und hohlwangig und seine dunklen, großen Augen, unter denen tiefe Ringe standen, glänzten noch vom Fieber. Das Liegen auf den Kissen hatte sein dickes blondes Haar zerwühlt. Aber zweifellos war er ein großer, gutaussehender Mann von gewinnendem Äußeren und bei guter Gesundheit sicher sehr kräftig. Er war angekleidet und gestiefelt. Offenbar war er tagsüber bei seinen Männern gewesen. Das hätte er nicht tun sollen, denn seine Stiefel waren dunkel und naß von geschmolzenem Schnee. Er neigte den Kopf und betrachtete seine drei Besucher aufmerksam und als sein Blick auf den Jungen fiel, stutzte er. Er war sich nicht sicher. Er schüttelte leicht den Kopf, sah noch einmal genauer hin und versank stirnrunzelnd in Nachdenken.

»Ihr kennt den Jungen?« fragte Hugh leise. »Das ist Yves Hugonin, der seine vermißte Schwester sucht. Wir wären Euch sehr dankbar, wenn Ihr uns helfen könntet. Ich glaube nämlich, daß Ihr nicht allein von Callowleas geflüchtet seid. An einem Ast über dem Weg, der von dort hierher führt, haben wir dies gefunden.« Er zog ein Knäuel goldener Fäden hervor, das sich auf seiner Hand zu einer feingesponnenen Haube entfaltete. »Erkennt Ihr es wieder?«

»Nur zu gut!« erwiderte Evrard Boterel mürrisch und schloß einen Augenblick lang die Augen. Als er sie wieder aufschlug sah er Yves gerade ins Gesicht. »Du bist ihr jüngerer Bruder! Vergib mir, daß ich dich nicht gleich erkannt habe. Seit du kein Kind mehr bist, habe ich dich nur einmal gesehen, glaube ich. Ja, dies gehört ihr.«

»Ihr habt sie hierhergebracht«, sagte Hugh. Es war keine Frage sondern eine Feststellung. »Ihr habt sie vor dem Angriff in Sicherheit gebracht.«

»Ja — in Sicherheit! Ja, ich habe sie hierhergebracht.« Kleine Schweißperlen standen auf Evrards hoher Stirn, aber seine Augen waren klar.

»Wir haben nach ihr und ihren Begleitern gesucht«, sagte Beringar, »seit der Unterprior von Worcester nach Shrewsbury kam und nach ihnen fragte, da alle drei nach ihrer Flucht verschollen waren. Wenn sie hier ist, so laßt sie kommen.«

»Sie ist nicht hier«, sagte Boterel bedrückt. »Und ich weiß auch nicht, wo sie ist. Während der ganzen letzten Tage haben ich und meine Männer nach ihr gesucht.« Er stützte seine großen Hände auf die Armlehnen des Sessels und stand mühsam auf. »Ich werde Euch alles erzählen«, sagte er.

Während er ihnen berichtete, ging er auf und ab — ein hagerer junger Mann mit unbezähmbarer Energie, aber geschwächt durch seine Krankheit.

»Ich war ein häufiger und gern gesehener Gast im Hause ihres Vaters. Der Junge kann das bestätigen. Sie wurde mit jedem Tag schöner, und ich liebte sie. Ich liebte sie und ich liebe sie noch immer! Nachdem ihre Eltern gestorben waren, ritt ich dreimal nach Worcester um sie zu besuchen. Dabei verhielt ich mich so schicklich, wie man es von mir erwartete und hatte niemals böse Absichten. Ich wollte um ihre Hand anhalten, wenn der rechte Zeitpunkt gekommen war. Denn ihr Vormund ist ja jetzt ihr Onkel, und er ist im Heiligen Land. Wir konnten nur auf seine Rückkehr warten. Als ich von der Plünderung Worcesters erfuhr, betete ich, es möge ihr gelungen sein zu entkommen. Ich hatte keinen Gedanken an meinen eigenen Vorteil und wußte auch nicht, daß sie in diese Gegend geflohen war, bis sie den Jungen aus Cleeton zu mir schickte...«

»An welchem Tag war das?« unterbrach ihn Beringar.

»Am 2. des Monats. Sie ließ mir ausrichten, ich solle in der Nacht kommen und sie holen – sie würde mich erwarten. Von anderen Personen in ihrer Begleitung war keine Rede. Ich wußte nur, was sie mir hatte sagen lassen und so tat ich, worum sie mich gebeten hatte: Ich ritt zu ihr und brachte sie nach Callowleas. Sie hatte mich überrumpelt«, sagte er und sah sich rechtfertigend um, »aber mehr als alles andere in der Welt wollte ich sie heiraten und das wollte auch sie. So brachte ich sie dorthin und erwies ihr alle Ehre und mit ihrer Einwilligung schickte ich nach einem Priester, der uns trauen sollte. Aber schon in der nächsten Nacht, noch bevor er uns erreichte, wurden wir überfallen.«

»Ich habe die Trümmer gesehen, die sie hinterlassen haben«, sagte Beringar. »Aus welcher Richtung kamen sie? Wie viele waren es?«

»Zu viele für uns! Sie waren im Hof und im Haus, bevor wir wußten, was geschehen war. Ich weiß nicht, ob sie über den Kamm oder um den Hügel herum über uns hergefallen sind, denn sie überrannten fast die Hälfte der Palisaden und griffen uns von oben und von Osten her an. Weiß der Himmel – vielleicht war ich so von Ermina eingenommen, daß ich das Gut nicht so streng bewachen ließ, wie ich es hätte tun sollen. Aber es hatte keine Warnung gegeben, wir hatten bis dahin nichts von irgendwelchen Banditen in der Gegend gehört. Es war wie ein Blitz aus heiterem Himmel. Ich kann nur schätzen wie viele es waren, aber sicher mehr als dreißig und sie waren gut bewaffnet. Sie waren uns doppelt überlegen — wir waren noch träge vom Abendessen und leicht zu überraschen. Wir taten, was wir konnten. Auch ich habe Verwundungen abbekommen...« Es war Cadfael bereits aufgefallen, daß er den linken Arm und die Schulter schonte. Ein Rechtshänder würde immer diese Seite angreifen, um das Herz des Gegners zu treffen. »Ich mußte Ermina retten. Mehr zu unternehmen wagte ich nicht. Ich holte sie und wir ritten davon. Der Weg ins Tal war noch offen. Sie waren zu beschäftigt, um uns zu verfolgen.« Er verzog schmerzhaft das Gesicht. »So sind wir schließlich sicher hierher gelangt.«

»Und dann? Wie kommt es, daß Ihr sie wieder verloren habt?«

»Ihr könnt mich nicht schlimmer anklagen als ich es selber schon getan habe«, sagte Boterel niedergeschlagen. »Ich schäme mich, dem Jungen hier ins Gesicht zu sehen und ich gebe zu, daß es meine eigene Schuld war. Daß ich zuviel Blut verloren hatte und so schwach war, daß ich mich fast nicht rühren konnte, ist keine Entschuldigung — auch wenn es wahr ist. Ich werde nicht versuchen, mich zu rechtfertigen; mag mein Quacksalber für mich reden. Aber am folgenden Tag hatte sich die Wunde in meiner Schulter verschlimmert und ich bekam Fieber. Gegen Abend, als ich für eine Weile klare Gedanken fassen konnte, fragte ich nach ihr und man sagte mir, sie sei krank vor Furcht gewesen um ihren Bruder, den sie in dem Haus, wo ich sie abholte, zurückgelassen hatte. Nun, da sie wußte, daß die Räuberbanden diese Gegend unsicher machten, wollte sie nicht ruhen, bis sie ihn in Sicherheit wußte und so hatte sie gegen Mittag ein Pferd genommen, um nach Cleeton zu reiten und nach ihm zu fragen. Und sie ist nicht zurückgekehrt.«

»Und Ihr seid ihr nicht gefolgt!« sagte Yves anklagend. Stocksteif und bebend stand er neben Cadfael. »Ihr habt sie gehen lassen und seid selbst zu Hause geblieben, um Eure Wunden zu pflegen!«

»Weder das eine noch das andere«, antwortete Boterel reumütig und leise. »Ich habe sie nicht gehen *lassen*, denn ich wußte ja gar nicht, daß sie fort war. Und als ich es erfuhr

– das können dir die Leute hier bestätigen – da stand ich auf von meinem Lager und machte mich auf die Suche nach ihr. Es waren die Kälte der Nacht, glaube ich, die Reibung des rauhen Stoffes auf der Wunde und die Anstrengung des Rittes, die mich so krank werden ließen. Ich schäme mich, es zu sagen, aber ich wurde ohnmächtig und fiel aus dem Sattel, und die Männer, die ich mitgenommen hatte, mußten mich den Weg, den ich geritten war, zurücktragen. Ich bin nie nach Cleeton gekommen.«

»Das war Euer Glück«, bemerkte Beringar, »denn in derselben Nacht wurde das Haus, das sie aufsuchen wollte, überfallen und niedergebrannt und die Familie, die dort wohnte, vertrieben.«

»Das habe ich inzwischen auch erfahren. Glaubt Ihr etwa, ich hätte alles auf sich beruhen lassen und keine Anstrengung unternommen sie zu finden? Aber sie war nicht dort, als der Hof angegriffen wurde. Das müßt auch Ihr wissen, wenn Ihr dort gewesen seid und mit denen gesprochen habt, die sie beherbergt haben. Sie ist nie dort angekommen. Ich habe die ganze Zeit Männer ausgeschickt, die nach ihr suchen sollten, wenn ich auch selbst zitternd mit Fieberträumen im Bett lag und zu nichts nutze war. Aber jetzt, da ich wieder stehen kann, werde ich die Suche selber fortsetzen. So lange, bis ich sie gefunden habe!« sagte er entschlossen und biß die Zähne aufeinander.

Es gab hier nichts mehr für sie zu tun; mit Schuldzuweisungen war nichts gewonnen. Das Mädchen hatte diese ganze verhängnisvolle Entwicklung in Gang gesetzt. Zweimal hatte sie unbedacht gehandelt: das erste Mal, als sie mit ihrem Liebhaber durchgebrannt war und das zweite Mal, als sie sich, da er verwundet war, allein auf den Weg machte und versuchte, die Folgen ihrer Unbedachtsamkeit wieder gutzumachen.

»Wenn Ihr irgendetwas von ihr hört«, sagte Beringar, »dann schickt einen Boten nach Bromfield, wo ich mich einquartiert habe, oder nach Ludlow, wo meine Männer untergebracht sind.«

»Das werde ich tun, Herr, verlaßt Euch darauf.« Boterel ließ sich wieder in die zerdrückten Kissen sinken, zuckte vor

Schmerz zusammen und schob vorsichtig seine Schulter zurecht.

»Soll ich Euch die Wunde frisch verbinden, bevor wir gehen?« fragte Bruder Cadfael. »Ich sehe, daß sie Euch Schmerzen bereitet. Es ist gut möglich, daß der Wundschorf am Verband festklebt und das kann böse Folgen haben. Habt Ihr einen Arzt, der sich um Euch kümmert?«

Erstaunt über die Anteilnahme sah ihn der junge Mann mit großen Augen an. »Ich nenne ihn meinen Quacksalber. Es ist zwar kein Arzt, aber er hat einige Erfahrungen im Umgang mit Verletzungen. Ich glaube, er hat mich bisher recht gut versorgt. Kennt Ihr Euch in diesen Dingen aus, Bruder?«

»Wie Euer Mann habe ich einige Erfahrung. Ich habe es schon öfter mit Wunden zu tun gehabt, die sich entzündet hatten. Womit hat er Euch behandelt?« Er war neugierig, welche Arzneien andere verwendeten und auf einem Wandbord sah er sauberes Leinen und einen Tontopf, der eine Salbe enthielt.

Cadfael hob den Deckel ab und roch den grünlichen Inhalt. »Tausendgüldenkraut, glaube ich, und gelbe Nessel — beides gute Kräuter. Er kennt sich aus. Mehr würde ich kaum für Euch tun können. Aber da er gerade nicht da ist und Ihr Schmerzen habt, darf ich Euch verbinden?«

Gehorsam lehnte Boterel sich zurück und ließ sich behandeln. Cadfael öffnete die Bänder, mit denen das Wams des jungen Mannes zusammengeschnürt war, legte vorsichtig die Schulter frei und schob den weiten Ärmel des Hemdes so weit hinunter, daß der Verwundete den Arm herausziehen konnte.

»Ihr seid heute aufgewesen und herumgelaufen. Der Verband hat Falten bekommen und das Blut in ihm ist getrocknet — kein Wunder, daß er Euch Schmerzen bereitet. Ihr tätet besser daran, ein oder zwei Tage zu ruhen.« Er sprach jetzt wie ein Arzt: nüchtern, vertrauenerweckend, ja sogar etwas streng. Sein Patient hörte willig zu und ließ sich den Verband abnehmen, der die Schulter und den Oberarm bedeckte. Die letzten Windungen des Stoffes waren blutverkrustet. Ein dünner, dunkler Blutstreifen, der zu den Seiten hin verblaßte, markierte einen langen Schnitt von einer Stelle über dem Herzen bis zur Unterseite des Arms. Hier ging Cadfael äußerst behutsam vor und stützte den Arm. Langsam legte er die Wunde unter dem verkrusteten Verband frei.

Der Hieb hätte tödlich sein können, war aber nach außen abgelenkt worden und hatte den Arm getroffen. Die Wunde war weder tief noch gefährlich, aber vermutlich hatte es eine Weile gedauert, bis die Blutung gestillt war und da er noch in derselben Nacht eilig zu Pferd hatte fliehen müssen, war es kein Wunder, daß er durch den Blutverlust geschwächt war. Die Verletzung verheilte jetzt zufriedenstellend von beiden Enden her, aber sie hatte gewiß – sei es durch Erschöpfung oder durch etwas Schmutz, der hineingelangt war – geeitert, und auch jetzt noch sah das offenliegende Fleisch rötlich und gereizt aus. Cadfael reinigte die Wunde mit einem Zipfel des Leintuchs, trug frische Salbe auf und legte einen neuen Verband an. Die ganze Zeit über sah ihn der bleiche junge Mann, ohne einmal zu zucken, stumm und verwundert an.

»Sonst habt Ihr keine Wunden?« fragte Cadfael, während er die letzten Lagen des Verbandes anlegte. »Nun, dann schont diesen Arm noch ein oder zwei Tage und macht Euch keine Sorgen, denn wir verfolgen ja dasselbe Ziel wie Ihr. Wenn die Sonne scheint, dürft Ihr gegen Mittag an die frische Luft gehen, aber hütet Euch vor Kälte und gebt Eurem Körper Zeit zum Heilen. So, nun schlüpft in den Ärmel... Ihr tätet auch gut daran, diese Stiefel auszuziehen. Packt Euch warm ein und macht es Euch gemütlich.«

Die müden Augen folgten ihm als er aufstand. Erst als sie sich anschickten zu gehen, fand Boterel Worte des Dankes.

»Ihr seid ein begnadeter Arzt, Bruder. Ich fühle mich schon viel besser. Gott sei mit Euch!«

Als sie hinaus zu ihren Pferden gingen, hatte die Abenddämmerung bereits eingesetzt. Yves war verwirrt. Er hatte die Absicht gehabt, den Liebhaber seiner Schwester zur Rede zu stellen, aber nun empfand er, fast gegen seinen Willen, Symphathie für ihn. Wunden, Schmerzen, Krankheit waren ihm neu. Bis zum Schrecken der Plünderung von

Worcester hatte er das Leben eines behüteten Kindes geführt. Er machte sich Sorgen um seine Schwester und war gleichzeitig tief enttäuscht von ihr, und er wollte nicht, daß ein anderer diese Last für ihn trug.

»Was er gesagt hat stimmt«, sagte Bruder Cadfael als sie das Tal hinter sich ließen und bergab auf den Wald zuritten. »Er hat eine Verwundung über dem Herzen, die später wieder aufgebrochen ist und sich durch etwas Schmutz entzündet hat. Er hat ganz sicher Fieber gehabt und ist sehr geschwächt. Sein Zustand bestätigt seine Worte.«

»Aber das Mädchen haben wir immer noch nicht gefunden«, bemerkte Beringar.

Am Abendhimmel begannen sich Wolken zu sammeln, die sich immer tiefer herabsenkten, und ein drohender Wind kam auf. Sie ritten so schnell sie konnten, um Bromfield zu erreichen, bevor der Schneefall einsetzte.

Kapitel 7

In dieser Nacht schwoll der Wind nach der Vesper zum Sturm an, und die Schneeflocken, die zuerst noch ziellos in der Luft getanzt hatten, verwandelten sich in winzige Geschosse, die vom Sturm waagrecht vorwärts gepeitscht wurden, gegen Mauern prallten und sich dort zu hohen Schneewehen auftürmten. Nach dem Abendessen, als Bruder Cadfael über den großen Hof eilte, um im Krankenquartier nach seinem Patienten zu sehen, schien die Welt nur noch aus einer wirbelnden, blendenden Masse von Schneeflocken zu bestehen, die immer dichter fielen. Ja, heute Nacht würde es einen Schneesturm geben. Vielleicht würde das Mordgesindel wieder unterwegs sein. Diese Männer kannten sich in dieser Gegend ausgezeichnet aus, und ein Wetter, vor dem unschuldige Menschen sich in ihre Häuser verkrochen, schreckte sie nicht.

Bruder Elyas hatte heute zum erstenmal aufstehen dürfen und nun saß er, gegen die Kissen gelehnt, in seinem Bett. In seiner weiten Kutte wirkte er abgemagert und ausgezehrt. Seine Kopfwunden waren bereits zugeheilt und die Genesung des Körpers machte gute Fortschritte, aber sein Geist schien nicht dieselbe Kraft zu besitzen. Mit stummer Ergebenheit tat er alles, worum man ihn bat, mit leiser, teilnahmsloser Stimme bedankte er sich demütig für alles, was für ihn getan wurde, aber immer wieder starrte er mit tief in den Höhlen liegenden Augen und gerunzelter Stirn ins Leere, als könne er dort den Teil seiner selbst sehen, der ihm entrissen worden war und den er nicht zurückholen konnte. Nur im Schlaf, und besonders wenn er einschlief oder erwachte, schien er erschüttert und erregt, als habe sich zwischen Wachen und jenem todesähnlichen Zustand der Schleier über dem verlorengegangenen Teil seines Gedächtnisses bewegt, ohne jedoch gelüftet zu werden.

Yves war Cadfael über den Hof gefolgt. Unruhig und besorgt wartete er vor der Tür des Krankenzimmers, als Cadfael heraustrat.

»Solltest du nicht im Bett sein, Yves? Du hast schließlich einen langen, anstrengenden Tag hinter dir.«

»Ich will noch nicht schlafen«, sagte der Junge. »Ich bin gar nicht müde. Laßt mich doch bis nach der Komplet bei ihm sitzen. Ich möchte auch etwas tun.« Und wirklich – es mochte sein, daß dies das Beste für ihn war: etwas für jemand anderen tun. Bruder Elyas einen Kräutertrank einzuflößen würde ihn in seinen eigenen Sorgen und Enttäuschungen vielleicht etwas trösten. »Hat er immer noch nichts gesagt, was uns weiterhelfen kann? Erinnert er sich nicht an uns?«

»Noch nicht. Manchmal ruft er im Schlaf einen Namen, aber das ist niemand, den du kennen könntest.« Er rief nach ihr wie nach einer, die er für immer verloren hatte, und aus seiner Stimme sprach Trauer, aber keine Sorge – sie mußte jenseits von Hunger und Schmerz sein. »Hunydd. Wenn er tief schläft ruft er nach Hunydd.«

»Was für ein seltsamer Name«, sagte Yves verwundert. »Ist das ein Mann oder eine Frau?«

»Es ist ein walisischer Frauenname. Ich glaube, sie war seine Frau, aber ich bin mir dessen nicht sicher. Und er hat sie sehr geliebt – zu sehr, um Frieden zu finden, wenn sie erst vor ein paar Monaten gestorben ist. Prior Leonard sagt, er sei noch nicht lange im Kloster. Vielleicht hat er versucht, einem Schmerz zu entkommen, den er allein nicht ertragen konnte und mußte dann feststellen, daß das in einer Gemeinschaft von Brüdern nicht leichter war.«

Yves sah ihn ernst und geradeheraus an. Es war der Blick eines Erwachsenen. Auch wenn er diese Dinge selber noch nicht empfand, so konnte er sie doch vestehen. Cadfael klopfte ihm freundlich auf die Schulter. »Gut, setz dich zu ihm, wenn du willst. Nach der Komplet werde ich mit jemandem kommen, der dich ablösen soll. Ich werde in der Nähe sein, falls du mich brauchen solltest.«

Elyas döste, öffnete kurz die Augen und döste weiter. Yves saß still neben seinem Bett und achtete auf jede Veränderung in dem starken und edlen, aber abgezehrten Gesicht.

Bereitwillig war er zur Stelle, wenn der Kranke um etwas zu trinken bat oder Hilfe brauchte, um sich umzudrehen und bequemer hinzulegen. Wenn er wach war, versuchte der Junge vorsichtig den Mann, der sich ihm ja nicht ganz verschlossen hatte, zu erreichen, indem er unverfänglich über die bittere Kälte dieses Winters sprach oder über den Tagesablauf im Kloster. Mit tief in den Höhlen liegenden Augen betrachtete Bruder Elyas ihn aufmerksam, aber wie aus weiter Entfernung.

»Seltsam«, sagte er plötzlich. Durch sein langes Schweigen war seine Stimme krächzend und leise. »Ich habe das Gefühl, ich sollte dich kennen. Aber du bist kein Klosterbruder.«

»Ihr seid mir schon einmal begegnet«, sagte Yves eifrig und voller Hoffnung. »Wir sind ein Weilchen zusammen marschiert, erinnert Ihr Euch? Von Cleobury bis Foxwood. Mein Name ist Yves Hugonin.«

Nein, der Name sagte ihm gar nichts. Aber der Anblick des Gesichtes schien irgend etwas in seinem verschütteten Gedächtnis anzusprechen. »Es lag Schnee in der Luft«, sagte er. »Ich sollte ein Reliquiar hierher bringen und sie sagen, das hätte ich auch getan. Sie sagen! Ich weiß nur, was sie mir sagen.«

»Aber Ihr werdet Euch wieder erinnern«, sagte Yves ernst. »Es wird Euch alles wieder einfallen. Ihr dürft ihnen glauben, was sie sagen. Niemand hier versucht, Euch zu täuschen. Soll ich Euch noch mehr erzählen? Die Wahrheit, soweit ich sie weiß?«

Der Mann machte ein erstauntes, zweifelndes Gesicht. Er ließ keine Ablehnung erkennen. Yves beugte sich vor und begann ernst und eifrig zu erzählen, was geschehen war.

»Ihr kamt aus Pershore, aber auf einem Umweg, um nicht über Worcester gehen zu müssen. Und wir waren aus Worcester geflohen und wollten nach Shrewsbury. In Cleobury haben wir alle übernachtet, und Ihr wolltet, daß wir mit Euch nach Bromfield kämen, weil das der nächste sichere Ort sei, und ich wollte mit Euch gehen, aber meine Schwester war dagegen. Sie wollte weiter über die Hügel marschieren. So haben wir uns in Foxwood getrennt.« Das Gesicht auf dem Kissen zeigte keine Reaktion. Still und geduldig hoffend schien es auf etwas zu warten. Der Wind rüttelte an den schweren Fensterläden und blies winzig kleine Schneeflocken herein, die sofort schmolzen. Die Kerze flackerte. Das durchdringende, klagende Heulen des Sturmes drang in den Raum.

»Aber du bist hier«, sagte Elyas unvermittelt, »immer noch weit von Shrewsbury entfernt. Und ganz allein! Wie kommt es, daß du allein bist?«

»Wir wurden getrennt.« Yves wurde unruhig, aber wenn der Kranke begann, so verständige Fragen zu stellen, waren die Fäden seiner Erinnerung vielleicht dabei, sich wieder miteinander zu verknüpfen und ihm das ganze Bild der Ereignisse zu präsentieren. Es war besser, wenn er nicht nur das Gute, sondern auch das Schlechte erfuhr, da er ja nur ein unschuldiges Opfer war und das Wissen vielleicht zu seiner Heilung beitragen konnte. »Freundliche Bauern haben mich aufgenommen und dann hat Bruder Cadfael mich hierhergebracht. Aber meine Schwester... wir suchen sie immer noch. Es war ihr eigener Wille, uns zu verlassen!« Er konnte diesen Ausruf nicht unterdrücken, aber weiter wollte er in seinen Beschuldigungen nicht gehen. »Ich bin sicher, daß ihr nichts geschehen ist«, sagte er mannhaft.

»Aber da war noch eine Dritte«, sagte Bruder Elyas so leise, so nach innen gekehrt, als spreche er mit sich selbst. »Da war eine Nonne...« Und jetzt sah er nicht mehr Yves an, sondern starrte mit weit aufgerissenen Augen an die Decke. Sein Mund zuckte erregt.

»Schwester Hilaria«, sagte Yves, der ebenfalls zu zittern begonnen hatte.

»Eine Nonne unseres Ordens...« Elyas stützte beide Hände auf den Bettrahmen und setzte sich mit einem Ruck auf. In den Tiefen seiner gehetzten Augen regte sich etwas, ein gelbliches, irres Licht; zu hell, um nur eine Wiederspiegelung des Kerzenscheins zu sein. »Schwester Hilaria...« sagte er, und jetzt endlich hatte er einen Namen gefunden, der ihm etwas sagte – etwas so Schreckliches, daß Yves ihn mit beiden Händen an den Schultern packte und ihn wieder in die Kissen zu drücken versuchte.

»Ihr dürft Euch keine Vorwürfe machen – sie ist nicht verloren, sie ist hier, man hat sie sorgfältig hergerichtet und aufgebahrt. Man darf sie nicht zurückwünschen, sie ist bei Gott.« Gewiß hatten sie es ihm schon erzählt, aber vielleicht hatte er es nicht verstanden. Man konnte den Tod nicht verbergen. Natürlich würde er trauern, aber das war gestattet. Aber du darfst nicht damit hadern, daß sie uns verlassen hat, hatte Bruder Cadfael gesagt.

Bruder Elyas stieß einen schrecklichen, verzweifelten Laut aus, der aber so leise war, daß das Heulen des Windes ihn fast übertönte. Er ballte die Hände zu großen, knochigen Fäusten und schlug sich an die Brust.

»Tot! Tot? Dahingerafft in ihrer Jugend, in ihrer Schönheit – und sie hat mir vertraut! Tot! Oh, warum stürzt das Haus nicht ein und begräbt mich Unglücklichen unter sich, damit ich nie mehr einer Menschenseele unter die Augen kommen muß...!«

So schnell sprudelten die Worte aus ihm heraus, daß das, was er rief, nur halb verständlich war. Yves in seiner Bestürzung hörte kaum richtig hin. Er wollte nur diese Lawine, die er ungewollt losgetreten hatte, zum Stehen bringen. Er legte einen Arm um Bruder Elyas' Brust und redete ihm zu, sich doch wieder hinzulegen. Mit aller Kraft stemmte er sich gegen den Körper des verwirrten Mönches.

»Beruhigt Euch doch, nein, Ihr dürft Euch nicht so aufregen! Legt Euch hin, Ihr seid noch zu schwach um aufzustehen... Nein, nicht, Ihr macht mir Angst! Legt Euch doch hin!«

Steif aufgerichtet saß Bruder Elyas im Bett. Er starrte blicklos in die Ferne, hatte beide Hände an die Brust gepreßt und flüsterte Worte, die Gebete sein mochten, Selbstvorwürfe oder fiebrige, verworrene Erinnerungsfetzen. Gegen die Besessenheit, die von ihm Besitz ergriffen hatte, konnte Yves' ganze Kraft nichts ausrichten. Elyas wußte nicht einmal mehr, daß er da war. Wenn er mit jemandem sprach, so war es Gott oder irgendein unsichtbares Wesen.

Yves sprang auf und lief hinaus, um Hilfe zu holen. Er schloß die Tür hinter sich. So schnell er konnte rannte er aus dem Krankenquartier durch das Schneegestöber auf dem

Hof, hinüber zum Klostergebäude und dem geheizten Raum, wo die anderen jetzt sein würden. Er stolperte und fiel hin, befreite sich zitternd aus einer Schneewehe und wischte sich den Schnee aus dem Gesicht. Überall um ihn herum war fedriger Schnee, aber es war kalt, kalt, und der Wind, der ihm die Flocken ins Gesicht blies, schnitt wie Messer. Er stolperte bis zur Tür der Kirche und blieb stehen. Von drinnen ertönte Gesang. Es war schon später, als er gedacht hatte. Die Komplet hatte bereits begonnen.

Er war zu genau in den Regeln unterwiesen worden, um zu wissen, daß er auf keinen Fall die Messe unterbrechen und um Hilfe rufen durfte. Einige Augenblicke lang hielt er inne, um Atem zu schöpfen und den Schnee von den Kleidern zu schütteln. Die Komplet dauerte nicht lange. Er konnte zurückgehen und versuchen, den verwirrten Patienten zu beruhigen bis die Messe beendet war. Dann würde er genug Leute zur Verfügung haben, die ihm helfen konnten. Er mußte Bruder Elyas nur noch eine Viertelstunde lang hinhalten.

Er wandte sich um und kämpfte sich durch die Schneewehen zurück. Auf dem Hof nahmen ihm die wirbelnden Schneeflocken fast die Sicht. Er zog den Kopf ein wie ein kleiner Kampfstier und stemmte sich gegen den Wind an.

Die Außentür des Krankenquartiers stand weit offen, aber er war sich nicht sicher, ob er in seiner Eile nicht vielleicht vergessen hatte, sie zu schließen. Er stolperte über den Gang, stützte sich dabei mit beiden Händen ab und wischte sich den Schnee aus dem Gesicht. Als er sah, daß auch die Tür des Krankenzimmers weit geöffnet war, blieb er mit einem Ruck stehen.

Das Zimmer war leer und die Bettdecken lagen auf dem Boden. Bruder Elyas' Sandalen, die ordentlich neben dem Kopfende des Bettes gestanden hatten, waren verschwunden, ebenso wie Bruder Elyas. So wie er im Bett gelegen hatte – in seiner Ordenstracht, aber ohne Mantel oder Umhang – war er in die Nacht dieses 9. Dezembers verschwunden, in einen Schneesturm wie dem in jener Nacht, als er seine fast tödlichen Verletzungen erlitten hatte und Schwester Hilaria umgebracht worden war. Schwester Hilaria — der einzige Name, der ihn an diesem stillen Ort erreicht hatte.

Yves rannte den Gang zurück zur Eingangstür und hinaus in den Sturm. Und dort waren Spuren, die er zuvor nicht gesehen hatte, weil er nicht mit ihnen gerechnet hatte. Bald würden sie zugeschneit sein, aber noch waren sie zu erkennen: die Abdrücke großer Füße, die die Stufen hinunter und über den Hof führten, nicht zur Kirche, nein — geradewegs zum Torhaus. Und der Bruder Pförtner war zur Komplet in der Kirche...

Man hörte immer noch Gesang, und Elyas konnte noch nicht weit sein. Eilig holte Yves seinen Umhang aus dem Vorraum der Gästehalle und rannte dann mit großen Sätzen wie ein aufgeschreckter Hase zum Torhaus. Die Spuren füllten sich rasch mit Schnee, schon waren sie nur noch flache Vertiefungen in der weißen Fläche, die im Schein der wenigen brennenden Fackeln lediglich an den Schatten ihrer Ränder zu erkennen waren. Aber sie führten durch das Tor. Die Welt draußen bestand nur aus wirbelndem Weiß und mit seinen kurzen Beinen kam er in dem tiefen Schnee nur langsam voran, aber er kämpfte sich unermüdlich weiter. Die Spuren führten nach rechts und Yves folgte ihnen.

Ein Stück weit die Straße hinunter blieb er stehen. Wohin er sich auch wandte — das Schneetreiben sah überall gleich aus. Er hatte die Richtung verloren, aber ein wenig weiter bergab, dort, wo noch immer die Furchen des Weges schwach zu erkennen waren, sah er, als der Sturm zufällig die Schneeflocken beiseite wirbelte und den Blick freigab, einen schwarzen Schatten. Ohne ihn aus den Augen zu lassen, machte er sich an die Verfolgung.

Es dauerte lange, bis er ihn eingeholt hatte. Elyas ging unglaublich schnell. Er schritt weit aus und pflügte durch den Schnee, so daß er eine tiefe Furche hinterließ. Ein Kranker, barhäuptig und in Sandalen — nur tiefe Leidenschaft und Verzweiflung konnten ihm diese Kraft geben. Obendrein, und das ängstigte Yves sogar noch mehr, schien er zu wissen, wohin er wollte oder vielleicht wurde er auch von einem geheimnisvollen Ort angezogen, ohne es zu wissen oder zu wollen. Die Spur, die er hinterließ, war schnurgerade.

Trotzdem holte Yves ihn schließlich ein. Mit jedem Schritt kam er ihm näher, bis er die Hand ausstrecken und den weiten Ärmel der schwarzen Kutte packen konnte. Der Arm schwang weiter, als sei Elyas sich des Gewichtes, das an ihm hing, überhaupt nicht bewußt. Fast gelang es ihm, sich loszureißen, aber Yves klammerte sich mit beiden Händen fest, trat der vorwärts drängenden Gestalt in den Weg, schlang die Arme um den Mann und hielt ihn fest. Mit aller Kraft stemmte er sich gegen ihn und sah durch den blendenden Schnee hinauf in ein Gesicht, das so kalt und unbeweglich war wie eine Totenmaske.

»Bruder Elyas, kommt zurück mit mir! Ihr müßt umkehren – hier draußen werdet Ihr sterben!«

Unerbittlich ging Bruder Elyas weiter und schob den Jungen vor sich her. Er war behindert, aber er ließ sich nicht aufhalten. Yves ließ nicht los und ging mit ihm, aber er zerrte an ihm und sprach beschwörend auf ihn ein: »Ihr seid krank, Ihr solltet im Bett sein. Kommt zurück mit mir! Wohin wollt Ihr denn? Kehrt um, ich führe Euch nach Hause...«

Aber vielleicht wollte er nirgendwo hin, vielleicht wollte er nur vor etwas oder jemandem fliehen, vor sich selbst oder vor irgend etwas, das wie ein Blitz über ihn gekommen war und ihn in den Wahnsinn getrieben hatte. Yves beschwor ihn keuchend und unablässig, aber es hatte keinen Sinn. Es blieb ihm nichts anderes übrig, als mit ihm zu gehen. Er packte den schwarzen Ärmel mit festem Griff und versuchte, mit Bruder Elyas Schritt zu halten. Wenn sie an einem Haus vorbeikamen oder jemandem begegneten, der so spät noch unterwegs war, konnte er um Hilfe bitten. Irgendwann mußte der Kranke ja einmal ermüden und sich jeder Hilfe überlassen, die ihm angeboten wurde. Aber wer würde in einer solchen Nacht schon draußen sein? Nur ein armer Verrückter und sein Pfleger! Doch er hatte selbst angeboten, sich um Bruder Elyas zu kümmern und er würde ihn jetzt nicht im Stich lassen. Und wenn er ihn schon nicht vor sich selbst schützen konnte, so wollte er wenigstens die Strafe dafür mit ihm teilen. Und seltsam: Bald schon bewegten sie sich wie eine einzige Person und obwohl sein Gesicht ausdruckslos blieb und seine Gedanken nicht verriet, legte Bruder Elyas einen Arm um Yves Schultern und zog ihn an sich. Sie tauschten jene kleinen, instinktiven Gesten aus, die gegenseitige Zuneigung ausdrücken und linderten so die Mühsal des Gehens, die Kälte und das Gefühl der Einsamkeit.

Yves hatte keine Ahnung, wo sie waren, aber er wußte, daß sie schon vor langem die Straße verlassen hatten. Er glaubte, daß sie eine Brücke überquert hatten und das konnte keine andere gewesen sein als die über den Corve. Also waren sie auf dem Weg ins Hochland. Da hatten sie schlechte Aussichten, ein Haus zu finden, selbst wenn der Schneefall aufhörte und sie sehen konnten, wohin sie gingen.

Aber Bruder Elyas schien den Weg zu kennen oder zu jenem Ort geleitet zu werden, den aufzusuchen ihm keine andere Wahl blieb, mit einem schrecklichen, bußfertigen Entschluß im Herzen, den nur er kannte. Ein unter Schnee begrabenes Dickicht von Dornbüschen riß an ihren Kleidern. Es umschloß eine flache Mulde im Hang. Yves stolperte gegen etwas Hartes, Dunkles und schürfte seine Knöchel an rauhem Holz auf. Es war eine niedrige aber solide Hütte, die Schafhirten mit trächtigen Schafen Unterschlupf gewähren sollte und außerdem zur Lagerung von Heu und Stroh diente. Die Tür war mit einem schweren Riegel verschlossen, aber Bruder Elyas zog ihn auf und öffnete sie. Sie traten hinein ins Dunkel. Elyas mußte sich bücken, um nicht mit dem Kopf anzustoßen. Der Wind schob die Tür zu. Sie schloß dicht und plötzlich war es um sie dunkel und verhältnismäßig still. Nach dem Schneesturm war es hier drinnen fast warm, und der Duft alten aber trockenen Heus, das unter ihren Füßen raschelte, versprach ein warmes Lager. Yves schüttelte den Schnee von seinen Kleidern und schöpfte neue Hoffnung. Hier konnte Bruder Elyas die Nacht überleben. Und morgen, bevor er aufwacht, dachte der Junge, kann ich mich hinausschleichen, die Tür verriegeln und jemanden suchen, der mir hilft oder mit einer Nachricht zum Kloster geht. Bis hierhin bin ich mit ihm gegangen und jetzt werde ich ihn nicht wieder verlieren.

Bruder Elyas war zurückgetreten. Yves hörte das Rascheln des Heus, als der Mann sich darauf niederließ. Das Heulen des Sturmes wurde immer leiser, bis es nur noch ein klagendes Stöhnen war. Eine Hand ausgestreckt kroch Yves voran, bis er die schneebedeckte Schulter des Mönches berührte. Der Pilger hatte seinen seltsamen Schrein erreicht und lag auf den Knien. Yves strich den Schnee von der schwarzen Kutte und bemerkte, daß Elyas zitterte, als unterdrücke er mit aller Kraft ein tiefes, verzweifeltes Schluchzen. Hier, in dieser Finsternis, schien das, was zwischen ihnen war, sie noch stärker aneinander zu binden. Der kniende Mann flüsterte fast unhörbar vor sich hin und wenn auch die Worte nicht zu verstehen waren, so war die Verzweiflung, die in ihnen mitschwang, nur zu deutlich.

Tastend stellte Yves fest, daß neben ihm ein Heuhaufen war. Er legte einen Arm um die angespannten Schultern und versuchte, Elyas aufs Lager zu ziehen, aber er hatte lange zu kämpfen. Endlich entspannte sich der sehnige Körper des Mönches und sank, ob aus Erschöpfung oder aus Gehorsam dem Flehen des Jungen gegenüber, mit einem erstickten Stöhnen in sich zusammen. Elyas lag lang hingestreckt auf dem Bauch, sein Kopf ruhte auf seinen Armen, und Yves häufte rechts und links von ihm Heu auf, um wenigstens seine Körperwärme zu bewahren. Dann legte er sich neben ihn.

Nach einer Weile hörte er an dem tiefen, regelmäßigen Atmen, daß Elyas schlief.

Die Arme um ihn geschlungen und entschlossen nicht zu schlafen schmiegte Yves sich dicht an ihn. Er war müde, er fror und er mußte nachdenken, aber er war wie betäubt und konnte keinen klaren Gedanken fassen. Er wollte sich nicht an die Worte erinnern, die Bruder Elyas gesprochen hatte und noch weniger wollte er wissen, was sie bedeuteten, denn was immer es auch sein mochte – es mußte schrecklich sein. Alles, was er für diesen gebrochenen Mann tun konnte, für den er die Verantwortung übernommen hatte und zu dem er eine so seltsame, beharrliche Zuneigung empfand, war, dafür zu sorgen, daß er nicht wieder aufspringen, hinausgehen und sich verlaufen konnte. Und im

Morgengrauen mußte er losgehen und Hilfe holen. Und dazu mußte er wach bleiben.

Dennoch war er beinahe eingedöst, als er plötzlich von einer Stimme neben sich hochgeschreckt wurde. Elyas flüsterte jetzt nicht mehr, aber die Arme, auf denen sein Gesicht ruhte, dämpften seine Worte.

»Schwester... meine Schwester... vergib mir meine Schwäche, meine Todsünde — mit der ich deinen Tod auf mich geladen habe!« Und nach einer langen Pause: »Hunydd... sie war wie du, genauso warm und vertrauensvoll in meinen Armen... ein halbes Jahr Hunger und dann plötzlich dieses Sehnen — ich konnte es nicht ertragen, dieses Brennen in Leib und Seele!«

Die Arme um Elyas geschlungen, unfähig sich zu rühren und unfähig wegzuhören, lag Yves da.

»Nein, vergib mir nicht! Wie kann ich es wagen, darum zu bitten? Soll die Erde sich öffnen und mich verschlingen... ich bin verzagt, wankelmütig, unwürdig!«

Noch eine Pause, länger diesmal. Bruder Elyas schlief, und im Schlaf sprangen ihn die nun gnadenlos erinnerten Bilder an und ließen ihn gequält aufschreien. Er warf sich hin und her. Noch nie hatte Yves einem solchen Schrecken gegenübergestanden und noch nie hatte er ein so bedingungsloses Mitleid empfunden.

»Sie hat sich an mich geschmiegt... sie empfand gar keine Furcht! Gnädiger Gott — ich bin ein Mann aus Fleisch und Blut, ich habe eines Mannes Körper und Begierden!« rief Bruder Elyas mit einem unterdrückten Schmerzensschrei. »Und sie, die mir vertraut hat, ist nun tot...«

Kapitel 8

Nach der Komplet wollte Bruder Cadfael noch einmal nach Elyas sehen. Er war in Begleitung eines jungen Bruders, der Yves ablösen sollte. Die Tür stand weit offen, das Bett war zerwühlt, das Zimmer leer.

Natürlich mochte es noch andere, weniger dramatische Erklärungen dafür geben als die, die sich ihm aufdrängte, aber Cadfael eilte geradewegs wieder zur Außentür und suchte im Hof nach Spuren, auf die er vorhin nicht geachtet hatte. Nach der Komplet hatten zahlreiche Füße dort ihre Abdrücke hinterlassen, und auch sie füllten sich schnell wieder mit neuem Schnee, aber man konnte immer noch sehen, daß jemand vom Krankenquartier zum Torhaus gegangen war. Die Spuren waren bloße Tupfer in der glatten, weißen Fläche, aber sie waren zu erkennen. Und auch der Junge war verschwunden! Was mochte nur im Krankenzimmer vorgefallen sein, das Bruder Elyas nach seiner langen Teilnahmslosigkeit zu einer so unvernünftigen und gefährlichen Tat veranlaßt hatte? Wenn ihm in seinem verwirrten Kopf der Gedanke gekommen war, er müsse etwas Drastisches unternehmen, dann war ein Halbwüchsiger gewiß nicht in der Lage ihn aufzuhalten und sehr wahrscheinlich würde es Yves' Stolz nicht zulassen, jemanden im Stich zu lassen, für den er, und sei es auch noch so kurz, die Verantwortung übernommen hatte. Cadfael hatte mittlerweile das Gefühl, Yves schon recht gut zu kennen.

»Geh auf dem schnellsten Weg zur Gästehalle«, befahl er dem jungen Mönch, »und berichte Hugh Beringar, was geschehen ist. Sieh nach, ob sie nicht dort sind. Ich werde Prior Leonard benachrichtigen und dann werden wir das ganze Haus absuchen.«

Leonard nahm die Neuigkeiten mit Bestürzung auf und ließ das ganze Kloster, die Wirtschaftsgebäude und auch die Scheune sofort von seinen Mönchen durchsuchen. Hugh Beringar erschien, angetan mit Stiefeln und Umhang, in resignierter Erwartung des Schlimmsten und war gegenüber jedem, der ihm begegnete, kurz angebunden. Nun, da die Vertreter der weltlichen wie der kirchlichen Macht sich der Sache angenommen hatten, dauerte die Suche nicht lang. Sie blieb erfolglos.

»Es ist alles nur meine Schuld«, sagte Cadfael bitter. »Ich habe den armen Kerl einem Jungen anvertraut, dem es nicht viel besser ging. Ich hätte es ahnen können. Aber ich verstehe nicht, wie es dazu kommen konnte und was sie getrieben hat. Ich hätte jedoch mit allen beiden nicht das kleinste Risiko eingehen dürfen. Die beiden verzweifeltsten Menschen in diesem Haus... man hätte sie ständig im Auge behalten sollen und nun sind sie durch meine Torheit beide verschwunden.«

Beringar war bereits dabei, die Männer auszuschicken, die er ins Kloster mitgenommen hatte.

»Einer reitet nach Ludlow, bis zum Stadttor. Vielleicht sind sie dort – wenn nicht, so soll man sie, wenn sie später dort vorbeikommen, in Obhut nehmen. Und du reitest mit ihm, aber nur bis zur Burg. Dort nimm dir zehn Männer und warte mit ihnen auf mich am Stadttor. Wecke auch Dinan, er soll mitkommen. Der Junge ist der Sohn eines Mannes, den er gekannt haben muß und der Neffe von einem, mit dem er schon bald Bekanntschaft machen könnte. In diesem Wetter werde ich keine Männer riskieren, indem ich sie weiter als eine Meile ausschicke, jedenfalls nicht allein. Aber ich glaube nicht, daß die beiden weit gekommen sind.« Entschlossen wandte er sich Cadfael zu und schlug ihm hart auf die Schulter. »Und Ihr, mein Lieber, hört besser auf, diese überheblichen Dummheiten von Euch zu geben! Der Mann schien ruhig und fügsam, und der Junge mußte beschäftigt werden und war, wie Ihr sehr gut wißt, durchaus vertrauenswürdig. Wenn wir sie jetzt noch einmal suchen müssen, so ist das nicht Eure Schuld. Maßt Euch nicht an, an Gottes Stelle Lob und Tadel zu verteilen, selbst wenn Ihr den Tadel auf Euer eigenes Haupt ladet. Auch das ist eine Art von Hochmut. Doch nun kommt! Wir wollen sehen, ob wir die beiden nicht aus dieser kalten Hölle heimführen können. Aber ich sage auch Euch, was ich meinen Männern in Ludlow sagen werde: Entfernt Euch nicht zu weit, bleibt in Verbindung und kehrt möglichst genau nach einer Stunde um. Ich will in diesem Schneesturm nicht noch weitere Männer verlieren. Wenn wir bis zum Morgengrauen nichts gefunden haben, werden wir verstärkt weitersuchen.«

Nach diesen Anweisungen traten sie hinaus in den Sturm, um, immer zu zweit, nach den Vermißten zu suchen. Der Gedanke, daß diese ebenfalls zu zweit gegangen waren, stellte, zumindest für Cadfael, einen schwachen Trost dar. Ein Mann allein konnte aufgeben und sich der Kälte und dem Tod überlassen, während zwei sich stützen, einander helfen und das Durchhaltevermögen stärken konnten. Unter widrigen Bedingungen ist die größte Hilfe zum Überleben die Gegenwart eines anderen Menschen.

Cadfael hatte sich Beringars ungeduldige Ermahnung zu Herzen genommen und schöpfte Zuversicht daraus. Es war nur zu einfach, sich von ehrlich gemeinter Sorge um einen geliebten Menschen in das überhebliche Gefühl hineinzusteigern, daß man die Aufgabe und die Pflicht eines Beschützers vor allen Gefahren habe – und damit maßte man sich eine Stellung an, die allein Gott vorbehalten war. Sich vorzuwerfen, daß man nicht unfehlbar sei, bedeutete, sich zum Gott aufzuschwingen. Nun gut, dachte Cadfael, der sich immer gern belehren ließ, vielleicht ein etwas sophistisches Argument, aber es könnte sein, daß ich es eines Tages noch einmal selber anführen kann. Ich werde es mir merken!

Blindlings stolperte er, einen stämmigen jungen Novizen neben sich, nordwärts über den Corve. Sie tasteten sich durch das kalte, weiße Wirbeln und Cadfael wußte, daß es sinnlos war. Sie mochten noch so gründlich in den Schneewehen stochern – gegen dieses Unwetter, das alles mit einem weißen Tuch zudeckte, waren sie machtlos.

Als sie das Gefühl hatten, daß die festgesetzte Zeit verstrichen war und ihre Mühen wenig Aussicht auf Erfolg haben würden, kehrten sie resigniert nach Bromfield zurück. Der Pförtner hatte, damit die Suchenden sich nicht selbst verirrten, im Schutz des Torbogens frische Kieferfackeln aufgesteckt und von Zeit zu Zeit ließ er als zusätzliche Orientierungshilfe die Glocke läuten. Schneebedeckt, müde und mit leeren Händen kamen die Männer zurück. Bevor er zu Bett ging, nahm Cadfael an der Frühmette und der Laudes teil. Die Regeln des klösterlichen Lebens durften nicht ganz und gar gebrochen werden, selbst wenn es darum ging, das Leben Unschuldiger zu retten. Vor Morgengrauen konnte nichts unternommen werden. Jedenfalls nicht von Menschen. Aber Gott wußte, wo die Vermißten waren und es konnte nicht schaden, ihn um Hilfe zu bitten und die Unzulänglichkeit menschlichen Strebens zuzugeben.

Er erwachte, als die Glocke zur Prim rief und ging mit den anderen durch die winterliche Dunkelheit in die kalte Kirche. Wie seit Tagen schon hatte der Schneefall mit dem ersten Morgengrauen aufgehört und ehe es noch richtig hell wurde, gab das Licht, das von den weißen Flächen reflektiert wurde, allen Dingen ein blasses, geisterhaft durchscheinendes Aussehen. Nach der Messe bahnte Cadfael sich allein einen Weg zum Torhaus. Die Welt um ihn herum war eine weiße Wüste, aus der die schwarzen Umrisse von Mauern und Gebäuden herausragten, aber der Pförtner hatte voller Hoffnung seine Fackeln im Torbogen brennen lassen, und sie warfen ihr warmes, rötliches Licht auf das Mauerwerk und die Welt dort draußen. Um eine abgebrannte Fackel zu ersetzen, war er durch die in das große Tor eingesetzte Tür hinausgetreten, und als Cadfael das Torhaus erreichte, war der Pförtner gerade wieder hereingekommen und schüttelte im Schutz des gewölbten Ganges den Schnee von den Kleidern, bevor er die Tür wieder hinter sich schloß.

So kam es, daß der Pförtner der Welt dort draußen den Rücken kehrte und nur Cadfael bemerkte, was sich dort tat. Die eingesetzte Tür war ziemlich hoch, um auch Berittene durchzulassen und der Pförtner war klein und schmächtig und bückte sich gerade, um seine Kutte vom Schnee zu befreien. Hinter ihm, nicht weit vor dem Tor, tauchten aus dem Zwielicht unversehens zwei Gesichter im flackernden Schein der Fackeln auf. Cadfael konnte sie deutlich erkennen. Ihr plötzliches Erscheinen und ihre Schönheit raubten ihm einen Augenblick lang den Atem. Es schien, als habe ein Wunder sie dorthin gezaubert. Aber dies waren keine

Besucher aus einer anderen Welt — sie waren gewöhnliche Menschen aus Fleisch und Blut. Das Mädchen hatte die Kapuze zurückgestreift, sodaß der wilde Schopf ihrer dunklen Haare im rötlichen Licht schimmerte. Sie hatte eine hohe, faltenlose Stirn, geschwungene schwarze Augenbrauen und große, dunkle Augen, die zu sehr leuchteten, um schwarz sein zu können, sondern eher von einem dunklen, rötlichen Braun sein mußten. Trotz ihrer einfachen, bäuerlichen Kleidung waren die Haltung ihres Kopfes und die gebieterische Geradheit ihres Blickes von einer Art, um die Königinnen sie beneidet hätten. Die feingeschnittenen Backenknochen, die vollen, ausdrucksstarken Lippen und das energische Kinn gaben ihrem Gesicht etwas so Ebenmäßiges, daß Cadfael es in Gedanken mit seinen Fingerspitzen liebkoste, wie früher so manches andere Gesicht. Alte Erinnerungen stiegen in ihm auf, und er erschauerte.

Das andere Gesicht war hinter und über ihrer linken Schulter, seine Wange berührte fast ihre Augenbraue. Sie war hochgewachsen, aber der Mann hinter ihr war größer als sie und beugte sich schützend und wachsam über sie, um sein Gesicht dicht an das ihre zu bringen. Es war lang und offen, mit einer hohen Stirn, einer schmalen Nase, einem feingeschwungenen Mund und den großen, furchtlosen, golden blitzenden Augen eines Falken. Sein edel geformter Kopf war mit dichtem, blauschwarzem Haar bedeckt, das sich an den Schläfen kräuselte. Cadfael stellte sich dieses Gesicht mit einem spitzen Kinnbart und einem Schnurrbart über diesem noblen Mund vor. Genau so hatten die stolzen Syrer in ihren Rüstungen ausgesehen, die ihre Truppen zum Angriff führten, damals, vor Antiochia. Dieses Gesicht hatte dieselbe dunkle Farbe, dieselbe kantige Form, so als sei es aus Bronze gegossen, aber es war nach normannischer Art glattrasiert, das dichte Haar war geschnitten, und der Mann trug, wie die Bauern dieser Gegend, erdbraune Kleidung aus einem groben, handgesponnenen Stoff.

Nun ja, das gab es — das Aufblitzen göttlichen Geistes: die Unglücklichen, Begnadeten, in eine Welt geboren, in der sie keinen Platz hatten; die Heiligen und Gelehrten, die als

Hirten die Schweine im Wald mit Eicheln mästeten; die Soldatenkönige, die als jüngste Söhne in einer Familie von leibeigenen Hungerleidern zur Welt kamen und als Kinder die Krähen von den Feldern verjagen mußten. Und woanders zog man in Königspalästen dumpfe Sklaven-Bastarde heran, die an die Macht gelangten, so unwürdig sie dessen auch sein mochten und über Männer herrschten, die tausendmal mehr wert waren als sie.

Aber dieser hier würde nicht scheitern. Man brauchte nur einen Blick auf die golden blitzenden Augen unter den schwarzen Wimpern zu werfen, um sicher zu sein, daß der Wille, der sich in ihnen verbarg, ihm den Weg ebnen würde, wohin er sich auch wenden mochte.

Dies alles geschah in den wenigen Sekunden, in denen der Pförtner den Schnee von seiner Kutte schüttelte. Im nächsten Augenblick schon war er eingetreten und hatte die Tür hinter sich geschlossen, gerade als die beiden jungen Menschen wenige Schritte hinter ihm auf das Tor zugingen, in der offenbaren Absicht, um Einlaß zu bitten.

Bruder Cadfael schloß die Augen, öffnete sie hoffnungsvoll wieder und schloß sie abermals, um die eben gesehenen Bilder, die beinahe eine Sinnestäuschung hätten sein können, noch einmal vor seinem inneren Auge vorbeiziehen zu lassen. Was für Träume konnten einen heimsuchen im trügerischen Zwielicht eines bitterkalten Wintermorgens, und noch dazu hier, wo die Fackeln ein angenehmes, warmes Licht verbreiteten!

Er hatte erst drei weitere Schritte durch den tiefen Schnee getan und der Pförtner wollte gerade die Tür zu seiner Kammer öffnen, als am Tor geläutet wurde.

Verdutzt wandte der Pförtner sich um. Er war zunächst damit beschäftigt gewesen, neue Fackeln in die Halter an der Wand zu setzen und hatte sich dann beeilt, wieder in den Windschatten des Tores zu kommen, und so hatte er in der Dunkelheit draußen nichts bemerkt. Erst als er sich zum Tor umgewandt hatte, waren die beiden — wenn sie nicht bloße Erscheinungen waren! — in den Lichtkreis der Fackeln getreten. Er zuckte ergeben die Schultern und stapfte zurück zu dem vergitterten Fensterchen, durch das er sehen konnte, wer vor der Tür stand. Was er dort sah, schien ihn sogar noch mehr in Erstaunen zu versetzen, aber er zögerte keinen Augenblick: Der große Riegel wurde zurückgeschoben und die hohe Tür schwang auf.

Dort stand sie, hochgewachsen, bescheiden und dennoch selbstbewußt, in einem zu großen, verblichenen Gewand aus braunem, handgewebten Stoff und einem kurzen, groben Umhang, dessen ausgefranste Kapuze sie von ihrem Kopf gestreift hatte, so daß das dunkle Haar ihr bis auf die Schultern fiel. Der kalte Wind hatte ihre Wangen gerötet, aber sonst war ihre Haut weiß und glatt wie Elfenbein.

»Darf ich eintreten und für eine Weile bei Euch Zuflucht suchen?« sagte sie mit sanfter Stimme und demütigem Gesicht. Die ruhige Selbstsicherheit, die aus ihrer Haltung sprach, konnte sie jedoch nicht verbergen. »Durch Kälte, Mißgeschick und die Wirren des Krieges komme ich allein. Ich glaube, Ihr habt bereits nach mir gesucht. Mein Name ist Ermina Hugonin.«

Während der Pförtner sie aufgeregt in seine Kammer führte und sich beeilte, Prior Leonard und Hugh Beringar davon in Kenntnis zu setzen, daß das vermißte Mädchen am Tor des Klosters aufgetaucht sei, verlor Bruder Cadfael keine Zeit und trat hinaus auf die Straße, um einen Blick auf die Umgebung zu werfen. Aber dort war allem Anschein nach keine Menschenseele. In der Nähe standen Dickichte und Gehölze, in denen ein junger, behender Mann geschwind untertauchen konnte, und entweder war ihr Begleiter dort verschwunden oder der Falke hatte sich in die Luft geschwungen und war davongeflogen. Was die Spuren im Schnee anbelangte, so waren schon zu dieser frühen Stunde einige Bauern am Tor des Klosters vorbeigegangen, die Schafe auszugraben oder Vieh zu füttern hatten, und wie sollte man die Spuren eines bestimmten Mannes unter denen der anderen finden? Wenn sie auch nicht die volle Wahrheit gesagt hatte, so hatte sie doch nicht gelogen: ins Kloster war sie allein gekommen. Aber obwohl nur eine geläutet hatte, um eingelassen zu werden, hatten zwei sich dem Tor genähert.

Aber warum sollte ein Mann, der ein vermißtes Mädchen der sicheren Obhut des Klosters anvertraute, sich scheuen, sein Gesicht zu zeigen? Und warum, überlegte Cadfael, sollte der einzige, der von der Existenz dieses Mannes wußte, die anderen im Kloster von dieser Tatsache nicht unterrichten? Aber andererseits —, warum sollte er, bevor er nicht guten Grund dazu hatte? Es war besser, sich zunächst anzuhören, was diese Dame zu erzählen hatte und alles gut zu überdenken.

Tief in Gedanken versunken ging er zurück zum Zimmer des Pförtners, der das Mädchen inzwischen gebeten hatte, beim Feuer Platz zu nehmen, das er kräftig schürte. In sich gekehrt und still saß sie da. Von ihren nassen Schuhen und Kleidern stieg langsam Dampf auf.

»Gehört Ihr auch zu diesem Kloster, Bruder?« fragte sie und betrachtete ihn mit ihren dunklen Augen.

»Nein, ich bin ein Mönch aus Shrewsbury. Ich bin hier, um einen kranken Bruder zu pflegen.« Er fragte sich, ob sie schon von dem Überfall auf Bruder Elyas gehört hatte, aber da sie nicht erkennen ließ, daß sie etwas von einem verletzten Mönch wußte, erwähnte er den Namen nicht. Sollte sie erst allen ihre eigene Geschichte erzählen, in Anwesenheit des Priors und Hugh Beringars — dann würde er wissen, woran er mit ihr war. »Wißt Ihr, wie verzweifelt man Euch gesucht hat, seit Ihr aus Worcester geflohen seid? Hugh Beringar, der stellvertretende Sheriff dieser Grafschaft, ist unter anderem deswegen hier in Bromfield.«

»Das habe ich gehört«, sagte sie. »Der Wäldler, der mich beherbergt hat, hat es mir erzählt. Von ihm weiß ich auch, daß mein Bruder hierher gefunden hat, während ich nach ihm suchte. Und erst jetzt, da ich selber hier bin, erfahre ich, daß er wieder verschwunden ist, und daß die Männer die halbe Nacht nach ihm gesucht haben. Überall erzählt man sich davon. Ich fürchte, Ihr habt einen schlechten Tausch gemacht«, sagte sie mit plötzlich aufwallender Bitterkeit, »indem ihr mich gefunden und Yves verloren habt. Denn schließlich war ich ja diejenige, die Euch so viel Mühe bereitet hat.«

»Gestern abend noch, zur Komplet«, sagte Bruder Cadfael ruhig, »war Euer Bruder hier in Sicherheit und bei bester

Gesundheit. Es besteht kein Grund zu der Annahme, daß wir ihn nicht wieder finden werden, denn er kann nicht weit sein. Die Männer des Sheriffs in Ludlow haben heute nacht noch ihre Befehle erhalten und werden sich jetzt bereits aufgemacht haben. Auch Hugh Beringar wird sich auf die Suche machen, sobald er sich davon überzeugt hat, daß es Euch gut geht und Ihr ihm erzählt habt, was Euch widerfahren ist.«

In diesem Moment trat Beringar ein. Die Mönche hatten eilig einen Weg freigeschaufelt, damit das Mädchen möglichst trockenen Fußes zur Gästehalle gehen konnte. Prior Leonard gab Anweisung, ihr eine Mahlzeit zuzubereiten und führte sie zu einem Sessel am Kamin. Er bedauerte, daß kein weiblicher Gast im Hause war, so daß man ihr keine trockenen Frauenkleider geben konnte.

»Dafür wird gesorgt werden«, sagte Beringar kurz. »In Josce de Dinans Haus sind Frauen genug — ich werde von dort alles Nötige holen lassen. Aber Ihr solltet diese nassen Kleider lieber ablegen, mein Fräulein, und Euch, wenn es sein muß, eine Novizenkutte anziehen. Habt Ihr nur das, was Ihr am Leibe tragt?«

»Ich habe alles, was ich hatte, gegen dies und die Gastfreundschaft eingetauscht, die mir ohne einen Gedanken an Bezahlung entgegengebracht wurde«, sagte sie gleichmütig. »Ich habe jedoch noch immer etwas Geld bei mir und kann also für ein Kleid bezahlen.«

Sie gaben ihr die Kutte und die Sandalen eines Novizen und zogen sich zurück, damit sie sich umziehen konnte. Als sie die Tür öffnete und sie ins Zimmer bat, geschah das mit der Würde einer Gräfin, die ihre Gäste willkommen heißt. Sie hatte ihr dunkles Haar gekämmt und nun kräuselte es sich, während es trocknete, über ihren Schultern zu Locken und hing wie schwere, schimmernde Vorhänge zu beiden Seiten ihres Gesichts herab. In der schwarzen Kutte, die sie an der Taille mit einem Gürtel zugeschnürt hatte, setzte sie sich in ihren Sessel und sah sie an. Sie war zweifellos der schönste Novize, den es in Bromfield je gegeben hatte. Ihre nassen Kleider hatte sie auf einer Bank neben dem Kamin ausgebreitet.

»Vater Prior und Herr Beringar«, begann sie, »um es kurz zu machen: Ich habe Euch und vielen anderen große Unannehmlichkeiten bereitet, dessen bin ich mir wohl bewußt. Das war nicht meine Absicht, aber es ist so. Nun bin ich gekommen, um mein Möglichstes zu tun, dies wiedergutzumachen und muß hören, daß mein Bruder, der hier in Sicherheit war und den ich hoffte hier zu treffen, in der letzten Nacht das Kloster verlassen hat und wieder verschwunden ist. An diesem, wie an allem anderen, kann ich nur mir allein die Schuld geben und sagen, daß es mir leid tut. Wenn ich irgend etwas tun kann, um die Suche nach ihm zu erleichtern...«

»Es gibt nur eins, womit Ihr uns helfen könnt«, sagte Beringar streng, »und das ist, uns wenigstens eine Sorge abzunehmen: Bleibt hier und setzt keinen Fuß außerhalb des Hauses, bis wir Euren Bruder gefunden und zu Euch zurückgebracht haben. Nur so können wir gewiß sein, daß wenigstens *Ihr* in Sicherheit seid und nicht wieder verlorengeht.«

»Das fällt mir schwer, aber ich werde tun, was Ihr befehlt. Zumindest bis auf weiteres«, fügte sie hinzu und schob ihre Unterlippe vor.

»Dann gibt es noch ein paar Dinge, die ich jetzt, in aller Kürze, von Euch erfahren muß – der Rest kann warten. Ich bin nur zum Teil wegen Euch hergekommen. Es gehört zu meinen Aufgaben, für die Aufrechterhaltung des königlichen Friedens zu sorgen und Ihr, so glaube ich, wißt nur zu gut, daß man in dieser Gegend des königlichen Friedens spottet. Von Yves wissen wir, daß Ihr ihn und Schwester Hilaria in Cleeton zurückgelassen habt und Evrard Boterel habt wissen lassen, er solle kommen und Euch zu seinem Gut Callowleas bringen. Wir haben gesehen, was von Callowleas noch übrig ist und wir sind nach Ledwyche gegangen, um nach Euch zu suchen. Dort hörten wir von Boterel, Ihr seiet sicher mit ihm dort angekommen, jedoch wieder ausgeritten, um nach denen zu suchen, die Ihr verlassen hattet, während ihn das Fieber seiner Wunden, die er sich im Kampf zugezogen hatte, ans Bett fesselte. Was in Callowleas geschehen war, konnte auch woanders passieren – kein Wunder also, daß Ihr Euch schwere Sorgen machtet.«

Sie biß sich auf die Unterlippe, zog die Augenbrauen zusammen und sah ihm gerade ins Gesicht. »Da Evrard Euch all dies schon erzählt hat, brauche ich es nur noch zu bestätigen. Ich hoffe, er befindet sich auf dem Weg der Genesung. Ja, ich hatte Angst um sie. Dazu hatte ich allen Grund.«

»Was geschah mit Euch? Boterel hat uns gesagt, Ihr seiet nicht zurückgekehrt und als das Fieber nachließ und er feststellte, daß Ihr fort wart, hat er unablässig nach Euch gesucht. Es war töricht von Euch, alleine fortzureiten.«

Ein trauriges Lächeln spielte um ihren Mund. Sie hatte ihre Torheit bereits zugegeben. »Ich bin sicher, daß er überall nach mir gesucht hat. Jetzt kann er beruhigt sein. Nein, ich habe Cleeton nicht erreicht. Ich kenne mich in dieser Gegend nicht aus, und dann brach die Nacht herein und es begann zu schneien... In der Dunkelheit verirrte ich mich hoffnungslos, das Pferd scheute und ging durch, und ich fiel herab. Glücklicherweise fanden mich ein Wäldler und seine Frau und nahmen mich bei sich auf. Mein Leben lang werde ich ihnen dankbar dafür sein. Ich erzählte ihnen von Yves und daß ich mir Sorgen um ihn machte, und der Mann sagte, er werde nach Cleeton gehen und dort nach ihm fragen. Er kam zurück und berichtete, Johns Hof sei eine Nacht nach Callowleas überfallen worden und Yves werde schon seit jener Nacht vermißt, in der ich meinen größten Fehler beging.« Als sie dies sagte, warf sie stolz ihren Kopf zurück und richtete sich hoch auf. Mit blitzenden Augen sah sie sich um, als wolle sie sich verbitten, daß einer der Anwesenden in ihre Selbstverdammung mit einstimme oder aber versuche, sie zu begütigen. »Gott sei Dank konnten Johns und seine Familie heil entkommen. Und was ihre Verluste angeht, so betrachte ich sie als meine Schulden und werde sie dafür entschädigen. Doch eine Sache, die ich aus Cleeton hörte, beruhigte mich«, sagte sie, und aus ihrer Stimme sprach Wärme und Zuneigung, »denn man sagte mir, Schwester Hilaria sei lange bevor die Räuber kamen fortgegangen. Jener gute Mönch aus Pershore war in seiner Sorge um uns gekommen und hatte sie mitgenommen.«

Sie war so froh über diesen einen Trost, daß sie das lastende Schweigen gar nicht bemerkte. Eine Unschuldige wenigstens war der Lawine des Unheils entgangen, die ihre leichtfertige Eskapade in Gang gebracht hatte.

»Die ganze Zeit, während der ich bei ihnen war, haben wir gehofft, etwas von Yves zu hören. Wie konnte ich irgend etwas unternehmen, ohne zu wissen, wie es ihm geht? Erst gestern morgen erfuhren wir, daß er hier sei, in Sicherheit. So bin ich gekommen.«

»Gerade rechtzeitig«, bemerkte Beringar, »um zu hören, daß er wieder vermißt wird. Nun, ich glaube, er wird es nicht lange bleiben, und wenn ich jetzt so unhöflich bin, Euch zu verlassen, so nur, um mich auf die Suche nach ihm zu machen.«

Cadfael fragte sanft: »Habt Ihr den Weg hierher allein gefunden?«

Sie warf den Kopf herum und sah ihn mit ihren großen Augen herausfordernd an. Ihr Gesicht war wachsam und ruhig.

»Robert, der Sohn des Wäldlers, hat mich geführt.«

»Ich werde mich auch mit diesem Mordgesindel befassen, das sich irgendwo in diesen Hügeln verbirgt und Euch in Callowleas und Druel auf seinem Hof überfallen hat«, sagte Beringar. »Ich werde mir so viele Männer besorgen, daß ich jeden Meter des Hochlands absuchen kann. Aber zunächst müssen wir unsere beiden Vermißten finden.« Mit einem Ruck stand er auf und bedeutete Cadfael mit einer Kopfbewegung und hochgezogenen Augenbrauen, mit ihm hinaus auf den Gang zu kommen.

»Es sieht so aus, als wüßte das Mädchen nichts von Schwester Hilaria und Bruder Elyas. Dinan hat seine Männer zusammenrufen lassen und mit ihnen und meinen eigenen muß ich mich jetzt auf die Suche machen. Ich habe keine Zeit, ihr die schlimme Nachricht schonend beizubringen. Bleibt hier bei ihr, Cadfael, sorgt dafür, daß sie nicht wieder davonläuft und erzählt ihr alles. Sie muß es erfahren. Je mehr Wahrheiten wir zusammenfügen können, desto schneller werden wir dieses Räubernest ausgeräuchert haben und desto schneller kann ich wieder zu Hause sein und mit Aline und meinem Sohn Weihnachten feiern.«

Sie war hungrig, aber sie hatte wohl auch von Natur aus

einen gesunden Appetit, dachte Cadfael. Durch viel Bewegung blieb sie gertenschlank. Sie aß mit Genuß, aber ihr Gesichtsausdruck blieb wachsam, gedankenverloren und verschlossen. Cadfael ließ sie in Ruhe, bis sie sich schließlich mit einem zufriedenen Seufzer zurücklehnte. Sie hatte ihre Stirn noch immer gerunzelt und ihre Augen schienen eher nach innen zu blicken. Doch dann sah sie ihn ganz plötzlich forschend an.

»Ihr wart es, der Yves gefunden und hergebracht hat? Das jedenfalls sagte der Vater Prior.«

»Nur durch Zufall«, antwortete Cadfael.

»Nein, nicht nur durch Zufall. Ihr habt ja nach ihm gesucht.« Das sprach für ihn; ihr Gesicht wurde weicher. »Wo war das? War er sehr elend?«

»Er war in jeder Beziehung ein junger Gentleman, der sich sehr gut in der Hand hat. Und gleich Euch hatte er Gelegenheit festzustellen, daß einfache Bauern gütig und gastfreundlich sein können, ohne eine Bezahlung zu erwarten.«

»Und seitdem haben er und Ihr mich gesucht, während ich ihn suchte! O Gott!« sagte sie leise und mit ehrfürchtigem Entsetzen. »All dies ist nur meine Schuld. Und eine solche Verirrung! Ich wußte nicht, was ich tat. Ich habe mich seitdem so verändert!«

»Dann wollt Ihr nicht mehr Evrard Boterel heiraten?« fragte Cadfael mild.

»Nein«, antwortete sie ebenso ruhig. »Das ist vorbei. Ich glaubte ihn zu lieben – ich glaubte es wirklich. Es war eine Kinderei, aber dieser bitterkalte Winter ist wirklich, und diese Räuber dort oben sind wirklich, und der Tod ist wirklich, und er steht immer neben uns, und ich habe durch meine Dummheit meinen Bruder in Gefahr gebracht und weiß jetzt, daß mein Bruder für mich weit mehr ist als Evrard mir je bedeutet hat. Aber sagt ihm das nicht, wenn er zurück ist«, sagte sie schnell. »Er ist schon eitel genug. War er es, der Euch erzählte, was ich getan habe?«

»Ja. Und er erzählte auch, wie er versuchte, Euch zu folgen und sich verlief, und wie er von dem Waldbauern aufgenommen wurde, bei dem ich ihn schließlich fand.«

»Und hat er mir die Schuld für all dies gegeben?«

»Hättet Ihr dies nicht getan, an seiner Stelle?«

»Es kommt mir vor, als sei dies alles schon so lange her«, sagte sie verwundert, »und ich habe mich so verändert. Wie kann es sein, daß ich so viel Unheil anrichtete, ohne es zu wollen? Wenigstens war ich erleichtert, als ich hörte, daß der gute Klosterbruder aus Pershore – hätte ich doch nur auf ihn gehört! – zurückgekommen war, um nach uns zu suchen und Schwester Hilaria mitgenommen hatte. Waren sie noch hier als Ihr aus Shrewsbury ankamt? Ist sie weitergereist oder zurückgekehrt nach Worcester?«

Sie hatte eine einfache Frage gestellt, auf die er jedoch nicht vorbereitet war und die folgende Stille hing wie eine Drohung über ihnen. Sie begriff sehr schnell. Er brauchte nur wenige Sekunden, um sich seine Worte zurechtzulegen, aber das war schon zu lang. Sie hatte sich aufgesetzt und starrte ihn an. In ihren Augen lag eine dunkle Ahnung.

»Was verheimlicht Ihr mir?«

Er konnte nicht mehr zurück – sie mußte die Wahrheit erfahren. »Etwas, das Ihr nicht gern hören werdet und das mir schwerfällt, Euch zu sagen«, sagte Bruder Cadfael schlicht. »In der Nacht, in der die Räuber Druels Hof niederbrannten, hatten sie schon ein einsam gelegenes Gehöft, kaum zwei Meilen von Ludlow entfernt, heimgesucht. Es scheint, als wären sie zwischen diesen beiden Überfällen, auf dem Weg zu ihrem Unterschlupf, durch eine grausame Fügung des Schicksals den beiden begegnet, nach denen Ihr eben gefragt habt. Als sie Druels Hof verließen war es bereits Abend. Es war eine schlimme Nacht, mit starkem Wind und schwerem Schneefall. Möglicherweise hatten sie sich verirrt. Vielleicht waren sie auch auf der Suche nach einem Unterschlupf, in dem sie warten konnten, bis der Sturm sich gelegt hatte. So fielen sie Dieben und Mördern in die Hände.«

Ihr Gesicht war wie versteinert. Verzweifelt grub sie ihre Finger in die Armlehnen ihres Stuhls, so daß die Knöchel weiß wurden. Kaum hörbar flüsterte sie: »Tot?«

»Bruder Elyas war kaum noch am Leben, als man ihn hierher brachte. Gestern abend hielt Euer Bruder Wache an seinem Krankenlager, bevor sie beide, aus Gründen, die ich nicht einmal erraten kann, in die Nacht verschwanden. Schwester Hilaria fanden wir tot.«

Einen langen Augenblick sagte sie nichts — sie weinte nicht, sie schrie nicht, sie begehrte nicht auf. Sie barg allen Kummer, alle Schuld, alle ohnmächtige Wut in sich und wollte nichts davon zeigen. Nach einer Weile fragte sie mit leiser, tonloser Stimme: »Wo ist sie?«

»Wir haben sie hier in der Kirche aufgebahrt, bis sie beerdigt werden kann. Die Kälte hat den Boden so hart werden lassen, daß man kein Grab ausheben kann. Vielleicht möchten auch die Schwestern in Worcester, daß sie dorthin überführt wird, sobald dies möglich ist. Bis dahin wird der Prior eine Gruft in der Kirche für sie zur Verfügung stellen.«

»Erzählt mir, was mit ihr geschehen ist«, bat Ermina leise aber entschlossen. »Es ist besser, alles zu wissen, als Vorstellungen ausgeliefert zu sein.«

Mit einfachen, klaren Worten schilderte er ihr, wie die Nonne ums Leben gekommen war. Als er geendet hatte, erwachte sie aus der Reglosigkeit, in der sie verharrt hatte und fragte: »Wollt Ihr mich zu ihr führen? Ich würde sie gern noch einmal sehen.«

Wortlos und ohne Zögern stand er auf und ging voraus. Sie war dankbar für die Bereitwilligkeit, mit der er ihre Bitte erfüllte und er wußte, daß er in ihrer Achtung gestiegen war. Dennoch würde sie sich von dem, was sie für ihre Pflicht hielt, nicht zurückhalten oder abschirmen lassen. In der Kapelle, in der Schwester Hilaria in ihrem Sarg lag, den die Mönche in ihrer Werkstatt gebaut und mit Blei ausgekleidet hatten, war es fast ebenso kalt wie draußen und der Leichnam hatte nichts von seiner heiteren Schönheit verloren. Der Sarg war noch nicht geschlossen. Ermina stand lange reglos davor und betrachtete das Gesicht der Toten; dann bedeckte sie es wieder mit dem weißen Leintuch.

»Ich habe sie sehr geliebt«, sagte sie, »und ich habe sie getötet. Ihr Tod ist meine Schuld.«

»Nein, nichts dergleichen«, sagte Cadfael mit Bestimmtheit. »Ihr dürft Euch nicht mehr aufladen, als Euch zusteht. Was Ihr selbst getan habt, das dürft Ihr bereuen, beichten und büßen, auf daß Eure Seele gereinigt werde, aber Ihr dürft nicht die Schuld eines anderen auf Euch nehmen oder Gottes Recht anzweifeln, der oberste Richter zu sein. Dies war das Werk eines Mannes, eines Schänders und Mörders und er, nur er wird sich dafür zu rechtfertigen haben. Durch welche Taten anderer Menschen auch immer unsere Schwester seinen Weg gekreuzt hat *er* gab seinen Händen den Befehl, sie zu mißhandeln und zu töten, er und kein anderer! An *ihm* soll ihr Tod gesühnt werden!«

Zum erstenmal überkam sie ein Zittern und als sie sprechen wollte, hatte sie ihre Stimme nicht unter Kontrolle und mußte erst nach Fassung ringen.

»Aber wenn ich mir diese törichte Hochzeit nicht in den Kopf gesetz hätte, wenn ich mit Bruder Elyas direkt hier nach Bromfield gekommen wäre, dann könnte sie jetzt noch leben...«

»Wissen wir das? Hättet Ihr dann nicht auch den Mördern in die Hände fallen können? Mein Kind, wenn die Menschen während der letzten fünf Jahrhunderte nicht getan hätten, was sie getan haben, hätten die Dinge sich gewiß anders entwickelt – aber wäre das unbedingt besser gewesen? Es hat keinen Sinn, sich den Kopf über ›Wenn‹ und ›Falls‹ zu zerbrechen. Wir müssen von dort ausgehen, wo wir stehen, die Verantwortung für unsere Sünden übernehmen und unser Schicksal in Gottes Hand legen.«

Plötzlich brach Ermina in haltloses Weinen aus, aber sie wollte nicht, daß er ihre Tränen sah. Sie stürzte davon und warf sich zitternd vor dem Altar auf die Knie. Dort verharrte sie lange Zeit. Er ging ihr nicht nach, sondern wartete geduldig, bis sie sich erhob. Als sie zurückkam, war ihr Gesicht verweint aber gefaßt. Sie sah müde, sehr jung und verwundbar aus.

»Kommt zurück ans Feuer«, sagte Cadfael. »Ihr werdet Euch hier nur erkälten.«

Fügsam ging sie mit, froh, wieder am warmen Kamin sitzen zu können. Sie hörte auf zu zittern, sank in den Sessel zurück und schloß ihre Augen halb, aber als er eine Bewegung machte, als wolle er gehen, sah sie schnell auf. »Bruder Cadfael, als der Bote aus Worcester sich nach uns erkundigte, erwähnte er da, daß unser Onkel d'Angers in England sei?«

»Ja. Und nicht nur in England, sondern in Gloucester, bei den Truppen der Kaiserin.« Das war es, worauf sie hinausgewollt hatte, aber sie hatte sich lieber behutsam vortasten wollen. »Er bat offen und ehrlich darum, das Gebiet des Königs betreten zu dürfen, um Euch zu suchen, aber die Erlaubnis dazu wurde verweigert. Der Sheriff versprach, mit seinen eigenen Männern nach Euch Ausschau zu halten, aber er wollte keinen Gefolgsmann der Kaiserin in seine Grafschaft lassen.«

»Und sollte man einen solchen hier, auf der Suche nach uns, finden und gefangennehmen – was würde dann mit ihm geschehen?«

»Er würde behandelt werden wie ein Kriegsgefangener. Es ist die Pflicht des Sheriffs, die Kriegsmacht der Feinde des Königs zu schwächen, indem er jeden, der zu ihnen gehört, gefangennimmt, wenn sich die Gelegenheit dazu bietet. Das müßt Ihr verstehen. Ein Ritter weniger für die Kaiserin ist einer mehr für den König.« Er bemerkte ihren zweifelnden und ängstlichen Blick und lächelte. »Das ist die Pflicht des Sheriffs. Meine Pflichten lauten anders. Unter ehrenwerten Männern und aufrechten Christen kann ich, auf welcher Seite auch immer, keine Feinde entdecken. Ich habe mich anderen Regeln unterworfen. Zwischen mir und einem Mann, der nichts weiter tut, als Kinder in Sicherheit zu bringen und ihrem getreuen Vormund zuzuführen, besteht keine Feindschaft.«

Sie runzelte leicht die Stirn, als er das Wort ›Kinder‹ aussprach, dann aber lachte sie, mit verärgerter Offenheit, über ihr eigenes kindisches Verhalten. »Dann würdet Ihr einen solchen Mann also nicht einmal Eurem Freund ausliefern?«

Cadfael nahm ihr gegenüber Platz und setzte sich bequem hin, denn er hatte den Eindruck, daß sie etwas auf dem Herzen hatte, dessen sie sich entledigen wollte. »Ich habe Euch gesagt, daß ich in dieser Sache für niemanden Partei ergreife, und Hugh Beringar würde von mir nicht erwarten, daß ich in allen Dingen auf seiner Seite stehe. Er tut seine Pflicht und ich die meine. Aber ich will Euch nicht verschweigen, daß er bereits von der Anwesenheit eines Fremden in dieser Gegend weiß, eines Fremden, der sich in Cleeton nach den Dreien erkundigt hat, die gemeinsam aus Worcester geflohen sind. Seiner Kleidung nach zu schließen ein Bauer, so heißt es – jung und hochgewachsen, mit den Augen eines Falken und einer Hakennase, schwarzen Haaren und dunkler Haut.« Sie hörte ihm aufmerksam zu, biß sich auf die Unterlippe und wurde abwechselnd blaß und rot. »Und er trug ein Schwert unter seinem Umhang«, fügte Cadfael hinzu.

Sie saß reglos da und dachte nach. Das Gesicht über ihrer Schulter, das er im Licht der Fackeln vor dem Torhaus gesehen hatte, stand Cadfael deutlich vor Augen, und offenbar hatte auch sie es keineswegs vergessen. Einen Augenblick lang glaubte er, sie würde Ausflüchte machen, den Mann verleugnen und behaupten, ihr Führer sei der gewesen, für den sie ihn ausgegeben hatte: der Sohn eines Wäldlers. Aber dann beugte sie sich vor und begann mit ungestümem Eifer zu sprechen.

»Ich werde Euch alles erzählen! Und ich werde noch nicht einmal Stillschweigen von Euch verlangen, denn ich weiß, das wird nicht nötig sein. Ihr werdet ihn nicht verraten. Es stimmt, was ich gesagt habe: Ein Waldbauer und seine Frau haben mich aufgenommen und mir geholfen. Aber am zweiten Tag kam ein junger Mann und fragte nach einer Gesellschaft wie der, in der ich gereist war, bevor sie durch meine Schuld auseinanderbrach. Ich trug dieselben Kleider wie heute morgen, als wir uns begegneten, und doch erkannte er mich, und auch ich wußte, in wessen Auftrag er kam, denn alles an ihm verriet seine adlige Abstammung. Er sprach ein etwas stockendes Englisch, aber fließendes Französisch, und er erzählte mir, mein Onkel sei zurückgekehrt und befinde sich in Gloucester bei der Kaiserin. Er habe ihn heimlich geschickt, damit er uns finde und sicher zu ihm bringe. Dies und nicht mehr ist sein Auftrag, aber er ist von großer Gefahr umgeben, denn er kann jederzeit in die Hände des Sheriffs fallen.«

»Das ist bis jetzt nicht geschehen«, sagte Cadfael gelassen. »Es ist gut möglich, daß er ihnen bis zum Schluß durch die Finger schlüpfen und Euch mit sich nach Gloucester nehmen kann.«

»Aber nicht ohne Yves. Ich werde nicht ohne meinen Bruder gehen, und das weiß er. Und ich wollte auch nicht herkommen, aber er hielt es für besser. ›Gebt mir das Gefühl‹, so sagte er, ›daß wenigstens Ihr in Sicherheit seid, und überlaßt die weitere Suche mir.‹ So habe ich getan, um was er mich bat und werde es auch weiterhin tun. Aber ich könnte es nicht ertragen, wenn er, nur weil er helfen wollte, in die Hände des Königs fallen und endlos lang in einem Kerker schmachten sollte.«

»Rechnet nicht immer mit dem Schlimmsten«, munterte Cadfael sie auf. »Erwartet nur das Beste, verhaltet Euch so, daß es eintreten kann und überlaßt alles andere Gott. Aber Ihr habt Eurem Helden noch keinen Namen gegeben.« Nein keinen Namen — aber er hatte ein Gesicht und ein sehr bemerkenswertes dazu.

Sie besaß die Leichtigkeit der Jugend, die tiefen Schmerz empfinden kann, aber auch Hoffnung, Freude und die Hingabe an einen Helden. Der bloße Gedanke an ihren Beschützer hatte sie aus den tiefen Schatten der Schuld und des Todes emporgehoben, und als sie jetzt von ihm sprach, strahlten ihre Augen. »Er heißt Olivier de Bretagne. So wird er wegen seiner Abstammung in seiner Heimat genannt. Er ist nämlich in Syrien geboren, und seine Mutter war Syrerin, aber sein Vater war ein fränkischer Kreuzritter aus England. Er nahm den Glauben seines Vaters an, und um sich dessen Leuten anzuschließen, machte er sich auf den Weg nach Jerusalem. Dort trat er vor sechs Jahren in den Dienst meines Onkels und ist ein bevorzugter Ritter. Er hat ihn hierher nach England begleitet, und wen anders als ihn sollte man mit diesem Auftrag betrauen?«

»Und obwohl er sich hier kaum auskennt und nicht fließend Englisch sprechen kann«, sagte Cadfael anerkennend, »hatte er keine Angst, sich in diese unruhige Gegend, ins Gebiet der Feinde seines Herrn zu begeben?«

»Er hat vor nichts Angst! Er ist die Tapferkeit in Person! Oh, Bruder Cadfael, wenn Ihr wüßtet, wie großartig er ist! Wenn Ihr ihn nur kennenlernen könntet — es bliebe Euch gar nichts anderes übrig, als sein Freund zu werden!«

Cadfael erwähnte mit keinem Wort, daß er ihn gesehen, daß diese erste Begegnung bereits stattgefunden hatte, wenn sie auch nur kurz gewesen war – wie die flüchtige Erinnerung an einen Traum. Eine wehmütige Wärme stieg in ihm auf, als er daran dachte, daß noch ein anderer einsamer Mann, der das Kreuz trug, irgendwo in diesem brennenden Land aus Sonne und Meer und Sand eine Frau gefunden hatte, die er liebte und die ihn nicht weniger geliebt haben mußte, denn sie hatte ihm einen solchen Sohn geschenkt. Im Osten gab es viele solcher Sprößlinge ungleicher Eltern. Es war kein Wunder, daß einer von ihnen den väterlichen Glauben angenommen und den Weg in das Land seines Vaters gefunden hatte. Wer die Eltern dieses jungen Mannes gewesen waren, spielte eigentlich keine Rolle.

»Ich gebe Euch das Versprechen, um das Ihr nicht gebeten habt«, sagte Bruder Cadfael. »Ich werde Olivier nicht verraten, und ich werde nichts tun, um ihn auszuliefern. In Eurer und seiner Not werde ich Euer Freund sein.«

Kapitel 9

Yves schreckte hoch. Durch den leichten Schlaf, der ihn schließlich doch übermannt hatte, waren Geräusche an sein Ohr gedrungen, so schwach und entfernt, daß er glaubte, sie geträumt zu haben. Neben ihm schlief Bruder Elyas tief und erschöpft, zu tief, um träumen zu können und für eine kurze Zeit im Frieden mit sich selbst. Sein Atem ging ruhig und regelmäßig. Der Junge fühlte mehr, als daß er hörte, wie gut Elyas diese Nacht überstanden hatte, in der er hätte umkommen können. Er klammerte sich an das Leben, auch wenn es ihm Qual bereitete.

Dennoch war Yves sicher, daß er etwas gehört hatte: Menschen. Der Wind war es nicht gewesen, denn der hatte sich gelegt, aber als er jetzt völlig regungslos dasaß und angestrengt lauschte, herrschte ringsum nur absolute Stille. Nichts ist stiller als eine tiefverschneite Landschaft, bis Menschen den Bann brechen. Und da war es wieder, kaum hörbar und weit entfernt, aber keine Einbildung: ein leises Stimmengemurmel, nur ein Fetzen, und gleich wieder vorbei. Und dann, einige Augenblicke später, das schwache Klirren von Metall, vielleicht das Zaumzeug eines Pferdes. Steif und vorsichtig um den Schlafenden nicht zu wecken, stand Yves auf und tastete sich den Weg zur Tür. Draußen herrschte noch jenes graue Zwielicht, das der Morgendämmerung vorangeht, aber das vom Schnee reflektierte Licht gab einen gespenstischen Schein. Die Nacht neigte sich ihrem Ende zu – es waren Leute unterwegs. Leute mit Pferden! Yves schloß die Tür der Hütte, verriegelte sie jedoch nicht und begann, sich so schnell wie möglich durch den tiefen Schnee zu kämpfen, damit die Männer nicht vorbeigezogen waren, bevor er sie um Hilfe bitten konnte.

Irgendwo am Fuß des Hanges, hinter einem Dickicht verschneiter Büsche und einer Gruppe von Bäumen, die gebeugt und weiß dastanden wie müde alte Männer, lachte jemand, und wieder ertönte das Klingeln eines Pferdegeschirrs. Die Wanderer kamen, wie er gehofft hatte, aus der Richtung von Ludlow und Bromfield. Voller Angst, sie könnten vorbeiziehen und die Hütte gar nicht bemerken, stürzte Yves stolpernd durch den knietiefen Schnee den Hang hinunter, stieß auf eine Bodenerhebung, die der Wind fast freigefegt hatte und begann zu rennen. Er umging das Dickicht, arbeitete sich durch einige Büsche und tastete sich mit ausgestreckten Händen durch die Dunkelheit unter den dicht beieinanderstehenden Bäumen. Die Stimmen kamen näher, laut und ungedämpft. Die einzelnen Worte konnte er noch immer nicht verstehen, aber ihr Klang ließ ihn Hoffnung schöpfen. Jemand begann zu singen, ein anderer machte eine laute Bemerkung und dann ertönte Gelächter. Darüber war Yves ungehalten, ja fast empört. Wenn diese Männer zu einem Suchtrupp gehörten, so klangen sie nicht allzu eifrig. Aber selbst wenn es nicht, wie er angenommen hatte, Hugh Beringars Männer waren – was machte das schon? Jedenfalls waren es Männer, und sie konnten ihm helfen.

Seine Augen hatten sich inzwischen an das gespenstische Zwielicht gewöhnt und als er aus dem Gebüsch trat, gewahrte er zwischen den Bäumen schattenhafte Bewegungen. Als er auf die weit auseinandergezogene Kette der Männer zurannte, sah er, daß es mehr waren, als er angenommen hatte – mindestens zehn oder zwölf. Drei Pferde und vier hochbeladene Lastponys stießen kleine Atemwölkchen aus. Selbst in diesem schlechten Licht erkannte er die Umrisse von Schwertern, Äxten und Bögen. Es war vor Morgengrauen, und diese Männer waren schwer bewaffnet, aber sie marschierten nicht diszipliniert wie Hugh Beringars Bewaffnete. Sie sahen verwildert und ausgelassen aus – und sie waren rußverschmiert. Ein leichter aber unverkennbarer Brandgeruch ging von ihnen aus, und die Lastponys waren mit Getreidesäcken, Weinschläuchen, Töpfen, Kleiderbündeln und zwei geschlachteten Schafen bepackt.

Sein Herz tat einen Sprung. Hastig versuchte er wieder in Deckung zu gehen, aber man hatte ihn schon bemerkt. Einer der Unberittenen stieß eine Art Jagdruf aus und rannte zu den Bäumen, um ihm den Rückweg abzuschneiden. Ein anderer antwortete und jetzt waren es schon zwei, die ihm mit ausgestreckten Armen und breitem Grinsen den Fluchtweg versperrten. Einen Augenblick später war er von einem halben Dutzend Männer umzingelt. Er versuchte, den Ring zu durchbrechen und in die entgegengesetzte Richtung der Hütte zu fliehen, denn instinktiv wußte er, daß er, was immer auch mit ihm geschah, den dort oben schlafenden Bruder Elyas auf keinen Fall verraten durfte. Aber mit einer fast trägen Bewegung wurde ein langer Arm ausgestreckt, eine Hand packte ihn an der Kapuzenspitze und einem Büschel Haare und schleppte ihn schmerzhaft zum Pfad.

»Sieh mal einer an!« krächzte der Mann und drehte ihn an seinen Haaren herum. »Was treibt ein Vögelchen wie du um diese Zeit hier draußen?«

Yves versuchte loszukommen, merkte aber schnell, daß das keinen Zweck hatte. Seine Würde verbot es ihm, sich zu winden oder zu betteln. So hielt er unter dem Zugriff der großen Hand still und sagte mit glaubwürdiger Festigkeit: »Laßt mich los! Ihr tut mir weh. Ich habe Euch noch nichts getan!«

»Vorwitzigen Vögelchen dreht man den Hals um«, sagte einer und vollführte mit kräftigen, schmutzigen Händen die Geste des Wringens. »Besonders wenn sie mit dem Schnabel hacken.«

Der berittene Anführer des Zuges hatte angehalten und sah zurück. Mit lauter, gebieterischer Stimme rief er: »Wen habt ihr da gefangen? Bringt ihn her und laßt ihn mich ansehen! Ich will nicht, daß Späher uns in der Stadt verraten.«

Gehorsam packten sie Yves und zerrten ihn dorthin, wo das größte der drei Pferde stand. Das Tier war fast ganz weiß und deutlich zu erkennen, von dem Mann auf seinem Rücken jedoch war nur ein hoch aufragender, schwarzer Schatten zu sehen. Als er sich bequemer im Sattel zurechtsetzte, um den Gefangenen besser betrachten zu können, fiel ein verirrter Strahl des trügerischen Zwielichts auf die Ringe seines Kettenhemds und wurde mit kleinen Lichtblitzen reflektiert. Abgesessen mochte er nicht sehr groß sein, aber die Breite seiner Schultern und die Löwenmähne, die seinen Kopf bedeckte und sich in einem buschigen Bart fortsetzte, der ihm auf die Brust hing, ließen ihn riesig wirken. Es sah aus, als sei er mit seinem Pferd verwachsen, so daß beide einen einzigen, gewaltigen Körper zu bilden schienen. Seine Erscheinung war um so furchterregender, als sein Gesicht nur ein dunkler Fleck war, von dem sich nichts ablesen ließ.

»Bringt ihn näher«, befahl er ungeduldig. »Stellt ihn hierher, an mein Knie, damit ich ihn besser sehen kann!«

Kräftige Hände rissen Yves' Kopf an den Haaren zurück. Er richtete sich auf, biß die Zähne zusammen und starrte schweigend hinauf zu dem Schatten über sich.

»Wer bist du, Junge? Wie heißt du?« Das war nicht die Stimme eines gewöhnlichen Bauern, sondern die eines Adligen, der es gewöhnt war, daß man ihm gehorchte.

»Man nennt mich Jehan«, log Yves und gab sich Mühe, sich nicht durch seine Aussprache zu verraten.

»Was hast du um diese Zeit hier zu suchen? Bist du allein?«

»Ja, Herr. Mein Vater hat dort drüben Schafe.« Er zeigte in die entgegengesetzte Richtung, in der, wie er hoffte, Bruder Elyas immer noch schlief. »Gestern haben sich einige verirrt, und wir haben uns in aller Frühe aufgemacht, um sie zu suchen. Vater schickte mich hierhin und ging selbst dort entlang. Ich bin kein Späher, was sollte ich auch ausspähen? Wir kümmern uns nur um unsere Schafe.«

»So! Ein Schafhirte, wie? Und ein sehr hübscher Schafhirte obendrein«, sagte die Stimme spöttisch. »In Kleidern aus teurem Stoff, die viel gekostet haben müssen, als sie neu waren. Also noch einmal: wer bist du?«

»Ich habe die Wahrheit gesagt, Herr! Ich bin nur Jehan, Schafhirte aus Whitbache...« Das war das einzige Gut, das er weiter im Westen und auf dieser Seite des Corve kannte. Er hatte keine Ahnung, warum die Männer um ihn in heiseres Gelächter ausbrachen, und beim Klang des kurzen, harten Lachens des Mannes über ihm stockte ihm das Blut in den Adern. Seine eigene Angst machte ihn wütend. Er biß sich auf die Lippen und sah hinauf in das dunkle Gesicht. »Ihr habt kein Recht mich festzuhalten. Ich habe nichts Böses getan. Sagt Euren Männern, sie sollen mich loslassen.«

Statt dessen sagte der Anführer interessiert aber ungerührt: »Gebt mir das Spielzeug, das er an seinem Gürtel trägt. Ich will doch einmal sehen, womit unsere Schafhirten den Wölfen dieses Jahr zuleibe rücken.«

Das Zerren an seinem Umhang hatte Yves Gürtel freigelegt, an dem sein kleiner Dolch hing. Einer der Männer nahm ihn ihm ab und reichte ihn dem Reiter.

»Ah, sie bevorzugen Silber«, sagte der Anführer spöttisch, »mit im Griff eingelegten kostbaren Edelsteinen. Sehr schön!« Er sah auf und bemerkte, daß sich der Himmel im Osten heller färbte. »Wir haben nicht genug Zeit, ihn hier zum Sprechen zu bringen, und meine Füße werden kalt. Nehmt ihn mit! Aber lebend! Ihr könnt euren Spaß mit ihm treiben, aber bringt ihn nicht um. Er könnte wertvoll für uns sein.«

Er warf sein Pferd herum und ritt weiter. Die beiden anderen Reiter folgten dicht hinter ihm. Yves war der Willkür der anderen Räuber ausgeliefert. Zu keinem Zeitpunkt hatte er die geringste Chance zur Flucht. So hoch schätzten sie ihn — oder die Befehle ihres Anführers — ein, daß immer drei von ihnen in seiner unmittelbaren Nähe waren. Mit seinem eigenen Gürtel banden sie ihm die Arme knapp über dem Ellenbogen an den Körper und zogen den Riemen, obwohl er an der Taille gut dreißig Zentimeter zu lang war, so fest an, daß es schmerzte. Seine Hände wurden, Handflächen zusammengelegt, mit einer kurzen Schnur gefesselt, und schließlich knüpften sie noch eine Schlinge in ein langes Seil, legten sie ihm um den Hals und befestigten das andere Ende am Packsattel des hintersten Lastponys. Die Schlinge würde sich zuziehen, wenn er nicht Schritt hielt, aber wenn er sich beeilte, konnte er die gefesselten Hände gerade so hoch heben, daß er das Seil ergreifen und den Zug auf die Schlinge mäßigen konnte, damit er noch Luft bekam. Er konnte jedoch nicht hoch genug reichen, um die Hand in die Schlinge selbst legen und am Zuziehen hindern zu können. Er war gewitzt genug um zu wissen, daß sie, sollte er hinfallen, anhalten und ihn wieder auf die Beine stellen würden. Ihnen war befohlen worden, ihn dorthin zu bringen, wo ihr Anführer hinritt, und zwar lebend und in nicht allzu schlechter Verfassung. Aber wenn sie ihn auch nicht töten durften, so machte es ihnen doch Spaß die erteilte Erlaubnis, ihr Spiel mit ihm zu treiben, voll auszuschöpfen.

Als sie ihm die Schlinge umlegten, hatte er versucht, durch Schulterbewegungen eine Falte seines Umhangs zwischen sie und seinen Hals zu schieben, aber einer der Räuber hatte nur laut gelacht, ihn am Ohr gezogen und den Stoff wieder glatt gestrichen. In diesem Moment war Yves eingefallen, daß die Verschlußspange des Umhangs unter dem Kragen verborgen war. Sie war sehr alt, eine sächsische Arbeit, mit einer langen Nadel, die einzige Waffe, die er jetzt noch besaß, und sie hatten sie nicht entdeckt.

»Nun flieg, Vögelchen!« sagte der Mann, der ihn zuerst gepackt hatte und bog sich vor Lachen. »Aber vergiß nicht, daß du angebunden bist. Nur zur Sicherheit, damit du uns nicht davonfliegst.« Und damit ging er an die Spitze des Zuges, um dem Anführer zu folgen. Müde, ängstlich und wütend blieb Yves zitternd und benommen stehen, so daß der erste Ruck an der Leine ihm fast den Hals zuschnürte. Keuchend sprang er vorwärts und umklammerte das Seil, um wieder zu Atem zu kommen. Wildes Gelächter belohnte seine Bemühungen.

Bald aber fand er heraus, daß ihre Späße nicht so gefährlich waren, wie er gedacht hatte. Ihre schwere Beute zwang sie nämlich, so langsam zu marschieren, daß er keine großen Schwierigkeiten hatte, Schritt zu halten. Sie waren schwer beladen, er dagegen brauchte nichts zu tragen und konnte sich, als er die letzten Reste seiner Müdigkeit abgeschüttelt hatte, schneller bewegen als sie. Während der ersten Minuten bemühte er sich, ihnen Gelegenheit zum Lachen zu geben, indem er zurückblieb und sich dann wieder beeilte, damit sich die Schlinge an seinem Hals nicht zuzog. Dadurch machte er sich mit dem Pony, an das er angebunden war, vertraut. Die Ladung des Tieres bestand aus zwei schweren Getreidesäcken, die zu beiden Seiten herabhingen, zwei ebensogroßen Schläuchen aus Ziegenhaut, die sicher Wein enthielten und hinter den Säcken befestigt waren, einem Kleiderbündel und einigen Töpfen, die obenauf geschnürt waren. Wenn er dicht aufschloß, berührte seine

Wange fast das Haar des Ziegenschlauches auf seiner Seite. Er war prall gefüllt und roch nach der Flüssigkeit, die er enthielt. Außerdem fand er sich, wenn er so dicht bei dem Pony ging, am Ende des langsamen Zuges und war vor den Männern weiter vorn durch die Last verborgen. Und obwohl sie den Pfad zu gut kannten, um von den Schneeverwehungen allzusehr aufgehalten zu werden, bereitete ihnen das Vorwärtskommen dennoch soviel Mühe, daß sie bald vergaßen, hinter sich zu sehen.

Im Schutz der schwankenden Last hob Yves seine gefesselten Hände so hoch er konnte und tastete unter dem Kragen seines Umhangs nach der Spange. Niemand konnte ihn sehen. Er schmiegte sich eng an das Pony, das stetig, geduldig ausschritt. Schließlich berührten seine zitternden Finger das Metall, und er versuchte, den Sicherungsring der Nadel zu lösen, damit er sie aus dem Stoff ziehen konnte. Seine grausam fest gebundenen Arme schmerzten, seine Finger wurden langsam taub. Verbissen setzte er seine Bemühungen fort und begann, die Nadel Stück für Stück herauszuziehen. Er befürchtete, er könnte sie aus purer Erschöpfung fallenlassen, wenn er sie schließlich aus den Falten des Umhangs befreit hatte. Wenn er sie erst in Händen hielt und die Arme sinkenlassen konnte bis er sie wieder gebrauchte, dann würde er seinen Plan auch in die Tat umsetzen können.

Der Verschluß löste sich und fast wäre ihm die runde Spange aus der Hand gerutscht. Verzweifelt schloß er beide Hände um sie. Die Nadel stach ihm in den Finger. Er war fast dankbar für den Schmerz, ließ seine bleichen Hände sinken, so daß das Blut in seine schmerzenden Arme fließen konnte und fühlte es aus der Wunde über seine Finger hinablaufen. Er wartete, bis er wieder Kraft in seinen Händen spürte, in denen er jetzt das kostbare Ding hielt, das scharf war wie ein Dolch. Einige Minuten lang verbarg er es zwischen seinen Handflächen. Er bewegte seine Finger, bis sie wieder gelenkig waren, dann erst wagte er, an die Ausführung seines Plans zu gehen.

Der gefüllte Ziegenschlauch schwang neben seiner Wange hin und her, und im Zwielicht der Morgendämmerung waren seine Bewegungen kaum auszumachen. Das Leder war zäh, obwohl es hier und da kahlgescheuert und an einigen Stellen schon weich und ausgebeult war, aber die Nadel der Spange war aus einem harten Metall und stand einige Zentimeter über den Ring hinaus. Er brauchte einige Sekunden, um sie am tiefsten Punkt in den hin- und herschaukelnden Ziegenschlauch zu stechen. Im entscheidenden Augenblick schwang er immer wieder von ihm weg, aber er lehnte sich mit der Schulter daran, um ihn festzuhalten und schließlich drang die Nadel ein.

Zu seiner Zufriedenheit sah er, daß ein dunkelroter Strahl aus dem Schlauch spritzte, als er sie wieder herauszog und hoffnungsvoll, ja fast erlöst, betrachtete er die plötzliche rote Spur, die sich im Weiß zu seinen Füßen fast wie Blut ausnahm. Nach dem ersten Spritzer schloß das Loch sich zunächst wieder, aber durch den Druck des Weines blieb es gerade so weit geöffnet, daß die rote Flüßigkeit in kleinen Tropfen herausfloß. Jedenfalls würde es reichen. Er brauchte nicht zu befürchten, daß der Wein im Schnee versickern und die Spur damit unauffindbar sein würde, denn es war so kalt, daß es sofort gefror. Und so, spärlich tröpfelnd, würde der Inhalt des Schlauches lange reichen. Lange genug, hoffte er. Um zu verhindern, daß die Tropfen zu langsam fielen, um eine verwendbare Spur darzustellen, drückte er von Zeit zu Zeit auf das Leder und preßte einen kleinen Strahl heraus, der etwaigen Verfolgern bestätigen sollte, daß sie noch immer auf der richtigen Fährte waren.

Der Morgen war nun angebrochen. Um sie herum war alles grau und still, und Dunst zog herauf, der es unmöglich machte, Entfernungen abzuschätzen. Es war ein kalter Morgen. In der vagen Hoffnung, Futter zu finden, kreisten einige hungrige Vögel in der Luft. Die Räuber hatten den Zeitpunkt für ihre Rückkehr so gewählt, daß sie ihr Versteck erreichten, bevor es richtig hell war. Wenn sie es jetzt nicht mehr weit hatten, dachte Yves, würden sie den Verlust des Weines aus dem Schlauch bei ihrer Ankunft für natürlichen Schwund halten. Schon seit einiger Zeit hatte der Weg bergauf geführt. Sie befanden sich jetzt im kargen, unwirtlichen Hochland, das den Titterstone Clee umgab. Selbst im dichten Dunst kannten sie den Weg und wußten, daß sie ihrem Versteck näherkamen; sie freuten sich auf etwas zu essen, die Ruhe und die Sicherheit ihres Verstecks, begannen die Lasttiere anzutreiben und schlugen eine schnellere Gangart an.

Yves dachte an seine wertvolle Spange und schaffte es, sie in den Saum seines kurzen Wamses zu stecken, wo man sie nicht sehen konnte. So konnte er mit seinen gefesselten Händen wieder nach dem Seil greifen, dessen Schlinge sich unangenehm um seinen Hals zuzog, wenn er etwas zurückblieb und sich daran festhalten. Es konnte jetzt nicht mehr weit sein. Sie hatten Heimatluft gewittert.

Immer weiter aufsteigend traten sie plötzlich aus der kahlen, nebligen Ödnis, in der das Auge selbst auf kurze Entfernung keine Umrisse wahrnehmen konnte, zwischen eng beieinanderstehende, niedrige Bäume, hinter denen, gerade noch erkennbar, steile Felsen aufragten. Dann schien es, als träten sie auf ein Gipfelplateau und vor ihnen erhob sich eine hohe Palisade mit einem schmalen Tor darin. Dahinter stand ein massiver dunkler Turm. Es war eine Wache aufgestellt und als sie sich näherten, wurde das Tor geöffnet.

Im Inneren hatte man entlang der Palisade primitive Hütten errichtet. Es herrschte rege Betriebsamkeit. Direkt neben dem Turm stand ein langes, flaches Haus. Yves hörte das Muhen von Kühen und das klagende Blöken von Schafen. Alles war aus Holz, neu errichtet und roh behauen, aber solide gebaut und ausgezeichnet bemannt. Kein Wunder, daß die Räuber so unbesorgt durch die Nacht zogen – sie bauten auf ihre zahlenmäßige Stärke und die Stärke ihrer geheimen Festung.

Bevor sie das Tor durchschritten, hatte Yves daran gedacht, zurückzubleiben und sich von dem tropfenden Weinschlauch fernzuhalten. Taumelnd, als sei er völlig erschöpft und ausgepumpt, schleppte er sich hinein. Er hatte nicht mehr auf den Schlauch gedrückt, seit er die Palisade erblickte, so daß nur noch einzelne kleine Tröpfchen herabfielen, als sie auf dem verschneiten Hof anhielten. Ein leckender Schlauch war nichts besonderes und wenigstens war der zweite dicht. Er hatte Glück, denn der Mann, der ihn gefangen hatte, band das Seil eilig los und zog ihn an der Schlinge um seinen Hals davon, bevor irgendjemand die dünne rote Spur bemerken und ein Geschrei darüber beginnen konnte, daß der halbe Inhalt des Schlauches auf dem Weg verschwunden war.

Yves ließ sich davonzerren und stolperte gehorsam die Stufen hinauf, die zum Eingang der langen Halle führten. Beißender Rauch, Wärme und ohrenbetäubender Lärm schlugen ihm entgegen. An den Wänden brannten Fackeln aus frischem, harzigem Holz und auf einer gemauerten Feuerstelle in der Mitte des Raumes flackerte ein großes Feuer. Mindestens zwanzig Stimmen lärmten laut und ausgelassen im Dunst. Hier fühlte man sich sicher. Es gab fast keine Möbel, nur einige grobe Bänke, große Tische, die auf Böcken ruhten und rohe Baumstämme. In diesem Durcheinander von Männern wandten sich viele grinsend nach dem kleinen Gefangenen um.

Am Ende der Halle stand eine niedrige Plattform, und hier steckten Kerzen in hohen Ständern, waren Teppiche aufgehängt und geschnitzte Stühle um einen Tisch aufgestellt, der mit Essen, Trinkhörnern und Bierkrügen beladen war. An ihm saßen drei Männer. Eine große Faust packte Yves ohne viel Umstände am Kragen, hob ihn auf die Plattform und warf ihn zu Füßen des Mannes, der am Ende des Tisches saß. Fast wäre er auf sein Gesicht geschlagen, aber er konnte den Sturz mit seinen gefesselten Händen abfangen und rang einen Augenblick lang nach Atem.

»Hier ist der Schafhirte, heil und unversehrt, wie befohlen. Wir laden gerade die Beute ab. Alles ist ruhig. Auf dem Weg hierher war keine Menschenseele zu sehen.«

Trotzig stand Yves auf. Er holte tief Atem und zwang das Zittern aus seinen Beinen, bevor er dem Anführer dieser nächtlichen Räuber ins Gesicht sah.

Zu Pferd, als er ihn im Zwielicht des anbrechenden Tages hoch überragt hatte, war ihm der Mann riesig vorgekommen. Jetzt, da er sich bequem in seinen großen Stuhl zurückgelehnt hatte, wirkte er nicht übermäßig groß. Er war jedoch sehr kräftig, mit breiten Schultern und einem mächtigen Brustkorb. Er sah gut aus, wenn auch auf eine wilde

Art. Hier, im Schein der Kerzen, war seine Ähnlichkeit mit einem Löwen noch unverkennbarer, denn das lange, gelockte Haar und der schimmernde, wuchernde Bart waren goldbraun und die großen Augen, die scharf wie die einer Katze unter schweren, halbgeschlossenen Lidern hervorschauten, hatten dieselbe Farbe. Der Bart ließ die vollen, stolz geschwungenen Lippen frei. Schweigend betrachtete der Anführer Yves von Kopf bis Fuß, während Yves den Blick standhaft erwiderte. Eher aus Klugheit als aus Angst sagte auch er nichts. Es konnte schlimmer kommen als jetzt. Wenigstens waren sie nun beutebeladen von einem weiteren Raubzug zurück, aßen und tranken und waren sehr mit sich zufrieden. Der Löwe schien guter Laune zu sein. Wenn sein Lächeln auch höhnisch war, so war es doch ein Lächeln.

»Bindet ihn los«, sagte er.

Der Gürtel um Yves' schmerzende Arme wurde gelöst und die Fesseln von seinen Händen genommen. Er rieb seine tauben Handgelenke bis das Blut wieder durch sie strömte, hielt seine Augen aufmerksam auf das Gesicht des Löwen gerichtet und wartete ab. Hinter seinem Rücken drängten sich grinsend einige Räuber, um das Schauspiel zu verfolgen.

»Ich hoffe, es hat dir auf dem Weg nicht die Sprache verschlagen«, sagte der Bärtige liebenswürdig.

»Nein, Herr. Ich kann sprechen wenn ich etwas zu sagen habe.«

»Dann kann ich dir nur raten, dir jetzt gleich etwas einfallen zu lassen. Und zwar etwas, das dichter bei der Wahrheit liegt als das, was du mir dort unten hast aufbinden wollen.«

Yves hatte das Gefühl, daß Kühnheit hier nicht schaden konnte. Auf jeden Fall durfte er sich keine Angst anmerken lassen. »Ich habe Hunger, Herr«, sagte er also geradeheraus, »und das ist nicht gelogen. Ich nehme an, daß Ihr als Ehrenmann Wert darauf legt, Euren hochgestellten Gästen etwas zu essen zu geben.«

Der Löwe warf den Kopf in den Nacken und brach in ein schallendes Gelächter aus, in das die anderen einstimmten. »Das klingt wie ein Geständnis. Also bist du aus adligem

Geblüt? Dann sprich nur weiter und du wirst etwas zu essen bekommen. Aber keine Geschichte von verirrten Schafen! Wer bist du?«

Er wollte die Wahrheit hören. Und trotz seiner gegenwärtigen guten Laune war es ihm gleichgültig, welche Mittel er einsetzen mußte, um zu bekommen, was er wollte, sollte sich ihm jemand widersetzen. Yves überlegte einige Sekunden zu lang, was er sagen sollte und bekam einen Vorgeschmack dessen, was ihn erwartete, wenn er sich weiterhin weigerte zu reden. Ein langer Arm griff nach seinem Handgelenk und zwang ihn mit einer kleinen Drehung schmerzhaft auf die Knie. Die andere Hand packte seine Haare und riß ihm den Kopf in den Nacken, so daß er zu dem immer noch ruhig lächelnden Gesicht aufsehen mußte.

»Wenn ich frage, ist man gut beraten, mir zu antworten. Wer bist du?«

»Laßt mich los und ich werde es Euch sagen«, antwortete Yves mit zusammengebissenen Zähnen.

»Erst rede, Bursche, und dann werde ich dich vielleicht loslassen. Möglicherweise bekommst du dann auch etwas zu essen. Du magst ein kleines, stolzes Adelsküken sein, aber so manchem Hahn, der zu laut gekräht hat, hat man schon den Hals umgedreht.«

Yves schob sich ein wenig zur Seite, um den Schmerz erträglicher zu machen, holte tief Atem, damit seine Stimme nicht zitterte und sagte, wer er war. Dies war weder der geeignete Augenblick für unsinnigen Heldenmut noch für trotziges Beharren auf seiner Würde.

»Ich heiße Yves Hugonin und bin adliger Abstammung.«

Der Bärtige ließ ihn los und lehnte sich wieder in seinem Sessel zurück. Sein Gesichtsausdruck hatte sich nicht verändert. Er war keineswegs wütend gewesen – nicht Wut, sondern kalte Berechnung bestimmte alle seine Handlungen. Raubtiere empfinden beim Töten keinen Haß, allerdings auch keine Reue.

»Ein Hugonin, was? Und was hattest du vor, Yves Hugonin, als wir dich dort unten aufgelesen haben, am frühen Morgen eines kalten Wintertages?«

»Ich wollte versuchen, nach Ludlow zu gelangen«, antwortete Yves. Er erhob sich von den Knien und strich sich das Haar aus dem Gesicht. Er durfte nicht verraten, daß er nicht allein dort gewesen war; vorsichtig suchte er sich seinen Weg zwischen Wahrheit und Lüge. »Ich war auf der Klosterschule in Worcester. Die Mönche wollten nicht, daß mir beim Kampf um die Stadt etwas zustieß und schickten mich fort, als Worcester angegriffen wurde. Ich floh mit einigen anderen Leuten, und wir versuchten, eine Stadt zu erreichen, in der wir sicher waren, aber durch den Sturm wurden wir getrennt. Ich wurde von Bauern aufgenommen und versuchte, mich, so gut ich konnte, nach Ludlow durchzuschlagen.«

Hoffentlich klang seine Geschichte überzeugend. Er wollte nicht gezwungen sein, Einzelheiten zu erfinden. Mit Unbehagen dachte er an das Gelächter, mit dem sie seine Behauptung begrüßt hatten, er wohne in Whitbache. Warum hatten sie da nur gelacht?

»Und wo hast du dann die letzte Nacht verbracht? Doch nicht im Freien?«

»Nein, in einer Hütte in den Hügeln. Ich dachte, ich würde vor Abend noch nach Ludlow kommen, aber dann begann es zu schneien, und ich habe mich verlaufen. Als dann der Wind nachließ und es aufhörte zu schneien«, fuhr er fort, damit niemand ihn unterbrach und hierzu weitere Fragen stellte, »ging ich weiter. Und dann hörte ich Euch und dachte, Ihr könntet mir den rechten Weg zeigen.«

Der Bärtige betrachtete ihn nachdenklich. Um seinen Mund spielte ein beunruhigendes, kaltes Lächeln. »Und da bist du nun, hast ein solides Dach über dem Kopf, ein Feuer, an dem du dich wärmen kannst und bekommst zu essen und zu trinken, wenn du dich anständig benimmst. Das alles hat natürlich seinen Preis... Hugonin! Und Worcester... Bist du der Sohn von Geoffrey Hugonin, der vor ein paar Jahren gestorben ist? Die meisten seiner Ländereien lagen, soweit ich mich erinnere, in jener Grafschaft.«

»Ja, ich bin sein Sohn und Erbe.«

»Aha! Dann dürfte die Bezahlung für deinen Aufenthalt hier keine Schwierigkeiten bereiten.« Die halbgeschlossenen Augen blitzten zufrieden. »Und wer ist der Vormund

Eurer Lordschaft? Und warum läßt er dich allein und schlecht ausgerüstet in dieser Kälte herumstreunen?«

»Er ist erst kürzlich aus dem Heiligen Land nach England zurückgekehrt und wußte nichts davon. Ihr findet ihn in Gloucester, wenn Ihr ihn benachrichtigen wollt. Er steht auf der Seite der Kaiserin.« Der Löwe zuckte ungerührt die Schultern. In diesem Bürgerkrieg gehörte er keiner Partei an und für wen andere kämpften war ihm völlig gleichgültig. Die einzige Seite, auf der er stand, war seine eigene – etwas anderes kam für ihn nicht in Betracht. Aber gewiß würde er von Parteigängern des Königs ebenso gern Lösegeld fordern wie von denen der Kaiserin. »Sein Name ist Laurence d'Angers«, sagte Yves. »Er ist der Bruder meiner Mutter.« Diesen Namen vernahm man mit Befriedigung – er war hier wohl bekannt. »Er wird ein stattliches Lösegeld für mich bezahlen.«

»Bist du dir da so sicher?« Der Bärtige lachte. »Nicht immer sind Onkel versessen darauf, Neffen freizukaufen, denen eines Tages ein großes Vermögen zufallen wird. Man hat schon von welchen gehört, die ihre Verwandten lieber in den Händen der Entführer ließen, um sie so loszuwerden und selber an das Erbe zu gelangen.«

»Das könnte er nicht«, erwiderte Yves, »denn ich habe noch eine Schwester und sie ist nicht in Eurer Gewalt.« Die Sorge um sie stieg plötzlich erneut in ihm auf. Er wußte nicht, wo sie jetzt war und möglicherweise steckte sie in einer ebenso verzweifelten Situation wie er selbst, aber er zwang seine Stimme zur Ruhe und ließ sich nichts anmerken. »Außerdem ist mein Onkel ein Ehrenmann«, sagte er steif. »Er wird mich ohne zu zögern auslösen. Vorausgesetzt ich bleibe unverletzt und am Leben«, fügte er nachdrücklich hinzu.«

»Kein Haar soll dir gekrümmt werden«, sagte der Löwenmähnige lachend, »vorausgesetzt der Preis stimmt.« Er winkte dem Burschen, der neben Yves stand. »Ich übergebe ihn dir. Gib ihm etwas zu essen und laß ihn sich beim Feuer wärmen, aber wenn du ihn entkommen läßt, wirst du mit dem Kopf dafür bezahlen. Schließ ihn im Turm ein, sobald er gegessen hat. Er ist mehr wert als der ganze Plunder, den wir in Whitbache erbeutet haben.«

Bruder Elyas tauchte aus dem traumlosen Frieden des Schlafes auf zu den Träumen, die ihn im Wachen quälten. Es war Tag, durch die Ritzen zwischen den Balken der Hütte fielen kalte, weiße Streifen des Morgenlichts. Er war allein. Aber da war noch jemand gewesen, das wußte er. Ein Junge... ein Junge hatte ihn beharrlich begleitet und neben ihm im Heu gelegen. Er hatte die Wärme des Körpers neben sich gespürt. Jetzt war niemand mehr da. Bruder Elyas vermißte ihn. Im Schnee hatten sie sich gegenseitig gestützt und nicht allein die Kälte und die Grausamkeit des Sturmes zu lindern versucht. Was immer aus ihm geworden war, er mußte den Jungen finden und dafür sorgen, daß ihm nichts zustieß. Kinder hatten ein Recht zu leben – ein Recht, das viele Erwachsenen durch Torheiten, durch Verfehlungen, durch Sünden verwirkt hatten. Seine eigene Seele war verdammt, aber der Junge war rein und unschuldig und durfte Tod und Gefahren nicht ausgesetzt werden.

Elyas stand auf und öffnete die Tür. Unter dem Dachüberhang, wo der Wind den meisten Schnee davongeweht und nur eine dünne Schicht zurückgelassen hatte, waren die Spuren der kleinen Füße deutlich zu sehen. Windböen hatten nur einige Flocken hineingeweht. Die Spuren führten nach rechts, den Hang hinunter und dort, im tiefen Schnee hatte der kleine Körper eine tiefe Furche hinterlassen, die sich um ein Gebüsch herum und in eine Baumgruppe zog.

Elyas folgte der Spur des Jungen. Hinter den Bäumen fand er einen nach Osten leicht ansteigenden Pfad. Pferde und Unberittene waren hier gegangen, genug, um einen Weg freizuhalten. Sie waren aus westlicher Richtung gekommen. Hatten sie den Jungen nach Osten mitgenommen? Es hatte keinen Sinn, hier nach den Fußspuren eines Kindes zu suchen, aber offenbar war er den Hang hinabgerannt und hatte sich durch den tiefen Schnee gekämpft, um zu ihnen zu stoßen.

In seinem selbst für Kälte und Schmerz undurchdringlichen Traum, der nur von der Erinnerung an den Jungen beherrscht wurde, wandte sich Bruder Elyas gen Osten und folgte dem Pfad, auf dem die unbekannte Reisegesellschaft gegangen war. Die Furche, die sich durch die öde Wildnis, durch Schneewehen und verschneite Mulden zog, war leicht zu verfolgen. Dieser sich schlängelnde Weg war sicher älter als alle anderen in dieser Gegend. Er war so angelegt, daß der Aufstieg leicht und auch für Pferde möglich war. In einem weiten Bogen wand er sich den Berg hinauf. Nach etwa dreihundert Schritten bemerkte Bruder Elyas den ersten roten Fleck im Schnee.

Jemand hatte geblutet. Zwar nur wenig, aber danach kamen weitere rote Tröpfchen, und nach einigen Schritten fand er den nächsten roten Fleck. Vom langsam aufsteigenden Nebel verhangen ging die Sonne auf. Auf der Oberfläche des Schnees war die rote Flüssigkeit gefroren. Selbst die kraftlose Mittagssonne würde sie nicht auftauen, aber der Wind würde vielleicht Schnee darüberwehen. Bruder Elyas folgte dem Weg, auf dem jemand Blut vergossen hatte. Blutvergießen konnte durch Blut gesühnt werden. Wenn jemand dem Jungen etwas zugefügt hatte, dann mochte ein Mann, der seine Seele bereits der Verzweiflung und dem Tod überantwortet hatte, doch noch zu etwas nütze sein.

Die nur mit Sandalen bekleideten Füße stapften durch den Schnee. Unempfindlich gegen Kälte, Schmerz und Furcht machte Bruder Elyas sich auf die Suche nach Yves.

Kapitel 10

Nach dem Hochamt trat Bruder Cadfael mit Prior Leonard aus der Kirche in die Sonne, die selbst jetzt, um die Mittagszeit, nur blaß und kraftlos schien. Die vom Wind aufgetürmten Schneemassen glitzerten. Einige Pächter der Priorei hatten sich gemeldet, um bei der Suche nach den beiden Vermißten zu helfen, solange das Tageslicht noch ausreiche und kein Schnee fiel. Prior Leonard deutete auf einen von ihnen, einen großen, breitschultrigen Burschen in mittleren Jahren mit roten Haaren, in denen sich die ersten Spuren von Grau zeigten. Er hatte das wettergegerbte Gesicht und die klaren blauen Augen eines Bergbewohners.

»Das ist Reyner Dutton. Er hat Bruder Elyas zu uns gebracht, als er ihn verletzt am Straßenrand fand. Was wird er nun von uns denken, da wir doch nicht in der Lage waren, ordentlich für diesen unglücklichen Mann zu sorgen.«

»Euch trifft dabei keine Schuld«, sagte Cadfael niedergeschlagen. »Wenn irgend jemand einen Fehler gemacht hat, dann war ich es.« Nachdenklich betrachtete er Reyners mächtige Erscheinung. »Wißt Ihr, Leonard, ich habe mir einige Gedanken über diese Flucht gemacht. Wer von uns hätte das nicht! Es sieht so aus, als habe Elyas, nachdem irgend etwas ihn aufgerüttelt hat, mit großer Entschlossenheit gehandelt. Er ist nicht einfach aus dem Bett gestiegen und herumgeirrt. In kaum einer Viertelstunde waren sie verschwunden. Und offensichtlich konnte ihn der Junge nicht davon abhalten — er hatte sich etwas in den Kopf gesetzt und war fest entschlossen es auszuführen. Ja, er verfolgte eine bestimmte Absicht. Vielleicht war es etwas völlig Unsinniges, aber ihm war es wichtig. Könnte es nicht sein, daß er sich plötzlich an den Überfall erinnerte, bei dem er fast getötet worden wäre und sich zu dem Ort aufmachte, an dem er stattfand? Das war doch das Letzte, was er wußte, bevor man ihm das Gedächtnis und beinahe auch das Leben raubte. Vielleicht wollte er in seiner Umnachtung den Faden dort wieder aufnehmen.«

Prior Leonard wiegte zweifelnd den Kopf, gab dann aber doch zu: »Es könnte sein. Aber wäre es nicht möglich, daß er sich an den Auftrag erinnerte, mit dem er von Pershore hierhergeschickt wurde und sich jetzt auf den Weg dorthin gemacht hat? Ein Mann in seinem Zustand könnte so handeln.«

»Dabei fällt mir ein«, sagte Cadfael ernst, »daß ich die Stelle, wo Elyas überfallen wurde, nie gesehen habe. Aber sie kann nicht weit von dem Ort entfernt sein, wo man unsere Schwester umgebracht hat. Und das wiederum gibt mir zu denken.« Aber er verschwieg, was er so sonderbar daran fand, denn Leonard war fast noch ein Kind gewesen, als er ins Kloster eintrat und auch jetzt noch umgab ihn eine heitere, unschuldige Zufriedenheit. Es bestand keine Notwendigkeit, ihn mit der Überlegung zu beunruhigen, daß in der Nacht, in der Hilaria getötet worden war, ein ebenso starker Schneesturm getobt hatte wie in der vergangenen Nacht, und daß sich selbst Lust unter diesen Umständen nur im Schutz eines, wenn auch noch so bescheidenen Daches Bahn bricht. In der Nähe ihres eisigen Grabes hatte Bruder Cadfael keine Hütte bemerkt. Ein Bett aus Schnee und Eis und eine Decke aus Sturmwind waren nicht gerade die einladendsten Umstände für eine Schändung. »Eigentlich wollte ich nach dem Essen mit den anderen gehen«, sagte Cadfael, »aber wie wäre es, wenn Reyner mich zu der Stelle führen würde, wo er Bruder Elyas gefunden hat? Man könnte ebenso gut dort wie irgendwo anders mit der Suche beginnen.«

»Das stimmt«, nickte der Prior, »wenn Ihr sicher seid, daß das Mädchen hierbleibt und nichts auf eigene Faust unternimmt...«

»Sie wird hierbleiben«, sagte Cadfael zuversichtlich, »und Euch keine Schwierigkeiten bereiten.« Allerdings nicht, weil er sie darum gebeten hatte. Sie würde gehorsam warten, weil ihr strahlender junger Held, ein gewisser Olivier, es so wollte. »Kommt, wir wollen den Mann fragen, ob er mich führen will.«

Der Prior holte den Pächter aus der Gruppe der anderen

Männer, bevor sie zum Torhaus hinausmarschierten und stellte ihn Bruder Cadfael vor. Offenbar hatte Reyner ein gutes Verhältnis zu seinem Herrn und war mit jedem Plan einverstanden, den Leonard vorschlug.

»Ich führe Euch gern dorthin, Bruder. Der arme Mann – nun ist er schon wieder dort draußen in der Wildnis, wo er doch schon einmal fast erfroren wäre. Und dabei war er schon auf dem Weg der Besserung. Es muß ihn eine Verrücktheit überkommen haben, daß er in so einer Nacht hinauswollte.«

»Solltet Ihr nicht besser zwei von unseren Mauleseln nehmen?« fragte der Prior. »Die Stelle ist gewiß recht nah, aber wer weiß, wie weit Ihr werdet laufen müssen, wenn Ihr eine Spur findet? Und seit Ihr hergekommen seid, Cadfael, hat Euer Pferd nicht viel im Stall gestanden. Unsere Tiere sind ausgeruht und ausdauernd.« Das war ein Angebot, das man besser nicht ausschlug. Ob beritten oder zu Fuß – sie würden nur langsam vorankommen. Dann also besser beritten. Cadfael ging ins Haus, um schnell noch etwas zu essen, kehrte zurück und half Reyner beim Satteln der Maultiere. Sie hielten sich in östlicher Richtung, auf der mittlerweile bereits gut begehbaren Straße. Das Tageslicht würde vielleicht noch vier Stunden vorhalten, danach mußten sie mit dem Einbruch der Dunkelheit und möglicherweise auch mit erneuten Schneefällen rechnen. Sie ließen Ludlows rechts liegen und folgten weiter der Straße. Der Himmel vor ihnen hing schwer und grau, obwohl dort, wo sie jetzt waren, schwach die Sonne schien.

»Ihr habt ihn doch nicht am Rand der Landstraße gefunden?« fragte Cadfael, als Reyner keine Anstalten machte abzubiegen.

»Ganz in der Nähe der Straße, Bruder, nur ein Stück weiter nördlich. Wir kamen den Hang hinunter, unterhalb des lichten Waldes und stolperten geradezu über ihn. Er lag einfach nackt im Schnee. Ich würde es mir sehr zu Herzen nehmen«, sagte Reyner mit Nachdruck, »wenn wir ihn nun verlieren würden, nachdem er bis jetzt alles überstanden hat, das kann ich Euch sagen. Als wir ihn fanden, stand er mit einem Fuß im Grab. Einen guten Mann vor dem Tod zu bewahren und diesen Teufeln, die ihn mit aller Gewalt umbringen wollten, eine Nase zu drehen, das hat mir gutgetan! Aber mit Gottes Hilfe werden wir ihn auch ein zweitesmal retten. Ich habe gehört, daß ein Junge mit ihm gegangen ist«, sagte Reyner und sah Cadfael mit seinen blauen Augen an. »Der Junge, der schon früher vermißt wurde. Jetzt wird er auch wieder gesucht. Das nenne ich anständig, wenn so ein Bursche, wo er den anderen schon nicht von einer Dummheit abhalten kann, sich wenigstens nicht abschütteln läßt, sondern bei ihm bleibt. Jeder Bauer in dieser Gegend sucht nach den beiden. – Wir sind jetzt fast da, Bruder. Hier müssen wir links von der Straße herunter.«

Es war nicht mehr weit. Nur einige Minuten von der Straße entfernt war eine flache, von Büschen umstandene Mulde. Etwas weiter oben am Hang, an ihrer Nordseite, standen zwei große Weißdornbüsche.

»Genau hier haben wir ihn gefunden«, sagte Reyner.

Der Weg hatte sich gelohnt. Cadfael sah sich vor einige Probleme gestellt. Ja, es paßte alles in das Bild, das er sich von jener Mondnacht gemacht hatte. Die Räuber waren auf dem Rückweg von ihrem ersten Überfall südlich der Straße gewesen und hatten sie, wie es schien, irgendwo hier überquert, um auf einem ihnen bekannten Pfad unbemerkt in die Wildnis um den Titterstone Clee aufzusteigen. Es war gut möglich, daß sie zufällig auf Bruder Elyas gestoßen waren und ihn eher zum Vergnügen als wegen seiner Kutte umbringen wollten, obwohl sie freilich gegen eine Plünderung des vermeintlichen Leichnams nichts einzuwenden hatten. Nun gut – aber wo war dann Schwester Hilaria zu dieser Zeit gewesen?

Cadfael sah nach Norden auf die sanft geschwungenen Hügel, durch die er, Yves vor sich auf dem Sattel, geritten war. Irgendwo dort oben, ein gutes Stück von der Straße entfernt, war der Bach, in dem er Schwester Hilaria gefunden hatte. Er schätzte, daß die Stelle eine Meile nordöstlich von hier lag.

»Komm mit Reyner. Da ist etwas, das ich mir noch einmal ansehen möchte.«

Da der Wind einen Teil des Schnees, der in der Nacht gefallen war, weggefegt hatte, kamen die Maultiere gut voran. Cadfael orientierte sich nach seinem Gedächtnis und es stellte sich heraus, daß er die richtige Richtung eingeschlagen hatte. Unter den Hufen dröhnte das Eis eines kleinen, zugefrorenen Baches. In den windgeschützten Mulden waren niedrige Bäume und Büsche unter Massen von Schnee begraben. Sie stiegen immer weiter hinauf. Die Straße war längst nicht mehr zu sehen; das wellige, verschneite Gelände verbarg sie vor ihren Blicken. Sie stießen etwas unterhalb von der Stelle, an der Schwester Hilaria gelegen hatte, auf den Zufluß des Ledwyche-Baches und folgten seinem sanft ansteigenden Verlauf, bis sie vor dem unverkennbaren, sargförmigen Loch im Eis standen. Obwohl der Schnee der vergangenen Nacht die scharfen Kanten abgerundet hatte, war das Loch deutlich zu erkennen. Hier hatten die Mörder sich ihrer Leiche entledigt.

Und von hier bis zu der Stelle, an der Bruder Elyas überfallen und als tot liegengelassen worden war, betrug die Entfernung mehr als eine Meile!

Nein, nicht hier, dachte Cadfael und ließ die Augen über die Umgebung schweifen, die fast so öde und kahl war wie der zerklüftete Clee. Hier war es nicht geschehen. Sie war erst nachher hierhergebracht worden. Aber warum? Die Räuber hatten doch sonst ihre Opfer immer dort zurückgelassen, wo sie sie überfallen hatten und sich nicht die Mühe gemacht, ihre Leichen zu verbergen. Und von wo hatte man sie hierhergebracht? Irgendwo in der Nähe mußte es eine Art Unterstand geben.

»Hier oben weidet man wahrscheinlich eher Schafe als Rinder«, sagte er und betrachtete die weiter oben gelegenen Hänge.

»Das stimmt, aber die meisten haben die Bauern jetzt nach Hause geholt. Einen solchen Winter haben wir seit zehn Jahren nicht mehr gehabt.«

»Dann muß es doch für die Schafhirten hier irgendwo ein oder zwei Hütten geben. Weißt du, wo die nächstgelegene ist?«

»Ja, ein Stück weit den Querweg nach Bromfield hinunter, vielleicht eine halbe Meile von hier.« Das mußte derselbe Weg sein, den Cadfael mit Yves geritten war, als sie von Thurstans Hof im Wald nach Bromfield zurückkehrten. Er konnte sich nicht erinnern, damals eine solche Hütte bemerkt zu haben, aber immerhin war es ja auch schon gegend Abend gewesen.

»Dann laß uns dorthin gehen«, sagte er und lenkte sein Maultier in diese Richtung.

Sie waren bereits etwas mehr als eine halbe Meile geritten, als Reyner auf eine flache Mulde links unterhalb des Pfades deutete. Das Dach der Hütte war fast völlig unter den Schneemassen verborgen. Nur die gerade Linie des Schattens, die es warf, verriet, daß hier etwas von Menschenhand Gebautes stand. Sie ritten hinunter, um an die Südseite der Hütte zu gelangen, in der auch die Tür war und stellten fest, daß diese weit aufgerissen war. An der Höhe des in der letzten Nacht gefallenen Schnees, der auf der Schwelle lag, konnten sie sehen, daß die Tür erst einige Stunden offengestanden haben konnte, denn im Inneren der Hütte lag, abgesehen von den feinen Kristallen, die durch die Ritzen geweht worden waren, kein Schnee.

Cadfael blieb vor der Tür stehen. An zwei Stellen, dicht beieinander, hatte ein Fuß den Schnee plattgetreten, der sich vor der Tür aufgetürmt hatte, als sie noch geschlossen gewesen war. An den Dachbalken hingen Eiszapfen und an den vergangenen Tagen war es gegen Mittag so warm gewesen, daß sie eine kurze Zeitlang getropft hatten und dann, gegen Abend, wieder gefroren waren, denn die Hütte lag nach Süden und wurde gegen Norden durch den dicht dahinterliegenden Hang geschützt. Vor Cadfaels Augen fiel ein Tropfen zu Boden, und er sah die Reihe kleiner schwarzer Punkte im Schnee unter dem überhängenden Dach, den der Wind in der Nacht zum Teil schon weggefegt hatte. An der Ecke der Hütte hatten die Tropfen ein etwas größeres Loch gemacht, in dem etwas Rundes, Braunes zu sehen war, das weder verdorrtes Gras noch Erde war. Cadfael ging zu der Stelle und stocherte mit der Stiefelspitze im Schnee.

Frost erhält alles so, wie es ist. Die Sonne der vorangegangenen Tage hatte nur so viel Kraft gehabt, daß das Tauwasser lediglich die Spitze dieses Haufens Pferdedung freigelegt hatte. Wenn der nächste Schnee ihn zugedeckt hatte, würde der Frost wieder alles versiegeln. Aber das Loch, das die Tropfen des Tauwassers gemacht hatten, war zu tief, um an einem Tag entstanden zu sein – dafür war die Sonne zu schwach. Es war unmöglich, mit Genauigkeit zu sagen, wann hier ein Pferd gestanden hatte, aber Cadfael schätzte, daß es fünf oder sechs Tage her war. War es angebunden gewesen? Die Balken der Hütte waren roh behauen, und das tiefe, weit vorstehende Dach wurde von Stützen getragen, an denen man leicht Zügel festbinden konnte.

Er hätte das helle, fast weiße Haar, das sich etwas über Augenhöhe im rauhen Holz an der Ecke der Hütte verfangen hatte, vielleicht nicht bemerkt, wenn es sich nicht in einem plötzlichen Windstoß bewegt hätte. Vorher war es im Schnee, der dort klebte, festgefroren gewesen, aber der Wind hatte es losgerissen und ließ es nun hin- und herflattern. Vorsichtig löste er es von den Holzsplittern und strich mit den Fingern darüber: einige dicke, rauhe, blaß-gelbe Haare. Das Pferd, das hier angebunden gewesen war, hatte Schulter und Mähne an der Ecke der Hütte gescheuert und dabei eine Spur zurückgelassen.

Dies war die Hütte, die dem Bach, in dem er Hilaria gefunden hatte, am nächsten lag. Und wenn man ein Pferd hatte, konnte man den Leichnam eines ermordeten Mädchens ohne große Mühe dorthin schaffen. Aber vielleicht war er zu voreilig. Er wollte lieber sehen, was dieser Ort ihm sonst noch verraten konnte, bevor er solche überstürzten Schlüsse zog.

Er barg die Pferdehaare sorgfältig in seiner Kutte und betrat das Innere der Hütte. Hier drinnen war es etwas weniger kalt als draußen und der schwache, trockene Duft des aufgeschütteten Heus prickelte in seiner Nase. Hinter ihm stand Reyner und beobachtete jede seiner Bewegungen schweigend und aufmerksam.

Jemand hatte im vergangenen Jahr eine gute Heuernte eingefahren und verwahrte in dieser Hütte noch immer große Vorräte. Ein warmes Lager im Heu, darüber ein solides Dach – ja, jeder, der in der Nacht herumirrte, würde für einen solchen Unterschlupf dankbar sein. Und in der vergangenen Nacht war offenbar jemand hiergewesen, denn der Heuhaufen war vom Gewicht eines großen Körpers niedergedrückt worden. So mochte es auch in anderen Nächten gewesen sein... Nur daß dann zwei Menschen hier gewesen waren. Ja, das war wohl der Ort, den er gesucht hatte. Und doch war auch diese Hütte mindestens eine halbe Meile von der Stelle entfernt, an der man Bruder Elyas halbtot gefunden hatte, und die Räuber waren auf dem Heimweg gewesen und hatten gewiß nicht eine halbe Meile menschenleerer Hügellandschaft durchstreift.

»Glaubt Ihr«, fragte Reyner, »daß die beiden, die wir suchen, letzte Nacht hier waren? Denn irgend jemand ist ja hier gewesen, und der Schnee auf der Schwelle ist von zwei Füßen zertrampelt.«

»Es könnte sein«, sagte Cadfael in Gedanken versunken. »Wir wollen es hoffen, denn wer immer auch hier war, ist, wie es aussieht, heute morgen lebend und gesund wieder fortgegangen und hat Spuren hinterlassen, denen wir gleich folgen werden, sobald wir alles gefunden haben, was es hier zu finden gibt.«

»Was können wir hier schon finden, wo sie doch weg sind?« Aber Reyner beobachtete Cadfaels Konzentration mit Respekt und half sogar selber bei der Suche. Er kam herein, sah sich mit scharfen Augen um und schob mit dem Fuß den großen Heuhaufen auseinander. »Wenn sie es bis hierhin geschafft haben, hatten sie kein schlechtes Bett. Vielleicht ist ihnen doch nichts Ernsthaftes zugestoßen.« Sein Stochern im Heuhaufen hatte eine große Staubwolke aufgewirbelt und ein Stückchen schwarzen Stoffs freigelegt, das vorher tief im Heu verborgen gewesen war. Er bückte sich, zog daran und brachte ein langes schwarzes Kleidungsstück zum Vorschein, das sich, zerknittert und staubig, in seinen Händen entfaltete. Verwundert hielt er es hoch. »Was ist das? Wer wirft einen so guten Umhang weg?«

Cadfael nahm ihm das Kleidungsstück ab und hielt es mit ausgestreckten Armen hoch, um es genauer zu betrachten. Es war ein einfacher Reiseumhang aus rauhem, schwarzem

Stoff, wie ihn die Benediktiner trugen. Der Umhang eines Mannes, eines Mönches. Gehörte er Bruder Elyas?

Wortlos ließ er ihn fallen und wühlte, wie ein Terrier, der eine Ratte verfolgt, mit beiden Händen im Heuhaufen, bis er auf den gestampften Lehmboden stieß. Dort, tief unten verborgen, lag noch mehr schwarzer, zusammengerollter Stoff. Als er das Bündel herauszog und ausschüttelte, fiel ein zusammengeknülltes, weißes Bällchen heraus. Er bückte sich danach, strich es glatt und erkannte, daß es das weiße, leinene Brusttuch einer Nonne war. Es war jetzt schmutzig und zerknittert. Und als er den schwarzen Stoff aufhob, stellte er fest, daß es eine schlankgeschnittene Kutte, die mit einem Gürtel geschnürt wurde und ein kurzer Umhang aus demselben Material war. All das war sorgfältig verborgen worden, damit kein Schafhirte zufällig darauf stieß, ehe nicht das ganze Heu aufgebraucht war.

Cadfael breitete das Ordensgewand auf dem Boden aus und befühlte Schulter, Ärmel und Brust auf der rechten Seite. Tastend fand er Spuren, die für seine Augen auf dem schwarzen Stoff nicht auszumachen gewesen waren. Auf der rechten Seite der Brust war ein steifer Fleck von der Größe einer Männerhand. Als er sie befühlte, bröckelten kleine Teilchen von den verklebten Fäden ab. Die Falten an der Schulter und am Ärmel wiesen kleinere Flecken und Streifen derselben Art auf.

»Blut?« fragte Reyner, der ihm verwundert zusah.

Cadfael gab keine Antwort. Grimmig rollte er Kutte und Umhang zusammen, steckte das Brusttuch hinein und nahm das Bündel unter seinen Arm. »Komm, laß uns sehen, wohin diejenigen, die die Nacht hier verbracht haben, gegangen sind.«

Wohin die beiden letzten Benutzer der Hütte sich gewandt hatten, war leicht zu erkennen. Von der dünnen Schneedecke vor der Hüttentür, in der die Abdrücke großer und kleiner Füße sich deutlich abzeichneten, führten zwei Spuren den Hang hinunter und vereinigten sich dort. Die sie hinterlassen hatten, waren zunächst durch nicht allzu tiefen Schnee gestapft und hatten sich dann durch Verwehungen, in denen ihnen der Schnee bis zu den Knien und der Hüfte reichte, bis zu einem Gebüsch und einer kleinen Baumgruppe weiter unten vorgearbeitet. Cadfael und Reyner folgten den Spuren. Sie führten die Maultiere am Zügel und hielten sich in dem Pfad, den die beiden anderen getreten hatten. Er verlief um das Gebüsch herum und durch die Baumgruppe, deren Äste einigen Schnee aufgefangen hatten. Dahinter, auf einer ebenen Fläche, stießen die beiden Verfolger auf die Spuren von Männern und Pferden, die von Westen nach Osten führten. Cadfael verfolgte den Lauf der Spuren in östlicher Richtung mit den Augen, bis er sie in der Entfernung nicht mehr ausmachen konnte. Dort senkte sich dieser Weg in das Tal mit den Bächen hinab, aber wenn er dieselbe Richtung beibehielt, mußte er auf der anderen Seite geradewegs in die Wildnis um den Titterstone Clee aufsteigen.

»Haben wir, als wir von der Straße kamen, diese Spuren gekreuzt? Sieh nur, wie gerade sie nach Osten führen! Wir sind von unten gekommen und weiter hinaufgestiegen. Wir *müssen* sie gekreuzt haben.«

»Aber da haben wir nicht nach solchen Spuren gesucht«, gab Reyner zu bedenken. Hier und dort vermag sie auch der Wind verweht haben.«

»Gewiß, das kann sein.« Vorhin war er nur darauf bedacht gewesen, die Stelle zu finden, wo Schester Hilaria im Eis gelegen war und hatte dem Boden und irgendwelchen Spuren keine Beachtung geschenkt. »Nun, dann wollen wir sehen, was dies hier ist. Wer immer diese Männer auch waren – sie haben angehalten und einige sind einen Bogen gelaufen, hier, wo die von oben Kommenden aus der Baumgruppe herausgetreten sind.«

»Und hier hat ein Reiter sein Pferd angehalten«, sagte Reyner, der einige Schritte weiter den Boden untersucht hatte. »Dann hat er sein Pferd gewendet und ist weiter geritten. Und auch die anderen sind weitergegangen. Laßt uns ihnen ein Stückchen folgen.«

Schon nach dreihundert Schritten stießen sie auf den ersten Blutfleck, der den Anfang einer Kette roter Tropfen markierte. Ein Stückchen weiter leuchtete ihnen der zweite Fleck entgegen, und dahinter setzte sich die Reihe kleiner Tropfen fort. Die Kälte des Schnees hatte die Farbe gut bewahrt. Es war jetzt um Mittag, und das helle Licht des Tages würde nicht mehr lange anhalten, aber jetzt war es hell genug, daß sie die düsteren Umrisse des Clee, auf den dieser alte Pfad genau zuhielt, direkt vor sich sehen konnten. Abweisend, wild und einsam ragte er auf – ein ideales Versteck für Räuber.

»Mein Freund«, sagte Cadfael, ohne seine Augen von dem finster drohenden Berg abzuwenden, »ich halte es für das Beste, daß wir uns hier trennen. Soweit ich erkennen kann, stammen diese Spuren aus der letzten Nacht. Einige Pferde und viele Männer sind hier gegangen, und Blut ist in den Schnee getropft. Es könnte von geschlachteten Schafen stammen oder von verwundeten Männern. Die Bande, die wir ausräuchern müssen, versteckt sich irgendwo dort oben, und wenn sie gestern Nacht nicht einen ihrer mörderischen Raubzüge unternommen hat, lese ich diese Spuren falsch. Irgendwo in dieser Gegend muß es einen Hof geben, wo man Tote aufbahrt und Verwundete verbindet oder zumindest den Verlust von Vorräten und Gerätschaften beklagt. Du kehrst um, Reyner, folgst den Spuren dorthin, wo diese Männer gestern geplündert und geraubt haben und benachrichtigst Hugh Beringar, damit er rettet, was noch zu retten ist. Falls er noch nicht zurück sein sollte, gehst du nach Ludlow und berichtest Josce de Dinan – er hat ebenso viel zu verlieren wie jeder andere.«

»Und was werdet Ihr tun, Bruder?« fragte Reyner zögernd.

»Ich werde vorausgehen und die Spuren weiterverfolgen. Ob sie nun die beiden, die wir suchen, mitgeschleppt haben oder nicht – dies ist die beste Gelegenheit herauszufinden, wo sie ihr Versteck haben. Mach dir keine Sorgen!« sagte er als er sah, daß sein Begleiter die Stirn runzelte und unschlüssig dastand. »Ich werde schon auf mich aufpassen, schließlich bin ich kein unerfahrener Jüngling. Aber hier, nimm dies mit und übergib es Prior Leonard zur Aufbewahrung bis ich zurück bin.« Er zog die Strähne des fahlen Pferdehaars hervor, die, wie er wußte, ein sehr wichtiger Hinweis war und steckte sie in die Mitte des Kleiderbündels. »Sag ihm, daß ich heute abend zurück sein werde.«

Schon nach einer Viertelmeile kreuzte er die Spuren, die Reyner und sein eigener Maulesel auf dem Weg zum Bach hinterlassen hatten. Der Wind hatte hier feinen Schnee über den Pfad geweht. Hätte er jedoch darauf geachtet, dann hätte er bemerken müssen, daß hier Männer und Pferde gegangen waren, obwohl er sich sicher nichts Böses dabei gedacht hätte, denn der Schnee hatte auch die Kette der roten Punkte überdeckt.

Ab hier ging es jetzt leicht bergab, über den Ledwyche-Bach und seinen nordöstlichen Zufluß, den Dogditch-Bach. Der Weg schlängelte sich zwischen Anwesen hindurch, ohne ihnen jedoch zu nahe zu kommen und begann wieder anzusteigen. Dies mußte eine uralte Straße sein. Immer bemüht um eine möglichst geringe Steigung zog sie sich durch das hügelige Gelände, bis sie schließlich steiler werden mußte, um den drohenden Gipfel zu erklimmen, jenen kahlen, zerklüfteten Berg, auf dem, zwischen jäh aufragenden Steilwänden, nur kümmerliches Gras und trügerisches Moos wuchs.

Der Clee bestand auf dieser Seite nur aus Steilwänden, auf die für kurze Momente streifiges Sonnenlicht fiel. Dort konnte der Weg gewiß nicht hinaufführen, und doch hielt er immer noch gerade auf die Felswand zu. Bald mußte er entweder nach rechts oder nach links abbiegen und immer weiter zusteigend den Berg umrunden. Cadfael dachte an den Überfall auf John Druels Hof. Wahrscheinlich würde der Weg also rechts um den Berg herumführen, denn so waren sie mit Sicherheit in jener Nacht zurückgekehrt. Cleeton hatten sie unterhalb liegenlassen – es war zu groß und zu gut bewacht, um so kurz vor Tagesanbruch eine leichte, schnelle Beute sein zu können.

Einige Minuten später bestätigte sich seine Vermutung, denn der Pfad bog nach rechts ab und folgte dem Verlauf eines kleinen, jetzt zugefrorenen Baches, der sich weiter oben am Berg in eine mit vereistem Moos bewachsene Höhlung ergoß, um die der Pfad einen Bogen schlug. Die zerklüftete Masse des Berges lag jetzt zu seiner Linken, wurde seinen Blicken jedoch oft durch die Felsformationen entzogen, seltener auch durch kleine Gruppen verkrüppelter Bäume, zwischen denen hindurch der Weg führte. In einer weiten Kurve stieg er immer weiter auf, bis er unter sich in einer Mulde die traurigen Überreste von Druels Hof sah. Wenig später war er noch höher und konnte die Ruinen nicht mehr sehen.

In der felsigen Bergflanke zu seiner Linken erschien unerwartet ein Spalt, so schmal, daß Cadfael ihn übersehen hätte, wenn die Spur der roten Tropfen nicht in ihm verschwunden wäre. Der Eischnitt war tief und dunkel. Hier hinein fiel fast kein Licht und es war völlig windstill. In dieser geschützten Lage wuchsen kleine Kräuter und es gab so viel Erde, daß hier auch gedrungene, stämmige Bäume standen. Bis zum Gipfel konnte es nicht mehr weit sein und auf dem Weg hierher hatte Cadfael den Berg halb umrundet. Was immer am Ende dieses Zugangs lag, mußte im Rücken durch die Steilwände der Südwestseite geschützt sein, und wahrscheinlich konnten nur Vögel auf einem anderen Weg als diesem dorthin gelangen.

In der dünnen, klaren Luft konnte man Geräusche über weite Entfernungen hören. Als Cadfael tief in dem Einschnitt stehenblieb, um zu überlegen, was er jetzt tun sollte, vernahm er leise den regelmäßigen Rhythmus eines metallischen Klingens. Irgendwo dort oben war ein Schmied bei der Arbeit. Kurz darauf drang leise, aber unverkennbar, das Brüllen von Kühen an sein Ohr.

Wenn dies der Zugang zu ihrem Lager war, so wurde er wahrscheinlich gut bewacht, und da er sich jetzt bereits in Hörweite befand, konnte es nicht mehr weit sein. Er saß ab, führte sein Maultier unter die Bäume und band es dort an. Er zweifelte nicht mehr daran, daß er das Versteck der Räuber gefunden hatte, die die ganze Gegend bis nach Ludlow mit ihren Plünderungen heimgesucht hatten. Wer sonst konnte sich hier, in dieser beherrschenden, gut versteckten Lage eingerichtet haben?

Wenn er es auch nicht wagen durfte weiterzureiten, so konnte er doch versuchen sich anzuschleichen. Geräuschlos ging er zwischen den Bäumen weiter, über deren Kronen der graue Himmel schimmerte. In diesen Himmel ragte der kantige dunkle Umriß eines hölzernen Turms auf. Cadfael näherte sich der Quelle des Baches, der diesen tiefen Einschnitt gegraben hatte, und vor ihm, dort wo der Baumbestand zu Ende war, öffnete sich ein felsiges, schneebedecktes Plateau. Er sah die Palisade und die Dächer der Hütten, die sie umschloß und den langen Giebel der Halle, an deren Ende der Turm stand. Um dem Sturm zu widerstehen, war er solide gebaut und nicht besonders hoch, aber immerhin hoch genug, um das ganze Plateau zu beherrschen. Die Umrisse der Palisade und des Turms hoben sich dunkel vom Himmel ab. Von hinten brauchten die Männer dort nichts zu befürchten, denn dort fielen die Felsen steil ab. Wahrscheinlich, dachte Cadfael, war der Turm aus der Entfernung nicht von den dunklen Felsen zu unterscheiden, auf denen er stand.

Er verharrte dort eine Weile und prägte sich ein, was er sah und hörte, denn Hugh Beringar würde möglichst viele Einzelheiten wissen wollen. Die Palisade war hoch und ihre Pfähle an den Enden zugespitzt, und aus der Tatsache, daß hinter ihr Köpfe auftauchten und wieder verschwanden, schloß er, daß es in regelmäßigen Abständen Plattformen, wenn nicht gar einen durchgehenden Wehrgang gab. Wenn er auch keine einzelnen Worte verstehen konnte, so vernahm er doch deutlich die Stimmen der Männer dort drinnen; es wurde gerufen, gelacht, ja sogar gesungen. Der Waffenschmied schlug auf den Amboß, Kühe schrien, Schafe blökten – die Geräusche des geschäftigen Treibens dort drinnen klangen sorglos. Die Männer dort hatten keine Angst. Sie fühlten sich der staatlichen Macht dieses geschundenen, vom Krieg zerrissenen Landes durchaus ebenbürtig. Der Anführer mußte die gesetzlosen, rastlosen, herrenlosen Männer aus zwei oder drei Grafschaften um sich geschart haben, die mit Vergnügen gesehen hatten, daß England sich im Bruderkrieg zerfleischte und hilflos ihrem Zugriff preisgegeben war.

Der wolkige Himmel senkte sich immer tiefer herab. Cadfael kehrte zu seinem Maultier zurück und führte es vorsichtig, immer im Schutz der Bäume, hinunter und aus dem Einschnitt heraus. Dort blieb er eine Weile lauschend stehen, bevor er in den Sattel stieg. Er verfolgte den Weg zurück, den er gekommen war und begegnete keiner Menschenseele, bis er den Fuß des Berges erreicht hatte. Dort hätte er links zu der Landstraße abbiegen können, die von Cleobury kam, aber er wollte lieber weiter auf dem Weg zurückreiten, den auch die Räuber benutzten. Er mußte ihn sich gut einprägen, denn wenn wie gewöhnlich in der Nacht wieder Schnee fiel, würde er nur schwer wieder zu finden sein.

Es war schon dunkel, als er eine Meile vor Bromfield die Landstraße erreichte. Dankbar und müde brachte er das letzte Stück Weges hinter sich.

Hugh Beringar traf erst nach der Komplet ein; müde, hungrig und trotz der Kälte verschwitzt von den Anstrengungen des Tages. Als Cadfael gleich nach dem Gottesdienst zu ihm ging, saß Beringar bei einem späten Nachtessen.

»So habt Ihr es also gefunden? Hat Reyner Euch berichtet, wo der Überfall gestern Nacht stattgefunden hat?« Beringars grimmiger Gesichtsausdruck beantwortete seine Fragen.

»Er berichtete mir auch, daß Ihr herausbekommen wolltet, wohin die Spuren führen. Offen gestanden habe ich nicht damit gerechnet, daß Ihr – wenn überhaupt! – vor mir und unversehrt zurücksein würdet. Müßt Ihr denn immer derjenige sein, der seine Hand ins Wespennest steckt?«

»Wo haben sie gestern Nacht zugeschlagen?«

»In Whitbache, knapp zwei Meilen nördlich von Ludlow, und sie haben sich aufgeführt, als gehöre das Gut ihnen.« Das paßte. Von Whitbache führte der Weg nach Titterstone Clee an der Hütte vorbei über den alten Pfad, den Cadfael erkundet hatte. »Als Euer Bote kam, war ich in Ludlow und so nahm ich Dinan mit. Sie haben sämtliche Häuser niedergebrannt und alle, die ihnen in die Hände fielen, niedergemacht. Zwei Frauen konnten mit ihren Säuglingen in den Wald entkommen – sie sind nur mitgenommen durch die Kälte und den Schrecken. Aber der Rest... Ein Mann und zwei junge Burschen werden es vielleicht überleben, sie sind schwer verletzt. Alle anderen sind tot. Es sind Dinans Leute, er wird sich darum kümmern. Wenn sich die Gelegenheit bietet, wird er ihr Blut rächen.«

»Ihr und er sollt Eure Gelegenheit bekommen«, sagte Cadfael. »Reyner Dutton hat Euch gefunden, und auch ich habe ausfindig gemacht, wonach ich suchte.«

Beringar hatte sich müde an die Wand gelehnt. Jetzt setzte er sich mit einem schnellen Ruck auf und in seine Augen trat ein Funkeln. »Habt Ihr die Räuberhöhle entdeckt? Redet!«

Cadfael erzählte ihm seine Geschichte in allen Einzelheiten. Je klarer das Bild der Schwierigkeiten, vor denen sie standen, sich abzeichnete, desto größer war ihre Chance, sie mit möglichst geringen Verlusten zu lösen. Denn leicht würde es nicht sein.

»Soweit ich es sehen konnte, gibt es nur einen einzigen Zugang. Hinter der Festung steigt der Boden bis zum Rand des Plateaus noch etwas an. Ich konnte nicht erkennen, ob die Palisade sich dort fortsetzt, aber mit diesem Abgrund in ihrem Rücken hielten sie das wahrscheinlich nicht für nötig. Ich würde sagen, daß man im Sommer dort hinaufklettern könnte, aber jetzt, in Schnee und Eis, wird das keiner wagen. Und bei diesen Männern muß man damit rechnen, daß sie Steine und Felsbrocken bereitgelegt haben, für den Fall, daß es doch jemand versucht.«

»Ist die Stellung tatsächlich so stark? Ich frage mich, wie sie das alles im Geheimen bauen konnten.«

»Wer geht schon in diese abgelegene, karge Gegend? Gewiß, an den Hängen weiter unten gibt es ein paar Höfe, aber dort oben hat ein ehrlicher Mann nichts verloren. Dort gibt es nicht einmal magere Weiden. Und außerdem verfügen sie über eine kleine Armee, dem Bodensatz von Gott weiß wie vielen Grafschaften Mittelenglands. Nein, an Arbeitskräften haben sie keinen Mangel – und unter ihnen der Clee-Wald, um sie herum nichts als Steine, das einzige, was es dort oben in Hülle und Fülle gibt. Ihr wißt so gut wie ich, wie schnell eine Festung gebaut werden kann, wenn es sein muß – vorausgesetzt, man hat genug Holz.«

»Aber entflohene Leibeigene, die zu Räubern geworden sind, Taschendiebe, die man aus der Stadt gejagt hat und dergleichen Gesindel bauen sich keine Festung, sondern graben sich eine Höhle im Wald«, sagte Beringar. »Ich würde nur zu gerne wissen, wer dort das Kommando führt! Das kann kein kleiner Dieb sein.«

»Wenn Gott will, werden wir es morgen herausfinden«, antwortete Cadfael.

»*Wir?*« Gedankenverloren bedachte ihn Beringar mit einem kurzen Lächeln. »Ich dachte, Ihr hättet den Waffen abgeschworen, Bruder! Glaubt Ihr, daß unsere beiden Vermißten dort sind?«

»Die Spuren deuten darauf hin. Es ist nicht sicher, ob die beiden, die in der Hütte geschlafen haben und den Hang hinab zu den Männern gerannt sind, tatsächlich Yves und Elyas waren, aber es waren ein Mann und ein Junge, und ich wüßte nicht von einem anderen solchen Paar, das seit gestern Nacht vermißt wird. Ja, ich glaube, daß sie in die Hände der Räuber gefallen sind. Bewaffnet oder unbewaffnet, Hugh – ich werde morgen mit Euch kommen, um sie dort herauszuholen.«

Beringar sah ihm gerade ins Gesicht und sprach offen aus, was er dachte: »Meint Ihr denn, sie würden sich mit Elyas belasten? Ja, mit dem Jungen vielleicht – seine Kleider weisen ihn als einen wertvollen Gefangenen aus. Aber ein besitzloser Mönch, der in geistiger Umnachtung durch die Gegend irrt? Sie haben ihn schon einmal fast totgeschlagen. Könnt Ihr Euch vorstellen, daß sie zögern würden, das ein zweitesmal zu tun?«

»Wenn sie sich seiner entledigt hätten«, sagte Cadfael bestimmt, »hätte ich seine Leiche gefunden. Aber das war nicht der Fall. Ich sehe keinen anderen Weg, die Wahrheit herauszufinden, Hugh, als zu denjenigen zu gehen, die sie kennen und sie aus ihnen heraufzupressen.«

»Das werden wir tun«, antwortete Beringar. »Bei Morgengrauen werde ich in die Stadt gehen und außer meinen eigenen alle Männer unter mein Kommando nehmen, die Josce de Dinan aufbringen kann. Er schuldet mir Gefolgschaft und ich werde dafür sorgen, daß ich bekomme, was mir zusteht. Er kann dieses gesetzlose Treiben ebensowenig dulden wie König Stephen.«

»Zu dumm«, bedauerte Cadfael, »daß wir sie nicht bei Morgengrauen angreifen können, aber dadurch würden wir einen ganzen Tag verlieren. Außerdem sind wir mehr auf das Tageslicht angewiesen als sie, denn schließlich kennen sie das Gelände viel besser als wir.« In Gedanken plante er schon den Angriff. Das hatte zwar schon seit Jahren nicht mehr zu seinen Aufgaben gehört, aber bei der Aussicht auf eine Schlacht packte ihn wieder sein alter Kampfgeist. Er sah, daß Beringar lächelte und schämte sich. »Verzeiht, ich vergesse mich. Ich bin eben ein sündiger Mensch.« Er wandte seine Gedanken wieder dem zu, was seine Aufgabe war: der Fürsorge bedrängter Seelen. »Ich muß Euch noch etwas zeigen, obwohl es vielleicht nicht im direkten Zusammenhang mit diesem Räubernest steht.«

Auf dem Tisch rollte er das schwarze Kleiderbündel auf, das er mitgebracht hatte und zog das verknitterte weiße Brusttuch und die langen Pferdehaare heraus. »Das war in der Hütte, tief unter dem Heu vergraben. Wenn Reyner den Heuhaufen nicht auseinandergetreten hätte, wären wir nie darauf gestoßen. Aber seht es Euch selbst an. Und dies hatte sich draußen, an einer Ecke der Hütte, im Holz verfangen und gleich daneben lag ein Haufen Pferdedung.«

Mit derselben Genauigkeit wie von der Entdeckung der Festung auf dem Berg berichtete er von seinem Fund in der Hütte. Er brauchte Hilfe bei der Lösung dieses Rätsels. Aufmerksam, mit gerunzelter Stirn, hörte Beringar zu und betrachtete die Sachen auf dem Tisch. Seine Müdigkeit war von ihm abgefallen. Sorgfältig erwog er die Bedeutung dessen, was Cadfael ihm sagte.

»Seine *und* ihre Kleider?« fragte er, als Cadfael geendet hatte. »Dann waren sie also gemeinsam dort.«

»Ja, das schließe ich auch daraus.«

»Aber er wurde doch in einiger Entfernung der Hütte aufgefunden. Er war nackt, ohne seine Kutte – und doch war sein Umhang in der Hütte. Und wenn Ihr recht habt, dann kehrte Elyas in seiner Verwirrung an eben diesen Ort zurück. Aber warum? Was trieb ihn dorthin?«

»Das verstehe ich auch noch nicht«, antwortete Cadfael. »Aber ich glaube, daß wir es, mit Gottes Hilfe, noch herausbekommen werden.«

»Und die Kleider waren versteckt – gut versteckt, sagt

Ihr. Sie hätten unbemerkt bis zum Frühling dort liegen können und dann hätten sie ein Rätsel dargestellt, das niemand mehr zu lösen vermocht hätte. Aber haben denn diese Bestien jemals versucht, die Spuren ihrer Taten zu verbergen, Cadfael? Ich glaube nicht. Im Gegenteil – ihre Verbrechen liegen immer offen zutage.«

»Weil diese Teufel sich ihrer Taten nicht schämen«, bemerkte Cadfael.

»Aber vielleicht haben sie doch Angst. Trotzdem, alles in allem ergibt es keinen Sinn. Ich weiß einfach nicht, was ich davon halten soll. Zwar habe ich Vermutungen, aber die machen mich nicht gerade glücklich«, gab Beringar bedrückt zu.

»Mich auch nicht«, erwiderte Cadfael. »Aber ich habe Zeit. Der Sinn wird sich ergeben, wenn wir mehr herausgefunden haben.« Und störrisch fügte er hinzu: »Und das Ergebnis wird vielleicht gar nicht so schlimm sein, wie wir annehmen, denn ich kann einfach nicht glauben, daß Gut und Böse so eng miteinander verbunden werden können, daß es unmöglich ist, sie wieder zu trennen.«

Keiner der beiden hatte bemerkt, daß die Tür zu dem kleinen Vorraum der Gästehalle, in dem Hugh Beringar sein Essen eingenommen hatte, geöffnet und wieder geschlossen worden war. Aber als Cadfael mit dem Kleiderbündel unter dem Arm aus dem Raum trat, stand draußen, in dem mit Steinen ausgelegten Gang, das große, dunkelhaarige Mädchen. Die Augen in ihrem blassen Gesicht waren müde, stolz und besorgt, und ihr schwarzes Haar bedeckte ihre Schultern wie eine große, bauschige Wolke. Ihr flehender, forschender Blick verriet ihm, daß sie, da sie Stimmen gehört hatte, in aller Unschuld eingetreten und voller Entsetzen über das, was sie dort gesehen hatte, wieder hinausgegangen war. In die Schatten gedrückt hatte sie auf ihn gewartet. Sie zitterte, als er sie am Arm nahm und eilig in die Halle führte, in der noch ein zusammengesunkenes Feuer brannte. Die Glut war so zusammengekehrt worden, daß sie noch bis zum Morgen glimmen würde. Es war dunkel, nur der Schein des Feuers gab ein spärliches Licht. Hier, geborgen im Halbdunkel, atmete sie auf und entspannte sich etwas. Er beugte sich vor und schürte behutsam das Feuer, das rot aufglühte und neue Wärme verbreitete.

»Setzt Euch her und wärmt Euch, mein Kind. Ja, setzt Euch nur bequem hin und habt keine Angst. Heute morgen noch war Yves gesund und munter, und morgen werden wir ihn wieder zurückbringen, wenn es menschenmöglich ist – Ihr habt mein Wort darauf.« Die Hand, mit der sie seinen Ärmel gepackt hatte, ließ langsam los. Sie lehnte ihren Kopf an die Wand und streckte ihre Füße dem Feuer entgegen. Sie war barfuß und trug das Bauernkleid, in dem sie am Tor erschienen war.

»Warum schlaft Ihr noch nicht, mein Kind? Könnt Ihr denn nichts uns überlassen? Oder wenn schon nicht uns, so wenigstens Gott?«

»Gott hat es zugelassen, daß sie starb«, sagte Ermina und schauderte. »Das sind ihre Sachen – ich kenne sie – ich habe sie an ihr gesehen! Das ist Hilarias Brusttuch und ihre Kutte. Wo war Gott, als sie geschändet und ermordet wurde?«

»Nichts von alledem ist Gott entgangen«, erwiderte Cadfael, »und er hat einen Platz an seiner Seite für eine kleine, makellose Heilige geschaffen. Wollt Ihr sie von dort zurückwünschen?«

Ohne sie zu berühren setzte er sich neben sie. Er respektierte ihren Schmerz und ihre Bitterkeit. Sie hatte all dies in Gang gesetzt und jetzt brauchte sie behutsamen Beistand, damit sie ihrer selbstzerstörerischen Wut nicht ausgeliefert war.

»Es sind doch ihre Sachen, oder nicht? Ich konnte nicht schlafen. Ich wollte sehen, ob irgend jemand Neuigkeiten hatte und dann hörte ich dort Eure Stimmen. Ich habe nicht gelauscht. Ich habe nur die Tür geöffnet und gesehen, was auf dem Tisch lag.«

»Ihr habt nichts Schlimmes getan«, sagte er sanft. »Und ich werde Euch alles sagen, was ich weiß, wie es Euch zusteht. Aber ich sage Euch noch einmal: Ihr dürft nicht die Schuld für eine Tat auf Euch nehmen, die ein anderer begangen hat. Eure eigenen Handlungen, ja – dafür seid Ihr verantwortlich. Aber dieser Tod, wer immer ihn verschuldet hat, soll Euer Gewissen nicht belasten. Wollt Ihr mir nun zuhören?«

»Ja«, antwortete sie fügsam und doch gleichzeitig unnachgiebig. »Aber wenn ich schon die Schuld nicht auf mich nehmen darf, so bin ich doch aus adligem Geschlecht und fordere Rache.«

»Auch die, so steht geschrieben, liegt bei Gott.«

»Aber sie ist eine Pflicht, die ich meiner Familie gegenüber habe. So jedenfalls bin ich erzogen worden.«

Diese Regeln waren nicht weniger bindend als die Ordensregeln, nach denen er lebte und sie richtete sich ebenso streng nach ihnen, wie er nach den seinen. In diesem Moment, da er neben ihr saß und ihre Entschlossenheit spürte, war er sich nicht einmal sicher, ob er ihr Verlangen nicht teilte. Wenn es etwas gab, das sie trennte, so war es doch nichts Großes. Gemeinsam aber waren ihnen, so überlegte er, der Durst nach Gerechtigkeit, die sie, als Angehörige einer anderen Klasse, Rache nannte. Cadfael schwieg. Eine derart glühende Leidenschaft mochte alles hinwegfegen, was sich ihr in den Weg stellte, sie mochte jedoch auch abkühlen und etwas von ihrer Wildheit verlieren. Sollte sie ihren eigenen Weg finden — wenn sie erst ganz erwachsen war, mochte sich ihr heftiges Temperament vielleicht langsam legen und dann würde sie sich mit den Realitäten des Lebens abfinden.

»Würdet Ihr mir ihre Kleider zeigen?« fragte sie fast demütig. »Ich möchte ihre Kutte noch einmal berühren. Ich weiß, daß Ihr sie hier habt.« Ja, fast demütig suchte sie einen Weg zum Ziel, das sie verfolgte. Demut würde für sie immer nur ein Mittel zum Zweck sein. Aber an ihrer tief empfundenen Liebe für eine verlorene Freundin konnte kein Zweifel bestehen.

»Ja, sie sind hier«, sagte Cadfael und breitete das Bündel auf der Bank zwischen ihnen aus. Den Umhang, der Bruder Elyas gehörte, legte er beiseite. Das kleine Haarbüschel fiel aus den Falten vor ihre Füße und zuckte in der Zugluft, die über den Boden strich, wie etwas Lebendiges. Sie hob es auf und betrachtete es stirnrunzelnd einige Augenblicke lang bevor sie Cadfael fragend ansah.

»Und dies?«

»Unter dem Dach der Hütte war einige Zeit lang ein Pferd angebunden. Unter dem Schnee haben wir Pferdedung gefunden, und diese Haare hatten sich im Holz verfangen, an dem es seine Mähne gescheuert hatte.«

»War das in derselben Nacht?« fragte sie.

»Wer kann das wissen? Aber der Dung lag tief unter dem Schnee und er war nicht frisch. Es könnte jene Nacht gewesen sein.«

»Ist es weit bis zu der Stelle, wo Ihr sie gefunden habt?«

»So weit, daß kein Mann freiwillig eine Leiche dort hintragen würde, selbst wenn er dadurch ein Verbrechen vertuschen wollte... außer, wenn er ein Pferd besitzt.«

»Ja«, sagte sie, »das waren auch meine Gedanken.« Vorsichtig legte sie die Pferdehaare beiseite und hob das Gewand auf. Er sah ihr zu, wie sie es über ihre Knie breitete und leicht mit den Händen die Falten glattstrich. Ihre Finger kamen an die verkrusteten Stellen, hielten an dem Fleck auf der rechten Brust inne, verfolgten die Falten, die von ihm ausgingen und kehrten wieder zu ihm zurück.

»Ist das Blut?« fragte sie verwundert. »Aber sie hat doch gar nicht geblutet. Ihr habt mir erzählt, wie sie umgekommen ist.«

»Das stimmt. Dies Blut kann nicht von ihr stammen. Aber dennoch ist es Blut. Ich habe auch schwache Blutspuren an ihrem Körper gefunden, obwohl sie keine Verletzung aufwies.«

»Schwache Spuren!« sagte Ermina und sah ihn an. Ihre dunklen Augen blitzten. Sie legte ihre Hand auf die steife, verklebte Stelle auf der Brust des Gewandes und spreizte die Finger, um den ganzen Fleck zu bedecken, der mehr war als eine schwache Spur. Dann stammte das Blut also nicht von ihr, sondern von einem anderen... »Sein Blut? Das Blut des Mannes, der sie umgebracht hat? Sehr gut – dann muß sie ihn verwundet haben! Und doch... Ich hätte ihm die Augen ausgekratzt, aber sie? Sie war so zart und sanft...«

Plötzlich saß sie ganz still. Nachdenklich hatte sie das Kleid mit beiden Händen an ihre Brust gedrückt. So würde es aussehen, wenn sie selber es trüge. Der Schein der roten

Glut beleuchtete ihr Gesicht und schimmerte als Spiegelbild in ihren Augen. Endlich erhob sie sich ruhig, schüttelte das Gewand aus, faltete es sorgsam zusammen und strich noch einmal mit der Hand darüber.

»Darf ich dies behalten? Nur so lange«, fügte sie mit überlegter Betonung hinzu, »bis es gebraucht wird, um den Mörder damit zu konfrontieren...?«

Kapitel 11

Im ersten Licht des Tages ritt Hugh Beringar von Bromfield nach Ludlow, um dort die Männer zu holen, die er auf den Marsch mitnehmen wollte, und Bruder Cadfael zog seine Stiefel an, schürzte seine Kutte, um bequemer reiten zu können, warf sich seinen Umhang um und ging mit ihm. Er würde die Männer führen, aber außerdem hatte er seinen Beutel mit Verbandsstoff und Salben gefüllt, denn bevor der Tag zur Neige ging, würde er vielleicht viele frische Wunden zu behandeln haben.

Bei ihrem Aufbruch ließ Ermina sich nicht sehen und darüber war er erleichtert, denn das bedeutete, daß sie noch tief und friedlich schlafen mußte. Er wußte nicht warum, aber ihre angespannte Verschlossenheit bereitete ihm Sorgen. Es war nicht nur die Angst um ihren Bruder, die ihr Herz belastete und auch nicht der Kummer und die Schuld, die sie bereits gebeichtet hatte und büßen wollte. Die gesammelte, ruhige Entschlossenheit, mit der sie ihn in der Nacht zuvor, Schwester Hilarias Gewand an die Brust gedrückt, verlassen hatte, stand ihm noch deutlich vor Augen. Sie hatte etwas von einem gesalbten, gewappneten jungen Ritter an sich gehabt, der sich am Vorabend seiner ersten Schlacht auf die Nachtwache vorbereitet.

Gottlob schien Olivier de Bretagne einen Weg gefunden zu haben, ihren Gehorsam zu erreichen, indem er eine noch unreife Liebe in ihrem Herzen wachrief. Auf seinen Befehl würde sie, ganz gegen ihre Natur, ruhig und tatenlos hierbleiben und das Handeln anderen überlassen. Aber warum nur hatte Cadfael dann das Gefühl, daß sie sich für ihre erste Schlacht rüstete?

Sie selbst aber mußten jetzt ihre eigene Schlacht kämpfen und gewinnen.

An der Spitze der Männer, die Beringar gefordert hatte, kam Josce de Dinan aus der Burg von Ludlow. Er saß auf einem guten Pferd; ein großer, kräftig gebauter Mann mittleren Alters, mit einem rötlichen Gesicht. Beringar hatte insbesondere um Bogenschützen gebeten, und er bekam sie. In diesen Grafschaften entlang der Grenze gab es viele Männer, die den kurzen Bogen zu handhaben wußten, und Cadfael schätzte, daß es vom Rand des Baumbestandes, am Ende des Einschnittes, bis zur Palisade gerade einen Pfeilschuß weit war. Aus dem Schutz der Bäume heraus konnten sie, indem sie die Verteidiger auf dem Wehrgang beschossen, einem Angriff Deckung geben. Zu dumm, daß nur ein Viertel des Plateaus, dort wo der Eingang der Schlucht einen Windschutz bot, mit Bäumen bestanden war, aber auch sie wurden zum Gipfel hin immer kleiner und verkrüppelter. Die Offenheit des Geländes bereitete Cadfael Sorgen. Die da drinnen würden auch Bogenschützen haben und Schießscharten, durch die sie schießen konnten, ohne sich den Pfeilen der Angreifer auszusetzen. Die Feinde waren gut vorbereitet – darüber gab er sich keinen Illusionen hin. Wer immer diese Festung dort oben errichtet hatte, kannte sein Geschäft, und nach dem sorglosen Treiben zu urteilen, dessen Geräusche an Cadfaels Ohr gedrungen waren, verfügte er über eine zahlenmäßig starke Mannschaft.

Der Marsch war leichter als sie erwartet hatten. In der vergangenen Nacht hatte es später begonnen zu schneien und früher wieder aufgehört als in den letzten Tagen. Auch der Wind war nicht so stark gewesen und Cadfael hatte sich den Verlauf des Weges gut eingeprägt. Die Luft war immer noch kalt und, jedenfalls hier unten, sehr klar. Die Spitzen der Berge jedoch waren in einen dünnen, weißen Nebel gehüllt. Das konnte ein Vorteil für sie sein, wenn sie sich ihrem Ziel näherten, denn dadurch blieben wenigstens ihre Bewegungen verborgen.

»Wenn sie heute Nacht einen Raubzug unternommen haben«, sagte Cadfael, »dann werden sie sich an einem solchen Morgen beeilt haben, früh und ungesehen in ihr Lager zu kommen. Wenn der Winter eine solche Atempause einlegt, stehen die Bauern beizeiten auf. Diese Nachträuber haben bei ihren Überfällen zwar Spuren hinterlassen, aber außer ihren Opfern hat sie bis jetzt noch niemand zu Gesicht bekommen. Sie töten jeden, der ihnen zufällig über den

Weg läuft, außer wenn sie glauben, er sei von Wert für sie. Aber nachdem sie erst vorgestern Nacht fette Beute gemacht haben, sind sie gestern vielleicht gar nicht erst ausgezogen. Wenn das stimmt, dann sind sie wach und ausgeruht und nicht so betrunken wie nach einem gelungenen Überfall, und das ist schlecht.«

Er ritt an der Spitze, Beringar zu seiner Seite, hinter dem Josce de Dinan einen Schritt zurückgeblieben war. Dinan war in jeder Hinsicht ein zu großer Mann, um Wert darauf zu legen, daß sein Pferd mit dem Beringars auf gleicher Höhe war, ohne sich darüber zu ärgern, daß er unter dem Kommando eines jüngeren und weniger erfahrenen Mannes stand. Er hatte es nicht nötig, seinen Wert durch solche Dinge unter Beweis zu stellen. Cadfael mochte ihn. Er hatte diesen angeblich wankelmütigen Verbündeten noch nie zuvor gesehen, aber er hielt ihn für einen fähigen Mann, den man nur ungern verlor.

»Vielleicht haben sie Wachen am Weg aufgestellt«, sagte Beringar.

Cadfael dachte nach und bezweifelte das. »Am Fuß des Berges, ja selbst auf halber Höhe wäre eine Wache zu weit vom Lager entfernt, um die anderen rechtzeitig warnen zu können und zu abgeschnitten, um selber vor einem Angriff sicher zu sein. Der beste Schutz des Zugangs ist, daß er gewöhnlich wohl übersehen wird, weil er so schmal ist und aussieht, als würde er im Fels enden. Ich habe ihn nur entdeckt, weil ich der Spur gefolgt bin. Jetzt allerdings weiß ich, wo er ist. Bis dorthin aber ist der Weg offen. Ich glaube, sie verlassen sich auf ihr Versteck und, wenn es entdeckt werden sollte, auf ihre Stärke.«

Die Landschaft um sie herum war öde und menschenleer. Der große Berg vor ihnen, dessen Spitze in Wolken lag, ragte als stahlblauer Schatten auf. Cadfael betrachtete die verschneite Gegend mit zusammengekniffenen Augen und führte den Zug nach seinem Gedächtnis. An manchen Stellen hatte der Schnee der vergangenen Nacht die Spuren ausgelöscht, aber hier und da waren immer noch flache, halb zugeschneite Vertiefungen zu erkennen. Als sie dem Felsmassiv näher kamen, verlangsamte er das Tempo, legte den Kopf in den Nacken und versuchte, mit seinen Augen den Dunst, der den Gipfel umgab, zu durchdringen. Er konnte keinen dunklen, viereckigen Umriß erkennen, obwohl die Felskante selbst undeutlich durch den Nebel auszumachen war. Wenn er den Turm nicht sehen konnte, dann bestand die Hoffnung, daß auch kein Wächter dort oben die heranrückenden Männer bemerkt hatte, obwohl sie in beträchtlicher Stärke durch offenes Gelände zogen. Aber es war besser, diesen Abschnitt des Weges so schnell hinter sich zu bringen und um die erste Kurve des sich hinaufschraubenden Weges zu gelangen.

Als sie nach dem langen, nicht sehr steilen Aufstieg die Stelle erreicht hatten, an der sich in den Felsen zu ihrer Linken der Spalt öffnete, ließ Hugh Beringar die Männer anhalten und schickte Späher aus. Kein lebendes Wesen regte sich hier oben, außer einigen Vögeln, die in der Luft kreisten. Der Felsspalt war so schmal, daß es aussah, als führe er nirgendwohin und ende bereits nach einigen Schritten.

»Wie bei den meisten Bergbächen«, sagte Cadfael, »wird der Spalt bis zur Quelle des Baches immer breiter. Es stehen viele Bäume dort, aber nach oben hin werden sie immer kleiner.«

Die Männer marschierten durch die Enge und verteilten sich zu beiden Seiten unter den Bäumen. Der Nebel hatte sich etwas gelichtet, als Hugh Beringar im Schutz der am weitesten oben stehenden Bäume über die felsige, verschneite, hier und da mit spärlichem Gras bewachsene Fläche zu der Palisade hinübersah. Wenn nur ein Mann sich sehen ließ, würde drinnen sofort Alarm gegeben werden. Jenseits der Bäume gab es keine Deckung mehr. Und Cadfael sah mit Sorge, daß die Entfernung größer war, als er geglaubt hatte, groß genug jedenfalls, um die Reihen eines jeden Angreifers zu lichten, wenn es in dieser Festung Bogenschützen und Wachen gab.

Josce de Dinan betrachtete die Palisade und den massigen Turm. »Ihr habt doch nicht etwa vor sie aufzurufen, sich zu ergeben? Ich sehe jedenfalls keinen Anlaß dazu und es sprechen gute Gründe dagegen.«

Das war auch Beringars Meinung. Warum sollte man das

Moment der Überraschung aus der Hand geben, wenn es ihnen doch gelungen war, ihre Bogenschützen und Bewaffneten über den kümmerlichen Bogen der Baumdeckung zu verteilen, ohne bemerkt worden zu sein. Wenn sie auch nur die halbe Entfernung bis zur Palisade hinter sich bringen konnten, bevor die Bogenschützen aus dem Wehrgang zu schießen begannen, konnten sie einige Verluste vermeiden.

»Nein. Diese Männer haben gnadenlos geplündert und gemordet, und ich bin ihnen nichts schuldig. Wir müssen unsere Kräfte möglichst gut einsetzen und sie angreifen, bevor sie noch recht wissen, wie ihnen geschieht.«

Die Bogenschützen verteilten sich unter den Bäumen, die Fußsoldaten postierte er in drei Gruppen am Rand des Waldes und zwischen ihnen, in zwei Abteilungen, die wenigen Berittenen. Sie sollten auf das Tor zureiten, es einrammen und so den Fußsoldaten den Weg bahnen.

Als alle Vorbereitungen abgeschlossen waren, trat eine tiefe Stille ein. Dann preschte Hugh Beringar mit erhobenem Arm als Anführer der einen berittenen Abteilung vor, während rechts von ihm auch Dinan aus der Deckung brach und auf das Tor zustürmte. Die Fußsoldaten folgten ihnen, die Bogenschützen gaben eine Salve ab und schossen dann auf jeden Verteidiger, der sich hinter der Palisade zeigte. Cadfael, der bei den Bogenschützen geblieben war, wunderte sich, daß bei dem Angriff nur das Getrappel der Pferdehufe zu hören war, und auch das wurde durch den Schnee gedämpft. Aber schon im nächsten Augenblick wurde in der Festung Alarm gegeben. Männer rannten durcheinander, besetzten die Schießscharten und ließen einen Pfeilhagel auf die Angreifer niedergehen. Aber die erste Attacke war fast erfolgreich gewesen, denn das Tor hatte offengestanden und als die Wachen die Flügel schlossen, hatten Beringar, Dinan und fünf oder sechs andere es bereits erreicht. Im Schutz des toten Winkels der Verteidiger auf dem Wehrgang bemühten sie sich mit aller Kraft, das Tor einzudrücken.

Drinnen eilten Männer herbei, stemmten sich gegen die Torflügel und versuchten, sie zu verriegeln, und das Durcheinander aus Befehlen und kopflosem Gerenne wogte hin und her wie Wasser auf einem sinkenden Schiff in stürmischer See. Das massive Tor stand einen Spaltbreit offen. Es bebte und die heranstürmenden Fußsoldaten warfen sich dagegen, um es aufzubrechen.

Plötzlich donnerte hoch über ihnen eine Stimme. »Halt dort unten! Männer des Königs oder was immer ihr sein mögt, steht still und seht, was ich hier habe! Seht her, sage ich! Zieht ab oder nehmt den Tod dieses Kindes auf euer Gewissen!«

Innerhalb und außerhalb der Befestigung fuhren alle Köpfe herum und jedermann starrte auf die Spitze des Turms. Auf beiden Seiten verharrten die Bogenschützen mit gespannten Bogen. Schwerter und Lanzen wurden gesenkt. Von einer mächtigen Hand am Rücken festgehalten stand Yves zwischen zwei hölzernen Zinnen der Brustwehr. Neben ihm erschien das rasende Gesicht eines Mannes, dessen goldbraunes, langes Haar und gewaltiger Bart sich in einem launischen Wind bewegte, der unten kaum wahrnehmbar war. Eine bewehrte Hand hielt dem Jungen einen Dolch an die Kehle.

»Seht ihr ihn?« brüllte der Löwe. Seine Augen funkelten wütend. »Wollt ihr ihn haben? Lebend? Dann zieht ab! Zieht euch außer Reichweite, außer Sichtweite zurück, oder ich schneide ihm die Kehle durch und werfe ihn euch hinunter!«

Mit dem Schwert in der Hand, das er gezogen hatte, um es durch den immer größer werdenden Spalt zwischen den Torflügeln zu stoßen, sah Hugh Beringar hinauf. Sein Gesicht war bleich und starr. Yves stand stocksteif. Er sah weder nach unten noch nach oben, sondern geradeaus ins Leere und gab keinen Laut von sich.

»Ich kenne Euch nicht«, antwortete Beringar langsam und ohne die Stimme zu erheben, »aber im Namen des Königs sage ich Euch, daß Ihr hier und überall friedlos seid. Wenn Ihr dem Jungen ein Haar krümmt, werde ich Euch persönlich mit Eurem Kopf dafür büßen lassen. Also nehmt Vernunft an. Kommt herunter und ergebt Euch mit Euren Männern. Dann, und nur dann, dürft Ihr auf Gnade hoffen.«

»Und ich sage Euch: Geht mir mit Eurem Pöbelhaufen aus

den Augen, jetzt gleich, ohne Widerrede oder Ihr bekommt dieses Schweinchen hier tot und ausgeblutet, fertig zum Braten! Nun, wird's bald? Geht! Soll ich Euch zeigen, daß ich es ernst meine?« Die Spitze des Dolches drang in die Haut ein. In der klaren Luft sahen sie eine Blutblase, die größer wurde, platzte und als kleiner Tropfen Yves' Hals herabrann.

Wortlos stieß Beringar sein Schwert in die Scheide, bestieg sein Pferd und winkte allen seinen Männern, sich von der Palisade in den Schutz der Bäume zurückzuziehen, wo sie außer Sicht waren. Das tobende Gelächter hinter ihm hatte einige Ähnlichkeit mit dem hungrigen Brüllen eines Löwen.

Die Bogenschützen und die zurückgebliebenen Männer hatten die Drohung vernommen und sich weit zurückgezogen. In bedrücktem Schweigen versammelte man sich unter den Bäumen. Dies war ein Patt. Sie wußten, daß sie nicht angreifen durften, aber der zu allem entschlossene Mann auf dem Turm konnte ebenso gewiß sein, daß sie nicht abziehen würden.

»Wenn Ihr ihn auch nicht kennt, so kenne doch ich ihn«, sagte Josce de Dinan. »Er ist ein illegitimer Abkömmling eines der jüngeren Söhne der Lacys. Sein Bruder wurde durch die Heirat seines Vaters legalisiert und ist einer meiner Lehensmänner. Dieser hier hat einige Jahre lang in Frankreich für Normandie und gegen Anjou gekämpft. Weil er Linkshänder ist, nennt man ihn Alain le Gaucher.« Auch diejenigen, die den Mann jetzt zum erstenmal gesehen hatten, mußten nicht eigens darauf hingewiesen werden. Es war die linke Hand gewesen, die den Dolch an die Kehle des Jungen gehalten und kaltblütig mit der Spitze die Haut geritzt hatte.

Die Faust, die seine Kleider am Rücken gepackt hielt und deren harte Knöchel schmerzhaft auf sein Rückgrat drückten, hob Yves hoch und setzte ihn hart auf der Turmplattform ab. Er spürte den Stoß bis in den Kopf und riß die Augen auf. Er hatte sich eben so angestrengt, keinen Ton von sich zu geben, daß er auf seine Zunge gebissen hatte und das Blut jetzt warm in seinen Mund lief. Er schluckte es hinunter und stellte seine zitternden Füße fest auf den Boden. Den kleinen Blutstropfen, der ihm den Hals hinabrann, beachtete er nicht. Er begann bereits zu trocknen.

Noch nie hatte er solche Angst gehabt und noch nie war er so grob behandelt worden. Plötzlich hatte ihn der Anführer am Genick gepackt, ihn die gewundene Treppe in den dunklen, fensterlosen Turm geschleppt und ihn schließlich über eine senkrecht stehende Leiter und durch eine schwere Falltür in das blendende Tageslicht auf die Plattform gezerrt. Die Stimme des Löwen hatte in seinen Ohren gedröhnt und seine Faust ihn auf die Brustwehr gehoben, mit einer wütenden Bewegung, die ihn ebenso gut hätte hinabschleudern können. Instinktiv hatte er sich gehütet, einen Laut von sich zu geben. Jetzt, nachdem der Mann ihn ebenso plötzlich wieder losgelassen hatte, fühlte er, daß seine Beine unter ihm nachgaben und versteifte sie ärgerlich. Immer noch schwieg er. Daß er sich zu keinem Schreckensschrei hatte hinreißen lassen, erfüllte ihn mit Stolz, und nun stand er verbissen da und wartete darauf, daß sein heftig klopfendes Herz sich beruhigte. Es war schon eine Leistung, daß er sich überhaupt aufrecht halten konnte.

Alain le Gaucher stützte seine Hände auf die hölzernen Zinnen und verfolgte mit grimmigem Blick den Rückzug der Belagerer in den bewaldeten Einschnitt. Die drei Männer, die ihm auf den Turm gefolgt waren, warteten auf seine Befehle, ebenso wie Yves, der sich dazu zwang, nicht zusammenzuzucken, als der bärenstarke Mann sich zu ihm umdrehte und die funkelnden Augen ihn berechnend musterten.

»Also ist dieses Balg doch etwas wert, wenn auch kein Geld! Ein Grund mehr, gut auf ihn aufzupassen – wir werden ihn noch gut gebrauchen können. O nein, ich weiß, sie haben sich nicht weit zurückgezogen. Sie werden erst abziehen, wenn sie es auf jede nur mögliche Weise probiert haben und jeder Versuch durch ein kleines Messer am Hals dieses Schweinchens vereitelt worden ist. Jetzt werden sie nach unserer Pfeife tanzen müssen! Ja, Bürschchen, für uns bist du so viel wert wie eine ganze Armee.«

Yves fand diese Worte wenig beruhigend. Er war jetzt, da ihr Versteck entdeckt war, als Geisel für sie unersetzlich und daher würden sie kein Lösegeld für ihn fordern. Sie konnten sich nun nicht mehr verstecken und die Geheimhaltung ihrer nächtlichen Überfälle dadurch sichern, daß sie, wie sie es zuvor getan hatten, jeden Zeugen niedermachen. Aber zumindest für eine Weile konnten sie die Drohung, ihren Gefangenen zu töten, wiederholen und sich mit seinem Leben freies Geleit erkaufen, um eine andere Gegend zu suchen. Aber nein – Hugh Beringar würde nicht so ohne weiteres aufgeben und er würde auch eine Geisel keinen Augenblick länger in ihren Händen lassen, als es sein mußte. Wenn auch nicht durch einen Frontalangriff, so würde er doch einen Weg finden, in dieses Räubernest einzudringen. Yves klammerte sich nach Kräften an diesen Gedanken, schwieg beharrlich und verzog keine Miene.

»Guarin, du bleibst hier bei ihm. Vor Einbruch der Dunkelheit lasse ich dich ablösen. Er wird dir keine Schwierigkeiten machen. Was kann er schon tun, außer über die Brustwehr klettern und sich unten den Schädel zerschmettern? Und ich schätze, er ist noch nicht so verrückt vor Angst, daß er diesen Ausweg wählt. Wer weiß, vielleicht gefällt es ihm mit der Zeit bei uns – was, Kleiner?« Er stieß Yves einen Finger in die Rippen und lachte. »Halte deinen Dolch bereit. Wenn sie sich sehen lassen, wenn du merkst, daß einer von ihnen sich anschleicht, rufst du ihn an und wiederholst die Drohung. Und wenn sie darauf nicht reagieren«, sagte er und ließ seine Zähne wie eine Falle zusammenschnappen, »laß ihn bluten! Wenn es hart auf hart geht, komme ich selber herauf. Mir werden sie glauben!«

Der Mann, der Guarin hieß, nickte und grinste. Vielsagend lockerte er den Dolch in seiner Scheide.

»Die anderen kommen mit mir hinunter. Wir müssen uns besser vorbereiten. Wir brauchen Wachen an allen Seiten. Sie werden auf jede nur mögliche Weise versuchen hereinzukommen, bevor sie vor Kälte aufgeben. Der Sheriff, der in einem solchen Winter im Freien übernachtet, ist noch nicht geboren. Sie werden es nicht länger als eine Nacht aushalten.«

In die Falltür war ein Ring eingelassen, an dem man sie hochziehen konnte. Er packte ihn mit seiner großen Hand, hob die Tür so mühelos, als sei sie aus Papier und ließ sie mit einem dumpfen Krachen auf die Bretter der Plattform fallen. Man hörte das Klappern der eisernen Riegel, mit der sie an der Unterseite verschlossen werden konnte.

»Zur Sicherheit werde ich die Tür verriegeln. Keine Sorge, ich werde dir etwas zu essen bringen und dich heute abend ablösen lassen. Aber mit diesem Küken gehe ich kein Risiko ein. Er ist zu wertvoll für uns, um ihn aufs Spiel zu setzen.« So entschlossen wie er ihm das Messer an die Kehle gesetzt hatte, schlug er Yves jetzt im Vorbeigehen auf die Schulter und stieg über die Leiter nach unten. Geschwind folgten ihm seine Männer. Guarin schloß die Falltür, und sie hörten beide, wie unten die Riegel vorgelegt wurden und der letzte Mann die Leiter hinunterkletterte.

Allein auf ihrer luftigen Plattform aus roh behauenen Balken sahen die beiden sich an. Die Luft war schneidend kalt und unter ihren Füßen knirschte gefrorener Schnee. Yves leckte sich getrocknetes Blut von der Lippe und sah sich nach der geschütztesten Stelle um. Der Turm war so gebaut, daß er hoch genug war, um eine möglichst weite Aussicht zu bieten, ohne allzu auffällig über die Felsen hinauszuragen. Die Schießscharten zwischen den Zinnen reichten Yves bis zur Brust. Er konnte sich etwas hinüberlehnen und nach allen Seiten sehen, aber nach hinten, zum Abgrund hin, war nur die Kante des Plateaus und dahinter, weit unten, das Tiefland zu erkennen. Diese Plattform hier oben war zu offen und ungeschützt, um bequem zu sein und Wind und Wetter konnten ihnen hier ungehindert zusetzen. Immerhin jedoch war es heute wenigstens nicht so kalt wie an den Tagen zuvor.

So weit er sehen konnte regte sich nichts, nur unten im Hof herrschte rege Betriebsamkeit: An jedem Beobachtungspunkt stand eine Wache und alle Schießscharten waren mit Bogenschützen besetzt. Von den Männern des Königs war nichts zu sehen. Yves suchte sich einen schneefreien, windgeschützten Winkel, setzte sich, den Rücken gegen die hölzerne Brustwehr gelehnt, auf die Bohlen und umfaßte seine Knie mit den Armen. Je niedriger er sich zusammenkauerte, desto weniger Wärme verlor er. Und Wärme war das, was er nun am dringendsten brauchte. Nicht anders allerdings ging es Guarin.

Er war keiner von den Schlechtesten, dieser Guarin. Yves hatte inzwischen viele der Männer in der engeren Umgebung des Anführers beobachtet und wußte, welchen von ihnen es Vergnügen bereitete, andere zu quälen und zu verletzen, bis sie sich vor Schmerzen wanden und um Gnade bettelten. Von denen gab es mehr als genug, aber dieser Guarin gehörte nicht zu ihnen. Der Junge hatte sogar herausgefunden, wie einige von ihnen zu den Räubern gestoßen waren und konnte die Schlimmsten von den Besten unterscheiden. Da waren die, welche aus freien Stücken Wegelagerer, Mörder und Diebe geworden waren und davon lebten, ihre Mitmenschen zu berauben. Andere waren kleine Taschendiebe und Betrüger, die vor der Strafe, die ihnen in der Stadt drohte, geflohen waren und hier Zuflucht gesucht hatten, wo selbst ihre Fertigkeiten Verwendung fanden. Wieder andere waren entlaufene Leibeigene, die sich wütend gegen Tyrannei aufgelehnt und sich so gegen das Gesetz gestellt hatten. Einige waren jüngere Söhne aus guter Familie oder Adlige ohne Land, die als Glücksritter zu dieser Bande gefunden hatten. Und auch ein paar Krüppel gab es, die vorher ehrliche Arbeit geleistet hatten und davongejagt worden waren, da man sie nicht mehr gebrauchen konnte; aber dies waren nur wenige, sie gehörten eigentlich nicht zu diesem Gesindel. Durch widrige Umstände waren sie hier gelandet und nun saßen sie in einer Falle, aus der sie keinen Ausweg sahen.

Guarin war ein großer, einfältiger, unbekümmerter Mann, dem nichts an Grausamkeiten lag. Soweit Yves es beurteilen konnte, hatte er gegen rauben, plündern und brandschatzen nichts einzuwenden, solange er nicht selber zu töten brauchte. Er zog mit den anderen mit und tanzte nicht aus der Reihe, aber wenn es sich vermeiden ließ, vergoß er selber lieber kein Blut. Dennoch würde er seinen Befehlen gehorchen. Er sah keine andere Möglichkeit, sich einen Anteil an der Beute, Essen und Trinken, ein Dach über dem Kopf und einen Platz am Feuer zu sichern. Wenn sein Führer ihm befahl zu töten, dann würde er es ohne zu zögern tun.

Um sie herum wurde es heller. Die bittere Kälte hatte zwar noch nicht nachgelassen, aber ein Umschwung lag bereits in der Luft. Am frühen Nachmittag klopfte jemand an die Falltür, öffnete die Riegel und stieg mit einem Sack voll Brot und Fleisch und einem Krug mit warmem, gewürztem Bier für den Wächter aus dem nach Holz duftenden Dunkel des Turmes zu ihnen herauf. Das Essen reichte für zwei und Guarin gab seinem Gefangenen etwas davon ab. Da sie über die Vorräte von mindestens vier Höfen verfügten, brauchten sie an den Mahlzeiten nicht zu sparen.

Das Essen und das warme Bier halfen eine Zeitlang, aber im Verlauf der nächsten Stunden kroch ihnen die Kälte wieder in die Glieder. Guarin ging auf und ab, um sich zu wärmen und nach allen Richtungen Ausschau zu halten. Er beachtete seinen Gefangenen nicht, warf ihm nur hin und wieder einen Blick zu, der Yves daran erinnerte, daß er hilflos war und gut daran tat, keinen Fluchtversuch zu machen. Eine Weile fiel er in einen unruhigen Halbschlaf, aber als er erwachte, war er so kalt und steif, daß er aufstehen, mit den Füßen stampfen und mit den Armen schlagen mußte, um sein Blut wieder in Bewegung zu bringen. Sein Bewacher lachte darüber und ließ ihn nach Herzenslust herumspringen. Was konnte er schon unternehmen?

Die Abenddämmerung setzte ein. Yves ging hinter Guarin auf dem Turm auf und ab und sah durch die Schießscharten auf eine Welt herab, in der es nur Feinde zu geben schien. Besonders auf der dem Abgrund zugewandten Seite des Turms lehnte er sich weit vor, konnte aber nur die Felskante und das Land weit unten erkennen. Auf dieser Seite des viereckigen Turms war sonst nichts außer dem Himmel zu sehen. Aber in der östlichen Ecke fand Yves einen Vorsprung im Holz, auf den er, als Guarin ihm den Rücken wandte, seinen Fuß stellen konnte, um eine bessere Sicht zu haben. Unter ihm war eine ebene Felsfläche und als er sich gefährlich weit vorbeugte, konnte er sehen, daß die Palisade sich nicht ganz um die Festung herumzog, sondern am Abgrund endete. Dort aber fiel die Steilwand nicht senkrecht ab — er konnte einige schneebedeckte Felsvorsprünge erkennen. Kein Lebenszeichen, wohin er sich auch wandte. Es sah so aus, als hätten ihn die Freunde, auf die er sich verließ, im Stich gelassen.

Aber etwas regte sich dort im Schnee, etwas war dort draußen auf dem Felsen. Yves glaubte seinen Augen nicht zu trauen als er sah, daß sich auf einem der Felsvorsprünge etwas bewegte. Einen Augenblick lang zeigte sich der Umriß eines Kopfes, das dunkle Gesicht eines Mannes, der die nächste Etappe einer einsamen, gefährlichen Kletterpartie berechnete. Im nächsten Moment war dort, zehn Meter unterhalb der Stelle, an der die Palisade an den Abgrund stieß, nichts mehr zu sehen als Fels und Schnee. So sehr Yves seine Augen auch anstrengte — er konnte keine Bewegung mehr wahrnehmen.

Er hörte hinter sich einen Fluch und beeilte sich, von seinem Ausguck herunterzuspringen, noch bevor Guarin ihn packte und durchschüttelte. »Was hast du eigentlich vor? Du Dummkopf, dort kannst du nicht hinunter.« Er lachte bei dem Gedanken daran, sah aber glücklicherweise nicht in die Richtung, in die Yves geblickt hatte. »Wenn du da hinunterspringen willst, kannst du dir genausogut den Hals durchschneiden lassen.«

Er ging auf und ab, ohne die Schulter des Jungen loszulassen, als glaube er wirklich, seinem Gefangenen könne es sonst gelingen zu entfliehen. Das würde ihn teuer zu stehen kommen. Yves ließ sich herumstoßen und jammerte ein wenig über die rauhe Behandlung, um den Mann bei Laune zu halten und ihn abzulenken.

Jetzt war er sich nämlich sicher, daß er sich nicht getäuscht hatte: Dort unten in den Felsen war ein Mann. Ein Mann, der seine dunkle Kleidung unter einem weißen Leintuch verborgen hatte, damit er im Schnee nicht auszumachen war, der auf gefahrvolle Weise dorthin geklettert war, und zwar gewiß nicht vom Fuß des Berges, sondern Stück für Stück von der Stelle aus, an der die Bäume an den Abgrund stießen. Er hatte sich immer etwas unterhalb der Felskante gehalten und arbeitete sich langsam an der Palisade vorbei zu dem Teil der Festung vor, die nicht bewacht wurde, weil man die Steilwand für unüberwindlich hielt. Und er war so diszipliniert, daß er sich auch in dieser eisigen Kälte langsam bewegen und selbst zu Eis erstarren konnte, um mit Schnee und Stein zu verschmelzen. Jetzt wartete er auf die Dunkelheit, bevor er es wagen konnte, den letzten, gefährlichsten Abschnitt seines Unternehmens hinter sich zu bringen.

Willig ging Yves dorthin, wohin die Hand an seiner Schulter ihn schob und ließ sich durch nichts anmerken, daß er nicht im Stich gelassen war, daß ein Held sein Leben für ihn aufs Spiel setzte und daß er selber Heldenmut aufbringen mußte, damit alles sich zum Guten wendete. Nein, er durfte nicht versagen.

Dunkelheit hatte sie umschlossen und nun war es Guarin, der sich beklagte. Schließlich kam seine Ablösung die Leiter hinaufgestiegen, schob die Riegel zurück und stieß die Falltür auf, um auf die Plattform zu klettern.

Sein neuer Bewacher gehörte zu der unangenehmen Sorte: ein pockennarbiger Bursche mit einem struppigen Bart, einer breiten Nase, großen Fäusten und schmutzigen Fingernägeln, die schmerzhaft kneifen konnten. Die Begegnungen mit ihm hatten Yves bereits blaue Flecken eingetragen und als er ihn aus der Tiefe auf der Plattform auftauchen sah, biß er sich in düsterer Vorahnung auf die Unterlippe. Er wußte nicht, wie der Mann hieß. Vielleicht war er ungetauft und hatte keine richtigen Eltern gehabt, so daß er nie bei einem Namen, sondern nur mit irgendeinem Beinamen gerufen wurde.

Auch Guarin mochte ihn nicht allzusehr. Er fluchte darüber, daß die Ablösung so spät kam, wo sie doch schon vor Einbruch der Dunkelheit hätte erfolgen müssen. Die beiden Männer knurrten sich an, bevor Guarin die Leiter hinunterstieg und so hatte Yves Gelegenheit, sich in seinen geschützten Winkel zu drücken, um seine Anwesenheit nicht zu deutlich in Erinnerung zu rufen. Ihm stand eine Prüfung bevor. Aber irgendwo dort draußen, nicht mehr weit entfernt, war jemand, der ihm zu Hilfe kam.

Brummelnd kletterte Guarin die lange Leiter hinunter und Yves hörte, daß die Riegel vorgelegt wurden. Die Männer hatten ihre Befehle. Er war jetzt allein mit diesem unberechenbaren Mörder, der so weit gehen würde, wie es die Anordnungen seines Anführers erlaubten. Er würde es nicht wagen, Yves zu töten oder zu verstümmeln, aber ganz sicher glaubte er Erlaubnis zu haben, ihn zu quälen.

Seinen Rücken dem Wind zugekehrt, kauerte Yves sich in die Ecke. Sein neuer Bewacher ließ keinen Zweifel daran, daß er keine Sympathien für ihn empfand. Er gab Yves die Schuld dran, daß er eine ungemütliche Nacht hier oben in der klirrenden Kälte verbringen mußte, anstatt sich unten am Feuer wärmen zu können.

»Verdammtes Balg«, knurrte er und trat im Vorbeigehen nach den Beinen des Jungen, »wir hätten dir gleich dort, wo du uns über den Weg gelaufen bist, den Hals durchschneiden sollen! Hätten die Soldaten dich tot gefunden, dann hätten sie nicht weiter nach dir gesucht und wir könnten hier immer noch ein schönes Leben führen.« Das war wohl richtig, mußte Yves zugeben, als er seine Füße einzog und sich tiefer in die Ecke verkroch. Er machte sich so klein wie möglich und sagte nichts, aber anstatt ihn zu besänftigen, schien sein Schweigen den Mann nur noch mehr in Wut zu bringen.

»Wenn es nach mir ginge, würdest du den Krähen zum Fraß an diesen Zinnen hängen. Und glaub nur nicht, daß du diesem Schicksal entgehen kannst. Jeder Handel, den wir eingehen, kann widerrufen werden, wenn wir erst einmal in Sicherheit sind! Was könnte uns davon abhalten, dir die Kehle durchzuschneiden, auch wenn wir uns freies Geleit mit deinem Leben erkauft haben? Los, du Ratte, antworte mir!«

Wieder trat er zu und stieß dem Jungen seinen Zeh in die Seite. Obwohl Yves sich schnell zur Seite gerollt hatte, gelang es ihm nicht ganz, dem Tritt auszuweichen. Vor Schmerz und Wut schrie er auf.

»Was euch davon abhalten könnte?« rief er. »Die Tatsache, daß euer Anführer sich noch dunkel an seine Erziehung erinnert und einen Rest von Ehre im Leib hat. Und du tust gut daran, seinen Befehlen aufs Wort zu gehorchen, denn im Augenblick bin ich für ihn weit wertvoller als du. *Dich* könnte er leichten Herzens an einer Zinne aufknüpfen, ohne dabei einen Verlust zu empfinden.« Er wußte, daß das dumm war, aber er war es leid, vernünftig und gegen seine Natur zu handeln. Er sah die große Hand, die ihn am Haar packen wollte und tauchte unter ihr hinweg. Auf diesem begrenzten Raum würde er wohl schließlich in die Enge getrieben werden, aber er war schneller und leichter als sein Gegner und auf jeden Fall war es wärmer, wenn man sich bewegte als wenn man stillsaß. Der Mann folgte ihm. Er war schlau genug, nur leise zu fluchen, denn wenn hier oben Lärm entstand, würde jemand heraufkommen und nachsehen, was der Grund dafür war. So murmelte er seine Verwünschungen, während er, mit den Armen rudernd, versuchte, Yves zu fangen. »So, du wirst unverschämt, kleine Ratte? Reißt das Maul auf, wo ich dir mit einer Hand den Hals umdrehen könnte? Ich muß dich wohl am Leben lassen, aber die Knochen kann ich dir immerhin brechen! Oder dir die Zähne in deinen großen Hals schieben!«

Als Yves ihm ein zweites Mal entschlüpfte sah er, daß sich hinter dem Rücken des Verfolgers die schwere Falltür langsam zu heben begann. Sie hatten ihre Aufmerksamkeit zu sehr aufeinander konzentriert, um zu bemerken, daß die Riegel, allerdings ungewöhnlich leise und vorsichtig, zurückgeschoben worden waren. Den Kopf, der sich nun aus dem Dunkel des Turmes in das abendliche Zwielicht schob, hatte Yves noch nie zuvor gesehen und so lautlos stieg der Mann auf die Plattform, daß das Herz des Jungen vor verzweifelter Hoffnung einen Sprung tat. Instinktiv wußte er beim ersten Anblick des Mannes, daß dieser nicht zu der Bande von Mördern und Dieben gehören konnte. Gerade setzte er den Fuß auf die Bohlen und richtete sich auf und wenn der Bewacher sich umdrehte, würde er dem anderen gerade ins Gesicht sehen. Nein, umdrehen durfte sich dieser tobende Kerl jetzt nicht! Aber wenn Yves ihm jetzt auswich, würde er das tun, damit er ihn zu fassen bekam und ihn schlagen konnte.

Yves glitt auf dem gefrorenen Schnee aus, oder jedenfalls schien es so, und eine riesige Faust traf ihn an der Brust und warf ihn hart gegen die Brustwehr. Die andere packte sein Haar und riß ihm den Kopf zurück. Der Rohling spuckte ihm ins Gesicht und lachte triumphierend. Yves konnte sich nicht wehren und versuchte, so gut er konnte, auszuweichen, aber er sah, daß der Fremde sich zu seiner vollen Größe aufrichtete und geräuschlos, ohne Eile die Falltür wieder schloß, wobei er die beiden, die an der Brustwehr miteinander kämpften, nicht aus den Augen ließ. Offenbar vergaß er über der Rettung nicht, die notwendigen Vorsichtsmaßnahmen zu treffen. Über dieses große Lob schwoll Yves' Herz vor Bewunderung und Dankbarkeit, denn gerade war ihm zu verstehen gegeben worden, daß seine Vorstellung verstanden worden und er nicht mehr ein bloßes Opfer war, sondern ein Verbündeter in diesem seltsamen, geheimen Unternehmen.

Er sah, daß der Mann einen schnellen, lautlosen Schritt auf sie zu machte, aber dann wurde sein Kopf von einem heftigen Schlag auf die Wange zur Seite gerissen und gleich darauf traf ihn ein zweiter von der anderen Seite, der ihn schwindlig und halb bewußtlos machte. Um sicherzugehen, brach er in verzweifeltes Winseln aus – nicht allzu laut, aber laut genug, um die Geräusche des anderen zu überdecken, der jetzt schon ganz nah sein mußte: »Nein, nicht! Ihr tut mir weh! Laßt mich los! Es tut mir leid, es tut mit leid... Bitte, schlagt mich nicht...« In seiner Stimme lag etwas Triumphierendes, aber dieser Mensch bemerkte es nicht. Gehässig lachte er leise vor sich hin.

Er lachte immer noch, als sich ein langer Arm vor sein Gesicht legte, ihm den Mund verschloß und ihn rücklings auf die Bohlen warf. Der langbeinige, kräftige Jüngling ließ sich auf ihn fallen, stieß ihm ein Knie in den Bauch und nahm ihm dadurch den Atem. Dann riß er ihm den spitzen Helm ab und zog seinen Kopf hoch, um ihn gleich darauf mit unvermuteter Kraft auf die Bohlen zu schlagen. Steif und stumm wie ein toter Fisch lag Yves' Bewacher auf dem Boden.

Wie ein junger Falke stürzte Yves aufgeregt hinzu und löste den Gürtel, an dem Schwert und Dolch des Bewachers hingen. Seine Hände zitterten, aber er ging eifrig zu Werk, zog den Gürtel aus dem Waffengehänge und gab ihn dem Fremden, der ruhig und geduldig darauf gewartet hatte und nun die Oberarme des Räubers damit fesselte, so daß die Hände auf dem Rücken lagen, bevor er seinen jungen Helfer genauer betrachtete. Hier oben auf dem Turm leuchteten nur die Sterne, aber in ihrem klaren, reinen Licht war es unverkennbar, daß er lächelte. Er griff in die Brust seines braunen Wamses aus handgesponnenem Stoff, zog ein zusammengerolltes Stück weißes Leinen hervor und hielt es Yves hin.

»Wisch dir dein Gesicht ab«, sagte eine ruhige, leise Stimme, in der Lächeln und Anerkennung mitschwangen, »bevor ich diesem Schreihals den Mund damit stopfe.«

Kapitel 12

Fasziniert und ehrfürchtig schweigend wischte Yves sich den Speichel aus dem Gesicht. Er wandte seine Augen keinen Moment lang von dem Gesicht des Mannes, der auf der anderen Seite des hingestreckten Körpers seines Feindes kniete. Seine Zähne leuchteten weiß im schwachen Licht der Sterne und seine Augen schimmerten wie Bernstein. Die Kapuze war zurückgeglitten und enthüllte zerzaustes Haar, das jedoch nicht gelockt war, sondern sich wie eine eng anliegende Kappe an den schön geformten, edlen Kopf schmiegte. Jede Linie seines Gesichtes und jede Geste verriet seine Kühnheit und Jugend. Yves sah ihn an und war hingerissen. Er hatte schon vorher Idole verehrt, unter anderem seinen Vater, aber hier war ein neuer Held, der jung und vor allem greifbar war.

»Gib her!« sagte sein neuer Verbündeter kurz und schnippte mit den Fingern nach dem Leinentuch. Yves beeilte sich, es ihm zu reichen. Ein Ende des Tuches wurde Yves' bewußtlosem Bewacher in den Mund geschoben, der Rest wurde ihm um den Kopf gewickelt, damit er, wenn er erwachte, nichts hören und sehen konnte. Das andere Ende schließlich knotete der Mann an dem Gürtel fest, mit dem bereits die Arme des überwältigten Räubers gefesselt waren. Um auch seine Beine binden zu können, zogen sie die Lederriemen aus seinem Wams, schnürten seine Füße bei den Knöcheln zusammen und bogen sie so weit zurück, daß sie mit dem Rest der Riemen auch seine Hände auf dem Rücken fesseln konnten. Schließlich lag er da wie eines jener kompakten, verschnürten Bündel, die man Lastponys auflegt. Mit großen Augen bestaunte Yves die Umsicht, die sein neuer Freund dabei an den Tag legte.

Einen Augenblick lang sahen sie einander zufrieden an. Yves öffnete den Mund, um etwas zu sagen, aber der andere legte einen Finger warnend an die immer noch lächelnden Lippen.

»Warte!« sagte die tiefe, gelassene Stimme halblaut. Ein Flüstern läßt sich nicht identifizieren, aber es ist gefährlich weit zu hören. Dieses gedämpfte Murmeln jedoch drang nur an das Ohr des Jungen. »Laß uns sehen, ob wir auf dem Weg fliehen können, den ich gekommen bin.«

Yves gehorchte wie verzaubert. Bebend duckte er sich zusammen und lauschte angestrengt. Der andere lag, ein Ohr an das Holz gepreßt, auf der Falltür, öffnete sie nach einigen Augenblicken vorsichtig einen Spaltbreit und sah hinab in das nach Holz duftende Dunkel des Turmes. Vom Hof und vom Wehrgang draußen hörte man die Bewegungen und Stimmen des alarmbereiten Lagers, aber unten, zwischen dem Schatten der Balken, war alles still und ruhig.

»Jetzt können wir es versuchen. Bleib dicht hinter mir und tu alles, was ich tue.«

Er hob die Falltür auf und kletterte, behende wie eine Katze, die Leiter hinunter. Yves folgte ihm. Im Dämmerlicht des Absatzes, den sie nun erreicht hatten, hielten sie inne und drückten sich in den dunkelsten Winkel, aber nichts Bedrohliches regte sich. Von hier aus führten rohe, aber festgefügte Stufen weiter hinunter. Bald hatten sie das mittlere Stockwerk des Turms erreicht und konnten das Stimmengewirr und die Geräusche hören, die von reger Geschäftigkeit im großen Saal zeugten und durch die Ritzen einer großen Tür das Flackern des Feuers und der Fackeln dort unten sehen. Eine Treppe noch und dann würden sie den Fuß des Turms erreicht haben. Dort war auch der Saal und nur eine Tür würde sie von Alain le Gaucher und seiner Bande trennen. Der Jüngling zog Yves mit seinem langen Arm an sich und hielt ihn fest. Wachsam beobachtend und horchend stand er da. Das Fundament des Turms bestand zur Hälfte aus Felsen, zur anderen Hälfte aus gestampfter Erde und die Luft, die von dort zu ihnen hinaufstrich, war kälter als die zwischen den Holzwänden weiter oben. Angstvoll beugte Yves sich vor und sah in einer Ecke dort unten eine steinerne Nische, von der ein starker Zugwind zu ihnen heraufwehte. Das mußte die schmale Tür sein, die hinaus in die Nacht führte und durch die sein Retter in den Turm gelangt war. Wenn sie es schafften, sie unbemerkt zu erreichen, dann mochte ihnen die Flucht aus dem Räubernest auf diesem Weg gelingen. Mit diesem außergewöhnlichen Mann als Führer würde er sich nicht einmal fürchten, die Steilwand bei Nacht zu durchklettern. Was einer allein fertiggebracht hatte, das konnten auch zwei gemeinsam zuwege bringen.

Die erste Stufe der letzten Treppe verriet sie. Bis dahin war alles glattgegangen, aber sobald ein Fuß dieses krumme Brett berührte, gab es mit einem lauten Klappen nach und durch den Hall in den Winkeln des Treppenhauses wurde dieses Geräusch noch verstärkt. Aus dem Saal erscholl ein Alarmruf, man hörte das Trappeln von Füßen und dann wurde die große Tür aufgerissen und im Feuerschein stürzten bewaffnete Männer heraus.

»Zurück!« rief der Fremde sofort, drehte sich ohne zu zögern um, packte den Jungen und hob ihn die Treppe hinauf, die sie gerade heruntergeschlichen waren. »Auf das Dach, schnell!« Es gab keinen anderen Fluchtweg und es konnte nur einen Moment dauern, bis sich die Augen der Männer aus dem hellbeleuchteten Saal an die Dunkelheit gewöhnt hatten. Und dieser Augenblick war bereits vergangen — der erste stieß wütend einen lauten Alarmruf aus und stürzte, gefolgt von drei oder vier anderen, hinter ihnen her. Das Geschrei wehte die beiden Flüchtenden gleichsam die Stufen hinauf.

Am Ende der langen Treppe, vor der Leiter, wurde Yves gepackt und auf die halbe Höhe zur geöffneten Falltür hinaufgeworfen, und das war die Länge eines großen Mannes. Er griff in die Sprossen der Leiter und kletterte hinauf, sah jedoch zögernd über seine Schulter, denn er wollte seinen Kameraden nicht allein dort unten zurücklassen. Der aber befahl ihm in scharfem Ton: »Los! Geh hinauf, schnell!« In aller Eile stieg er zu der Plattform hinauf, legte sich neben der Falltür auf den Bauch und sah aufgeregt hinab. Im Gewirr der Schatten, das durch das Sternenlicht über der geöffneten Falltür nur wenig erhellt wurde, erkannte er den ersten Verfolger, der mit gezogenem Schwert die schmalen Stufen hinaufstürmte. Es war ein großer Mann, dessen massiger Körper denen, die ihm folgten, die Sicht nahm.

Bis zu diesem Augenblick hatte Yves gar nicht gemerkt, daß sein Verbündeter eine Waffe trug. Das Schwert, das sie seinem Bewacher abgenommen hatten, lag noch immer hier auf dem Dach. Yves hatte nur sein Messer an sich genommen und es als Ersatz für den Dolch, den man ihm abgenommen hatte, stolz an seinem Gürtel befestigt. Unten flammte eine Klinge auf wie ein entfernter Blitz. Sie schwang sich durch die Dunkelheit und zog auf ihrer gekrümmten Bahn ein Nachglimmen aus Sternenlicht hinter sich her. Der Räuber schrie wütend auf. Sein kurzes Schwert wurde ihm aus der Hand geschlagen und fiel polternd auf den Boden. Im nächsten Augenblick traf ihn ein gestiefelter Fuß an der Brust und stieß ihn, während er noch um sein Gleichgewicht kämpfte, die Treppe hinab. Donnernd fiel er hintenüber und da die Treppe schmal war und kein Geländer hatte, wurden zwei oder drei der Männer von ihrem schwergewichtigen Anführer mitgerissen und mindestens einer stürzte durch das Treppenhaus in die Tiefe.

Ohne sie weiter zu beachten, machte der Jüngling einen großen Satz die Leiter hinauf und war einen Moment später neben Yves. Er warf das funkelnde Schwert auf das Eis der Plattform, ergriff mit kräftigen Händen die Leiter und zog sie hinauf. Als Yves verstand, was er vorhatte, packte er zu und half ihm. Er war wieder zu Atem gekommen und zog mit aller Kraft. Es gelang. Die Leiter war nicht fest verankert gewesen, sondern an Fuß- und Kopfende nur von Balken gestützt worden. Lange bevor der erste Angreifer unten wütend versuchen konnte sie festzuhalten, war sie außer Reichweite selbst des größten Mannes.

Als das Fußende der Leiter über der Falltür erschien, ließen sie sie auf die Plattform fallen. Klirrend zerbarst das Eis. Wutschreie drangen zu ihnen hinauf und Yves wollte schon die Falltür über ihnen schließen, aber sein Verbündeter winkte ihn beiseite und gehorsam trat der Junge zurück. Was immer sein Held tat, würde gut und richtig sein.

Und lächelnd, obwohl sein Lächeln im Dunkel kaum zu

sehen war, packte sein Held einfach ihren Gefangenen, der nun an seinen Fesseln zerrte, schleppte ihn zur Falltür und richtete ihn sorgfältig auf, damit er nicht kopfüber fiel. Dann gab er ihm einen fast sanften Stoß, so daß er auf seine Freunde stürzte und zwei oder drei von ihnen unter sich begrub. Die Falltür schlug zu und dämpfte ihre Schmerzens- und Schreckensschreie.

»Und jetzt Beeilung!« Die ruhige Stimme klang fast tadelnd. »Her mit der Leiter, hierher, über die Falltür. So! Jetzt legst du dich auf das Ende und ich auf dieses hier, dann werden sie die Tür kaum öffnen können.«

Wie befohlen legte Yves sich bäuchlings auf die Leiter. So lag er lange da, den Kopf in den Armen vergraben, keuchend und zitternd. Die Bohlen unter ihm bebten vom Lärm der Männer, die ein Stockwerk tiefer in ohnmächtiger Wut tobten – die Falltür war für sie unerreichbar, zwei Meter über ihren Köpfen. Und selbst wenn sie Geräte herbeischafften, auf die sie sich stellen konnten, würden sie nichts ausrichten können. Die Tür schloß so dicht, daß keine Lanzenspitze und kein Schwert durch ihre Ritzen gestoßen werden konnte. Und auch wenn sie mit einer Axt einschlugen, konnte immer nur ein einzelner hinaufklettern und die beiden oben auf der Plattform waren wachsam und bewaffnet. Mit angehaltenem Atem und gespreizten Armen und Beinen lag Yves auf der Leiter und machte sich schwer. Trotz der bitteren Kälte war er schweißüberströmt.

»Sieh einmal auf, mein Kleiner«, sagte die Stimme am anderen Ende der Leiter beinah fröhlich, »und zeig mir noch einmal dein Gesicht, auch wenn es schmutzig und zerschunden ist. Laß mich sehen, was meine Mühen mir eingetragen haben!«

Yves hob den Kopf und blickte verwirrt in ein Gesicht mit hellen, golden schimmernden Augen und einem strahlenden, zufriedenen Lächeln. Es war ein junges, ovales Gesicht unter dem enganliegenden, dichten schwarzen Haar, mit hohen Backenknochen, dünnen schwarzen Augenbrauen, geschwungenen Lippen und einer schmalen, wie ein Krummsäbel gebogenen Nase. Nach normannischer Sitte trug der Jüngling keinen Bart und seine dunkle, glänzende Haut war glatt wie die eines Mädchens.

»Sei ganz beruhigt. Laß sie nur toben — sie werden es bald aufgeben. Wenn wir auch nicht an ihnen vorbeigekommen sind, so können sie auch nicht an uns heran. Jetzt haben wir Zeit zum Nachdenken. Nur halte dich unterhalb der Brustwehr. Sie kennen sich hier aus und haben vielleicht Bogenschützen aufgestellt, die es auf vorwitzige Köpfe abgesehen haben.«

»Und wenn sie Feuer an den Turm legen um uns herauszutreiben?« fragte Yves. Seine Stimme zitterte vor Aufregung und Furcht.

»Nein, so dumm werden sie nicht sein. Der Saal würde mitverbrennen. Außerdem — warum sollten sie etwas Übereiltes tun, wo sie doch wissen, daß wir nicht hinauskönnen? Wir sind ihre Gefangenen, ob hier draußen in der Kälte oder unten bei ihnen in einer Zelle — das läßt sich nicht bestreiten. Du und ich, Messire Yves Hugonin, wir müssen uns jetzt etwas einfallen lassen.« Er neigte den Kopf und gebot mit erhobener Hand Schweigen, um auf das Stimmengewirr unten zu lauschen, das zu einem gedämpften, verschwörerischen Gemurmel geworden war. »Sie haben sich beruhigt. Wir sitzen hier oben in der Falle und sie werden uns einfach frieren lassen. Sie werden woanders benötigt und brauchen nur ein paar Männer als Wache zurücklassen. Sie können warten bis wir aufgeben.«

Er sprach diese Worte mit Gelassenheit — der Gang der Ereignisse schien ihm nicht die geringsten Sorgen zu bereiten. Unter ihnen entfernte sich das Gemurmel und erstarb dann ganz. Er hatte die Situation richtig eingeschätzt: Alain le Gaucher wußte, daß er sich auf die wichtigsten Aufgaben konzentrieren mußte und alle seine Männer an der Palisade gebraucht wurden. Sollten seine Gefangenen, wenn sie auch Herren über eine Plattform waren, die nicht größer war als einige Schritte im Geviert, ihre Herrschaft ruhig noch ein wenig genießen. Bald schon würde die Kälte sie hilflos machen und vielleicht auch töten. Was immer sie auch taten, sie konnten nicht entkommen.

Unten herrschte drohende Stille. Aber die Kälte, das ließ

sich nicht leugnen, kroch ihnen in die Glieder und der tiefste, finsterste, kälteste Teil der Nacht stand ihnen noch bevor.

Der Jüngling entspannte sich wieder, wandte sich dem Jungen zu und streckte seinen Arm aus. »Komm her, wir wollen uns wärmen, so gut es geht. Komm! Bald werden wir uns bewegen können, aber jetzt müssen wir diese Falltür zur Hölle noch ein wenig zuhalten. Und dabei können wir nachdenken, was wir als nächstes tun.« Dankbar kroch Yves zu ihm und schmiegte sich an ihn. Sie rückten ein wenig hin und her, bis sie eine bequeme Stellung gefunden hatten und der Kälte möglichst wenig Angriffspunkte boten. Yves atmete tief ein und legte seinen Kopf fast scheu an die Schulter seines Helden.

»Ihr kennt mich«, sagte er zögernd. »Aber ich weiß nicht, wer Ihr seid.«

»Du sollst es erfahren, Yves. Ich hatte noch keine Gelegenheit, mich vorzustellen, wie es sich gehört. Für alle außer dir, mein Freund, bin ich Robert, der Sohn eines der Wäldler im Clee-Wald. Du aber...«, er wandte den Kopf, sah in die großen, ernsten Augen des Jungen und lächelte, »du aber darfst wissen, wer ich wirklich bin, wenn ich mich darauf verlassen kann, daß du mich nicht verrätst. Ich bin einer der jüngsten und geringsten Ritter deines Onkels Laurence d'Angers. Mein Name ist Olivier de Bretagne. Mein Herr wartet ungeduldig in Gloucester auf Nachricht von mir. Ich wurde geschickt, dich zu finden und ich habe dich gefunden. Und du kannst gewiß sein, daß ich dich jetzt nicht mehr verlieren werde.«

Yves war sprachlos, hin- und hergerissen zwischen Staunen, Freude und Besorgtheit. »Ist das wirklich wahr? Mein Onkel hat Euch geschickt, um uns zu finden und zu ihm zu bringen? In Bromfield sagte man, er suche uns – meine Schwester und mich.« Der Gedanke an Ermina machte ihn zittern. Was half es schon, daß er gefunden war, wenn sie immer noch vermißt wurde? »Sie – meine Schwester... sie hat uns verlassen! Ich weiß nicht, wo sie ist!« Er ließ seinen Worten einen verzweifelten Seufzer folgen.

»Ah, da habe ich dir also etwas voraus, denn *ich* weiß, wo

193

sie ist! Mach dir keine Sorgen um Ermina. Sie ist wohlbehalten und sicher in Bromfield. Es ist wahr, glaub mir! Würde ich dich anlügen? Ich habe sie selbst dorthin gebracht, um euch zusammenzubringen, aber noch bevor wir am Tor ankamen erfuhr ich, daß du schon wieder davon warst.«

»Ich konnte nichts dafür, ich mußte...«

Es war fast zuviel auf einmal. Yves schluckte seine Verwunderung hinunter und riß sich zusammen. Jetzt, da er sich keine Sorgen mehr um Ermina machen mußte, nahm er in der Gefahr, in der er sich befand, Zuflucht zu bittern Anklagen gegen sie, dafür daß sie ihn und so viele andere in diese Situation gebracht hatte. »Ihr kennt sie nicht! Sie will auf niemanden hören«, sagte er empört. »Wenn sie erfährt, daß ich verschwunden bin, ist sie zu allem fähig! An all dem ist nur sie allein schuld und wenn sie es sich in den Kopf setzt, wird sie wieder irgendeine Dummheit begehen. Ich kenne sie besser als Ihr!«

Er führte Oliviers leises, freundliches Lachen auf das allzu große Vertrauen des jungen Mannes zu Ermina zurück. »Sie wird gehorchen! Keine Sorge, sie wird in Bromfield warten. Aber bevor ich dir meine Geschichte erzähle, solltest du mir, glaube ich, deine erzählen. Schütte nur dein Herz aus! Das ist jetzt die beste Gelegenheit, wir dürfen uns ohnehin noch nicht von hier wegrühren. Da unten ist jemand.« Yves hatte nichts gehört.

»Ihr seid aus Worcester geflohen, das weiß ich, und ich weiß auch, wie deine Schwester euch verlassen hat, und warum. Sie hat es mir frei und offen erzählt. Und wenn es dich beruhigt: Nein, sie hat nicht geheiratet und hat es auch nicht vor, sondern ist froh, aus einem dummen Fehler mit heiler Haut herausgekommen zu sein. Aber was war mit dir, nachdem sie verschwunden war?«

Yves lehnte sich an den groben Stoff über Oliviers Schulter und erzählte die ganze Geschichte: Wie er erst im Wald umhergeirrt war, wie Prior Leonard und Bruder Cadfael sich in Bromfield um ihn gekümmert hatten, von Schwester Hilarias tragischem Tod und wie er sich mit dem armen, umnachteten Bruder Elyas durch den Schneesturm gekämpft hatte.

»Und dort habe ich ihn zurückgelassen, ohne daran zu denken...«

Yves verstummte. Ihm fielen die Worte ein, die Bruder Elyas gesprochen hatte, als sie nebeneinander in der Hütte gelegen hatten. Das war etwas, das er niemandem, nicht einmal diesem strahlenden Helden sagen durfte. »Ich habe Angst um ihn. Aber ich habe die Tür nicht verriegelt. Glaubt Ihr, sie werden ihn rechtzeitig finden?«

»Da bin ich ganz sicher«, sagte Olivier beruhigend. »Euer Gott kümmert sich um die geistig Verwirrten und sorgt dafür, daß die Verlorenen gefunden werden.«

Yves fiel sofort auf, wie seltsam Olivier sich ausgedrückt hatte. »*Unser* Gott?« sagte er und sah fragend auf, zu dem dunklen Gesicht dicht über ihm.

»Oh, es ist auch meiner. Allerdings bin ich erst auf gewissen Umwegen zum Christentum gekommen. Meine Mutter war eine Muselmanin aus Syrien, mein Vater ein Kreuzritter aus dem Gefolge von Robert von Normandie. Er kam aus England und kehrte wieder hierhin zurück, noch bevor ich geboren wurde. Als ich aus dem Knabenalter heraus war, nahm ich seinen Glauben an und ging nach Jerusalem zu den Kreuzrittern. Dort trat ich in den Dienst deines Onkels und als er nach England zurückkehrte, ging ich mit ihm. Ich bin ein Christ wie du, aber während du in diesen Glauben hineingeboren wurdest, habe ich ihn aus freien Stücken gewählt. Ich habe das Gefühl, Yves, daß du deinen Bruder Elyas wohlbehalten wiedersehen wirst, trotz der kalten Nacht, die ihr verbracht habt. Wir sollten unsere Köpfe lieber anstrengen, um einen Weg zu finden, wie wir von hier entkommen können.«

»Wie seid Ihr hier hereingekommen?« wunderte sich Yves. »Wie konntet Ihr überhaupt wissen, daß ich hier bin?«

»Ich wußte es nicht, bis dieser Räuberhauptmann dich auf die Zinnen stellte und dir ein Messer an die Kehle hielt. Aber ich sah sie aus einiger Entfernung mit ihrer Beute vorbeimarschieren und dachte, es könne sich lohnen, eine solche Gesellschaft von Räubern zu ihrem Versteck zu verfolgen. Sie verübten ihre Überfälle bei Nacht und bei Nacht bist du auch verlorengegangen... Es bestand die Möglichkeit, daß sie Gefangene machten, sofern sie sich einen Gewinn davon versprachen.«

»Dann habt Ihr auch gesehen... dann wißt Ihr auch, daß unsere Freunde mit bewaffneten Männern hier sind«, sagte Yves, dem plötzlich eine neue, wunderbare Idee gekommen war.

»*Deine* Freund, gewiß, aber meine? Ohne sie beleidigen zu wollen: Diesen Freunden sollte ich besser nicht in die Hände fallen. Hast du nicht verstanden, daß ich ein Gefolgsmann deines Onkels bin? Und der wiederum steht in den Diensten der Kaiserin Maud. Ich habe keine Lust, vom Sheriff gefaßt und ins Gefängnis geworfen zu werden. Allerdings schulde ich deinen Freunden einen Gefallen, denn nur im Schutz ihres Angriffs, als dieses Ungeziefer das Tor verteidigte, ist es mir gelungen, mich unbemerkt über die Felsen anzuschleichen. Ohne diese Ablenkung hätte ich das nie geschafft. Und als ich erst im Dunkeln innerhalb der Palisade war, sah ich nicht anders aus als einer dieser Räuber. Ich habe gesehen, wie deine Wache abgelöst wurde und wußte, wo sie dich gefangenhielten.«

»Dann wußtet Ihr auch, daß ihre Drohung mich zu töten der einzige Grund dafür war, daß Hugh Beringar seine Männer zurückrief. Er hat sich nicht weit zurückgezogen, das weiß ich. So leicht gibt er nicht auf. Und jetzt hält mir niemand mehr ein Messer an die Kehle und es gibt keinen Grund, warum sie nicht angreifen sollten!«

Olivier begriff, worauf er hinauswollte und sah ihn belustigt und anerkennend an. Sein Blick wanderte nachdenklich von dem Schwert des Bewachers, das in seiner Scheide an der Brustwehr lag, zu dem verbeulten, spitzen Helm, der in einer Ecke nicht weit davon entfernt gerollt war. Der verschmitzte Blick seiner tiefliegenden, bernsteinfarbenen Augen unter schwarzen Wimpern kehrte zu Yves zurück.

»Schade, daß wir keine Trompete haben, um das Angriffssignal zu geben. Aber immerhin haben wir eine sehr brauchbare Trommel. Also – setz dich an die Brustwehr und sieh zu, was du damit ausrichten kannst. Ich werde hier Wache stehen. Sie werden nur wenige Minuten Zeit haben, diese Bohlen mit Äxten hier durchzuhacken. Danach werden sie woanders gebraucht werden — vorausgesetzt deine Freunde dort draußen begreifen genauso schnell wie du.«

Kapitel 13

Bruder Cadfael hatte den ganzen Tag damit zugebracht, von einem Ende des Baumgürtels zum anderen und wieder zurück zu kriechen und jeden Meter des Geländes zwischen ihm und der Palisade zu studieren. Er suchte nach jeder noch so dürftigen Deckung, in deren Schutz man sich, wenn es erst dunkel geworden war, näher an die Festung heranarbeiten konnte. Hugh Beringar hatte seinen Männern verboten, sich offen zu zeigen. Er hatte sie im Wald verteilt und war sehr darauf bedacht, daß die Räuber sie nicht zu Gesicht bekamen. Alain le Gaucher konnte nicht hinaus und der Sheriff konnte nicht hinein. Beringar knirschte, in ohnmächtiger Wut über diese festgefahrene Situation, mit den Zähnen. Natürlich hatten die da drinnen genug Vorräte an gestohlenem Fleisch und Getreide — genug jedenfalls, um es eine ganze Weile aushalten zu können. Sie auszuhungern würde lange dauern und dabei würde der Junge zuerst zu leiden haben. Le Gaucher mochte willens sein, ihn im Tausch gegen freies Geleit für sich und alle seine Männer auszuliefern, aber damit setzte man nur eine andere Gegend dieser Plage aus. Es gab einfach keinen Ausweg aus dieser Zwangslage! Hugh Beringars Aufgabe war es, in dieser Grafschaft für Recht und Gesetz zu sorgen und dazu war er fest entschlossen.

Aus den Reihen seiner Männer hatte er die herausgesucht, die im Hochland geboren und aufgewachsen waren und klettern konnten. Mit ihnen hatte er das Plateau durch seinen schmalen Zugang verlassen und rings um den Gipfel nach Stellen gesucht, die die Möglichkeit boten hinaufzuklettern, ohne von oben gesehen zu werden und so von hinten in das Lager zu gelangen. Der leichte Anstieg des Plateaus hinter der Festung gab Deckung, aber von unten sah man, daß dort eine Steilwand war, an der nur Vögel einen Felsvorsprung finden konnten. Es blieb nur eine einzige Stelle, aber dort konnten sie nicht vorgehen, ohne gesehen zu werden und das Leben des Jungen aufs Spiel zu setzen: Dort, wo die Palisade endete, mochte gerade genug Platz sein, um einen Mann vorbeizulassen, sofern er keine Angst vor großen Höhen hatte. Aber um dorthin zu kommen, mußte man einen breiten Streifen offenen Geländes überqueren und das bedeutete eine Gefahr für Yves und den sicheren Tod für denjenigen, der dieses Unternehmen wagte.

Im Schutz der Dunkelheit mochte es vielleicht glücken. Wenn die Schneedecke das Vorgehen auch erschwerte, so durchbrachen doch hier und da blanke Felsen die weiße Fläche. Aber als die Nacht hereinbrach, war der Himmel wolkenlos und in der klaren Frostluft leuchtete das Licht der Sterne hell auf dem Schnee. In der einzigen Nacht, in der sie sich Schneegestöber mit Sturm gewünscht hätten, durch das die Sicht beeinträchtigt und dunkle Kleidung unter einem schützenden Schleier verborgen worden wäre, regte sich kein Lüftchen, und keine einzige Schneeflocke fiel vom Himmel. Und die Stille war so groß, daß sogar das Knacken eines trockenen Zweiges, auf den man trat, wahrscheinlich bis zur Palisade zu hören war.

Cadfael lauschte gerade mißmutig in diese Stille hinein, als sie plötzlich mit einer solchen Gewalt zerrissen wurde, daß er erschreckt zusammenfuhr. Ein lautes, metallisches Scheppern, wie das einer großen, schlecht gemachten Glocke, erklang auf dem Plateau, Schlag um Schlag ein gnadenloses Getöse, das nicht aufhörte – durchdringend, fordernd, kaum zu ertragen. Unter den Bäumen sprangen Männer auf und gingen so nah wie möglich an den Waldrand, um zu sehen, was sich in der Festung tat. Und ebenso erhob sich innerhalb der Palisaden ein Lärm und ein Geschrei, aus dem Cadfael schloß, daß diese Musik nicht von den Belagerten stammte, daß dies kein geplantes Manöver war und daß man es dort weder begrüßte noch verstand. Wenn dort drinnen etwas schiefgegangen war, dann konnten sie hier draußen vielleicht einen Gewinn daraus ziehen.

Das Scheppern kam von der Spitze des Turms. Jemand dort oben hieb auf einen Schild oder irgendwie improvisierten Gong. Aber warum sollte jemand im Lager so durchdringenden Alarm geben, wenn doch gar kein Angriff drohte? Und das Geschrei, das dieser Lärm im Lager hervorrief, war, wenn auch durch die Entfernung gedämpft und in einzelnen Worten nicht verständlich, unverkennbar aufgebracht und wütend. Eine laute Stimme, die nur le Gaucher gehören konnte, brüllte Befehle. Gewiß hatte sich angesichts dieser unerwarteten Entwicklung alle Aufmerksamkeit von den Feinden draußen abgewandt.

Cadfael handelte ohne lange zu überlegen. In der Mitte zwischen dem Wald und der Palisade befand sich ein Felshöcker, ein kleiner schwarzer Punkt in der eintönig weißen Fläche. Auf diesen Felsen rannte er aus der Deckung der Bäume zu und warf sich hinter ihn der Länge nach hin, sodaß er in seiner schwarzen Kutte, wenn er bewegungslos verharrte, mit dem Stein verschmolz und nicht auszumachen war. Er bezweifelte ohnehin, daß noch jemand dem Gelände vor der Palisade große Aufmerksamkeit schenkte. Das unablässige Scheppern dauerte weiter an, obwohl die Hand, die sich da rührte, langsam ermüden mußte. Vorsichtig hob Cadfael den Kopf und beobachtete die gezackte Krone des Turms, die sich deutlich vom Nachthimmel abhob. Der Rhythmus des mißtönenden Klapperns kam ins Stolpern und wurde langsamer, und als es für einen Augenblick aufhörte, sah Cadfael einen Kopf, der vorsichtig durch eine Schießscharte Ausschau hielt. Er hörte jetzt, gedämpft durch die dicken Stämme, aus denen der Turm bestand, ein dumpfes Krachen und Splittern von Holz, so als gehe jemand mit einer Axt zu Werk. Ein zweites Mal erschien der Kopf. »Yves!« rief Cadfael und winkte. Vor dem Schnee war sein scharzer Ärmel gut zu sehen.

Er bezweifelte, daß man ihn dort oben hören konnte, obwohl die klare Luft alle Geräusche unverzerrt weitertrug. Bestimmt aber konnte man ihn sehen. Die kleine Gestalt auf dem Turm – sie überragte kaum die Brustwehr – reckte sich einen Augenblick lang vor und schrie mit vor Erregung schriller Stimme: »Kommt! Greift an! Wir haben den Turm! Wir sind zu zweit und bewaffnet!« Dann verschwand sie wieder hinter einer Zinne und keinen Augenblick zu früh, denn mindestens ein Bogenschütze hatte die gezackte Turmkrone beobachtet und sein Pfeil traf den Rand der Brustwehr und blieb zitternd dort stecken.

Trotzig wurde das scheppernde Trommeln auf dem Turm wieder aufgenommen.

Ohne an die Gefahr zu denken, sprang Bruder Cadfael von seinem Platz hinter dem Felsen auf und rannte auf die Bäume zu. Mindestens ein Pfeil wurde ihm hinterhergeschickt, erreichte ihn jedoch nicht mehr. Bruder Cadfael war leicht erstaunt als er hörte, daß der zischende Flug des Pfeiles im Schnee hinter ihm endete. Anscheinend war er immer noch schneller als er gedacht hatte, zumindest wenn er um sein eigenes Leben und das vieler anderer rannte. Atemlos tauchte er in die Deckung der Bäume und stand Beringar gegenüber. An der Unruhe am Waldrand erkannte er, daß Hugh diese wenigen Minuten gut genutzt hatte, denn seine Männer hatten kampfbereit Aufstellung genommen und warteten nur auf seinen Befehl.

»Gebt das Signal zum Angriff!« keuchte Cadfael. »Der Lärm kommt von Yves. Er sagt, er hätte den Turm besetzt. Jemand hat sich zu ihm durchgeschlagen – weiß der Himmel, wie er das geschafft hat. Die einzige Gefahr ist jetzt, daß wir zu spät kommen.«

Es gab keinen weiteren Aufschub. Beringar eilte davon und schwang sich in den Sattel, ohne ein weiteres Wort zu verlieren. Er führte den linken Flügel und Josce de Dinan den rechten, und zusammen stürmten sie unter den Bäumen hervor und ritten auf das Tor von Alain le Gauchers Festung zu, während alle Fußsoldaten hinterherrannten, so schnell sie konnten. Zahlreiche Fackeln wurden entzündet, mit denen man die Nebengebäude in Brand stecken wollte.

Bruder Cadfael, den man so formlos zurückgelassen hatte, blieb noch eine Weile stehen, um wieder zu Atem zu kommen und erinnerte sich dann fast ärgerlich an die Tatsache, daß er dem Gebrauch von Waffen schon lange abgeschworen hatte. Dennoch – kein Gelübde hinderte ihn daran, bewaffneten Männern unbewaffnet zu folgen. Als die Speerspitze des Angriffs das Tor erreichte und sich dagegen warf, begann Bruder Cadfael zielstrebig, über das verschneite Plateau zu marschieren, das jetzt von den Spuren vieler Hufe und vieler Füße gezeichnet war.

Trotz des Lärms, den er machte, hörte Yves den Angriff der Männer des Sheriffs und fühlte den Turm erzittern, als sie das Tor einrammten und die Querbalken splitternd zerbrachen. Der Hof hallte wider von den Kämpfen Mann gegen Mann, aber da konnte er nichts machen; doch hier bebten und ächzten die Bohlen zu seinen Füßen unter wütenden Axtschlägen, die von unten geführt wurden, und Olivier stand mit gezogenem Schwert und gespreizten Beinen auf der Leiter und blockierte die Falltür mit seinem Gewicht. Die Leiter hob sich bei jedem Schlag, aber solange sie auf der Falltür lag, konnte diese nicht geöffnet werden. Und selbst wenn man sie aufbrach, mußte als erstes eine Hand oder ein Kopf zum Vorschein kommen und sich Oliviers Schwert aussetzen, und in diesem Fall würde Olivier keine Gnade kennen. Angespannt stand er breitbeinig über dem Zugang, durch den der Feind kommen mußte. Immer wieder verlagerte er sein Gewicht, jederzeit bereit, mit seinem Schwert zuzustoßen, sobald sich die Gelegenheit dazu bot.

Yves ließ seinen schmerzenden Arm sinken und den Stahlhelm zwischen seinen Füßen davonrollen, aber dann überlegte er es sich anders, bückte sich und setzte ihn auf. Warum sollte man nicht jeden nur möglichen Schutz in Anspruch nehmen? Er vergaß auch nicht, sich unter die Kante der Brustwehr zu ducken, als er, nachdem er seine verkrampfte Hand ausgeschüttelt hatte, das Schwert nahm und zu Olivier eilte. Er stellte sich auf die Leiter, um das Gewicht, das auf der Falltür ruhte, zu vergrößern. Es zeigten sich schon Risse im Holz und oben wie unten flogen Splitter umher, aber noch gab es keine Stelle, durch die man ein Schwert hätte stoßen können.

»Sie werden es nicht schaffen«, sagte Olivier beruhigend. »Hörst du das?« Alain le Gauchers mächtige Stimme dröhnte durch das dunkle Treppenhaus des Turms. »Er ruft seine Hunde zurück, sie werden unten noch dringender gebraucht.«

Noch einmal schlug die Axt zu, mit einem gewaltigen Hieb, der eine bereits gesplitterte Bohle durchdrang, so daß unter der Leiter plötzlich ein großes Stück der blitzenden Schneide zu sehen war. Aber damit war der Angriff auf die

Turmplattform beendet. Der Mann, der den Schlag geführt hatte, konnte seine Axt nur unter Mühen aus dem Holz ziehen. Er fluchte, schlug aber nicht noch einmal zu. Sie hörten das Stampfen von Stiefeln auf der Treppe und dann war im Turm alles ruhig. Unten im Hof herrschte Durcheinander aus Kampfgeschrei und Waffenlärm, aber hier oben, unter dem friedlichen, sternenübersäten Himmel, standen die beiden da und sahen sich an. Nun, da die unmittelbare Bedrohung abgewendet war, fiel plötzlich die Spannung von ihnen ab.

»Nicht, daß er seinen schmutzigen Trick nicht noch einmal versuchen würde«, sagte Olivier und steckte sein Schwert in die Scheide, »wenn er dich nur in die Finger bekommen könnte. Aber wenn er seine Zeit darauf verschwendet, sich einen Weg hier herauf freizuschlagen, wird er verlieren, was dein Leben ihm retten könnte. Er wird versuchen, den Angriff zurückzuschlagen, bevor er sich wieder uns zuwendet.«

»Das wird ihm nicht gelingen!« antwortete Yves voller Überzeugung. »Hört Ihr? Sie sind schon im Hof. Nun werden sie nicht mehr zurückweichen, sie haben ihn in der Falle.« Vorsichtig warf er durch eine Schießscharte einen Blick auf das Kampfgetümmel. Der ganze Hof wimmelte von kämpfenden Männern – es war ein wogendes Auf und Ab, wie eine stürmische See bei Nacht, beleuchtet nur von den wenigen noch brennenden Fackeln. »Sie haben das Torhaus angezündet und die Pferde und das Vieh hinausgetrieben. Und jetzt holen sie die Bogenschützen vom Wehrgang... Sollten wir ihnen nicht zur Hilfe eilen?«

»Nein«, entschied Olivier bestimmt. »Nur wenn wir müssen. Wenn du jetzt gefangengenommen wirst, war alles umsonst. Das Beste, was du für deine Freunde tun kannst, ist, dich von dort fernzuhalten, damit diesem Räuberhauptmann nicht die einzige Waffe in die Hände fällt, mit der er seinen Kopf retten kann.«

Das war nur vernünftig, wenn auch schwer einzusehen für einen aufgeregten Jungen, der sich danach sehnte, Heldentaten zu vollbringen. Aber wenn Olivier es so anordnete, würde Yves sich daran halten.

»Du wirst ein andermal ein Held sein dürfen«, tröstete ihn Olivier, »wenn weniger auf dem Spiel steht und du nur dein eigenes Leben riskierst. Aber deine Aufgabe besteht jetzt darin, geduldig zu warten, auch wenn es dich hart ankommt. Und da wir jetzt Zeit haben, aber vielleicht in Kürze schon sehr in Eile sein werden, hör mir gut zu: Wenn wir befreit sind und alles vorbei ist, werde ich dich verlassen. Geh zurück zu deiner Schwester nach Bromfield und gib deinen Freunden die Genugtuung, euch beide wohlbehalten wieder vereint zu haben. Ich bezweifle nicht, daß sie euch unter dem Schutz bewaffneter Männer zu eurem Onkel nach Gloucester bringen würden, wie sie versprochen haben. Aber ich habe es mir nun einmal in den Kopf gesetzt, meinen Auftrag zu erfüllen und euch selber dorthin zu bringen, wie es mir befohlen wurde. Dies ist meine Aufgabe und ich werde sie zu Ende bringen.«

»Aber wie wollt Ihr das machen?« fragte Yves besorgt.

»Mit eurer Hilfe – und der gewisser anderer Leute, die ich kenne. Gebt mir zwei Tage und ich werde mit Pferden und Proviant zur Stelle sein. Wenn alles gutgeht, werde ich euch übermorgen Nacht in Bromfield abholen und zwar nach der Komplet, wenn die Brüder sich anschicken, zu Bett zu gehen und glauben werden, daß auch ihr schlaft. Frag jetzt nichts mehr – sag ihr nur, daß ich kommen werde. Und wenn ich gezwungen sein sollte, den Männern des Sheriffs Rede und Antwort zu stehen oder wenn man, nachdem ich verschwunden bin, dich fragen sollte... sag mir, Yves, wer war der Mann, der sich hierher zu dir durchgeschlagen hat?«

Yves verstand. Ohne zu zögern antwortete er: »Es war Robert, der Sohn des Wäldlers, der Ermina nach Bromfield gebracht hat und auf seiner Suche nach mir zufällig hierherkam.« Aber zweifelnd fügte er hinzu: »Sie werden sich allerdings fragen, wie ein Wäldler so etwas zustandebringen konnte, wo doch auch die Männer des Sheriffs schon auf der Suche waren. Außer«, fuhr er fort und verzog verächtlich den Mund, »sie denken, daß jeder Mann sein Leben für Ermina aufs Spiel setzen würde, nur weil sie schön ist. Sie *ist* schön«, gab er großzügig zu, »aber das weiß sie nur zu gut und setzt es bedenkenlos ein. Laßt Euch von ihr nicht zum Narren halten!«

Olivier sah auf das Getümmel im Hof herab, wo eine lange Feuerzunge vom brennenden Torhaus auf das Dach eines der Vorratshäuser übergesprungen war. So konnte der Junge das leise Lächeln, das um seinen Mund spielte, nicht sehen. »Laß sie nur glauben, ich sei Erminas ergebener Sklave, wenn sie das überzeugt«, sagte er. »Erzähl ihnen, was du willst, solange es nur seinen Zweck erfüllt. Überbring ihr meine Nachricht und sorge dafür, daß ihr bereit seid, wenn ich komme.«

»Ja, das werde ich!« schwor Yves. »Ich werde alles tun, was Ihr mir sagt.«

Sie sahen zu, wie das Feuer sich an der Palisade entlang von Dach zu Dach ausbreitete, während der Kampf mit unverminderter Heftigkeit weiterging. Die Räuberbande verfügte über mehr Männer, als man gedacht hatte und viele von ihnen waren erfahrene, gute Kämpfer. Mit Unbehagen sahen Yves und Olivier von ihrem Aussichtspunkt aus, daß das Feuer immer näher auf das große Haus zukroch. Wenn es den Turm erreichte, würde das zugige, hölzerne Treppenhaus wie ein Kamin wirken und der Fluchtweg wäre ihnen versperrt. Schon jetzt übertönte das funkensprühende Krachen der Balken den Lärm des Kampfes.

»Jetzt wird es gefährlich«, sagte Olivier stirnrunzelnd. »Wir sollten besser dem Teufel unten die Stirn bieten als zu warten, bis er zu uns hinaufkommt.«

Sie schoben die Leiter beiseite und öffneten die zerhauene Falltür. Splitter lösten sich und fielen hinab und aus dem Dunkel des Treppenhauses stieg, noch schwach wie ein Hauch, eine dünne Rauchwolke zu ihnen empor. Olivier ließ gar nicht erst die Leiter hinunter, sondern schwang sich durch die Öffnung und sprang leichtfüßig auf den Treppenabsatz. Als Yves ihm folgte, fing er ihn auf und setzte ihn lautlos ab. Eine Hand nach hinten gestreckt, um den Jungen dicht bei sich zu behalten, machte sich Olivier an den Abstieg. Hier war die Luft noch immer kalt, aber von irgendwoher kam stetiger Rauch, der die Stufen hinter einem Schleier verbarg, so daß sie sich ihren Weg Schritt für Schritt ertasten mußten. Der Kampflärm wurde schwächer, bis er nur noch ein von den dicken Wänden gedämpftes Summen war. Auch als sie den Felsboden erreicht hatten, auf dem der Turm errichtet war und im kümmerlichen Schein der wenigen Fackeln und des niedergebrannten Herdfeuers die Umrisse der angelehnten großen Tür zum Saal sahen, hörten sie drinnen keinen Schritt und keine Stimmen. Alle Räuber waren wohl draußen auf dem Hof und kämpften gegen die Männer des Sheriffs oder — und das war inzwischen ebenso wahrscheinlich — sie versuchten, den Kreis ihrer Angreifer irgendwie zu durchbrechen und zu entfliehen.

Olivier ging zu der kleinen Außentür, durch die er in den Turm gelangt war, hob den schweren Riegel und zog, aber die Tür gab nicht nach. Er stemmte einen Fuß gegen die Wand und zog mit aller Kraft, aber die Tür blieb verschlossen.

»Diese Teufel! Sie haben sie von außen verriegelt, als wir dort oben in der Falle saßen. Durch die Halle. Und bleib dicht hinter mir!«

Aus Angst, ein mißtrauischer oder verwundeter Räuber könnte dort noch auf sie lauern, schoben sie die große Tür zum Saal vorsichtig ein Stück weiter auf und schlüpften so geräuschlos wie möglich hindurch. Aber beim Öffnen der Tür entstand Zug und plötzlich sprang in der hinteren Ecke des Raumes eine Flamme hoch und kroch auf die Deckenbalken zu. Glühende Splitter fielen auf Alain le Gauchers Gobelinsessel und brannten dort wie drei oder vier kleine Knospen, die sich zu großen, feuerroten Blüten öffneten. Die gelbroten Flammen waren das einzige, was sie durch den Rauch erkennen konnten, der den Saal so schnell füllte wie das Feuer sich ausbreitete. Sie tasteten sich ihren Weg durch ein verlassenes Durcheinander aus umgefallenen Bänken, Essensresten, umgestürzten Tischen, herabgefallenen Wandbehängen und fast erloschenen Fackeln, deren Qualm den Rauch noch verstärkte, der in ihren Augen brannte und ihnen den Atem nahm. Vor ihnen, jenseits dieses Chaos, trieb durch die halbgeöffnete Haupttür des Saales, zusammen mit der kalten Nachtluft, das Geschrei der kämpfenden Männer zu ihnen herein. Ein einzelner Stern, unglaublich klar und weit entfernt, war durch den Türspalt zu sehen. Ihre Augen brannten und tränten. Sie bedeckten ihr Gesicht mit den Ärmeln und rannten auf die Tür zu.

Sie hatten sie schon fast erreicht, als eine Flamme einen Deckenbalken ergriff, funkensprühend auf seiner ungehobelten Oberfläche vorwärts schoß und auf den rauhen, handgewebten Vorhang übergriff, der Zugluft ausschließen sollte, wenn die Türen geschlossen und alle im Haus versammelt waren. Der trockene Stoff ging sofort in Flammen auf und fiel wie ein großes Kissen aus Feuer vor ihnen zu Boden. Olivier stieß ihn mit dem Fuß beiseite, packte Yves und schwang ihn um die lodernden Flammen herum in Richtung Tür.

»Raus! Geh hinaus und versteck dich!«

Wenn Yves aufs Wort gehorcht hätte, wäre er vielleicht nicht bemerkt worden, aber als er die Tür erreicht hatte und vor sich die Stufen zum Hof und das Kampfgetümmel sah, drehte er sich besorgt um, aus Angst, das jetzt mannshoch brennende Feuer könnte Olivier den Weg abgeschnitten haben. Sein Zögern brachte ihn und seine Freunde um alles, was sie bisher erreicht hatten, denn mehr als die Hälfte des Hofes war jetzt in Beringars Hand, die Überreste der Bande waren zu einem verbissen kämpfenden Haufen in der Nähe des Saals zusammengedrängt worden. Und während Yves seinen Feinden den Rücken kehrte und überlegte, ob er zurückrennen und seinem Freund helfen sollte, führte Alain le Gaucher einen wütenden Rundschlag gegen die Männer des Sheriffs, die ihn immer weiter zu den Stufen seiner eigenen Halle getrieben hatten und sprang rückwärts die breite, hölzerne Treppe hinauf. Fast wären sie Rücken an Rücken zusammengestoßen. Yves wollte davonrennen, aber es war zu spät. Eine große Hand packte ihn am Haar und ein zorniges Triumphgefühl übertönte sogar das Kampfgetöse und das Krachen der zerbrechenden Balken. Im nächsten Augenblick hatte le Gaucher seinen Rücken an den Türstock gedrückt, um vor Angriffen von hinten sicher zu sein und hielt den Jungen an sich gepreßt. Er drückte ihm sein nacktes, bereits rot gefärbtes Schwert an die Kehle.

»Halt, keiner rührt sich! Legt die Waffen nieder und zieht ab!« brüllte er und seine Löwenmähne schimmerte und leuchtete im flackernden Schein des Feuers. »Zurück! Noch weiter! Macht Platz vor mir! Wenn irgendeiner auch nur seinen Bogen spannt, wird diese kleine Ratte sterben. Da habe ich also meine Freiheit! Also, Gefolgsmann des Königs, wo bist du? Was gibst du mir für sein Leben? Ich fordere ein frisches Pferd und freies Geleit, sonst schneide ich ihm die Kehle durch und ihr habt sein Leben auf dem Gewissen!«

Hugh Beringar trat vor und sah le Gaucher gerade ins Gesicht. »Geht zurück«, sagte er ohne den Kopf zu wenden. »Tut was er sagt.«

Schritt für Schritt traten alle, Räuber wie Soldaten, zurück, so daß vor der Halle eine zertrampelte, blutbespritzte, freie Fläche entstand.

Auch Beringar machte Platz, hielt sich jedoch weiter vor ihnen. Was blieb ihm auch anderes übrig? Der Mann hielt den Kopf des Jungen an seine Brust gepreßt, die Schneide seines Schwertes ruhte auf Yves' Kehle. Eine falsche Bewegung und er mußte sterben. Ein paar Männer der Bande schlichen sich beiseite und auf das Tor zu, in der Hoffnung fliehen zu können, solange noch alle Augen auf die beiden dort oben auf der Treppe gerichtet waren. Die Wache am Tor würde sie aufhalten, aber wer sollte diesen rücksichtslosen, zu allem entschlossenen Verbrecher aufhalten? Alle wichen vor ihm zurück.

Nein, nicht alle! Eine seltsame Gestalt drängte sich durch die Menge der Männer, die sie erst bemerkten, als sie auf dem freien Platz vor ihnen stand. Sie ging humpelnd und schwankend, aber ohne innezuhalten, auf die Treppe zu. Es war ein großer, abgezehrter Mann in einer schwarzen Kutte, deren Kapuze auf seine Schultern zurückgefallen war. Der zuckende Widerschein des Feuers beleuchtete ihn. Zwei rote Narben zogen sich über seine Tonsur. Seine nur mit Sandalen bekleideten Füße hinterließen eine Blutspur und auch auf der Stirn hatte er eine blutende Wunde, die von einem Sturz auf einen Stein herrührte. Aus seinem blassen Gesicht sahen große, hohle Augen Alain le Gaucher an. Der Mann zeigte anklagend mit dem Finger auf ihn und schrie mit lauter, befehlender Stimme: »Laßt den Jungen los! Ich bin gekommen, ihn zu holen. Er gehört mir!«

Le Gaucher hatte nur Hugh Beringar im Auge gehabt und bemerkte den Mann erst jetzt. Sein Kopf fuhr herum. Er war wütend, daß jemand das Schweigen brach, das er herbeigeführt hatte und es wagte, den freien Raum zu betreten, den er gefordert hatte.

Ein jäher Schrecken durchfuhr ihn und wenn er auch nicht lange anhielt, so doch lange genug. Einen Moment lang glaubte Alain le Gaucher, ein Toter komme auf ihn zu — schrecklich, unverletzlich und furchtlos. Er sah die Wunden, die er selbst ihm beigebracht hatte, das leichenblasse Gesicht des von ihm Ermordeten — und vergaß seine Geisel. Kraftlos ließ er das Schwert sinken. Zwar wußte er schon im nächsten Augenblick wieder ohne jeden Zweifel, daß Tote nicht wieder aufstehen und kam mit einem wütenden Schrei zur Besinnung, aber sein Vorteil war verspielt: Yves war unter seinem Arm hinweggetaucht und sprang die Treppe hinunter.

Auf seiner kopflosen Flucht stieß er mit einem Mann zusammen, an dessen Wärme und Halt er sich keuchend klammerte und schloß die Augen. »Sei ganz beruhigt, du bist jetzt in Sicherheit«, hörte er Bruder Cadfaels Stimme an seinem Ohr. »Komm mit und hilf mir mit Bruder Elyas, denn jetzt, da er dich gefunden hat, wird er ohne dich nirgendwohin gehen. Komm, wir wollen ihn von hier wegbringen und sehen, was wir für ihn tun können.«

Immer noch keuchend und zitternd schlug Yves die Augen auf, drehte sich um und sah hinauf zu der Tür, die in den Saal führte. »Mein Freund ist noch da drinnen... der, der mir geholfen hat!«

Er brach ab und stieß einen tiefen, hoffnungsvollen und zugleich ängstlichen Seufzer aus. Denn in dem Augenblick, als Yves sich befreit hatte, war Hugh Beringar losgestürzt, um mit Alain le Gaucher zu kämpfen. Aber ein anderer kam ihm zuvor. Rußverschmiert, versengt und das Schwert in der Hand, tauchte Olivier aus dem Rauch und dem flackernden Dunkel der Türöffnung auf, sprang an le Gaucher vorbei, um mehr Platz zu haben und schlug ihm dabei mit der flachen Seite seines Schwertes auf die Wange, um ihn zum Zweikampf zu fordern. Mit wehender Mähne fuhr der Anführer der Räuber herum. Wieder senkte sich lastendes Schweigen herab, das zuvor durch Rufe der Verwunderung über das Erscheinen von Bruder Elyas unterbrochen worden war. Alle hörten die klare Stimme, die rief: »Jetzt kämpft mit einem Mann!«

Yves würde jetzt durch nichts von der Stelle zu rühren sein, nicht bevor dieser letzte Zweikampf beendet war. Cadfael hatte den Arm um ihn gelegt, aber das wäre gar nicht nötig gewesen, denn der Junge klammerte sich mit verzweifelter Anspannung an ihm fest. Bruder Elyas, der völlig aus der Fassung gebracht war, sah sich nach dem Jungen um und kam schmerzvoll hinkend auf ihn zu, um ihn zu trösten und sich trösten zu lassen; und Yves ließ Cadfael, ohne seine bewundernden Augen einen Moment lang von Olivier abzuwenden, mit einer Hand los und legte sie in die von Elyas, die er nun ebenso fest drückte. Für ihn hing jetzt alles von diesem Kampf, Mann gegen Mann, ab. Er zitterte von Kopf bis Fuß vor Aufregung. Cadfael und Elyas spürten das und ließen sich anstecken. Auch ihre Blicke waren auf diesen hochgewachsenen, schlanken, behenden Jüngling gerichtet, der breitbeinig auf der Treppe stand. Trotz des verrußten Gesichtes und seiner einfachen, bäuerlichen Kleidung erkannte Cadfael ihn wieder.

Niemand trat zwischen die beiden, nicht einmal Hugh Beringar, der aufgrund seines Amtes hätte einschreiten können. Bis dieses Duell vorüber war, würde es zwischen seinen Männern und diesen Dieben und Mördern keinen weiteren Kampf geben. Es war etwas in dieser Herausforderung, das sich jede Einmischung verbat.

Es schien ein sehr ungleicher Kampf zu sein, denn le Gaucher übertraf seinen Gegner an Alter, Gewicht und Erfahrung um das Doppelte, wenn er ihm auch an Reichweite und Schnelligkeit unterlegen war. Und er währte nicht lange. Nachdem le Gaucher seinen Herausforderer mit einem kurzen Blick eingeschätzt hatte, begann er mit regelmäßigen, harten Schlägen auf ihn einzudringen, in der Absicht, den Jüngling die Treppe hinunter zurückzudrängen. Aber nach langen, immer wütenderen Attacken war der Junge – obendrein offenbar nur ein Bauernbursche – keinen Fußbreit zurückgewichen und wehrte alle niedersausenden Streiche mit seinem Schwert ab. Er stand da und schien fast entspannt, während sein Gegner seine Kraft durch fruchtlose Angriffe verausgabte. Starr und mit weit aufgerissenen Augen sah Yves zu. Elyas hielt stumm seine Hand und zitterte vor der Spannung, die sich auf ihn übertrug. Und auch Bruder Cadfael beobachtete Olivier und erinnerte sich an Übungen, die er fast schon vergessen hatte – eine Art der Schwertführung, die aus dem Zusammenprall von Ost und West entstanden war und Elemente von beiden enthielt.

Nichts konnte Olivier in Verlegenheit bringen. Wenn er einen Fußbreit zurückwich, so machte er ihn im nächsten Augenblick schon wieder wett und rückte gleich darauf weiter vor. Nun war es le Gaucher, der zur Treppe zurückgetrieben wurde. Erfolglos versuchte er, sein Schicksal abzuwenden.

Noch einmal griff er mit aller Kraft an. Sein Fuß stand auf dem vereisten Rand der obersten Stufe und sein Sprung war zu kraftvoll. Er glitt mit seinem hinteren Fuß aus und verlor das Gleichgewicht. Wie ein Leopard stürzte sich Olivier auf ihn und trieb seinem Feind das Schwert durch das zerrissene Kettenhemd tief in die Brust. Die Klinge drang bis zur Hälfte ihrer Länge ein und breitbeinig stehend gelang es ihm nur mit Mühe, sie wieder herauszuziehen.

Die Leiche des Löwen fiel mit ausgebreiteten Armen zurück, landete drei Stufen tiefer, rollte langsam, mit furchtbarer Erhabenheit, die Stufen hinunter und blieb schließlich, mit dem Gesicht nach unten, vor Hugh Beringars Füßen liegen. Rotes Blut ergoß sich aus der Brustwunde in den zertrampelten Schnee.

Kapitel 14

Beim Anblick ihres toten Anführers wußten sie, daß es vorbei war. Sie liefen in alle Richtungen auseinander. Einige versuchten einen Fluchtweg zu finden, andere kämpften, bis sie getötet wurden; einige suchten vergeblich ihr Heil in Verhandlungen, während andere sich ergaben und hofften, dadurch Gnade zu finden. Es wurden über sechzig Gefangene gemacht. Die Toten mußten beiseite geschafft und eine Menge Gegenstände und Vorräte gerettet werden, bevor alles in Flammen aufging. Eine ansehnliche Herde gestohlener Schafe und Kühe wurde gefüttert und getränkt, damit man sie zu Tal treiben konnte. Da die Gefangenen seiner Gerichtsbarkeit unterstanden, nahm Dinan sie in Gewahrsam. Und dieses Mal zweifelte niemand daran, daß er sich an das Gesetz halten würde, denn schließlich hatten sich ihre Taten auch gegen ihn und sein Lehen gerichtet.

Das Feuer breitete sich weiter aus und als alles bewegliche Gut gerettet war, wurden die noch unversehrten Gebäude in Brand gesetzt. Die Festung stand abseits der Bäume auf gewachsenem Fels und wenn sie bis zum Boden niederbrannte, konnte nichts anderes Schaden nehmen. Während ihrer kurzen, unrühmlichen Existenz, war sie ein Schandfleck dieser Gegend gewesen und die Narbe, die ihre Zerstörung hinterließ, würde langsam verwachsen.

Das Seltsamste aber, wenn es auch die meisten im Getümmel nicht bemerkt hatten, war das Verschwinden des Unbekannten, nur wenige Minuten nachdem er den Anführer der Räuber getötet hatte. Aller Augen hatten den Zweikampf verfolgt und als sie aus ihrer Benommenheit erwachten, herrschte um sie herum allgemeines Durcheinander aus Flucht und Gefangennahme. Nein, niemand hatte gesehen, wie der junge Bauernbursche sich heimlich in die Nacht davongestohlen hatte.

»Er hat sich in Luft aufgelöst«, sagte Hugh Beringar, »und dabei hätte ich ihn gerne näher kennengelernt. Und ohne eine Nachricht zu hinterlassen, wo wir ihn finden können. Dabei schuldet der König ihm doch einen Dank, den sich jeder verständige Mann nur zu gerne sichern würde. Yves, du bist der einzige, der mit ihm gesprochen hat. Wer ist dieser junge Held?«

Nachdem alle Anspannung von ihm abgefallen war und er sich nach den schrecklichen Erlebnissen, die er durchgemacht hatte, in Sicherheit befand, war Yves müde und benommen. Aber er erinnerte sich an das, was ihm eingeschärft worden war und sah Beringar arglos und offen an.

»Das war der Sohn des Wäldlers, der Ermina aufgenommen hat. Von ihm wurde sie auch nach Bromfield gebracht. Er hat mir gesagt, daß sie dort sei. Bis dahin wußte ich nichts davon. Stimmt das? Ist sie wirklich dort?«

»Ja, es stimmt, sie ist in Sicherheit. Und wie heißt dieser Sohn des Wäldlers? Außerdem würde mich interessieren«, sagte Beringar nachdenklich, »wo er gelernt hat, so mit dem Schwert umzugehen.«

»Er heißt Robert. Er sagte mir, daß er nach mir gesucht habe, weil er es Ermina versprochen hatte und daß er die Räuber auf ihrem Heimweg beobachtet und hierher verfolgt habe. Mehr weiß ich auch nicht über ihn«, antwortete Yves standhaft — und wenn er dabei errötete, so konnte es in der Dunkelheit niemand sehen.

»In diesen Wäldern scheint es recht bemerkenswerte Männer zu geben«, bemerkte Beringar. Aber er stellte keine weiteren Fragen.

»Und nun«, sagte Bruder Cadfael, der an seine eigenen Pflichten dachte, »gebt mir vier gute Männer und die gestohlenen Pferde, denn im Stall des Klosters werden sie es besser haben als hier oben, wo alles niedergebrannt ist. Außerdem müssen diese beiden hier ins Bett. Ich werde Euch meine Arzneien hierlassen. Für Bruder Elyas müssen wir eine Bahre herrichten und ihn für den Transport in Decken packen.«

»Nehmt Euch, was Ihr braucht«, sagte Beringar. Außer den in dieser Gegend gebräuchlichen Hochlandponys, mit denen die Beute tranportiert worden war, hatten sie im Stall sieben Pferde gefunden. »Sie sind alle gestohlen — oder jedenfalls die meisten von ihnen«, bemerkte Beringar, als er sie begutachtete. »Ich werde dafür sorgen, daß Dinan alles beschlagnahmte Gut unter denen verteilt, die Verluste hatten. Was die Pferde angeht, so mögen ihre Besitzer sie in Bromfield abholen. Das Vieh und die Schafe werden wir später nach Ludlow treiben, wenn der Bauer in Cleeton sich seine eigenen herausgesucht hat. Aber jetzt bringt Bruder Elyas so schnell wie möglich nach Hause, sonst könnte es sein Tod sein. Es ist ein Wunder, daß er überhaupt noch am Leben ist.«

Cadfael gab seinen Helfern die nötigen Anweisungen, suchte aus dem Haufen der Gegenstände, die man aus dem brennenden Saal gerettet hatte, Decken für Bruder Elyas heraus und ließ eine Trage bauen, die zwischen zwei Pferden aufgehängt wurde. Er dachte auch daran, von dem Futter, das man aus den Vorratshäusern geborgen hatte, zwei Säcke mitzunehmen, für den Fall, daß das unerwartete Eintreffen von sieben Pferden in Bromfield Schwierigkeiten aufwerfen könnte. Die Kraft und Energie, die Elyas im entscheidenden Moment durchströmt hatte, war verebbt, sobald er sein Werk getan und den Jungen gerettet hatte. Nun ließ er fügsam alles mit sich geschehen und hing, halbtot vor Kälte, zwischen Teilnahmslosigkeit und Erschöpfung. Cadfael behielt ihn besorgt im Auge. Wenn es nicht gelang, sein inneres Feuer wieder zu entfachen und ihn mit derselben Lebenskraft zu erfüllen, die ihn beseelt hatte, als er Yves bedroht sah, würde Elyas sterben.

Wie schon einmal setzte Cadfael Yves vor sich auf den Sattel, denn der Junge war nun so müde, daß er beim Gehen ins Stolpern geriet und wenn man ihn allein reiten ließ, würde er wahrscheinlich im Sattel einschlafen. Er war in eine dicke Decke gehüllt und noch bevor sie, so schnell wie es die Dunkelheit zuließ, den Bergpfad hinunter in ebenerdiges Gelände geritten waren, lag sein Kinn auf seiner Brust und sein Atem ging tief und ruhig. Sanft rückte Cadfael ihn zurecht, so daß Yves' Kopf an seiner Schulter ruhte. Der Junge streckte sich ein wenig, vergrub sein Gesicht in den Falten von Bruder Cadfaels Kutte und schlief den ganzen Weg nach Bromfield.

Als sie den Berg hinter sich gelassen hatten, sah Cadfael sich noch einmal um. Gekrönt von dem Feuer auf seinem Gipfel, ragte er dunkel auf. Beringar und Dinan würden den Rest der Nacht damit beschäftigt sein, ihre Gefangenen zusammenzutreiben und das Vieh erst nach Cleeton, wo John Druel seine eigenen Tiere heraussuchen konnte und dann weiter nach Ludlow zu bringen. Der Schrecken war vorüber, und es hatte weniger Verluste gegeben, als man erwartet hatte. Ja, fürs erste war es vorbei, dachte Cadfael. Diese Grafschaft mochte nun vielleicht Ruhe haben, wenn Prescote und Hugh auch in Zukunft mit fester Hand durchgriffen. Aber wo Könige sich um die Krone streiten, würden geringere Männer nur ihren Vorteil zu sichern suchen, ohne Skrupel und ohne Gnade.

Und wo das geschah, fuhr er mit seinen Überlegungen fort, schob man diesen Männern die Schuld an allen Verbrechen zu, die im meilenweiten Umkreis verübt worden waren, obwohl sie manche davon vielleicht gar nicht begangen hatten. Auch Verbrecher sollten nur für die Taten büßen, die sie auf dem Gewissen hatten. Und Alain le Gaucher würde sich nun nie mehr verteidigen und sagen können: »Ich habe viele Verbrechen begangen – aber nicht dies, nicht die Schändung und Ermordung einer jungen Nonne.«

Zur Prim erreichten sie Bromfield und ritten durch das Tor auf den freigefegten Hof. Es war kein Schnee gefallen in dieser Nacht. Ein Wetterumschwung kündigte sich an und gegen Mittag mochte es vielleicht sogar kurz tauen. Yves erwachte, gähnte und reckte sich, dann fiel ihm wieder ein, was in den vergangenen Stunden geschehen war. Im nächsten Moment war er hellwach, warf seine Decke ab und sprang vom Pferd, um Bruder Elyas in sein Bett zu helfen. Beringars Bewaffnete brachten die Pferde in die Ställe und Bruder Cadfael warf einen Blick zur Gästehalle und sah, daß die Tür aufgerissen wurde und Ermina auf den dämmrigen Hof starrte.

Im Schein der Fackel über der Tür sah ihr Gesicht sehr verletzlich aus – Angst vermischte sich mit Hoffnung. Sie hatte die Pferde gehört und war so wie sie war – barfuß, mit aufgelöstem Haar – herbeigestürzt. Ihr Blick fiel auf Yves, der gerade Bruder Elyas' Bahre losband. Ihr Gesicht entspannte sich und plötzlich ging so viel Freude und Dankbarkeit von ihm aus, daß Bruder Cadfael seine Augen nicht von ihm abwenden konnte. Die sorgenvollen Schatten hoben sich hinweg wie ein auffliegender Vogel und waren verschwunden: Ihr Bruder war am Leben.

Vielleicht war es ganz gut, daß Yves von seinem Schützling und Retter so in Anspruch genommen war, denn so hatte er sie noch nicht bemerkt. Und Cadfael war gar nicht überrascht, als sie nicht auf ihn zustürzte und ihn in die Arme schloß, sondern leise wieder ins Haus trat und die Tür schloß.

Also beeilte er sich auch nicht, den Jungen aus dem kleinen Krankenzimmer zu holen, in das man Bruder Elyas gebracht hatte und auch Yves ließ sich Zeit, seine Schwester zu begrüßen. Er wußte ja, daß sie hier auf ihn wartete, das hatte man ihm immer wieder versichert. Sie brauchten beide etwas Zeit, sich auf ihr Wiedersehen vorzubereiten. Zunächst verband Cadfael Bruder Elyas' wunde, halberfrorene Füße, packte sie in Wollstoff und umgab sie mit angewärmten Ziegelsteinen. Er wusch ihm Gesicht und Hände, flößte ihm mit Honig gesüßten Wein ein und deckte ihn mit den leichtesten Decken zu, die verfügbar waren. Erst dann legte er seine Hand auf Yves Schulter und führte ihn zur Gästehalle.

Als Bruder Cadfael mit Yves eintrat, saß sie am Kamin und änderte, nach ihrem Gesichtsausdruck zu urteilen, recht widerwillig ein Kleid, das man ihr aus Ludlow gebracht hatte. Sie legte es beiseite und erhob sich. Vielleicht las sie in dem trotzigen Mund und dem geraden Blick ihres Bruders einen stummen Vorwurf, denn sie ging ihm mit schnellen Schritten entgegen und gab ihm einen kühlen, mütterlich tadelnden Begrüßungskuß.

»Da hast du ja was Schönes angerichtet«, sagte sie streng, »in einer solchen Nacht einfach davonzulaufen, ohne jemandem Bescheid zu sagen.«

»Das solltest du eher von *dir* sagen! Du hast das alles doch angefangen!« gab Yves von oben herab zurück. »*Ich* habe mein Unternehmen erfolgreich abgeschlossen. *Du* bist in der Nacht verschwunden, ohne jemandem Bescheid zu sagen und unverrichteter Dinge, aber so hochtrabend wie eh und je, zurückgekehrt. Du solltest den Mund lieber nicht so voll nehmen. *Wir* hatten wichtigere Dinge zu tun.«

»Ihr habt euch gewiß viel zu erzählen«, sagte Bruder Cadfael, der es vorzog, diese geschwisterlichen Sticheleien zu überhören, »und dazu werdet ihr noch genug Gelegenheit haben. Aber Yves muß jetzt ins Bett — er hat einige Nächte hinter sich, die selbst einen erwachsenen Mann erschöpft hätten. Als Arzt ordne ich an, daß er sich erst einmal ausschläft.«

Bereitwillig ging sie darauf ein, wenn sie auch immer noch die Stirn runzelte. Sie hatte ihm das Bett bereits gemacht — wahrscheinlich hatte sie die Decke selbst glattgestrichen — und würde sich um ihn kümmern wie eine Glukke um ihr Kücken. Wenn er dann schlief, würde sie wohl fürsorglich an seinem Bett sitzen und etwas zu essen bereithalten, wenn er erwachte. Aber nie, nie würde sie zugeben, daß sie sich Sorgen um ihn gemacht, ja sogar geweint und ihre überstürzte Flucht bitter bereut hatte. Und das war auch gut so, denn der Junge wäre sicher erschreckt und peinlich berührt, sollte sie je den Kopf vor ihm neigen und um Verzeihung bitten.

»Dann wollen wir also bis heute abend ruhen«, sagte Cadfael zufrieden, verließ den Raum und überließ es ihnen, einen Waffenstillstand auszuhandeln. Er setzte sich für eine Weile an Bruder Elyas' Bett, sah, daß dieser in einem totenähnlichen, aber tiefen Schlaf lag und legte sich selber schlafen. Selbst ein Arzt bedarf von Zeit zu Zeit dieser einfachen Medizin.

Er hatte Prior Leonard gebeten, ihn zur Vesper wecken zu lassen und kurz vor dem Gottesdienst erschien Ermina bei ihm. Hugh Beringar war noch nicht zurückgekehrt — zweifellos hatte er noch in Ludlow mit der Unterbringung der Gefangenen und der Lagerung der Güter zu tun, die man vom Clee heruntergebracht hatte. Dieser Tag bedeutete eine Atempause, in der man für die Erlösung von vergangenen

Gefahren dankte, sich aber auch auf Aufgaben vorbereitete, die noch warteten.

»Bruder Cadfael«, sagte Ermina, die sehr schlicht, ernst und still in der Tür zu seinem Zimmer im Krankenquartier stand, »Yves möchte Euch sehen. Irgend etwas bedrückt ihn noch und ich weiß, daß er es gerade mir nicht sagen wird. Aber mit Euch will er sprechen. Werdet Ihr nach der Vesper zu ihm kommen? Er wird dann schon gegessen haben und Euch erwarten.«

»Ja, sagt ihm, daß ich kommen werde«, sagte Cadfael.

»Und da ist noch etwas«, sagte sie zögernd. »Die Pferde, die Ihr heute morgen mitgebracht habt... stammen sie aus dem Versteck der Räuber?«

»Ja. Sie gehören zu den Höfen, die sie überfallen haben. Hugh Beringar benachrichtigt alle, die Verluste erlitten haben, damit sie kommen und sich ihr Eigentum wieder holen. Das Vieh und die Schafe sind in Ludlow. Vermutlich hat John Druel sich seine Tiere schon herausgesucht. Die Pferde habe ich mir nur ausgeliehen. Sie waren ausgeruht und ich brauchte sie für den Transport des Kranken. Aber warum fragst du? Was beschäftigt dich so daran?«

»Ich glaube, eines davon gehört Evrard.« Es war lange her, seit sie seinen Namen ausgesprochen hatte. Er klang ungewohnt für sie, so als habe sie sich nach langen Jahren des Vergessens wieder an ihn erinnert. »Wird auch er benachrichtigt werden?«

»Gewiß. Callowleas wurde geplündert und unter den geretteten Sachen wird einiges sein, das ihm gehört.«

»Ich hoffe, es erzählt ihm niemand, daß ich hier bin«, sagte Ermina, »wenn er es nicht schon weiß. Er kann ruhig wissen, daß ich in Sicherheit bin, aber ich will nicht, daß er damit rechnet, mich hier zu sehen.«

Daran war nichts Seltsames. Sie hatte diese ganze Episode hinter sich gelassen und wollte sich die Peinlichkeit und den Schmerz ersparen, Boterel gegenüberzutreten und um etwas herumreden zu müssen, das schon längst tot war.

»Ich glaube, daß man allen nur dieselbe Nachricht zukommen läßt«, sagte Cadfael, »nämlich, daß sie kommen und Anspruch auf ihr gestohlenes Eigentum erheben sollen.

Und sie werden kommen. Es ist traurig, daß es Verluste gegeben hat, die niemand ersetzen kann.«

»Ja«, antwortete sie, »das ist sehr traurig. Die Toten können wir ihnen nicht zurückgeben – nur ihr Vieh.«

Als Yves aus seinem langen Schlaf erwachte, war alle Angst um sein Leben und das seiner Schwester von ihm abgefallen – und er war felsenfest davon überzeugt, daß Olivier jedes Wunder vollbringen konnte. Er wusch und kämmte sich, wie es sich an einem solchen Tag des Dankes gehörte und stellte mit überraschter Anerkennung fest, daß Ermina, während er geschlafen hatte, den Riß im Knie seiner Hose geflickt, sein einziges Hemd gewaschen und es am Feuer zum Trocknen aufgehängt hatte. Erst jetzt fiel ihm auf, daß ihre Worte nicht immer mit ihren Taten übereinstimmten.

Und dann stieg das ungeklärte Problem mit Bruder Elyas wieder in ihm auf. Er hatte es nicht vergessen, sondern nur beiseitegeschoben, solange er um sein Leben hatte fürchten müssen, aber nun nahm es ihn völlig in Anspruch. Es wurde so dinglich und nahm so gewaltige Formen an, daß er es nicht mehr für sich behalten konnte und obwohl Hugh Beringar ein zugänglicher, freundlicher Mann war, vertrat er auch das Gesetz und war dadurch gebunden. Nicht so dagegen Bruder Cadfael – bei ihm würde er Mitgefühl und ein offenes Ohr finden.

Yves hatte gerade seine Mahlzeit beeendet, als Cadfael eintrat. Taktvoll ging Ermina mit ihrer Näharbeit in die große Halle, wo es besseres Licht gab und ließ sie allein.

Yves wußte nicht, wo er anfangen sollte und entschied sich für den direkten Weg: Kopfüber tauchte er in die Kälte und den Schrecken seiner Erinnerung ein. »Bruder Cadfael«, stieß er unglücklich hervor, »ich habe Angst um Bruder Elyas. Ich möchte mit Euch darüber sprechen. Ich weiß nicht, was wir tun sollen. Ihr seid der Erste, mit dem ich darüber spreche. Er hat mir etwas gesagt – nein, er hat nicht zu *mir* gesprochen, er hat nicht *mir* etwas gesagt, aber ich habe es trotzdem gehört. Ich hatte keine andere Wahl, ich mußte es einfach hören!«

»Du hast noch keine Zeit gehabt, mir zu berichten, was in

jener Nacht geschehen ist, als du ihm folgtest«, sagte Cadfael ruhig. »Also erzähle es mir jetzt. Aber erst will ich dir einiges sagen, das du noch nicht weißt – das könnte dir helfen. Ich weiß, wohin er dich geführt hat und ich weiß, daß du ihn in der Hütte zurückgelassen hast, um Hilfe zu suchen und in die Hände der Räuber und Mörder gefallen bist. Hat er dort in der Hütte die Dinge gesagt, die dich so beunruhigen?«

»Er hat im Schlaf gesprochen«, sagte Yves unglücklich. »Es gehört sich nicht zu lauschen, wenn jemand im Schlaf spricht, aber ich konnte nichts dafür. Ich hatte solche Angst um ihn, ich mußte wissen, ob ich ihm irgendwie helfen konnte... Auch vorher schon, als ich an seinem Bett saß... es geschah alles, weil ich von Schwester Hilaria anfing und ihm sagte, daß sie tot sei. Alles andere schien ihn nicht zu berühren, aber als ich ihren Namen nannte... es war schrecklich! Ganz so, als habe er bis dahin gar nicht gewußt, daß sie tot war und doch nahm er die Schuld dafür auf sich. Er rief das Haus an, einzustürzen und ihn unter sich zu begraben. Und dann stand er auf... ich konnte ihn nicht aufhalten. Ich wollte Euch holen, aber alle waren bei der Komplet.«

»Und dann ranntest du zu ihm zurück«, sagte Cadfael sanft, »und er war fort. Da bist du ihm nachgegangen.«

»Ich mußte... schließlich sollte ich mich ja um ihn kümmern. Ich dachte, irgendwann würde er schon müde werden und dann könnte ich ihn zurückführen, aber so war es nicht. Was blieb mir also anderes übrig, als mit ihm zu gehen?«

»Und er führte dich zu der Hütte – ja, das haben wir herausgefunden. Und dort sagte er die Worte, die dich so quälen. Hab keine Angst sie auszusprechen. Bei allem, was du getan hast, wolltest du nur sein Bestes. Sei darum getrost – auch dies wird zu seinem Besten sein.«

»Aber er sagte, daß er es gewesen sei, der Schwester Hilaria umgebracht hat!« flüsterte Yves, der bei dem bloßen Gedanken daran zitterte.

Cadfaels Schweigen ließ ihn in verzweifelte Tränen ausbrechen. »Er war so gequält, so zerrissen... wie können wir ihn als Mörder ausliefern? Und doch dürfen wir die Wahrheit nicht verschweigen! Das hat er selber gesagt. Aber ich bin sicher, daß er nicht schlecht ist, sondern gut. Oh, Bruder Cadfael, was sollen wir nur tun?«

Cadfael beugte sich über den schmalen Tisch und nahm die zu Fäusten geballten Hände des Jungen in die seinen. »Sieh mich an, Yves, und ich werde dir sagen, was wir tun sollen: Du mußt deine Angst überwinden und versuchen, dich an seine genauen Worte und alle Einzelheiten zu erinnern, wenn du kannst. ›Er sagte, daß er es gewesen sei, der Schwester Hilaria umgebracht hat.‹ Hat er das wirklich gesagt? Oder hast du das aus dem, was er sagte, nur abgeleitet? Wiederhole mir seine genauen Worte und ich werde aus ihnen – und nur aus ihnen! – meine Schlüsse ziehen. Laß uns gleich damit anfangen! Erinnere dich an die Nacht in der Hütte. Elyas hat im Schlaf gesprochen. Erzähl mir davon. Laß dir Zeit, wir haben keine Eile.«

Yves wischte sich die Tränen mit seinem Ärmel von der Wange und sah Cadfael zweifelnd, aber vertrauensvoll an. Gehorsam ließ er seine Gedanken zurückschweifen, biß sich auf seine zitternde Unterlippe und begann stockend: »Ich glaube, ich war eingeschlafen, obwohl ich wach bleiben wollte. Er hatte sein Gesicht auf die Arme gelegt, aber ich konnte seine Stimme deutlich verstehen. Er sagte: ›Meine Schwester, vergib mir meine Schwäche, meine Todsünde – mir, der ich deinen Tod auf mich geladen habe!‹ Ja, das hat er gesagt, Wort für Wort, ich bin ganz sicher. ›Mir, der ich deinen Tod auf mich geladen habe!‹« Zitternd hielt er inne. Er befürchtete, dies könne schon genug gewesen sein. Aber Bruder Cadfael hielt seine Hände, nickte verstehend und wartete.

»Ja, und weiter?«

»Und dann – erinnert Ihr Euch, wie er Hunydd rief? Und wie Ihr sagtet, das sei seine Frau gewesen, die gestorben war? Das Nächste, was er sagte, war: ›Hunydd! Sie war wie du, genauso warm und vertrauensvoll in meinen Armen. Ein halbes Jahr Hunger‹, sagte er, ›und dann plötzlich dieses Sehnen. *Ich konnte es nicht ertragen*‹, sagte er, ›*dieses Brennen in Leib und Seele*...‹«

Die Worte fielen ihm jetzt alle wieder ein, als hätten sie sich tief in sein Gedächtnis eingegraben. Bis jetzt hatte er sich gewünscht, sie zu vergessen, aber nun, da er sich an sie erinnern wollte, hatte er sie wieder deutlich im Ohr.

»Weiter. Was kam dann?«

»Dann veränderte er sich und er sagte: ›Nein, vergib mir nicht! Soll die Erde sich öffnen und mich verschlingen. Ich bin verzagt, wankelmütig, unwürdig...‹« Es entstand eine lange Pause, wie in jener Nacht, bevor Bruder Elyas seine Verfehlung hinausgeschrien hatte. »Er sagte: ›Sie hat sich an mich geschmiegt, sie empfand gar keine Furcht.‹ Und dann sagte er: ›Gnädiger Gott, ich bin ein Mann aus Fleisch und Blut, ich habe eines Mannes Körper und Begierden. Und sie, die mir vertraut hat‹, sagte er, ›ist nun tot!‹«

Mit bleichem Gesicht sah er Bruder Cadfael an. Er wunderte sich, daß dieser so ruhig und gedankenvoll dasaß und ihn ernst anlächelte.

»Glaubt Ihr mir nicht? Ich habe Euch die Wahrheit gesagt — genauso ist es gewesen.«

»Ja, ich glaube dir. Gewiß hat er das alles gesagt. Aber denk einmal nach: Sein Reiseumhang lag in der Hütte, zusammen mit ihrem Gewand und ihrem Umhang. Aber alle Kleidungsstücke waren versteckt! Und sie ist von dort weggebracht und in einen Bach geworfen worden und auch ihn fand man in einiger Entfernung der Hütte. Wenn er dich nicht dorthin geführt hätte, würden wir nichts von diesen Dingen erfahren haben. Natürlich glaube ich dir, aber darum mußt du trotzdem die Dinge erwägen, die ich dir erzählt habe. Man darf nicht behaupten, daß eine Sache sich so und so verhält, indem man nur einen Teil der Tatsachen berücksichtigt — und selbst wenn es sich um ein solches Geständnis handelt — und andere beiseite läßt, weil man sie nicht erklären kann. Wenn es um Leben und Tod geht, muß man eine Antwort finden, die alles erklärt.«

Mutlos sah Yves ihn an. Er verstand zwar die Worte, vermochte jedoch keine Hoffnung auf Hilfe in ihnen zu sehen. »Aber wie können wir eine solche Antwort finden? Und wenn wir sie finden und es ist die falsche...« Er brach ab und begann erneut zu zittern.

»Die Wahrheit ist nie die falsche Antwort. Wir werden sie herausfinden, Yves, und zwar indem wir denjenigen fragen, der sie kennt.« Er erhob sich und bedeutete dem Jungen, ihm zu folgen.

»Wir werden jetzt zu Bruder Elyas gehen und noch einmal mit ihm reden.« Stumm und schwach wie zuvor lag Elyas da; und doch hatte er sich verändert, denn seine Augen waren geöffnet. Sie blickten wach und illusionslos – und in ihnen stand der große Schmerz, den er in sich barg und für den es keine Heilung gab. Er hatte sein Gedächtnis wiedererlangt, aber es hatte ihm nur Leid gebracht. Er erkannte sie, als sie sich zu beiden Seiten seines Bettes setzten. Der Junge war völlig durcheinander und fürchtete sich vor dem, was jetzt kommen mußte, aber Cadfael machte einen ruhigen, vertrauenerweckenden Eindruck und hatte etwas zu trinken und frische Verände für die erfrorenen Füße mitgebracht. Zumindest körperlich profitierte Bruder Elyas von seiner großen Kraft, über die er als Mann in den besten Jahren verfügte. Er atmete frei und leicht und würde nicht einmal einen Zeh verlieren. Allein sein leidgeplagter Geist wehrte sich gegen die Genesung.

»Von dem Jungen hier habe ich erfahren«, sagte Cadfael ohne Umschweife, »daß Ihr den verlorenen Teil Eures Gedächtnisses wiedergefunden habt. Das ist gut. Jeder Mann sollte über seine ganze Vergangenheit verfügen können – es ist schade um jeden Teil, den man vergißt. Nun, da Ihr wieder wißt was in jener Nacht geschah, als man Euch halbtot im Schnee fand, könnt Ihr als ganzer und nicht als halber Mann ins Leben zurückkehren. Dieser Junge hier ist der lebende Beweis dafür, daß Ihr gestern Nacht gebraucht wurdet und daß die Welt Euch auch noch weiterhin brauchen wird.«

Mit tief in den Höhlen liegenden Augen sah der Kranke ihn an. In seinem Gesicht standen Schmerz und Bitterkeit.

»Ich bin in der Hütte gewesen«, fuhr Cadfael fort. »Ich weiß, daß Ihr und Schwester Hilaria dort Zuflucht gesucht habt, als der Schneesturm seinen Höhepunkt erreichte. Es war eine schlimme Nacht, eine der kältesten in diesem schlimmen Monat. Es wird jetzt milder und bald werden wir

Tauwetter haben. Aber in jener Nacht war es so bitterkalt; und zwei Menschen, die von diesem Wetter draußen überrascht wurden, mußten sich gegenseitig wärmen. Und so mußtet Ihr sie in Eure Arme nehmen, damit sie nicht erfror.« Die dunklen Augen waren lebendig geworden und auch in dem verwirrten Geist war Interesse erwacht. »Auch ich«, sagte Cadfael mit Bedacht, »bin in meinem Leben mit vielen Frauen zusammen gewesen und nie widerwillig oder ohne daß Liebe zwischen uns gewesen wäre. Ich weiß, wovon ich spreche.«

Bruder Elyas war seinen Worten gefolgt. Kaum hörbar, mit einer durch das lange Schweigen heiseren Stimme, sagte er: »Sie ist tot. Der Junge hat es mir gesagt. Und ich trage die Schuld daran. Laßt mich ihr folgen, damit ich mich ihr zu Füßen werfen kann. Sie war so schön und sie vertraute mir. So zart und weich lag sie in meinen Armen, sie klammerte sich an mich, sie vertraute mir... o Gott!« rief Bruder Elyas. »Mußtest du mich so schwer prüfen – mich, der ich so hungrig und leer war? Ich konnte dieses Brennen nicht mehr ertragen...!«

»Das kann ich verstehen«, erwiderte Cadfael. »Auch ich hätte es nicht ertragen können. Ich hätte ebenso gehandelt wie Ihr. Aus Angst um sie und aus Sorge um mein Seelenheil – obwohl das freilich kein sehr edles Motiv ist – hätte ich sie dort schlafen lassen und wäre hinausgegangen in Schnee und Kälte, weit weg von ihr, um die Nacht hindurch zu wachen und erst im Morgengrauen zu ihr zurückzukehren, um mit ihr weiter zu gehen, ans Ziel unserer Reise. So wie Ihr es getan habt.«

Plötzlich verstand Yves. Er beugte sich vor und wartete mit angehaltenem Atem auf die Antwort. Und Bruder Elyas warf gequält den Kopf auf dem Kissen hin und her und klagte laut: »O Gott, warum habe ich sie verlassen? Daß ich nicht die Standhaftigkeit und die Stärke des Glaubens hatte, diese Sehnsucht zu ertragen...! Wo war der Friede, den man mir versprach? Ich schlich mich davon und ließ sie allein. Und nun ist sie tot!«

»Die Toten sind in Gottes Hand«, sagte Cadfael, »sowohl Hunydd als auch Hilaria. Ihr dürft sie nicht zurückwünschen. Ihr habt jemanden, der bei Gott für Euch eintritt. Glaubt Ihr denn, sie habe vergessen, daß Ihr sie mit Eurem Umhang zugedeckt habt, bevor Ihr hinausgegangen seid, daß Ihr, nur mit Eurer Kutte bekleidet, vor ihr geflohen seid und Euch lieber während der langen Stunden bis zum Morgen der bitteren Kälte ausgesetzt habt? Es war eine mörderische Nacht.«

»Aber es hat ihr weder geholfen, noch hat es sie gerettet«, erwiderte Bruder Elyas hart. »Ich hätte die Festigkeit des Glaubens haben sollen, der Versuchung zu widerstehen und trotz des Feuers in mir bei ihr zu bleiben...«

»Das macht mit Eurem Beichtvater aus«, sagte Cadfael bestimmt, »wenn Ihr soweit wiederhergestellt seid, daß Ihr nach Pershore zurückkehren könnt. Aber Ihr sollt nicht, Ihr dürft nicht mehr Schuld auf Euch nehmen, als er Euch zuweist. Alles, was Ihr tatet, habt Ihr aus Sorge um sie getan. Für Eure Verfehlungen werdet Ihr sühnen – was aber ohne Fehl war, müßt Ihr anerkennen. Es ist nicht sicher, daß die Dinge einen anderen Verlauf genommen hätten, wenn Ihr bei ihr geblieben wärt.«

»Schlimmstenfalls wäre ich mit ihr gestorben«, flüsterte Bruder Elyas.

»Aber innerlich seid Ihr ja mit ihr gestorben! Ihr wurdet in jener Nacht einem gewaltsamen Tod ausgeliefert, so wie Ihr Euch dem Tod durch die Kälte bereits ausgeliefert hattet. Und wenn Ihr von beiden errettet wurdet und erkennen müßt, daß Ihr in diesem Leben noch viele leidvolle Jahre vor Euch habt«, sagte Cadfael, »dann weil Gott will, daß Ihr lebt und leidet. Hütet Euch davor, mit Eurem Los zu hadern. Sagt nun, vor Gott und uns, die wir Euch zuhören, daß Ihr sie lebend verlassen habt und vorhattet, am Morgen – wenn Ihr dann noch lebtet – zu ihr zurückzukehren und sie wohlbehalten bis zum Ziel ihres Weges zu begleiten. Was könnte man mehr von Euch erwarten?«

»Mehr Mut«, klagte der abgezehrte Mann und verzog das Gesicht zu einem bitteren, aber menschlichen Lächeln. »Es war alles so, wie Ihr gesagt habt. Ich habe in guter Absicht gehandelt. Gott möge mir vergeben, daß es so schlecht ausgegangen ist.«

Demut glättete die tiefen Falten in seinem Gesicht und aus seiner bis dahin klagenden Stimme klang jetzt Ergebenheit. Jetzt gab es nichts mehr, wonach er in seinem Gedächtnis graben mußte, um es beichten zu können – es war alles gesagt und verstanden worden. Bruder Elyas streckte seinen langen Körper, erbebte und fand seinen Frieden. Seine Schwäche half ihm dabei und widerstandslos sank er in Schlaf. Er schloß die schweren Lider; die Falten auf der Stirn, um den Mund und um die tiefen Augenhöhlen verschwanden. Langsam schwebte er hinab in die unendlichen Tiefen von Buße und Vergebung.

»Ist das wirklich die Wahrheit?« fragte Yves mit einem ehrfürchtigen Flüstern, sobald sie leise die Tür hinter sich geschlossen hatten.

»Ja, ganz gewiß. Er hat eine leidenschaftliche Seele, verlangt zuviel von sich und schätzt das, was er geben kann, gering. Ohne seinen Umhang trotzte er lieber der kalten Nacht und dem furchtbaren Schnee, als Schwester Hilaria seiner Begehrlichkeit auszusetzen, auch wenn er sie unterdrückte. Er wird leben und seine Seele wird Frieden mit seinem Körper schließen. Allerdings wird das seine Zeit dauern«, sagte Bruder Cadfael nachsichtig.

Wenn ein dreizehnjähriger Junge wenig von all diesem begreifen oder es nur als einer verstehen konnte, der die Theorie kennt, die Praxis jedoch nie erfahren hat, so ließ Yves es sich nicht anmerken. In den Augen, mit denen er Bruder Cadfael ansah, lag Verständnis. Er war beruhigt, dankbar und glücklich, daß ihm auch diese letzte Last von der Seele genommen war.

»Dann ist sie also doch diesen Räubern in die Hände gefallen«, sagte er. »Sie war allein, nachdem Bruder Elyas sie verlassen hatte.«

Cadfael schüttelte den Kopf. »Sie haben Bruder Elyas gefunden und wollten ihn erschlagen, wie es wohl ihre Gewohnheit bei jedem war, der ihnen bei ihren Raubzügen über den Weg lief und sie verraten konnte. Aber Schwester Hilaria – nein, das glaube ich nicht. In jener Nacht haben sie noch vor Morgengrauen bei Druels Hof zugeschlagen.

Ich glaube nicht, daß sie einen Umweg von einer halben Meile gemacht haben, um zu der Hütte zu gehen. Warum sollten sie auch? Sie wußten ja nicht, daß es dort etwas gab, das den Weg lohnte. Und außerdem hätten sie sich nicht die Mühe gemacht, ihren Leichnam zu verstecken und auch die Kleider hätten sie mitgenommen. Nein es kam jemand zu der Hütte, weil sie tatsächlich auf seinem Weg lag und ich denke, er ging hinein, weil der Schneesturm wütend tobte und er dachte, er könne dort abwarten, bis das Schlimmste vorüber sei.«

»Aber das hätte jeder sein können«, rief Yves aufgebracht über diese Ohnmacht der Gerechtigkeit, »und wir werden nie herausfinden, wer es war.«

Aber Cadfael dachte daran, daß es eine Person gab, die wußte, wer der Mörder war. Morgen würde man weitersehen. Aber davon sagte er nichts. »Nun, wenigstens brauchst du dir um Bruder Elyas keine Sorgen mehr zu machen«, bemerkte er statt dessen. »Seine Sünden sind ihm so gut wie erlassen und er wird leben und wirken und unserem Orden Ehre machen. Wenn du noch nicht müde bist, darfst du dich für eine Weile zu ihm setzen. Er hat im rechten Augenblick Anspruch auf dich erhoben und solange du hier bist, magst du dich um ihn kümmern.«

Ermina saß in der Halle vor dem Feuer und nähte noch immer am Ärmel ihres Kleides. Sie arbeitet gegen die Zeit, dachte Cadfael, als sie nur kurz aufsah und sich gleich wieder ohne großes Geschick ihrer ungewohnten Tätigkeit widmete. Das Lächeln, das sie ihm zuwarf, war ernst und verhalten.

»Mit Yves ist alles in Ordnung«, sagte Cadfael einfach. »Er hat sich Gedanken über etwas gemacht, das Bruder Elyas im Schlaf gesagt hat. Es klang wie ein Mordgeständnis, aber in Wirklichkeit war es etwas ganz anderes.« Er erzählte ihr die ganze Geschichte. Warum auch nicht? Vor seinen Augen war sie zu einer Frau geworden, die sich plötzlich Verpflichtungen gegenübersah und sich ihnen tapfer stellte. »Es lastet jetzt nichts mehr auf seiner Seele, außer der Angst, daß der wahre Mörder unentdeckt bleiben könnte.«

»Er braucht keine Angst zu haben«, sagte Ermina, sah auf und lächelte – ein anderes Lächeln diesmal, geheimnisvoll und zuversichtlich. »Gottes Gerechtigkeit muß unfehlbar sein. Es wäre Sünde, daran zu zweifeln.«

Cadfael ging nicht weiter darauf ein. »Jedenfalls wird er jetzt bereit und willens sein, sich wieder auf den Weg zu machen. Ja, er wird darauf brennen. Dein Olivier hat einen Verehrer, der ihm bis ans Ende der Welt folgen würde.« Ihre funkelnden, stolzen Augen sahen ihn durchdringend an; in ihren Tiefen ließ der Feuerschein rote Funken aufglühen.

»Er hat zwei«, sagte sie.

»Wann wollt ihr aufbrechen?«

In ihrem Gesicht malte sich weder Überraschung noch Bestürzung. »Wie habt Ihr das herausbekommen«, fragte sie neugierig.

»Würde jemand wie er seine Arbeit unvollendet lassen und gestatten, daß die beiden, die zu finden er ausgeschickt wurde, von jemand anderem zurückgebracht werden – und sei es auch noch so ritterlich? Natürlich wird er seinen Auftrag getreu erfüllen wollen. Nichts anderes erwartet man von ihm.«

»Wollt Ihr ihn daran hindern?« Aber sogleich wischte sie diese Bemerkung mit der Hand, die die Nadel hielt, beiseite. »Entschuldigt! Ich weiß, das werdet Ihr nicht tun. Ihr habt ihn jetzt mit eigenen Augen gesehen und wißt, was für ein Mann er ist! Er hat mir durch Yves Bescheid geben lassen. Morgen, wenn die Mönche nach der Komplet zu Bett gehen, wird er kommen.«

Cadfael überlegte kurz und sagte dann: »Ich würde so lange warten, bis die Brüder zur Frühmette und Laudes gegangen sind, denn dann wird der Pförtner mit den anderen in der Kirche sein. Und bis zur Prim ist dann alles ruhig. So könnt ihr beide vor dem Ritt noch etwas schlafen. Ich werde euch wecken und zum Tor hinausgeleiten. Wenn er während der Komplet kommt, kann ich ihn hineinholen, bis es Zeit ist zu gehen. Vorausgesetzt natürlich, ihr vertraut mir.«

»Ich danke Euch für Euer Angebot«, sagte sie ohne zu zögern. »Wir werden Euren Rat befolgen.«

»Und Ihr«, sagte Bruder Cadfael und sah die Naht mit jedem heftigen Stich länger werden, »werdet Ihr morgen nacht ebenso bereit sein wie Yves, von hier aufzubrechen?«

Wieder sah sie ihn an, ruhig diesmal, ohne etwas zu verbergen oder zu offenbaren. Das langsam niederbrennende Feuer ließ abermals die roten Funken in ihren Augen aufglühen, ihr Gesicht jedoch blieb eine ausdruckslose Maske. »Ja, ich werde bereit sein«, sagte sie und beugte sich wieder über ihre Näharbeit, bevor sie hinzufügte: »Morgen wir alles getan sein.«

Kapitel 15

Die Nacht war sternklar und still, und es gab kaum Frost. Mit dem Sonnenaufgang ging die zweite Nacht zu Ende, in der es nicht geschneit hatte. Die Schneewehen begannen zu schmelzen, noch bevor jenes langsame Tauwetter einsetzte, das die Wege gemächlich, fast unmerklich, von Schnee befreit und keine Überschwemmungen verursacht.

Nachdem er den Abtransport einer erstaunlichen Menge gestohlener Güter und die völlige Zerstörung der niedergebrannten Festung beaufsichtigt hatte, war Hugh Beringar spät am Abend zurückgekehrt. In den Trümmern der Hütten entlang der Palisade hatte man die Leichen zweier ermordeter Gefangener gefunden, die so lange gefoltert worden waren, bis sie alles von Wert hergegeben hatten. Drei weitere Gefangene hatten diese Behandlung überlebt. Sie wurden jetzt in Ludlow gepflegt, wo Josce de Dinan auch die überlebenden Räuber in Ketten gelegt hatte. Von den Männern des Sheriffs waren achtzehn verwundet und noch mehr hatten kleinere Kratzer abbekommen, aber es hatte keinen Toten gegeben. Die Eroberung des Räubernestes hätte größere Opfer fordern können.

Freudestrahlend und erleichtert ging Prior Leonard über den kühlen, aber sonnenbeschienenen Hof. Die Gegend war von einer Plage befreit, die beiden Vermißten befanden sich wohlbehalten im Kloster und Bruder Elyas lag sprachlos vor Verwunderung und Dankbarkeit in seinem Bett und hatte wieder neuen Mut gefaßt, sich einem von Freude oder auch von Schmerz erfüllten Leben zu stellen. Seine Augen waren jetzt klar und geduldig; Tadel und Ermahnungen nahm er demütig und ergeben an. Sein Körper würde bald ebenso genesen sein wie sein Geist.

Nach dem Hochamt trafen bald die Besitzer der Pferde ein, wie sich auch zweifellos die Eigentümer der Kühe und Schafe in Ludlow versammelten. Gewiß würden einige der Tiere von zwei Männern beansprucht werden; Streitigkeiten würden aufkommen und Nachbarn herbeigerufen werden, die die fraglichen Stücke Vieh identifizieren mußten. Aber da es sich hier nur um sieben Pferde handelte, gab es für Gierige im Kloster nichts zu holen. Pferde kennen ihren Besitzer ebenso gut wie umgekehrt. Auch die Kühe in Ludlow wußten wahrscheinlich selbst, wohin sie gehörten.

Einer der ersten war John Druel, der den ganzen Weg von Cleeton gelaufen war. Er brauchte seinen Besitz gar nicht erst nachzuweisen, denn der kräftige, braune Hochlandhengst wieherte ihm entgegen, kaum daß der Bauer die Pferdekoppel betreten hatte. Er beschnupperte Johns Ohr und der umarmte den Hals des Hengstes, untersuchte ihn am ganzen Körper und weinte, sein Gesicht an den Kopf des Pferdes gelegt. Dies war sein einziges Pferd und für ihn stellte es ein Vermögen dar. Yves hatte ihn kommen sehen und war losgerannt, um Ermina zu holen. Beide eilten aus dem Haus, um den Bauern zu begrüßen und sich bei ihm, soweit es ihre Mittel noch erlaubten, mit Geschenken zu bedanken.

Eine Frau aus Whitbache nahm das Pferd ihres toten Mannes mit und ein schmaler, ernster Junge von demselben Gut kam scheu und demütig, um ein stämmiges Arbeitspferd zu holen, das nur widerstrebend mitging. Es wollte seinen Herren, nahm aber dann schließlich doch, mit einem fast menschlichen Seufzer, mit dessen Sohn vorlieb.

Erst als die Mönche im Refektorium ihr Mittagsmahl eingenommen hatten und Bruder Cadfael wieder in das gleißende Sonnenlicht auf den Hof getreten war, ritt Evrard Boterel durch das Tor, stieg von seinem Pferd und sah sich suchend nach jemandem um, an den er sich wenden konnte. Er war immer noch etwas abgemagert und blaß vom Fieber, aber seinen energischen Bewegungen und dem hellen Glanz seiner Augen konnte man entnehmen, daß er bereits fast gänzlich wiederhergestellt war. Mit hoch erhobenem Kopf und gebieterischem Blick stand er da und runzelte leicht die Stirn, daß kein Stallbursche herbeigeeilt kam, um ihm die Zügel abzunehmen. Er war ein schöner junger Mann, blond wie die Mähne seines Pferdes und wußte nur zu gut, welchen Eindruck sein Äußeres und sein Adelsstand auf andere machte. Ein solcher Mann mochte jungen Frauen wohl gefallen. Was hatte er nur getan, um die Gunst Erminas wieder zu verlieren? Die Realität hatte, nach ihren Worten, die idyllischen Fantasien grausam zerstört. Schön — aber war das der Grund?

Freundlich lächelnd kam Prior Leonard mit seinen weit ausgreifenden Schritten dem Gast über den Hof entgegen, um ihn höflich zu begrüßen und zu den Ställen zu führen. Einer von Beringars Männern, der gerade nichts zu tun hatte und das gesattelte Pferd unversorgt da stehen sah, kam, um die Zügel zu nehmen, die Boterel ihm ohne hinzusehen wie einem Diener in die Hand drückte, bevor er mit dem Prior zu den Ställen ging.

Er war allein gekommen. Wenn er tatsächlich ein gestohlenes Pferd abholen wollte, so würde er es auf dem Heimweg am Zügel führen müssen.

Tief in Gedanken begab Bruder Cadfael sich zur Gästehalle und sah Ermina in ihrem Bauernkleid aus der Tür treten und schnell und leichtfüßig zur Kirche hinübergehen. Unter dem Arm hatte sie ein zusammengerolltes Bündel. Sie verschwand im düsteren Schatten der Kirche als ihr ehemaliger Verlobter in der Dunkelheit der Ställe verschwunden war. Yves würde gewiß am Bett von Bruder Elyas sitzen, seinem eifersüchtig gehüteten Patienten und Schützling, um den er sich mit besitzergreifendem Eifer kümmerte. Er war außer Sicht und außer Gefahr. Sollten hier Pfeile fliegen, dann konnte er nicht getroffen werden.

Ohne Eile trat Cadfael auf den freigefegten Hof und ging auf das Portal der Kirche zu, berechnete seine Geschwindigkeit jedoch so, daß er mit Evrard Boterel und Hugh Beringar zusammentreffen mußte, die von den Ställen zum Tor gingen. Auch sie ließen sich Zeit und Boterel war offenbar bester Laune; der stellvertretende Sheriff neben ihm bot einen stattlichen Anblick. Hinter ihnen führte ein Stallbursche eine schöne, kastanienbraune Stute.

Vor dem offenen, dunklen Portal der Kirche, an der Stelle, an der ihre Wege sich kreuzen würden, blieb Cadfael stehen, so daß auch sie anhielten. Boterel erkannte den Bruder, der in Ledwyche nach seinen Wunden gesehen hatte und bedankte sich bei ihm.

»Ich freue mich zu sehen, daß Ihr wieder zu Kräften gekommen seid«, sagte Cadfael höflich. Er warf Beringar einen Blick zu, neugierig, ob er das wartende Pferd bemerkt hatte, das der Mann auf dem Hof auf- und abführte, wobei er ihm auf den Hals klopfte und seinen edlen Gang bewunderte. Beringars Augen entging nicht viel, aber seine Miene verriet nichts von seinen Gedanken. Cadfael hatte eine Ahnung. Eigentlich sollte er sich hier nicht einmischen, aber sein Instinkt trieb ihn, sich dieser Sache anzunehmen, die noch nicht aufgeklärt war.

»Ich danke Euch, Bruder. Es geht mir tatsächlich besser, ich bin schon fast ganz genesen«, antwortete Boterel lächelnd.

»Ihr habt mir nichts zu danken«, sagte Cadfael. »Aber habt Ihr Gott schon gedankt? Es wäre doch nur gerecht, wenn einer, der vor dem Tod errettet wurde und einen so wertvollen Besitz wie diese Stute wiedererlangt hat, für diese Gnaden Dank sagt. So viele sind in den Kämpfen und Wirren ums Leben gekommen – ehrbare Männer und unschuldige Jungfrauen.« Durch die offene Tür der Kirche sah er einen Schatten sich bewegen, der jedoch sogleich wieder reglos verharrte. »Ich bitte Euch, kommt mit mir in die Kirche und sprecht ein Gebet für diese weniger Glücklichen – auch für die, die wir hier vor ihrer Beerdigung aufgebahrt haben.«

Er fürchtete schon, zu viel gesagt zu haben und war erleichtert, als er sah, daß Boterel sich selbstbewußt und gelassen dem Portal zuwandte. Auf seinem Gesicht lag das leichte Lächeln eines Mannes, der der harmlosen Bitte eines Dieners Gottes mit einer kleinen Geste nachkommt.

»Aber natürlich, Bruder!« Warum auch nicht? Diese oder andere Mönche hatten sich um die Todesopfer eines jeden Raubüberfalls gekümmert und so war es kaum verwunderlich, wenn eines von ihnen jetzt aufgebahrt war. Unbekümmert stieg er die steinernen Stufen hinauf und betrat das dämmrige, kalte Kirchenschiff. Cadfael ging dicht hinter ihm und Hugh Beringar folgte ihnen, die dunklen Augenbrauen zusammengezogen, bis zur Schwelle, wo er stehenblieb und den Rückweg versperrte.

Nach der gleißenden Helle des vom Schnee reflektierten Sonnenlichts konnten sie hier drinnen einen Augenblick lang nichts sehen. Der weite, kalte, dämmrige Raum umschloß sie, das Ewige Licht über dem Altar sah aus wie ein sehr kleines, weit entferntes, feuriges Auge; und sonst fiel nur noch Licht durch die schmalen Fenster, in blassen Streifen auf den Boden aus Stein.

Plötzlich erlosch das rote Auge des Altarlichtes. Sie mußte die wenigen Schritte vom Einsegnungsaltar bis zu ihnen ganz rasch gegangen sein, aber ihre Bewegungen waren lautlos und in der vorübergehenden Dunkelheit unsichtbar gewesen. Gleitend, geräuschlos kam sie auf Evrard Boterel zu, die flehende Geste ihrer ausgestreckten Hand verwandelte sich urplötzlich in eine bittere Anklage. Zunächst konnte er kaum erkennen, was sich dort vor ihm, im Dämmerlicht, bewegte, aber dann trat sie in den ersten hellen Lichtstrahl: eine schlanke Benediktinernonne, die Kapuze und Schleier tief über das Gesicht gezogen hatte. An ihrer Kutte hafteten Halme des Heus aus der Hütte, auf der rechten Brust und Schulter war ein rostroter, steifer Fleck aus getrocknetem Blut. Das bleiche Licht umfing sie und brachte alles deutlich zum Vorschein, auch das Blut am Ärmel, mit dem sie sich besudelt hatte, als sie sich gegen ihn wehrte und seine frische Wunde wieder aufriß, während er auf ihr lag. Lautlos glitt sie auf ihn zu.

Er machte einen Satz zurück, prallte gegen Bruder Cadfael und stieß einen gedämpften Schrei des Grauens aus. Mit einer Hand bekreuzigte er sich vor dieser schrecklichen Erscheinung. Unter der tiefen Kapuze funkelten ihn große Augen an und immer noch kam sie näher.

»Nein... nein! Hinweg! Du bist tot...«

Nur ein ersticktes Flüstern kam aus seiner Kehle. So mochte ihre Stimme geklungen haben, als er ihr seine Hände um den Hals legte. Dennoch war es so laut, daß Cadfael es gehört hatte. Und damit hatte er sich verraten, auch wenn er im nächsten Moment schon seine Fassung wiedererlangt hatte und sich aufrichtete, um dieser Herausforderung zu begegnen. Dicht vor ihm stand sie jetzt im Licht – ein Wesen aus Fleisch und Blut, greifbar und verletzlich.

»Was ist das für eine Posse? Habt ihr jetzt auch Verrückte bei Euch aufgenommen? Wer ist das?«

Sie streifte die Kapuze zurück, riß das Brusttuch ab und schüttelte ihr fülliges schwarzes Haar, daß es über die blutverschmierte Schulter von Schwester Hilarias Kutte fiel. Mit einem wilden, wie aus Stein gehauenen Gesicht und funkelnden Augen stand Ermina Hugonin vor ihm.

Auf diese Erscheinung war er ebensowenig vorbereitet wie auf die vorherige. Er hatte nichts mehr von ihr gehört und so vielleicht angenommen, sie liege tot unter irgendeiner Schneewehe im Wald und könne ihm nicht mehr gefährlich werden. Vielleicht hatte er gedacht, daß ihn nichts, was sie gegen ihn vorbringen könnte, gefährden könne, wenigstens nicht in dieser Welt – und um eine andere kümmerte er sich nicht. Eben war er einen Schritt vor ihr zurückgewichen, aber weiter konnte er nicht, denn Cadfael und Beringar standen rechts und links zwischen ihm und der Kirchentür. Aber entschlossen riß er sich zusammen und sah sie, als Entgegnung auf diese unerklärliche Anklage, mit verletztem, verwirrtem Gesicht vorwurfsvoll an.

»Ermina! Was hat das zu bedeuten? Warum hast du mich nicht benachrichtigen lassen, daß du am Leben bist? Und was soll dieses Narrenspiel? Habe ich das verdient? Du weißt doch, daß ich und meine Leute dich unablässig gesucht haben!«

»Das weiß ich«, sagte sie. Ihre Stimme war leise, hart und so kalt wie Eis, das Schwester Hilaria umschlossen hatte. »Und wenn Ihr mich gefunden hättet und kein Zeuge dabeigewesen wäre, hätte ich das Schicksal meiner Freundin teilen müssen, denn Ihr wußtet ja, daß Ihr mich nie dazu bringen würdet, Euch zu heiraten. Verheiratet oder tot – eine andere Möglichkeit durfte für mich nicht bestehen, denn sonst hätte ich mehr sagen können, als für Euren Frieden und Eure Ehre gut war. Dabei habe ich hier nicht ein Wort gesagt, das Euch belasten könnte, denn schließlich hatte ich diese Sache ins Rollen gebracht und trug dafür genausoviel Verantwortung wie Ihr. Aber nachdem ich jetzt weiß, was ich weiß, und in ihrem Namen... ja, ja, ja, – tausendmal klage ich Euch, Evrard Boterel, als Mörder und Schänder von Schwester Hilaria an!«

»Du hast deinen Verstand verloren!« schrie er in dem Versuch, ihre Anklage beiseite zu fegen. »Wer ist diese Frau, von der du sprichst? Ich kenne keine solche Person! Seit du mich verlassen hast, habe ich verwundet mit Fieber im Bett gelegen. Alle meine Leute können das bestätigen...«

»Oh, nein – nein! Nicht in jener Nacht! Ihr seid mir nachgeritten, um Eure Ehre zu retten und mich zurückzuholen und zum Schweigen zu bringen, sei es durch Heirat oder Mord. Leugnet es nicht! Ich habe Euch ausreiten sehen! Meint Ihr denn, ich sei so dumm zu glauben, daß ich Euch zu Fuß entkommen könnte? Oder so kopflos vor Angst, wie ein Hase davonzulaufen und Spuren für Euch zu hinterlassen? Ich ging nur bis zum Wald in Richtung der Straße nach Ludlow, wohin ich wie ihr annahmt fliehen würde, aber dann schlug ich einen Bogen zurück und versteckte mich die halbe Nacht bei den Baumstämmen, die Ihr für Eure feige Schutzmauer hattet schlagen lassen. Ich sah Euch ausreiten, Evrard, und ich sah Euch zurückkehren – Eure Wunde war aufgebrochen und es floß Blut heraus. Erst als man Euch hinein und in Euer Bett gebracht hatte und der ärgste Schneesturm vorüber war, brach ich auf und ich wußte, daß ich nun, da es nur noch eine Stunde bis zum Anbruch der Dämmerung war, keinen Verfolger zu befürchten hatte. Und während ich mich vor Euch versteckte, habt Ihr sie umgebracht!« stieß sie hervor. Ihre Augen brannten wie die Flammen eines Dornenfeuers. »Auf dem Rückweg von einer ergebnislosen Jagd fandet Ihr eine einsame Frau und habt Euch an ihr schadlos gehalten für das, was ich Euch getan hatte und für das, was Ihr mit mir nicht tun konntet. Wir beide haben sie getötet!« schluchzte Ermina. »Ihr und ich – wir beide! Ich bin ebenso schuldig wie Ihr!«

»Was sagst du da?« Er hatte wieder Mut gefaßt und etwas Selbstsicherheit gewonnen. Wenn sie ihn angeschrien hätte, würde er beruhigend, besorgt auf sie eingeredet haben, aber auch in ihrer mit kalter Gewißheit vorgebrachten Anklage fand er einen Ansatzpunkt zu seiner Verteidigung. »Natürlich bin ich dir nachgeritten – ich konnte dich ja nicht da draußen erfrieren lassen. Weil meine Wunde mich so geschwächt hatte, bin ich vom Pferd gefallen und dabei brach sie wieder auf und blutete, das stimmt. Aber alles andere? Die ganze Nacht, so lange ich konnte, habe ich nach dir gesucht und nirgendwo habe ich angehalten. Willst du mir nun vorwerfen, daß ich blutend und mit leeren Händen zurückkehrte, ich weiß nichts von dieser Frau, von der du sprichst...«

»Nichts?« sagte Cadfael neben ihm. »Nichts von einer Schafshütte am Weg, den Ihr genommen haben müßt, von der Straße nach Ludlow zurück nach Ledwyche? Ich kenne sie, ich bin den Weg in umgekehrter Richtung geritten. Und Ihr wißt nichts von einer jungen Nonne, die dort, zugedeckt mit dem Umhang eines braven Mannes, schlafend im Heu lag? Nichts von einem zufrierenden Bach, der Euch danach, auf dem Heimweg, wie gerufen kam? Es war kein Sturz vom Pferd, der Eure Wunde wieder aufbrechen ließ, sondern ihr verbissener Kampf um ihre Ehre in jener kalten Nacht, als Ihr glaubtet, Eure Wut und Lust an ihr austoben zu können, da eine andere, Eurem Ehrgeiz angemessenere Frau, Euch entkommen war. Und nichts von den Reisemänteln und der Kutte, die unter dem Heu verborgen waren, damit die Schuld an dieser Untat denen gegeben würde, die all die anderen himmelschreienden Verbrechen verübt haben? Alle anderen außer diesem?«

Im bleichen, kalten Licht erschien alles wie aus Stein gehauen, die Schatten wichen zurück und ließen alles überdeutlich hervortreten. Es war erst kurz nach Mittag und draußen schien die Sonne. Hier in der Kirche war es kalt und fahl. Wie eine Statue stand Ermina da und sah die drei Männer vor sich schweigend an. Sie hatte getan, was sie tun mußte.

»Das ist Unsinn«, sagte Boterel mühsam, als habe er mit einem großen Gewicht zu kämpfen. »Als ich ausritt, trug ich einen Verband über der Wunde, die ich beim Angriff auf Callowleas erhielt und als ich zurückkam, war er durchgeblutet. Was ist dabei? Eine kalte Nacht mit Schneesturm und ich fiel vom Pferd. Aber diese Frau, diese Nonne, die Schafhütte – davon weiß ich nichts. Ich bin nie dort gewesen, ich weiß nicht einmal, wo sie ist...«

»Aber ich bin dort gewesen«, sagte Bruder Cadfael, »und habe im Schnee Pferdedung gefunden. Ein großes Pferd war dort angebunden, denn im rauhen Holz unter den Dachbalken hatten sich einige Haare seiner Mähne verfangen. Hier sind sie!« In seiner Hand hielt er die helle Strähne des Pferdehaars. »Soll ich sie mit denen Eures Wallachs da draußen vergleichen? Sollen wir Euch auf Schwester Hilarias Gewand legen und nachsehen, ob Eure Wunde sich auf der Höhe ihrer blutbefleckten Schulter befindet? Sie hat nicht geblutet, wohl aber Eure Wunde. Ich habe sie ja untersucht.«

Für einen langen Augenblick stand Evrard Boterel reglos und hochaufgerichtet wie eine Marionette zwischen der Frau und den beiden anderen Männern. Dann sank er mit einem langen verzweifelten Seufzer in sich zusammen und kniete, die Fäuste auf die Brust gepreßt, auf dem Boden. Sein blondes Haar war ihm ins Gesicht gefallen, das nun der hellste Fleck in diesem Lichtstreifen war, in dem er kniete.

»O Gott, vergib mir, vergib mir... ich wollte sie nur zum Schweigen bringen, ich wollte sie nicht töten... ich wollte sie nicht töten...«

»Es kann sogar sein, daß das stimmt«, sagte Ermina. Sie saß zusammengesunken und reglos vor dem Kamin in der Gästehalle. Ihre Tränen waren getrocknet und in ihr war nur eine tiefe Erschöpfung. »Vielleicht wollte er sie wirklich nicht töten. Es könnte sein, daß er die Wahrheit gesprochen hat.«

Und dies hatte er gesagt, als er schließlich aus seiner Verzweiflung erwacht war und versuchte, seinen Fall so günstig wie möglich zu schildern, um sein Leben zu retten: Wegen des Schneesturms hatte er seine Suche abgebrochen und war gezwungen gewesen, im Schutz der Hütte zu warten, bis das Wetter sich etwas beruhigt. Er hatte nicht damit gerechnet, irgendjemanden dort vorzufinden, aber als er sah, daß ihm hier eine schlafende Frau ausgeliefert war, hatte er die Wut, die Verachtung für alle Frauen, die Ermina in ihm geweckt hatte, an ihr ausgelassen. Als sie erwacht war und sich gegen ihn wehrte, war er nicht sanft mit ihr umgegangen – aber er hatte sie nicht töten wollen! Nur zum Schweigen bringen, mit den Röcken ihres Gewandes, die er auf ihren Mund preßte. Und dann lag sie steif und leblos da und er konnte sie nicht wiederbeleben. Er zog ihr das Gewand aus, versteckte die Kleider unter dem Heu und nahm ihren Leichnam mit bis zum Bach, damit es so aussah, als sei sie ein weiteres Opfer der Räuber, die Callowleas geplündert hatten.

»... wo er sich seine verräterische Wunde zugezogen hat«, sagte Bruder Cadfael und sah sie an. Sie verzog ihr bleiches Gesicht zu einem bitteren Lächeln. Wie eine schmerzhafte Grimasse zuckte es um ihren Mund.

»So hat er es Euch geschildert, ich weiß! Und wer wollte es bezweifeln! In heldenhaftem Kampf um sein Gut und seine Leute ist er verwundet worden! Aber ich sage Euch: Er hat nicht einmal sein Schwert gezogen – er ließ seine Leute dahinschlachten und floh wie eine Ratte. Und mich zwang er, mit ihm zu gehen! Unter meinen Ahnen ist nicht einer, der in einer solchen Lage geflohen wäre und seine Leute hätte sterben lassen! Das hat er mir angetan und das kann ich ihm nicht vergeben. Und ich hatte geglaubt, ihn zu lieben! Ich werde Euch sagen, wie er zu der Wunde gekommen ist, die ihn am Ende verriet: Während des ganzen ersten Tages in Ledwyche trieb er seine Männer an, Bäume für Palisaden zu fällen und da war er noch völlig unversehrt. Und den ganzen Tag über hatte ich nachgedacht. Er hatte Schande über mich gebracht und als er gegen Abend zu mir kam sagte ich ihm, daß ich ihn nicht heiraten würde, daß ich mit einem Feigling wie ihm nichts zu tun haben wollte. Bis dahin war er ständig um mich besorgt gewesen und hatte mich nicht angerührt, aber als er sah, daß er mich und meine Mitgift verlieren würde, änderte sich sein Verhalten sehr schnell.«

Cadfael verstand. Wenn die Ehe erst durch eine heimliche Vergewaltigung vollzogen war, würden die meisten Familien diese Tatsache lieber notgedrungen anerkennen, als einen häßlichen Skandal und eine Fehde heraufzubeschwören. Es war nichts Ungewöhnliches, daß ein Mann erst eine Frau mit Gewalt nahm, um sie danach zu heiraten.

»Ich trage einen Dolch bei mir«, sagte sie grimmig, »auch jetzt. Ich habe ihm diese Wunde beigebracht. Ich wollte sein Herz treffen, aber die Klinge glitt ab und riß eine Wunde in Brust und Oberarm. Nun, Ihr habt sie ja gesehen...« Sie betrachtete die zusammengefaltete Kutte, die neben ihr auf der Bank lag. »Und während er noch tobte, fluchte und blutete und seine Leute herbeigerannt kamen, um ihn zu verbinden, schlüpfte ich hinaus in die Nacht und rannte davon. Ich wußte, daß er mich verfolgen würde. Nach diesem Vorfall konnte er es sich nicht leisten, mich entkommen zu lassen. Er mußte mich heiraten oder mich töten. Natürlich dachte er, daß ich versuchen würde, die Straße und die Stadt zu erreichen. In diese Richtung lief ich auch, aber nur bis der Wald meine Spuren verdeckte – dann kehrte ich in einem großen Bogen zurück und versteckte mich. Ich sagte Euch ja, daß ich ihn, schwach wie er war und sehr wütend, ausreiten sah, so wie ich es mir gedacht hatte.«

»Allein?«

»Natürlich war er allein. Er wollte keinen Zeugen dabeihaben, wenn er mich ermordete oder vergewaltigte. Seine Leute hatten den Befehl, auf dem Gut zu bleiben. Und ich sah, wie er mit durchgeblutetem Verband zurückkam, obwohl ich mir damals nichts dabei dachte, außer daß er sich wahrscheinlich überanstrengt hatte.« Ihr schauderte bei dem Gedanken an die Anstrengung, bei der seine Wunde wieder aufgebrochen war. »Als er sah, daß ich ihm entkommen war, ließ er seine Wut an der ersten Frau aus, die ihm begegnete und rächte sich. Ich hätte es ihm nicht vorwerfen können, wenn es mich getroffen hätte. Schließlich war ich, die ich ihm entkommen war, der Grund für all dies gewesen. Aber sie... was hat sie ihm getan?«

Das war die ewige Frage, auf die es keine Antwort gab. Warum müssen Unschuldige leiden?

»Und doch«, sagte sie zweifelnd, »was er sagt, könnte wahr sein. Er ist es nicht gewöhnt, abgewiesen zu werden und das hat ihn blind vor Wut gemacht... Er hat einen aufbrausenden Charakter. Früher einmal habe ich ihn dafür bewundert...«

Ja, es mochte sein, daß er ohne Absicht getötet und danach in seiner Panik versucht hatte, die Spuren seiner Tat zu verwischen. Es mochte aber auch sein, daß er nach kaltblütiger Überlegung zu dem Schluß gelangt war, eine Tote könne ihn nicht mehr anklagen und Schwester Hilaria darum für immer zum Schweigen gebracht hatte. Das würden jetzt die Männer zu entscheiden haben, die in dieser Welt zu Gericht sitzen.

»Erzählt Yves nichts von alledem!« sagte Ermina. »Ich werde das tun, wenn die Zeit dazu reif ist. Aber nicht hier und nicht jetzt!«

Nein, es bestand keine Notwendigkeit, dem Jungen etwas von dem Kampf zu erzählen, der nun vorüber war. Evrard Boterel war unter Bewachung nach Ludlow gebracht worden und auf dem großen Hof des Klosters deutete nichts darauf hin, daß ein Verbrechen aufgeklärt worden war. Ganz langsam, fast heimlich, kehrte Frieden in Bromfield ein. In weniger als einer halben Stunde war es Zeit, zum Vespergottesdienst zu gehen.

»Nach dem Abendessen solltet Ihr zu Bett gehen und einige Stunden schlafen – der Junge auch«, sagte Cadfael. »Ich werde nach eurem Ritter Ausschau halten und ihn einlassen.«

Er hatte seine Worte gewählt. Sie hatten dieselbe Wirkung wie das Tauwetter, das draußen eingesetzt hatte. Ermina hob ihren Kopf und sah ihn an; ihr Gesicht war wie eine aufblühende Knospe und vor der Freude, die sie ausstrahlte, schmolz alle bittere, schuldbeladene Traurigkeit, alle Reue über ihre Torheit dahin und fiel von ihr ab. Sie hatte dem Tod und ihrer Vergangenheit den Rücken zugekehrt und sich sehnsüchtig der Zukunft und dem Leben zugewandt. Er glaubte nicht, daß sie diesesmal einen Fehler beging. Keine Macht der Welt würde jetzt imstande sein, sie von ihrer Entscheidung abzubringen.

Zur Komplet hatte sich in dem für die Gemeinde bestimmten Teil der Kirche eine kleine Schar von Gläubigen versammelt. Etwa ein Dutzend Bauern aus der Gegend waren gekommen, um dem Herrn für die Erlösung vom Terror der Räuberbande Dank zu sagen. Auch das Wetter steuerte seinen Teil zur allgemeinen Stimmung der Freude bei: Der Himmel war sternenklar und es lag kaum Frost in der Luft. Für Leute, die sich auf eine Reise begeben wollten, war es keine schlechte Nacht.

Cadfael wußte inzwischen, worauf er achten mußte, aber dennoch dauerte es ein wenig, bis er den demütig gebeugten, schwarzhaarigen Kopf entdeckt hatte, nach dem er Ausschau hielt. Es war bewundernswert, daß ein so außergewöhnlicher Mensch sich so unscheinbar machen konnte. Als die Komplet zu Ende war und Cadfael die Bauern zählte, die die Kirche verließen, wunderte er sich nicht im geringsten, daß einer dabei fehlte. Olivier besaß nicht nur die Fähigkeit, das Aussehen eines einfachen Bauernburschen anzunehmen, er konnte auch geräuschlos in den Schatten verschwinden und dort so unbeweglich verharren wie die steinernen Mauern um ihn herum.

Alle waren gegangen – die Bauern nach Hause, die Klosterbrüder in den geheizten Raum, in dem sie noch eine halbe Stunde beisammensaßen, bevor sie zu Bett gingen. In der kühlen, dunklen Kirche war es völlig still.

»Ihr könnt unbesorgt herauskommen, Olivier«, sagte Bruder Cadfael. »Eure Schützlinge schlafen noch bis Mitternacht und haben mich gebeten, mich um Euch zu kümmern.«

Die schlanke, geschmeidige Gestalt eines jungen Mannes trat aus dem Schatten. Er war ohne Waffe – bevor er diesen heiligen Ort betrat, hatte er sein Schwert abgelegt. Seine Schritte waren geräuschlos wie die einer Katze. »Ihr kennt mich?«

»Sie hat mir von Euch erzählt. Wenn der Junge Euch geschworen hat zu schweigen, so könnt Ihr beruhigt sein. Er hat sein Wort gehalten. Sie aber hat mich ins Vertrauen gezogen.«

»Dann kann ich dasselbe tun«, sagte der junge Mann und trat näher. »Ich sehe Euch kommen und gehen wie es Euch beliebt. Genießt Ihr hier besondere Privilegien?«

»Ich bin aus Shrewsbury und gehöre nicht zu diesem Kloster. Ich bin nur hier, um einen Kranken zu pflegen, daher halte ich mich nicht an alle Ordensregeln. Bei dem Kampf auf dem Clee habt Ihr ihn gesehen – es ist der verwirrte Bruder, der sich in Lebensgefahr begab und dadurch Yves die Gelegenheit gab zu entkommen.«

»Ich stehe hoch in seiner Schuld«, sagte Olivier mit leiser, fester, ernster Stimme. »Und ich glaube, auch in Eurer, denn Ihr müßt der Bruder sein, bei dem er danach Zuflucht gesucht hat, derselbe, von dem er mir erzählt hat, er habe ihn ursprünglich hierher in Sicherheit gebracht. An Euren Namen aber kann ich mich nicht erinnern.«

»Ich heiße Cadfael. Wartet einen Moment, ich will nachsehen, ob alle anderen im Haus sind...« Im schwachen Schein der letzten Fackeln lag der Hof still und leer da. Die freigefegten, dunklen Pfade bildeten ein Muster im weißen Schnee. »Kommt!« sagte Cadfael. »Ich weiß einen wärmeren, wenn auch keinen so geweihten Ort, wo wir warten können. Ich halte es für das Beste, daß Ihr erst aufbrecht, wenn die Brüder sich zur Mitternachtsmette und Laudes versammelt haben, denn dann wird auch der Pförtner in der Kirche sein und ich werde euch ungesehen zum Tor hinauslassen können. Wo habt Ihr Eure Pferde?«

»In einem Versteck ganz in der Nähe«, antwortete Olivier ruhig. »Ein Junge, dessen Eltern beim Überfall auf Whitbache ermordet worden sind, begleitet mich. Er paßt auf sie auf und wartet auf uns. Ich werde mit Euch kommen... Bruder Cadfael.« Er sprach den ungewohnten Namen tastend und fehlerhaft aus. Fast unhörbar lachend legte er seine Hand in die Hand Bruder Cadfaels und ließ sich von ihm durch die Dunkelheit führen. So traten sie Hand in Hand aus der Kirche und gingen durch das Gewirr der sich kreuzenden Pfade zum Krankenquartier des Klosters.

Im Schlaf bot Bruder Elyas' große, ruhige Gestalt einen beeindruckenden Anblick. Er lag auf dem Rücken, seine Hände waren entspannt auf der Brust gefaltet und sein Gesicht hatte einen schönen, heiteren Ausdruck. Er sah aus wie eine in Stein gemeißelte Figur auf dem Deckel eines Sarkophags, die das Andenken des Toten, der darin ruht, ehren und verschönern soll. Aber dieser Mann lebte, er atmete tief und regelmäßig und die Lider über seinen Augen waren so friedlich geschlossen wie die eines Kindes. Bruder Elyas sammelte in sich die göttliche Kraft, die Geist und Körper heilt und hatte es aufgegeben, eine Schuld auf sich zu nehmen, die ihm nicht gebührte.

Nein, um Bruder Elyas brauchte man sich keine Sorgen mehr zu machen. Cadfael schloß die Tür zum Krankenzimmer und setzte sich mit seinem Gast in den dämmrigen Vorraum. Bis zur Mitternachtsmette waren es noch etwa zwei Stunden.

Zu dieser späten Stunde strahlte der kleine, kahle Raum, der nur von einer Kerze erleuchtet war, eine Atmosphäre geheimer Vertraulichkeit aus. Schweigend setzten sie sich, der junge und der alte Mann und betrachteten einander mit offener, wohlwollender Neugierde. Langes Schweigen bereitete ihnen kein Unbehagen und wenn sie sprachen, klangen ihre Stimmen sanft, leise und bedächtig. Es war, als ob sie sich schon ein Leben lang kannten. Ein Leben lang? Der eine von ihnen konnte nicht älter sein als fünf- oder sechsundzwanzig und er war ein Fremdling aus einem fremden Land.

»Ihr habt einen gefährlichen Weg vor Euch«, sagte Cadfael. »An Eurer Stelle würde ich die Landstraße nach Leominster verlassen und einen Bogen um Hereford schlagen.« Er wurde eifriger, schilderte die Route, die ihm die beste zu sein schien, im einzelnen und zeichnete mit einem Stück Holzkohle sogar einen ungefähren Plan der Wege, soweit er sich an sie erinnern konnte, auf den Steinboden. Der junge Mann beugte sich vor, sah aufmerksam zu und hob mit einer schwungvollen Bewegung und einem strahlenden Lächeln den Kopf, um Cadfaels Gesicht von nahem zu betrachten. Alles an ihm war fremd und erregend und doch bemerkte Bruder Cadfael immer wieder mit angehaltenem Atem etwas Altvertrautes, das jedoch schon so lange zurücklag, daß das Bild entschwand, bevor er es festhalten und in seinem Gedächtnis nach dem Ursprung forschen konnte.

»Ihr seid sehr gütig«, sagte Olivier, und sein Lächeln war gleichzeitig herausfordernd und belustigt, »und doch wißt Ihr nichts von mir! Wie könnt Ihr sicher sein, daß Ihr mir trauen könnt und daß ich kein Späher für meinen Herrn und die Kaiserin bin?«

»Oh, ich weiß mehr über Euch, als Ihr wahrscheinlich denkt. Ich weiß, daß Ihr Olivier de Bretagne heißt und daß Ihr mit Laurence d'Angers aus Tripoli gekommen seid. Ich weiß, daß Ihr ihm sechs Jahre gedient habt und er mehr Vertrauen in Euch setzt als in jeden anderen seiner Ritter. Ihr seid in Syrien geboren, der Sohn einer syrischen Mutter und eines fränkischen Ritters, und seid nach Jerusalem gegangen, um den Glauben Eures Vaters anzunehmen und Euch den Franken anzuschließen.« Und ich weiß noch mehr, fuhr er in Gedanken fort und dachte an das hingerissene Gesicht des Mädchens und die begeisterte Stimme, mit der sie ihren Ritter pries. Ich weiß, daß Ermina Hugonin, eine stolze Frau, dich in ihr Herz geschlossen hat und nicht so einfach wieder verlassen wird und an dem Blick deiner braunen Augen und dem Blut, das dir zu Kopf schießt, erkenne ich, daß auch du sie liebst und weißt, daß du nicht weniger wert bist als sie. Du wirst nicht zulassen, daß ein anderer aus den Umständen deiner Geburt eine Schranke zwischen euch errichtet. Nur ein Onkel, der vor nichts zurückschreckt, könnte sich euch in den Weg stellen.

»Sie hat Euch wahrlich in ihr Vertrauen gezogen!« sagte Olivier ernst und feierlich.

»Das darf sie auch, ebenso wie Ihr. Ihr seid mit einem ehrenvollen Auftrag hierhergekommen und habt ihn hervorragend erfüllt. Ich stehe auf Eurer Seite und auf der dieser beiden Geschwister. Ich habe gesehen, wie beherzt Ihr und sie seid.«

»Aber dennoch«, wandte Olivier ein und lächelte traurig, »hat sie Euch und sich selbst etwas vorgemacht. Jeder fränkische Soldat, der sich am Kreuzzug beteiligte, kann in ihren Augen nur ein edler Ritter gewesen sein. Aber die meisten waren von der Erbfolge ausgeschlossene, jüngere Söhne, romantisch veranlagte Bauernburschen oder Vagabunden, die gesucht wurden, weil sie gestohlen, geraubt oder den Opferstock einer Kirche geplündert hatten und dem Zugriff des Sheriffs gerade noch entkommen konnten. Sie waren nicht schlechter als die meisten anderen Männer, aber auch nicht besser. Und nicht einmal jeder Ritter mit Pferd und Lanze war ein Gottfried von Bouillon oder ein Guimar de Massard. Mein Vater war kein Ritter, sondern ein einfacher Soldat in Robert von Normandies' Armee. Und meine Mutter war eine arme Witwe, die eine Bude auf dem Markt von Antiochia hatte. Ich bin ein uneheliches Kind, eine Mischung aus zwei Völkern, zwei Religionen, eine Erinnerung an die Zeit vor ihrer Trennung. Aber trotzdem war sie wunderschön und liebevoll und er war tapfer und gütig – und ich glaube, daß ich gute Eltern gehabt habe und jedem anderen ebenbürtig bin. Das werde ich Erminas Familie darlegen und sie werden mich anerkennen und sie mir zur Frau geben!« Seine tiefe, sanfte Stimme war eindringlich geworden und sein Falkengesicht erglühte in leidenschaftlichem Ernst. Als er geendet hatte, holte er tief Atem und lächelte. »Ich weiß nicht, warum ich Euch all dies erzähle. Vielleicht, weil ich weiß, daß Ihr Euch gut um sie gekümmert habt und ihr eine Zukunft wünscht, die sie verdient. Ich möchte, daß Ihr gut von mir denkt.«

»Ich bin selbst nur ein einfacher Mann«, sagte Cadfael beruhigend, »und gute Männer habe ich in Bauernkaten ebenso gefunden wie an Fürstenhöfen. Ist Eure Mutter tot?«

»Ja. Sonst hätte ich sie nie verlassen. Ich war vierzehn Jahre alt als sie starb.«

»Und Euer Vater?«

»Ich habe ihn nie gesehen und er mich auch nicht. Gleich nach ihrer letzten Begegnung schiffte er sich von St. Symeon nach England ein. Er hat nie erfahren, daß sie einen Sohn von ihm hatte. Seit er nach Syrien gekommen war, hatten sie sich geliebt. Sie hat mir niemals seinen Namen gesagt, aber sie sprach oft von ihm und nur Gutes. Es kann kein Fehl an einer Beziehung sein«, sagte Olivier gedankenvoll, »die sie mit so viel Stolz und Liebe erfüllte.«

»Die Hälfte der Menschheit findet ohne den Segen der Kirche zueinander«, sagte Cadfael, überrascht über seine eigenen Gedanken. »Und es ist nicht unbedingt die schlechtere Hälfte. Wenigstens wird dabei nicht um das Brautgeld geschachert und der Wert von Ländereien über den der Frau gestellt.«

Olivier sah auf. Plötzlich wurde ihm bewußt, was für ein seltsames Gespräch sie führten und er lachte leise, um den Schlafenden nebenan nicht zu stören. »Diese Mauern hören ungewöhnliche Bekenntnisse, Bruder, und ich erfahre erst jetzt, wieviel Freiheit der Benediktinerorden bietet. Ihr klingt fast so, als sprächt Ihr aus Erfahrung.«

»Vierzig Jahre war ich draußen in der Welt«, antwortete Cadfael einfach, »bevor ich Zuflucht zu den Regeln dieses Ordens nahm. Ich war Soldat, Seemann und Sünder. Sogar am Kreuzzug habe ich teilgenommen! Das wenigstens war eine edle Sache, wenn auch die Wirklichkeit hinter meinen Erwartungen zurückblieb. Damals war ich noch jung. Ich habe Tripoli, Antiochia und Jerusalem gesehen. Aber das ist alles schon so lange her – es wird sich viel geändert haben.«

Ja, es war lange her... vor siebenundzwanzig Jahren hatte er dieses Land wieder verlassen!

Der junge Mann freute sich, einen Gesprächspartner gefunden zu haben, der so weit in der Welt herumgekommen war und wurde gesprächig. Trotz der Hingabe an seinen neuen Glauben und seinem Ehrgeiz, sich als Ritter zu bewähren, sehnte sich ein Teil von ihm nach seiner Heimat. Er begann, von der königlichen Stadt und vergangenen Feldzügen zu erzählen, fragte Cadfael wißbegierig nach Ereignissen, die lange vor seiner Geburt stattgefunden hatten und pries den Zauber der Orte, an die sie sich gemeinsam erinnerten.

»Ich frage mich allerdings«, sagte Cadfael und verzog das Gesicht bei dem Gedanken daran, wie oft die Franken durch ihr Versprechen ihr hochgestecktes Ziel verraten hatten und wie oft ihm die Heiden, gegen die sie gekämpft hatten, als die Edleren und Mutigeren erschienen waren, »ich frage mich, ob es Euch, der Ihr im Islam großgeworden seid, leicht gefallen ist, diesen Glauben aufzugeben – und sei es auch, um Eurem Vater zu folgen.« Noch während er sprach war er aufgestanden. Die Zeit des Wartens mußte jetzt bald vorbei sein. »Ich sollte die beiden wecken. Es kann nicht mehr lange dauern, bis die Glocke zur Mitternachtsmette ruft.«

»Es ist mir nicht leicht gefallen«, antwortete Olivier, dem

jetzt zu seiner Verwunderung bewußt wurde, wie selten diese Zweifel ihn heimgesucht hatten. »Ich war lange Zeit wie zerrissen. Es war schließlich meine Mutter, die den Ausschlag gab. Trotz der Verschiedenheit unserer Sprachen trug sie denselben Namen wie Eure Jungfrau Maria...«

Hinter Cadfaels Rücken wurde die Tür zu dem kleinen Zimmer ganz leise geöffnet. Als er sich umdrehte sah er, daß Ermina, mit gerötetem Gesicht und schlaftrunken wie ein Kind, in der Tür stand.

»... sie hieß Mariam«, sagte Olivier.

»Yves habe ich schon geweckt«, flüsterte Ermina. »Ich bin fertig.«

Der Schlaf hatte die Qual des vergangenen Tages aus ihrem Gesicht getilgt und ihre großen, klaren Augen ruhten auf Olivier. Als er ihre Stimme hörte, fuhr sein Kopf hoch und er erwiderte ihren Blick so offen und frei, als hätten sie sich gerade umarmt. Cadfael stand wie verzaubert. Nicht der Name seiner Mutter, den Olivier genannt hatte, schlug ihn in seinen Bann, sondern diese stürmische Kopfbewegung, das weiche Licht auf Stirn und Wangen, das freie, unverhüllte Aufflammen der Liebe, welches das stolze Gesicht des Mannes für einen Augenblick in das einer Frau verwandelte, das Gesicht einer Frau, an das Cadfael sich nach siebenundzwanzig Jahren noch erinnerte.

Wie im Traum wandte er sich ab, ließ sie allein und ging, um dem schlaftrunkenen Yves bei den Vorbereitungen für ihre Reise zu helfen.

Als die Klosterbrüder in der Mitternachtsmette waren, ließ er sie zum Tor hinaus. Das Mädchen verabschiedete sich ernst und voller Würde und bat ihn, für sie zu beten. Yves schlief immer noch halb und gab Bruder Cadfael einen Kuß, wie er zwischen einem verehrten Erwachsenen und einem Kind zum Abschied üblich ist und der junge Mann tat es ihm unschuldig — und in Anbetracht der Tatsache, daß sie sich vielleicht ein Leben lang nicht wiedersehen würden nach und bot ihm die Wange dar. Ihr Aufbruch erforderte Stille und Heimlichkeit und so wunderte er sich nicht über Cadfaels Schweigen.

Cadfael sah ihnen nicht nach, sondern schloß das Tor und ging zurück an Bruder Elyas' Bett, um den Jubel, der ihn erfüllte, still zu genießen. Nunc dimittis! Er hatte nichts zu sagen, nichts zu offenbaren brauchen, es bestand kein Grund, den Kurs, den Olivier steuerte, zu korrigieren. Was sollte er auch jetzt mit einem Vater? Aber ich habe ihn gesehen, frohlockte Cadfael, ich habe ihn an der Hand durch die Dunkelheit geführt, wir haben zusammengesessen und über vergangene Zeiten gesprochen, ich habe ihn geküßt, ich darf stolz auf ihn sein, jetzt und für den Rest meines Lebens. Mariam und ich haben dieser Welt einen wunderbaren Mann geschenkt und was macht es da, ob diese Augen ihn jemals wiedersehen? Und doch könnte es geschehen – noch in dieser Welt! Wer weiß?

Friedlich schritt die Nacht voran. Er schlief im Sitzen ein und träumte von unvorstellbaren und unverdienten Gnaden, bis ihn die Glocke zur Prim rief.

Er hielt es für ratsam, der erste zu sein, der das Fehlen der Hugonins bemerkt und einen halbherzigen Alarm gibt. Eine Suche wurde begonnen, aber die Gäste blieben verschwunden und es war nicht die Aufgabe der Brüder, sie zu verfolgen und einzufangen. Die einzige Sorge, die Prior Leonard jetzt noch bewegte, war, ob die Flüchtigen vor Gefahren sicher wären und wohlbehalten zu ihrem Onkel zurückkehren würden. Tatsächlich nahm Prior Leonard die ganze Sache mit einer Gelassenheit auf, die Cadfael leicht verdächtig fand, obwohl sie ihren Ursprung auch in der allgemein gehobenen Stimmung haben mochte, die auch ihn nicht unberührt ließ. Die Entdeckung, daß Ermina ihre Ringe abgelegt und zusammen mit der sorgsam gefalteten Nonnenkutte auf Schwester Hilarias verschlossenen Sarg gelegt hatte, sprach die Geschwister vom Vorwurf der Undankbarkeit frei.

»Aber was der stellvertretende Sheriff dazu sagen wird, ist eine andere Sache«, seufzte Prior Leonard und schüttelte sorgenvoll den Kopf.

Hugh Beringar erschien erst kurz vor dem Hochamt und vernahm die Nachricht mit einem seinem Amt entsprechenden, angemessenen Unwillen, um jedoch gleich darauf die Sache achselzuckend als weniger wichtig abzutun. Schließlich hatte er bedeutendere Aufgaben erfolgreich zu Ende geführt.

»Nun, wenigstens haben sie uns einen bewaffneten Geleitzug erspart und wenn sie wohlbehalten zu d'Angers zurückkehren, ist es um so besser, wenn es auf seine Kosten geschieht. Wir haben dieses Räubernest ausgeräuchert und heute morgen einen Mörder nach Shrewsbury überstellt — und das war hier mein Hauptanliegen. Ich werde meinen Männern gleich folgen. Und Ihr, Cadfael, könnt ebensogut mit mir reiten, denn ich habe den Eindruck, daß Eure Aufgabe hier genauso abgeschlossen ist, wie meine.«

Davon war auch Bruder Cadfael überzeugt. Elyas brauchte ihn nicht mehr und es war unnötig, hier, wo die drei gewesen waren, zu verweilen. Gegen Mittag sattelte er sein Pferd, verabschiedete sich von Leonard und ritt mit Hugh Beringar nach Shrewsbury.

Der Himmel war bedeckt, aber freundlich und die Luft war kalt, aber still und klar. Ein guter Tag, um zufrieden heimzukehren. Schon lange waren sie nicht mehr ruhig und ohne Eile, Seite an Seite, geritten und zwischen ihnen herrschte, im Sprechen wie im Schweigen, ein stilles Einverständnis.

»Also habt Ihr es geschafft, die Kinder ohne Schwierigkeiten auf den Weg zu schicken«, sagte Beringar unschuldig. »Ich dachte mir doch, daß ich das unbesorgt Euch überlassen könnte.«

Cadfael maß ihn mit einem sanft tadelnden Blick, war aber nicht sonderlich überrascht. »Ich hätte es wissen sollen! Ich dachte mir doch, daß Ihr Euch mit einemmal recht rar gemacht habt. Für einen stellvertretenden Sheriff, der wie Ihr in dem Ruf steht, sein wachsames Auge überall zu haben, hätte es wohl schlecht ausgesehen, friedlich zu schlafen, während sich seine Geiseln heimlich nach Gloucester davonmachen.« Ganz zu schweigen von ihrem Begleiter, dachte er. Aber das sagte er nicht. Beringar hatte gesehen, über welche Fähigkeiten dieser angebliche Sohn eines Wäldlers verfügte und vielleicht ahnte er auch, warum dieser plötzlich aufgetaucht war. Nur seinen Namen und seine Abstammung kannte er nicht. Eines Tages, wenn der Krieg vorüber und England wieder vereint war, sollte Beringar erfahren, was Cadfael in seinem Herzen barg. Aber jetzt noch nicht! Noch war dieses Gefühl des himmlischen Segens zu frisch, noch wollte er diese wunderbare Gnade in seinem Inneren bewahren und auskosten. »Man wird kaum erwarten können«, sagte er, »daß Ihr das Öffnen und Schließen des Klosters in Bromfield von Ludlow aus hättet hören können. – Wolltet Ihr also Boterel nicht in Dinans Gewahrsam zurücklassen?«

»Ich war ganz und gar nicht sicher, daß es in der Nacht nicht zu einer zweiten Flucht kommen könnte«, antwortete Beringar. »Boterel ist Dinans Lehnsmann. Wir haben sein Geständnis, aber es ist mir lieber, wenn er sicher hinter Schloß und Riegel in der Burg von Shrewsbury sitzt.«

»Was meint Ihr: Wird man ihn hängen?«

»Ich bezweifle es. Aber das sollen die Richter entscheiden. Meine Aufgabe ist es, mein Möglichstes zu tun, damit die Straßen sicher sind und Mörder gefangen werden. Ehrliche Männer, Frauen und Kinder sollen, was mich betrifft, ungehindert gehen, wohin sie wollen.«

Sie hatten jetzt mehr als die Hälfte des Weges nach Shrewsbury hinter sich. Es war noch hell und Beringar trieb sein Pferd zu schnellerer Gangart an. Immer wieder schweifte sein Blick ungeduldig nach vorn, wo sich bald die Kuppeltürme der Stadtmauer abzeichnen mußten. Aline würde tief in den Vorbereitungen auf das Weihnachtsfest stecken und ihn stolz und liebevoll erwarten.

»Mein Sohn wird in dieser Zeit meiner Abwesenheit unglaublich gewachsen sein. Es muß ihnen allen gut gehen, sonst hätte Constance nach mir geschickt. Und Ihr habt meinen Sohn noch nicht einmal gesehen, Cadfael!«

Aber meinen Sohn habe ich gesehen, dachte Cadfael bewegt, auch wenn Ihr nichts davon wißt.

»Er hat lange, starke Glieder – er wird einmal einen Kopf größer sein als sein Vater...«

Er *ist* einen Kopf größer als sein Vater, antwortete Cadfael bei sich, sogar mehr als einen Kopf größer. Und was für wunderbare Kinder werden diese beiden, mein Sohn und seine herrliche Frau, haben – schöne, mutige Menschen!

»Ihr müßt ihn Euch unbedingt ansehen! Ein Sohn, auf den man stolz sein kann!«

Schweigend und wunschlos glücklich ritt Cadfael dahin und kostete seine Verzauberung innerlich jubelnd und zugleich demütig aus. Noch elf Tage bis zum Weihnachtsfest, über dem nun kein Schatten mehr hing, sondern ein großes Licht. Es war eine Zeit der Geburt und der Zeugung – und wie großartig wurde sie in diesem Jahr gefeiert: mit dem Sohn der jungen Frau aus Worcester, dem Sohn von Aline und Hugh, dem Sohn von Mariam, dem Menschensohn...

Ja, ein Sohn, auf den man stolz sein konnte! Amen!

ELLIS PETERS

»Ein Geheimtip für Krimifans mit gehobenen Ansprüchen«
Abendpost Frankfurt

Ellis Peters spannende mittelalterliche Kriminalromane gehören zu den Kultbüchern einer Generation, die mit Umberto Eco das Mittelalter neu entdeckt hat.

Im Namen der Heiligen
01/6475

Ein Leichnam zuviel
01/6523

Die Jungfrau im Eis
01/6629

Das Mönchskraut
01/6702

Der Aufstand auf dem Jahrmarkt
01/6820

Der Hochzeitsmord
01/6908

Zuflucht im Kloster
01/7617

Des Teufels Novize
01/7710

Lösegeld für einen Toten
01/7823

Ein ganz besonderer Fall
01/8004

Mörderische Weihnacht
01/8103

Der Rosenmord
01/8188

Wilhelm Heyne Verlag München

DIE TOP TEN VON HEYNE

HEYNE BÜCHER

ZEHN AUTOREN UND IHRE BESTEN ROMANE

01/8513 - DM 8,-

01/8514 - DM 10,-

01/8515 - DM 12,-

01/8516 - DM 10,-

01/8517 - DM 8,-

Wilhelm Heyne Verlag München

01/8518 - DM 10,- 01/8519 - DM 10,- 01/8520 - DM 10,-

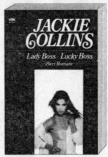

01/8521 - DM 12,- 01/8522 - DM 12,-

Wilhelm Heyne Verlag München

MARY WESTMACOTT
besser bekannt als
AGATHA CHRISTIE

Ihr Name ist eine Legende: Unter dem Pseudonym Mary Westmacott hat Agatha Christie, die große alte Dame der angelsächsischen Spannungsliteratur, diese Romane geschrieben – raffinierte und fesselnde Psycho-Thriller.

01/6832

01/6853

01/6955

01/7680

01/7743

01/7841

Wilhelm Heyne Verlag München